PEQUENOS FAVORES

PEQUENOS FAVORES

ERIN A. CRAIG

TRADUÇÃO
JANA BIANCHI

Dados Internacionais de Catalogação na Publicação (CIP)
(Câmara Brasileira do Livro, SP, Brasil)

Craig, Erin A.
    Pequenos favores / Erin A. Craig; tradução Jana Bianchi. –
São Paulo: Editora Melhoramentos, 2022.

    Título Original: Small favors
    ISBN 978-65-5539-402-3

    1. Ficção norte americana I. Título.

22-104455   CDD-813

Índices para catálogo sistemático:
    1. Ficção: Literatura norte americana 813

Cibele Maria Dias – Bibliotecária – CRB-8/9427

Copyright © 2021 by Erin A. Craig
Título original: *Small Favors*
Esta edição foi publicada mediante acordo com
Sterling Lord Literistic, Inc. e Agência Literária Riff

Tradução: Jana Bianchi
Preparação: Alessandra Miranda de Sá
Revisão: Vivian Miwa Matsushita e Tulio Kawata
Projeto gráfico e adaptação de capa: Carla Almeida Freire
Diagramação: Elaine Alves
Capa: adaptada do projeto original de Casey Moses
Arte de capa: Sean Freeman & Eve Steben, THERE IS STUDIO
Imagens de miolo: @photographeeasia/ Freepik (veranico e colmeia), Tanya Syrytsyna/ Shutterstock (outono), Kovaleva Galina/Shutterstock (inverno), agnessse3/Pixabay (primavera)

Direitos de publicação:
© 2022 Editora Melhoramentos Ltda.
Todos os direitos reservados.

1ª edição, maio de 2022
ISBN: 978-65-5539-402-3

Atendimento ao consumidor:
Caixa Postal 729 – CEP 01031-970
São Paulo – SP – Brasil
Tel.: (11) 3874-0880
sac@melhoramentos.com.br
www.editoramelhoramentos.com.br

Siga a Editora Melhoramentos nas redes sociais:
/editoramelhoramentos

Impresso no Brasil

*Para a minha mãezinha.
Obrigada por nunca recuar quando
eu a desafiei a contar uma história assustadora.
Mas também… obrigada por sempre
garantir que os finais seriam felizes.*

FAMÍLIAS IMPORTANTES NA ASSEMBLEIA

Os Downing
Gideon (apicultor) e Sarah, Samuel, Ellerie, Merry, Sadie

Os Danforth
Cyrus (fazendeiro), Rebecca, Mark

Os McCleary
Amos (Ancião e proprietário da mercearia) e Martha

Os Dodson
Matthias (Ancião e ferreiro) e Charlotte

Os Schäfer
Leland (Ancião e criador de animais) e Cora

Os Briard
Clemency (pároco) e Letitia, Simon

Os Buhrman
Calvin (proprietário da taverna) e Violet

Os Latheton
Edmund (carpinteiro) e Prudence

Os Fowler
Gran (avicultor) e Alice (professora)

AS REGRAS

※

*redigidas pelos Anciãos e adotadas na primeira
Assembleia de Amity Falls*

1. Uma corda de fibras fortes não arrebenta, desgasta ou desfia.
   Nosso lar permanece forte com base na parceria.

2. Se da terra, dos animais e do campo cada um cuidar,
   dádivas prósperas nosso lar vai gerar.

3. Quinze colheitas cada jovem presenciará,
   e só então da Assembleia participará.

4. Aquele que causar o mal a seu igual não será promovido,
   pois quem com ferro fere com ferro será ferido.

5. Que os lábios não profiram engano e falsidade
   condenando os justos sob a luz da inverdade.

6. Quando os vizinhos pedirem ajuda aos seus,
   estenda a mão como ensinado por Deus.

7. Jamais se aventure nas profundezas da floresta.
   Além dos Sinos, os demônios fazem a festa.

VERANICO

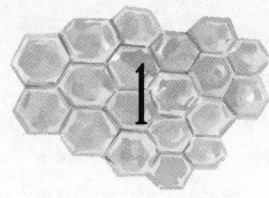

1

A fumaça recendia a agulhas de pinheiro, escura e adocicada. Saía da colmeia diante de mim e dançava pelos campos, carregada pela brisa amena. Papai apertou o fole do fumigador para liberar outra nuvem, direcionando-a com cuidado para a entrada da estrutura de madeira. Ele movia a cabeça, contando em silêncio a passagem dos segundos. Enfim assentiu.

Minhas mãos estavam completamente protegidas, mesmo assim tremiam enquanto me aproximava da colmeia. Era a primeira vez que eu tinha permissão para remover os caixilhos, e queria garantir que faria tudo conforme as instruções de papai. Reprimindo um grunhido, fiz força para levantar a pesada tampa antes de colocá-la de lado na grama, tomando o cuidado de evitar três abelhas meio atordoadas que caminhavam sobre ela.

Depois de jogar mais fumaça no interior da caixa, papai deu um passo para trás de modo a me conceder acesso total à colmeia.

— Tire uma das melgueiras e vamos dar uma olhada nela – disse, a voz abafada por trás do grosso véu que cobria seu rosto.

Embora eu conseguisse divisar apenas o contorno de seu perfil, ele parecia satisfeito. Orgulhoso, até. Orei para não decepcioná-lo.

Durante a colheita de mel, eu geralmente ficava na cozinha com mamãe, Merry e Sadie. Samuel ajudava papai, trazendo os pesados caixilhos repletos de mel para processarmos. Eu os segurava de pé enquanto mamãe passava uma larga faca pelos favos, cortando as tampas cerosas com uma facilidade decorrente da experiência. Os caixilhos melecados iam para um grande tambor de metal, e Merry e Sadie se alternavam para girar a manivela até que todo o mel tivesse sido extraído e estivesse pronto para a filtragem.

Olhei para a casa e imaginei minhas irmãs se acotovelando por um espacinho ao redor do fogão a lenha enquanto as garrafas eram fervidas e colocadas para secar. Merry e Sadie provavelmente estariam resmungando e implorando a mamãe para sair. O dia estava bonito demais para ser desperdiçado diante do fogo e de panelas de ferro. Um falcão guinchou no céu numa concordância tácita, traçando círculos preguiçosos sob a luminosidade do finzinho de agosto.

– Ellerie – chamou papai, despertando-me dos devaneios. – O primeiro caixilho pode ser o mais complicado. Às vezes as abelhas selam as bordas com resina. Talvez você precise usar o formão para soltar a melgueira.

– Isso não vai aborrecer as abelhas? – Espiei por entre as ripas dos caixilhos. O zumbido sempre presente sumira, mas eu ainda podia ver certo movimento nas caixas inferiores.

– Não se você fizer direitinho – provocou ele, sem ajudar. Pude notar um sorriso surgindo sob o véu. – A primeira vez que meu pai deixou que eu retirasse os caixilhos, levei seis ferroadas. É um rito de passagem.

Crescendo com pais apicultores, eu com certeza já tinha sido ferroada antes, mas não era uma experiência que gostaria de repetir. Eu havia mantido toda a casa acordada quando levara a primeira picada, soluçando a noite inteira – não só por causa da mão inchada, mas também pela pobre abelhinha, que morrera no processo.

Enquanto estudava por onde começar, coloquei a mão por baixo do meu próprio véu e enxuguei o suor que escorria pelo meu rosto. Havia oito melgueiras naquela seção, distribuídas com uma precisão uniforme. Escolhi uma próxima ao meio e a balancei com cuidado, testando as laterais. A peça se moveu com facilidade. Prendi a respiração quando a puxei para cima, tomando o cuidado de não bater nos outros caixilhos.

– Vamos ver. – Papai se inclinou, analisando o trabalho das abelhas.

Favos distribuídos num padrão que lembrava renda ocupavam todo o espaço da melgueira. Alguns estavam cheios e selados com cera, mas a maioria estava vazia.

Ele estalou a língua, pensativo.

– Ainda não chegamos lá. Talvez a colheita seja tardia este ano. Nevou muito no último inverno. Pode devolver o caixilho para o lugar.

Com o mais absoluto cuidado, coloquei a peça de madeira onde estava antes e soltei um suspiro de alívio.

– Vamos para a próxima?

– Precisamos conferir todas?

Ele assentiu com um gesto de cabeça.

– Já que a gente se deu ao trabalho de fumigar a colmeia, precisamos inspecioná-la com cuidado. O mel não é nossa única preocupação. Somos guardiões das colônias, protetores das abelhas. Nosso dever é garantir que estejam saudáveis e que suas necessidades sejam supridas.

Ele baixou o fumigador e ergueu a caixa superior, espiando as câmaras inferiores. Depois de colocar a primeira caixa de lado e contar os caixilhos da segunda, pegou um deles e gentilmente afastou duas abelhas atordoadas ainda presas aos favos.

– Me diga o que vê.

Apertei os olhos para enxergar melhor através do véu. Havia mais favos cheios de mel, dourados como peças de um vitral. No centro de quase todos os reservatórios havia um pontinho branco, não muito maior do que um grão de cevada.

– São os ovos, não são?

– Ótimo. O que isso quer dizer?

Fiquei desconfortável por ser o foco de sua atenção, como se fosse uma garotinha magrela da idade de Sadie.

– Que a rainha está em época de postura? – arrisquei. Ele soltou um barulhinho de concordância, encorajando-me a continuar. – Se ela está pondo ovos, isso é bom, certo? A colmeia está saudável?

Ele aquiesceu.

– Significa que a colmeia não está zanganeira. – Ele apontou para os ovos, os movimentos geralmente confiantes e rápidos prejudicados pelas luvas grossas. – Ovos desse tamanho significam que uma rainha se instalou aqui há pelo menos três dias. Quando inspecionar as caixas, é sempre bom procurar ovos recentes. Uma caixa sem eles significa que a colmeia está morrendo.

Ele colocou o caixilho no lugar e pegou outro, mostrando-me larvas que não se pareciam nada com as abelhas que zumbiam por nosso quintal. Outro continha pupas, encasuladas sob camadas de mel, crescendo e sonhando.

– Vão eclodir em alguns dias – disse papai, satisfeito. – Operárias ou zangões novos. Nossa colmeia está prosperando, Ellerie. Vamos colocar tudo no lugar e deixar que elas acordem. Mês que vem a gente confere se há mel.

– E elas vão ficar bem?

Odiei o tom de preocupação na minha voz. Sabia que ficariam bem. Papai jamais perdera uma colônia. Mas ver de pertinho e bem ali nas minhas mãos como as coisas se encaixavam reforçou para mim a fragilidade da existência das abelhas. Se, por acidente, esquecêssemos um caixilho para fora, as abelhas poderiam começar a encher os favos já cheios, preenchendo o espaço adicional com tantas estruturas novas, que a caixa acabaria sendo destruída quando tentássemos soltar o caixilho. Não fechar direito a tampa, deixando uma mínima fresta aberta que fosse, poderia tirar a capacidade das abelhas de regular a temperatura interna da colônia, e elas trabalhariam até morrer, agitando-se e zumbindo para aquecer a colmeia.

– Elas vão ficar ótimas. Você trabalhou bem hoje.

Meu rosto corou de prazer. Queria impressionar papai, mostrar a ele que eu era tão capaz quanto Samuel. Era o meu irmão quem deveria estar ali, vestindo o chapéu com o véu, não eu. Mas ele saíra de casa logo depois do café da manhã, e a expressão de papai ficara sombria como uma tempestade de verão se abatendo sobre o cume das montanhas.

Samuel mudara ao longo do verão, escapando da fazenda com o melhor amigo, Winthrop Mullins, assim que terminava suas tarefas – não raro, deixava as últimas para serem divididas entre nós, garotas. Discutia com papai com frequência, ambos trocando farpas por motivos estúpidos, até ficarem os dois vermelhos de raiva, o nariz franzido numa careta de insatisfação. Mamãe dizia que provavelmente ele estava dando suas escapadelas para visitar alguma garota, mas eu não tinha a menor ideia de quem poderia ser. Eu e meu irmão gêmeo nunca escondíamos nada um do outro, e era absurdo imaginá-lo cheio de segredos.

Depois de garantir que a tampa da colmeia estava bem fechada, abaixei-me para pegar o fumigador antes de papai, oferecendo-me para levar o instrumento até o barracão. Quando estávamos a uma boa distância das colmeias, ele tirou o chapéu e embolou dentro dele tanto o véu quanto o par de luvas.

– Acho que este vai ser um bom inverno – previu, balançando os braços para a frente e para trás enquanto caminhávamos. Sorri enquanto ele assobiava uma canção por entre os dentes, irremediavelmente fora do tom. – Que flor é aquela? – perguntou ele, apontando para uma área repleta de brotos rosados que despontavam pelo caminho.

Tirei o chapéu para analisar melhor.

– Erva-de-fogo! – exclamei, orgulhosa.

Ele fez um barulhinho de desaprovação.

– Esse é o nome real dela?

Tentei lembrar a espécie à qual pertencia, o nome rabiscado numa letrinha miúda no livro de botânica de papai.

– *Epilobium angustifolium*? – arrisquei, enrolando-me com o latim.

Papai sorriu.

– Muito bem.

– Talvez... Talvez eu possa ajudar com a próxima inspeção também, o que acha? – sugeri, ávida por tirar vantagem daquele estado de alegria.

Ele concordou com a cabeça, e meu coração palpitou mais forte. Papai era um homem de poucas palavras, exceto quando o deixavam falar sobre as abelhas. Nesse caso, ele tagarelava por horas.

Eu invejava Sam, nascido apenas alguns minutos antes de mim – e menino. Ele seguia papai até o barracão sem nem olhar para trás, confiante e certo sobre o próprio lugar no mundo.

Diferentemente de mim, presa em casa, sempre preparada e à espera da próxima etapa da vida. Aguardando um garoto se aproximar para me encaminhar ao meu propósito seguinte. Ser esposa. Ser mãe.

Aguardando.

Aguardando.

Aguardando.

Até aquele dia.

Dentro do barracão, fiquei um tempo a mais segurando o chapéu, os dedos afundados na tela de proteção. Eu tinha medo de ir embora dali e quebrar a magia da tarde. Mas algo vibrava com irritação em contato com meu polegar. Uma abelha perdida, enroscada no véu. Fiz meu melhor para desembolar o material com cuidado, tentando libertar o inseto enquanto suas perninhas se contorciam em fúria.

– Não me ferroe, não me ferroe – sussurrei para ela. – Só estou tentando ajudar. Você está quase livre...

O ferrão afundou na lateral do meu dedo, e um uivo de aflição cortou o ar. Mas não veio de mim.

Papai saiu correndo quando mais lamentos e gritos irromperam. Não era o som de crianças cuja brincadeira acabara mal. Aquela dor não parecia do tipo curável com uma tala ou um beijinho no joelho. Ecoava pelo vale, tornando-se uma cacofonia confusa de mágoa desesperada.

– Ellerie, vá chamar sua mãe. Vamos para o vilarejo. – Papai já estava a caminho da estradinha que levava a Amity Falls.

Ouvimos outro grito, agudo e de arrepiar, e comecei a suar frio, apesar da tarde cálida. Meus pés permaneceram imóveis. Não queria saber o que havia por trás de um tormento daqueles.

– Ellerie! – insistiu papai, percebendo que eu não o seguia.

Larguei o chapéu, meu dedo latejando de dor. A abelha se soltou do véu e caiu no chão, já morta.

Samuel já estava lá; parte da multidão reunira-se ao redor do alpendre do estabelecimento do Ancião Amos McCleary. A mercearia, localizada de frente para a construção de madeira onde funcionava a escola, ficava bem no coração de Amity Falls. Era o lugar a partir do qual as notícias boas começavam a se espalhar, e onde as notícias ruins eram recebidas com conforto instantâneo.

Mamãe e papai foram abrindo caminho por entre as pessoas enquanto eu segurava Sadie para que ela não escapulisse e fosse atrás deles. Merry estava ao meu lado, alta e magra, já quase batendo nos meus ombros. Senti o corpo dela se retesar quando vislumbrou o que havia no centro da turba.

Molly McCleary – a nora de Amos – estava debruçada sobre o estimado garanhão do marido. Samson era um animal enorme, maior do que um homem alto, mas ali, deitado no meio da estrada empoeirada, resfolegando de dor, parecia mais mirrado. Molly se abraçava ao cavalo, os soluços abafados na manta acolchoada que servia de sela. As pontas do tecido estavam rasgadas e sujas, com manchas de um marrom-escuro.

Sangue.

O ar estava contaminado pelo aroma acre e metálico.

– Merry, por que não leva Sadie e algumas das outras crianças para o parquinho da escola? – sugeri, minhas mãos se agitando inutilmente diante do rosto de minha irmã caçula enquanto tentava poupar a menina da cena.

Uma expedição para busca de suprimentos partira apenas um dia antes, e Jebediah McCleary, montado em Samson, ia na liderança do comboio. O que quer que tivesse ocorrido desde então não era para os ouvidos de uma garota de sete anos, por mais crescidinha que ela achasse que era.

Sadie se contorcia para se soltar de mim, as tranças louras voando de um lado para outro.

– Eu quero ficar – protestou. – Não sou mais uma bebezinha.

– Ninguém disse isso… – comecei, mas Merry me interrompeu, certeira.

– Olhe, Pardon e Trinity estão bem ali. – Ela apontou para as amiguinhas de Sadie. As duas perambulavam pela parte mais externa do grupo, na ponta dos pés, na tentativa de ver alguma coisa. – Sabia que a Trinity conseguiu pegar todas as pecinhas brincando de cinco-marias? De uma vez só.

– Impossível! – zombou Sadie, olhando para a amiga com desconfiança.

Merry deu de ombros.

– Foi o que ela disse.

Sadie tirou um punhado de pecinhas de metal do bolso.

– Eu trouxe o meu conjunto. Vamos ver se ela consegue provar isso. – Ela sempre carregava o brinquedo consigo, e todos sabíamos disso.

Abri um sorriso grato para Merry enquanto nossa irmãzinha caçula desafiava alto e bom som as outras meninas a brincar de cinco-marias. Logo saíram do alcance dos meus ouvidos, fazendo os saiotes leves voejarem ao disparar pelos degraus da escola. Merry entrou na brincadeira de imediato, tentando distrair o grupo, mas eu conseguia sentir seu olhar preocupado em mim, como se fosse um peso

– Não faça isso! Não faça! – gritava Molly, discutindo com o Ancião Matthias Dodson e voltando a atrair minha atenção. O ferreiro se avolumava sobre ela, segurando o revólver. – Jeb nunca iria permitir.

– Molly, olhe a pata dele. O osso está destroçado. Não tem como consertar. Ele nunca vai andar de novo.

– Ele chegou até aqui, não chegou? Não pode ser tão grave quanto parece.

Fiquei sem fôlego quando vi o estado da pata traseira do animal. Estava torcida em um ângulo impossível. Matthias estava certo. Os ossos jamais cicatrizariam da maneira correta. Samson teria de ser sacrificado. Era um crime permitir que vivesse num estado tão óbvio de sofrimento.

Matthias, com pouco menos de trinta anos, era o mais jovem dos três Anciãos do vilarejo, e agora esfregava a nuca como um garotinho, desejando claramente que mais alguém intercedesse.

– Eu não… Não sei como ele chegou tão longe, mas a gente não pode…

– Jeb nunca vai me perdoar. Não. Não, não faça isso. – Ela passou a mão nos pelos escuros e lustrosos do cavalo. Sua palma ficou úmida e vermelha.

– Molly, não é só a pata…

– Eu disse não! – Ela se ergueu de um salto, empurrando o homem e a arma.

A multidão deu um passo para trás, inquieta. O corpo de Molly estivera escondendo os piores ferimentos do animal, e a frente do vestido dela estava toda lambuzada de sangue. Quatro ferimentos profundos na lateral do corpo do cavalo deixavam entrever tendões e ossos. Samson se contorcia, desconfortável, a respiração pesada. Uma espuma branca se acumulava nas laterais do focinho aveludado.

Mamãe se aproximou, as mãos estendidas para mostrar que não tinha intenção nenhuma de machucar Molly. Sua voz saiu baixa e reconfortante enquanto fazia movimentos circulares ao esfregar as costas da mulher, como quando ficávamos adoentados demais para sair da cama:

– Samson está sofrendo, Molly – disse. A outra mulher assentiu. – Sei que é difícil, mas ele confia na sua coragem, na sua disposição de fazer o certo.

– Eu sei – respondeu Molly, a voz entrecortada. – Mas Jeb...

– Jeb vai entender.

Trêmula, Molly se atirou nos braços de mamãe, sujando o vestido dela.

– Ele iria querer fazer isso com as próprias mãos – disse. – É ele quem precisa fazer isso. Jeb nunca vai me perdoar se...

Mamãe se virou, os olhos de um azul clarinho perscrutando a multidão. Eles se encontraram com os meus antes de se desviarem, procurando um homem que não estava ali.

– Certo, mas cadê ele? Já levaram Jeb até o doutor Ambrose? Cadê o resto do comboio?

Matthias cerrou o maxilar.

– Ninguém voltou. O pobre cavalo chegou se arrastando pela trilha, revirando os olhos. Nunca tinha visto nada assim... Mas Jeb não estava com ele.

Olhei para a beira da floresta, como se o resto do comboio que saíra na expedição em busca de suprimentos pudesse irromper por entre as árvores a qualquer momento, correndo do que quer que tivesse ferido o garanhão daquela forma. Mas os pinheiros pairavam sobre o vilarejo como sentinelas atentas, altas e imóveis.

Molly caiu no chão num espasmo violento, agarrando a manta da sela e abafando os gritos nela. Eles vinham das profundezas de seu ser, afiados e cortantes como espinhos, rasgando tudo o que havia no caminho.

– Ele nunca abandonaria o cavalo. A menos que... – As palavras foram interrompidas por soluços.

Mamãe se ajoelhou ao lado dela, murmurando algo baixo demais para que pudéssemos ouvir. Ela enfim ajudou a mulher enlutada a se levantar, e depois as duas subiram devagar os degraus da mercearia. Antes de desaparecer pela porta, mamãe se virou e fez um gesto firme com a cabeça em direção a Matthias.

– Vá em frente.

E ele deu cabo da tarefa ingrata antes que ela tivesse a chance de olhar para o outro lado.

Alguém jogou uma manta sobre o cadáver, para não termos de ficar olhando para o pobre animal.

Mas eu não consegui evitar. Fiquei encarando as quatro linhas vermelhas que surgiram no tecido até Samuel aparecer ao meu lado, como a contracapa de um livro. Embora obviamente não fôssemos gêmeos idênticos, nosso delicado cabelo louro e nossos olhos de um cinza suave não deixavam dúvida quanto ao nosso parentesco.

– O que aconteceu com o comboio? – murmurei, sentindo o estômago embrulhar. Se tinha algo na floresta capaz de abater um cavalo do tamanho de Samson, arrepiava-me pensar no que poderia acontecer a uma pessoa.

Ele ajeitou o chapéu de palha, olhando para a floresta.

– Não faço ideia.

– Os outros homens... Você acha que eles...

– Não faço ideia, Ellerie – repetiu ele com firmeza.

– Onde você passou a manhã?

– Eu estava... estava perto da margem do riacho, e nós ouvimos os gritos. Quando cheguei aqui, Samson já estava... – Ele apontou para o volume sob a manta. – Com os cortes e a pata quebrada... Mas foi como Matthias disse, não tinha mais ninguém... Só o cavalo.

– "Nós" quem?

Ele desviou o olhar das árvores.

– Oi?

– Você disse "nós ouvimos os gritos". "Nós" quem?

Uma mulher baixinha de meia-idade foi abrindo espaço até chegar ao centro da multidão antes que Samuel pudesse me responder.

– Claro que foi algum tipo de ataque – sugeriu Prudence Latheton, a esposa do carpinteiro. – Lobos, provavelmente.

– Nunca vi um lobo com garras tão grandes – disse Clemency Briard, passando os dedos sobre a manta nos pontos em que o sangue vazara. Mesmo com os dedos bem abertos, o ferimento era maior do que a mão do pároco.

– Deve ter sido um urso.

– Mas os uivos... – Prudence deixou a voz morrer. Fitou o grupo com olhos de um azul leitoso, buscando anuência. – Vocês também ouviram, não ouviram? Os uivos à noite? Foi... horrível. E parecia vir de muito perto do vilarejo.

Eu sabia do que ela estava falando. Nas últimas três noites, eu tinha acordado com o som dos lobos. O som que eles faziam assombrava a escuridão; uivos agudos e de gelar o sangue. Eu sabia que estava em segurança dentro de casa, mas me apertava mais contra as costas de Merry, aconchegando-me, incapaz de me aquecer.

– Havia um urso-pardo na beira da floresta na semana passada – confirmou Cyrus Danforth. – A maior fera que eu já vi. – Ele apontou para os próprios ombros, estimando a altura do animal. – E isso sobre as quatro patas. Estava farejando o defumadouro dos Abel. Não achei que ele pudesse... não isso.

– Onde estão os outros Anciãos? – perguntou papai, olhando para Matthias. – A gente devia estar organizando um grupo de resgate.

O ferreiro coçou a barba escura e brilhante como a pelagem de um castor.

– Não vi Leland Schäfer. Cora disse que ele saiu com o rebanho e seguiu pela escarpa oeste hoje de manhã. Não teria como ele ouvir a comoção de lá.

– E Amos?

Todos olhamos para a mercearia, incomodados. Era possível ouvir os soluços do idoso vindo de lá de dentro.

– Ele e Martha devem estar com Molly agora – concluiu Matthias. – Pároco Briard, talvez eles gostem de ouvir algumas palavras de conforto do senhor.

Os lábios de Clemency se contorceram numa careta. Era evidente que ele queria ficar e ver o desenrolar do drama. Com um suspiro, o homem se recompôs e se espreguiçou tanto quanto possível antes de fazer um gesto benevolente com a cabeça.

– Acho que está certo, Matthias. Coloquem os McCleary em suas orações. Que Deus abençoe a todos.

– Que Deus abençoe a todos – repetimos enquanto ele seguia para a mercearia, os passos cheios de propósito agora.

– Vamos organizar o grupo por nossa conta, então – disse papai, voltando ao problema do momento. – Se houve um ataque, de um urso ou de qualquer outra coisa, o comboio pode ter se espalhado. Pode haver pessoas feridas e perdidas.

– Mas não vamos mesmo. – Cyrus cuspiu uma pelota de tabaco, por pouco não acertando a barra da saia de Prudence. Ela deu um salto para trás, franzindo o nariz de nojo. – Esse garanhão idiota provavelmente derrubou Jeb e cruzou com um urso antes de conseguir chegar em casa.

Papai negou com a cabeça. A fazenda dos Danforth fazia fronteira com nossa propriedade. As duas famílias tinham anos de discordâncias entre elas, nunca de fato esquecidas. Papai e Cyrus sabiam fingir civilidade quando necessário, mas a animosidade estava sempre borbulhando perto da superfície, ameaçando transbordar.

– Nós devemos isso ao comboio que saiu em expedição. Pelo menos procurar na área mais próxima da mata.

– Olhe para o garanhão. Despedaçado. Quer que o mesmo aconteça com você, Downing? Quer sua esposa e suas filhas encontrando seu cavalo abandonado?

Papai estreitou os olhos.

– É claro que não. Mas se há uma chance de os outros estarem vivos...

O marido de Prudence, Edmund Latheton, bateu no ombro de papai. Ele era ainda mais baixinho que a esposa, e mantinha a barba ruiva aparada e bem cuidada.

– Gideon, talvez a gente devesse esperar... O comboio deve voltar daqui a cerca de uma semana...

– Se fosse a gente lá, você gostaria que esperassem mais uma semana?

Edmund engoliu em seco, o pomo de adão protuberante subindo e descendo como um navio no oceano.

– Eu... Não, mas... a gente viu coisas também. Não era um urso – explicou logo, assim que a esposa começou a protestar. – Ou talvez fosse... Não sei. Era grande, com olhos prateados...

– Olhos prateados e brilhantes – acrescentou Prudence.

– Olhos prateados e brilhantes – concordou ele. – E era rápido. Mais rápido do que qualquer urso que eu já tenha visto. – Abriu a boca uma vez, depois outra, claramente incerto sobre como terminar a história. – Sim, se eu estivesse lá na floresta, iria querer que alguém fosse me buscar... Mas depois de ver aquela... criatura... Não quero ser a pessoa que vai ter de ir atrás deles.

– Olhos prateados e brilhantes – repetiu Cyrus, agitando os dedos de forma teatral. – Você soa tão lunático quanto seu paizinho, Latheton.

Papai arregalou os olhos.

– Quer dizer então que está se oferecendo para ir, Danforth?

Cyrus limpou a testa com um lenço úmido.

– Não mesmo. Não vou me matar por Jebediah McCleary. Não me interessa se ele é filho de um Ancião. Ele sabe os riscos que corre sempre que atravessa o desfiladeiro. Assim como qualquer outro idiota que vai com ele.

– E você não se beneficia das expedições? – perguntou papai, a voz repleta de ceticismo.

– Sou o tipo de homem que se vira sozinho – respondeu Cyrus, o peito estufado para parecer tão robusto e importante quanto pudesse, sem dúvida tentando compensar os vários centímetros que papai era mais alto do que ele.

– Um homem que se vira sozinho mas que colocou açúcar no café esta manhã – murmurou Samuel, as narinas inflando de escárnio.

Eu estava ouvindo a discussão com tanta atenção que a princípio não notei o comentário do meu irmão. Mas, em meio a um borrão de pensamento, ele voltou à minha mente, chamando minha atenção.

Inclinei-me para Samuel, baixando o tom de voz.

– Como sabe de que maneira Cyrus Danforth toma o café?

– O quê? – retrucou ele, impassível. Tinha o olhar fixo em papai, fitando-o com tanta intensidade que era como se fosse incapaz de desviar os olhos.

– Você acabou de dizer que ele colocou açúcar no café esta manhã – insisti. – Por que estava na casa dos Danforth?

– Eu… não estava.

Samuel era um péssimo mentiroso. As pontas das orelhas dele sempre ficavam vermelhas, e as respostas se reduziam a poucas palavras gaguejadas.

Uma movimentação na parte mais externa do grupo chamou minha atenção; quando me virei, vi Rebecca Danforth se juntando à turba. Minha melhor amiga agitou os dedos em um cumprimento, e respondi com um movimento igual, antes de notar que Samuel fazia o mesmo.

O foco dele se voltara por completo na direção de Rebecca. Quando ele enfim conseguiu desviar os olhos e se virar para mim, o sorriso dele morreu e as bochechas assumiram um rubor claro.

– Você foi ver Rebecca hoje de manhã? – murmurei, a voz mais baixa do que um sussurro. Fui invadida por uma compreensão súbita, que me deixou atordoada. – É *ela* quem você está indo ver em segredo durante o verão todo? Rebecca Danforth?

– Não! – insistiu ele. – Deixe para lá, Ellerie.

– Você está cortejando Rebecca?

– Eu falei para deixar pra lá.

– Mas…

– Chega! – vociferou ele. As sobrancelhas grossas se franziram numa expressão de irritação, o rosto todo manchado de vermelho.

Dei uma espiada em Rebecca, a mente em um turbilhão. Quando mamãe sugerira que Samuel estava visitando uma garota, nunca havia me ocorrido que pudesse ser ela. Não era possível.

Por vários motivos, nós não deveríamos sequer ter nos tornado amigas. O mal-estar entre nossas famílias remontava a gerações, antes mesmo de o tataravô dela matar o meu. Mas os Danforth e os Downing eram sempre colocados em pares na escola, e a proximidade pode gerar os melhores relacionamentos. Tínhamos crescido compartilhando o conteúdo das lancheiras, fazendo coroas de flores uma para a outra, trocando histórias nos campos floridos que separavam a propriedade dela da minha. Embora não fôssemos mais garotinhas, ainda compartilhávamos tudo – livros, receitas, até as poucas joias que possuíamos. Não era possível que ela tivesse mantido aquele segredo de mim.

E Samuel...

Ele era meu irmão gêmeo. Eu devia ter notado, devia saber.

Mas agora, ao ver a reação dos dois, estava claro que eu não percebera nada. Qualquer conexão que eu tivesse com eles não era tão forte como eu achava que fosse. Eu estivera completamente no escuro, sem a menor das suspeitas. Meu rosto enrubesceu e senti o estômago embrulhar ao pensar em como os dois deviam ter achado graça da minha ignorância.

Quando será que aquilo havia começado? Rebecca passara a noite na minha casa na semana anterior. Tínhamos dormido no palheiro do estábulo, dando risadinhas ao falar dos garotos até a lua mergulhar atrás das montanhas. Ela devia ter achado muito engraçado não me contar a verdade. Devia ter achado que eu era a maior das tolas por não adivinhar seu segredo.

– Eu vou para a floresta – afirmou papai, firme o bastante para me trazer de volta ao presente. – Jeb jamais deixaria aquele cavalo sair de vista. Precisamos presumir que algo deu muito, mas muito errado... Não posso obrigar ninguém a vir comigo, mas posso pedir. É a coisa certa a fazer, independentemente do que possa estar lá fora.

– Uma idiotice – disparou Cyrus. – E não sou nenhum idiota. Não vou fazer parte disso. – Com um grunhido, ele cuspiu mais uma porção de tabaco. – E alguém enterre aquele cavalo antes que comece a feder.

E partiu, resmungando consigo mesmo. Rebecca apertou os lábios até virarem uma linha fina.

Papai analisou a multidão, os olhos cinza-escuros se demorando em cada homem presente. Fez uma pausa, sem dúvida esperando que outros se voluntariassem.

– Judd Abrams?

O rancheiro alto passou as mãos pelos cabelos grisalhos, desconfortável.

– Você sabe que eu iria, mas tenho várias vacas prenhas que podem dar à luz a qualquer momento. Não posso deixar a fazenda.

Papai passou a língua nos dentes.

– Calvin Buhrman?

Violeta apertou o ombro do marido, implorando em silêncio para que ele não fosse. Depois de um momento de indecisão, o taverneiro negou com a cabeça, balançando os cachos pequenos e escuros.

– Matthias Dodson? Você cavalgaria comigo?

Odiei o ar de esperança destroçada no olhar de papai quando o Ancião dispensou o apelo com um aceno de mão.

– Você sabe que não posso sair da cidade, especialmente com Amos num estado tão lamentável.

Os três Anciãos eram ligados a Amity Falls de uma forma que nenhum dos outros cidadãos era. Eram os guardiões da lei e da tradição, da justiça e da ordem. O pároco Briard era responsável por alimentar e cuidar das almas do vilarejo, enquanto os Anciãos protegiam o pescoço e o coração da comunidade.

– Eu vou com o senhor, papai.

Ouvi as palavras antes de perceber que elas saíam da minha boca.

Um burburinho nervoso se espalhou pelo grupo de pessoas, mas eu não me importava. Passara a manhã ajudando-o, e queria ajudar de novo.

Eu mostrara a ele que era tão capaz quanto Sam.

Talvez até mais.

Porque eu estava ali. Ao lado dele.

Ele poderia confiar em mim se precisasse.

Meu rosto queimou quando papai negou com a cabeça.

– Eu poderia ajudar. Mesmo que seja só... – Revirei a mente, procurando algo que pudesse tirar aquele peso da derrota dos ombros dele. – A moita da qual Samson irrompeu! Ela deve estar ensanguentada. Precisa ser queimada, ou pode atrair todo tipo de coisas. Me deixe fazer pelo menos isso.

– Preciso de você em casa, Ellerie, cuidando das suas irmãs.

– A mamãe vai arrancar seu couro se souber que está indo para a floresta sozinho. E as Regras? – insisti quando papai se virou para partir. – O senhor não pode ir sozinho.

Matthias abriu a boca, decerto pronto para dar alguma autorização que não tinha autonomia para conceder sem os outros dois Anciãos, mas Sam se pronunciou primeiro.

– Ela está certa, papai – disse. Rebecca estava ao lado dele, a mão a poucos centímetros da do meu irmão. – O senhor não pode ir sozinho.

– Não ouvi você se oferecer antes. Na verdade, não ouço você se oferecer para quase nada desde o começo do verão – devolveu papai.

– Eu... – Quaisquer palavras que fossem vir a seguir morreram na boca de Sam quando os olhos de papai recaíram sobre as mãos quase unidas dele e de Rebecca, nenhum detalhe passando despercebido.

– Já vi que temos muito a conversar quando eu voltar.

Samuel empurrou a mão de Rebecca e correu até o pai.

– Eu vou com o senhor.

– Sam! – A voz de Rebecca saiu baixa e suplicante, mas meu irmão não se deteve. Passou voando por mim, e tive de recuar um passo para não levar um esbarrão.

Papai mordeu o interior da bochecha.

– Certo. Prepare uma trouxa com provisões, mas não demore.

3

Sovei a massa, o punho afundando na grossa camada cálida e flexível com um ruído satisfatório. Afundei o punho de novo, deixando uma marca enorme no meio dela antes de moldar o pão. Ainda parecia torto. Sovei mais um pouco.

– O rosto de quem está imaginando agora? – perguntou mamãe, dando a volta na mesa alta da cozinha com um tabuleiro cheio de pães quentinhos. Ela depositou os filões na grade para esfriar antes de ir mais uma vez até o forno.

– Não entendi o que a senhora quis dizer – respondi, batendo a massa contra a mesa. Uma nuvem de farinha se elevou no ar, mesclando-se às partículas de poeira que dançavam à luz do sol do fim da tarde, que tingia a cozinha de um tom alaranjado.

– Tem algo incomodando você desde que voltou do vilarejo ontem – comentou ela. – Quase esmigalhou a pobre massa de pão.

Usando as costas da mão, afastei uma mecha de cabelo que tinha escapado do coque. Só o prendia dessa forma nos dias em que preparava pães e bolos. Nossa cozinha fervilhava com a fermentação e o calor do forno, quente demais para que eu usasse a trança grossa de sempre.

– Não tem problema algum ter um dia ruim – prosseguiu mamãe, voltando à mesa. Ela pegou a massa de minhas mãos e a moldou em um formato mais agradável. – E com certeza não tem problema algum descontar as frustrações na cozinha. É o que faço sempre que seu pai me aborrece. Por que começar uma briga quando se pode assar uns pãezinhos?

Ela sovou a massa até produzir outro filão, como se para pontuar a sentença.

– Mamãe, a gente faz pão quase todo dia.

Os olhos dela cintilaram quando deu um peteleco no meu nariz, sujando-o de farinha.

– Exatamente.

Ela vendia pães e bolos no vilarejo – na taverna dos Buhrman e na mercearia. A receita dela era tão saborosa que até os mais sovinas entregavam de bom grado a moedinha que Amos McCleary cobrava pelo produto.

Mas era pelos bolos de mel que toda a Amity Falls fazia fila.

Ela só os produzia uma vez por ano – logo depois que papai fazia a colheita das favas e todo o mel era extraído e engarrafado. Ele primeiro garantia que nossa despensa estivesse cheia para o inverno e depois vendia o excedente no vilarejo, cobrando um dólar por garrafa. As pessoas reclamavam, escandalizadas com o preço, mas nunca faltavam clientes, e todo o mel era vendido antes do fim do dia.

Com a exceção de três garrafas.

Essas ele guardava para mamãe.

Os bolos dela enganavam na simplicidade. Farinha, especiarias, creme de leite fresco e três ovos para cada. Ela não adicionava nozes, chocolate ou coberturas açucaradas. Ela nunca colocava nada além da verdadeira estrela da receita: o mel de papai.

Segundo contavam, pouco depois do casamento deles, mamãe levara seu primeiro bolo de mel para um encontro na igreja, e as mulheres de Amity Falls quase a sufocaram pedindo a receita. Mas ninguém conseguia reproduzir a iguaria da maneira correta – mesmo quando usavam o precioso mel do papai. Quando imploravam para saber como mamãe chegava às camadas inacreditavelmente finas e úmidas ou ao sabor perfeitamente caramelizado do bolo, mamãe abria um sorriso misterioso e dizia que era uma pitada de amor.

Alguns alegavam que era mais um toque de magia. Mesmo o pároco Briard, depois de ver a esposa produzir um bolo desastroso, tinha comentado que mamãe devia ser abençoada pelos anjos do Paraíso. Não havia outra explicação.

Eu a assistira fazendo aquele bolo por anos, prestando atenção em cada passo – até na maneira como tamborilava os dedos sobre o rolo de massa –, mas nunca tinha obtido um resultado exatamente igual. Talvez mamãe tivesse mesmo um toque de magia em si.

– Conte mais – disse ela, jogando outro punhado de farinha na mesa antes de começar a produzir uma nova leva de massa.

Fiquei cutucando a pontinha de uma unha quebrada, puxando-a de um lado para outro até soltar. Não sabia o que dizer. Samuel e papai tinham partido enquanto mamãe cuidava de Molly. Ela não ouvira nada sobre quem meu irmão vinha visitando às escondidas ao longo do verão, e, por mais que eu estivesse furiosa com ele, não podia contar uma história que não me pertencia.

– Você está preocupada com Sam – arriscou ela, e não fui capaz de discordar. – E com seu pai.

Ficáramos observando os arbustos queimarem até tarde da noite, brilhando entre as árvores. Mamãe não tinha dito nada, mas eu sabia que ela esperava que eles voltassem ontem mesmo.

– A senhora já... pensou em como é a vida fora de Amity Falls? – A pergunta brotou das profundezas do meu ser, surpreendendo a mim mesma.

– Fora do vale? – perguntou mamãe, e assenti. – Seria mentira dizer que isso nunca passou pela minha cabeça. Principalmente quando eu tinha a sua idade. Queria sair e conhecer mais do mundo. Ver os prédios numa cidade grande. Comprar um vestido elegante e tomar chá num restaurante de verdade.

– E por que nunca fez isso?

Ela deu de ombros.

– Outros sonhos viraram prioridade.

– Papai?

– E você. Seu irmão. Nosso lar. – Ela se deteve, pensativa, sovando a massa.

– Seu pai saiu do vilarejo uma vez.

– Quando o tio Ezra desapareceu. – Eu conhecia a história muito bem.

Certo verão, o irmão mais novo de papai, Ezra, foi caçar sozinho e se aventurou além dos Sinos. Nunca mais voltou. Os moradores do vilarejo procuraram por ele durante mais de uma semana antes de desistir.

– Gideon não se conformou. Disse que sabia que Ezra estava vivo em algum lugar lá fora. Atravessou o desfiladeiro e procurou o irmão nos vilarejos próximos. Chegou até a ir para a cidade.

– Mas não o encontrou – concluí.

Tínhamos crescido ouvindo as histórias de Ezra e seu espírito aventureiro, contadas aos sussurros.

– Seu pai ainda acredita que Ezra está em algum lugar por aí, e que vai voltar um dia. Que, por maior, mais amplo e mais maravilhoso que o mundo possa ser, ele ainda vai desejar voltar para casa.

Antes que eu pudesse responder, dizendo quanto tinha vontade de partir e encontrar meu lugar naquele mundo amplo e maravilhoso, o gatinho malhado de Sadie surgiu de repente e saltou na mesa com um silvo.

– Sadie, quantas vezes já falei para manter o Botões fora de casa enquanto estou cozinhando? – gritou mamãe, berrando alto o bastante para ser ouvida no estábulo.

Vimos a silhueta diminuta dela passar pelas janelas. Os passinhos ecoaram nas tábuas rachadas do alpendre, deixando o gato ainda mais irritado.

— Desculpe, desculpe! — exclamou ela, entrando a toda na cozinha. — Levei o Botões para o estábulo, mas ele se assustou.

— Não consigo imaginar nada terrível o bastante para assustar esse monstrinho — falei, dando um salto para trás quando ele tentou me arranhar, as unhas expostas como minúsculas lâminas.

Sadie o havia encontrado quando ele não passava de um filhote de poucos dias de vida. Estava num saco perto do riacho que corria atrás das colmeias de papai. Ela não tinha autorização para brincar perto das caixas de abelha, mas contou que tinha ouvido o choro do gatinho. Todos achávamos que ele morreria antes do fim daquele dia, mas Sadie o alimentou com gotinhas de leite de hora em hora e dormiu abraçada a ele. Botões era o gato só dela, desprezando o restante dos moradores da casa. Papai dizia que um gato tão bravo não servia de nada — o bichano se provara um excelente caçador de ratos, porém, e por isso pôde ficar.

— Acho que ele viu a criatura de olhos prateados — começou Sadie quando Merry chegou, os braços ocupados com dois baldes de leite. Ela deixou a porta telada bater. O ruído assustou Botões, que saltou da mesa com um lamento agoniado. — Trinity diz que viu a criatura do lado de fora da janela dela ontem à noite. Acho que foi isso que o Botões viu também.

— A Bessie deu um coice nele — corrigiu Merry, os olhos passando pelas grades com os pães, procurando um lanchinho. — O safadinho tentou arranhar a canela da pobre da vaca.

— Minha doce e prática garota — disse mamãe, envolvendo o rosto de Merry com as mãos e dando um beliscãozinho carinhoso em sua bochecha. Depois se virou para Sadie. — Não dê ouvidos às histórias de Trinity Brewster. A pobrezinha tem uma tendência para o drama.

Sadie soltou um grunhido de concordância.

— Verdade. Ela não conseguiu pegar nem três pecinhas brincando de cinco-marias hoje.

— Mas é estranho, a senhora não acha? — perguntei, polvilhando farinha na mesa enquanto mamãe pegava o cesto de ovos vermelhos, pronta para prosseguir com a receita. — Os Latheton mencionaram algo com olhos prateados também. Por que será que tanta gente está imaginando ver a mesma coisa?

A voz de mamãe refletia sábia autoridade:

— Isso é coisa de cidade pequena. Em cidades grandes, com tantas coisas acontecendo, as pessoas têm mais assunto. Mas, aqui, todo mundo fica sabendo do que é dito, às vezes poucos minutos depois. Não dá para conversar sobre o que realmente queremos, então a gente inventa outros assuntos para discutir. É mais fácil ter um problema com algo além dos pinheiros do que com o vizinho.

– Como o senhor Danforth, por exemplo? – perguntou Sadie, largando-se num dos banquinhos. Estava com Botões no colo, que ronronava satisfeito. Para quem olhasse de fora, ele parecia o mais doce dos gatos. Jurei vê-lo abrindo um sorrisinho para mim quando nossos olhares se cruzaram.

– Como o senhor Danforth – concordou mamãe, misturando farinha e fermento na tigela.

– Wilhelmina Jenkins diz que o Sam vai se casar com Rebecca Danforth. Ela falou que viu os dois se beijando na beira do lago na semana passada. – Sadie balançava as perninhas. – A senhora acha que o senhor Danforth interromperia a cerimônia?

Mamãe explodiu num acesso de riso.

– Não consigo imaginar uma noiva menos provável para Samuel do que Rebecca Danforth. Wilhelmina Jenkins devia fazer um exame de vista.

Desenhei espirais na farinha. Mamãe não tinha a menor ideia do que estava acontecendo, assim como eu até bem pouco tempo atrás. Aquilo deveria me fazer sentir melhor – em vez disso, senti o estômago embrulhar, dando um nó enquanto eu remoía a verdade.

Mamãe pegou um ovo e o quebrou com dois dedos, sem fazer sujeira. Eu sempre havia admirado aquela habilidade.

– Vejam – disse ela, apontando para a tigela. – Gema dupla. É um sinal de boa sorte.

Sadie se inclinou sobre a mesa para ver melhor. Dois círculos amarelos nos encaravam como um par de olhos.

Mamãe pegou um segundo ovo. Soltou um arquejo quando despejou o conteúdo na tigela.

Outro par de gemas.

Curiosa, peguei um dos ovos e o analisei. Não parecia diferente dos outros no cesto. Rachei a casca na borda da tigela, depois a joguei de lado como se ele fosse algo horrível e nojento.

Esvaziamos o cesto inteiro, estragando a massa e desperdiçando mais de uma dúzia de ovos no total. Todos continham gema dupla.

– Nunca vi nada assim antes – murmurou mamãe de maneira sombria, analisando o mar amarelo diante de nós.

– Talvez seja só um monte surpreendente de sorte – disse Sadie. – Isso é bom, não é? Com o papai e o Sam na floresta? Eu teria muito medo de ir lá, ainda mais com todos esses monstros por aí.

– Não tem monstro nenhum – respondeu mamãe, empurrando a tigela para longe depois de uma última olhadela. O conteúdo se agitou, balançando de um lado para outro. – É só um urso que se aproximou demais do vilarejo. Ou talvez um ou dois lobos perdidos.

– Mas antes *existiam* monstros, sim – insistiu Sadie. – A Abigail me falou sobre eles.

Em algum ponto do início do verão, Sadie tinha inventado uma amiga imaginária. Ela se chamava Abigail e, segundo minha irmãzinha, era bela como uma princesa, sempre com vestidos elegantes e sapatilhas de seda. Costumava contar as fofocas do vilarejo para Sadie, que soltava os boatos nos momentos mais constrangedores. Algum tempo antes, eu tinha ouvido mamãe discutir a existência de Abigail com papai. A preocupação dela era que Sadie já passara havia muito da idade em que era aceitável ter amigos imaginários, mas papai não se importava. Não vivíamos tão perto do centro do vilarejo como o restante dos amiguinhos de Sadie; se ela quisesse ter companhia para conversar enquanto ordenhava as vacas ou corria pela floresta, que assim fosse.

– Algumas pessoas acreditam que sim – confirmou mamãe, evitando cuidadosamente qualquer menção a Abigail.

– E a senhora, acredita?

– Acho que... – Ela afastou da testa as mechas soltas de cabelo e suspirou. – Acho que, quando os fundadores vieram para Amity Falls, estavam exaustos e sob muita pressão. Perderam várias pessoas em ataques de animais durante a jornada e queriam culpar algo que fosse tão grande e selvagem quanto esta terra. Então enxergaram monstros e penduraram os Sinos. Mas o tempo passou, e há décadas ninguém vê essas criaturas. Você sabe disso.

– Porque temos os Sinos – disse Sadie, uma crente fervorosa das lendas de Amity Falls.

– Porque nunca houve monstro nenhum – rebateu mamãe, espanando a farinha das mãos. Botões viu isso como uma ameaça direta à própria vida e disparou do colo de Sadie, desaparecendo num canto escuro. – Se esse gato pisar na minha massa, vai dormir lá fora hoje.

– Com os monstros, não! – gritou Sadie, correndo atrás dele. – A Abigail falou que eles adorariam engoli-lo numa bocada só!

– Não há monstro nenhum – reforcei, repetindo o que mamãe havia dito.

Um uivo sinistro se espalhou pelo vale como se quisesse me contrariar.

Depois outro se juntou ao primeiro.

E mais um.

Não era o som de um lobo perdido perambulando nas proximidades do vilarejo. Era o de uma matilha inteira, e ela parecia estar numa caçada. Pensei em papai e Sam na floresta, tão perto dos animais, e estremeci.

Até mamãe parou o que estava fazendo.

– Gideon, não. Meu Gideon, não – repetiu numa prece sussurrada.

Quando o som parou, ela olhou para cada uma de nós, avaliando nosso medo.

– Deveríamos acender as Nossas Senhoras.

Um calafrio percorreu meu corpo, fazendo os pelos dos braços se arrepiarem, apesar do calorão na cozinha. Não havíamos tido motivo para usá-las em meses. Não desde a grande tempestade de neve em março, que cobrira o vilarejo inteiro com uma névoa de flocos tão densa que era quase impossível ver alguma coisa em meio à alvura penetrante e ardente.

Merry congelou no lugar.

– As Nossas Senhoras?

Mamãe jogou uma toalha úmida sobre o restante da massa.

– Isso vai proteger a massa até eu voltar. Ellerie, você está no comando.

– A senhora não pode deixar a gente aqui! – disse Sadie, soltando Botões para se lançar à barra da saia de mamãe. – Não com os monstros lá fora! A senhora os ouviu!

Mamãe se esforçou para se desvencilhar das mãos de minha irmãzinha.

– Não vou ficar nem uma hora fora. Vou começar pela extremidade leste. Depois que algumas já estiverem queimando, as pessoas no vilarejo vão ver e acender as demais.

– Eu vou. – As palavras saíram da minha boca antes que tivesse tomado a decisão. – Aposto que consigo acender umas cinco antes de escurecer.

O olhar de minha mãe se suavizou, e ela pegou minha mão.

– É muito corajoso da sua parte, Ellerie.

Os olhos de Merry se arregalaram. Eu podia vê-la tentando juntar a coragem necessária para se oferecer para ir também.

Foi minha vez de apertar a mão dela.

– Vou pegar uma lamparina e estarei de volta antes de sentirem minha falta.

As Nossas Senhoras eram fogueiras gigantes construídas ao longo da fronteira de Amity Falls, a apenas alguns metros da linha de pinheiros altos que marcava o limite entre o vilarejo e a natureza selvagem.

Três gerações atrás, quando o vilarejo ainda se estabelecia, a família Latheton criou a primeira série delas, aperfeiçoando os materiais e o formato para que as fogueiras pudessem arder ao longo de uma noite toda sem precisarem ser alimentadas. De forma um tanto mórbida, pareciam mulheres altas e elegantes, as bases largas sugerindo saias – por isso as estruturas tinham sido nomeadas de "Nossas Senhoras". Assim como a Mãe de Deus protegia seu rebanho, as Nossas Senhoras mantinham a escuridão longe de Amity Falls com a pureza da luz de suas chamas.

No início, o vilarejo fizera arder dezenas de fogueiras toda noite, para manter as criaturas da floresta afastadas. Mas o local crescera e a terra fora domada, de modo que as Nossas Senhoras passaram a ser utilizadas apenas durante tempestades ou quando alguém era estúpido o bastante para se aventurar na floresta e acabava se perdendo. Piras ainda não acesas salpicavam o perímetro do vilarejo, a madeira virgem despontando das pilhas como costelas arqueadas, ansiosas por serem convocadas a servir.

Acesas, as fogueiras iluminavam a área toda com seu brilho âmbar. Sombras longas e oscilantes se esgueiravam pelo vale, como mãos estendidas em fúria, prontas para agarrar qualquer pessoa azarada o bastante para se perder na floresta.

Enquanto eu avançava pelos campos de flores da nossa propriedade, o contorno cegante do sol já mergulhava atrás da extremidade oeste da cordilheira de Blackspire. Sendo formada por quatro montanhas, com um quinto e solitário cume ao sul, com frequência era chamada de Mão de Deus. Amity Falls se estendia pela linha central do vale e de fato inspirava certa paz, como se realmente habitássemos a palma aberta do Deus Todo-Poderoso.

As famílias fundadoras do vilarejo tinham chegado numa caravana de carroças que partira rumo à terra abundante sob o sol do oeste. O grupo fora assolado por desgraças, perdendo animais e até alguns membros do comboio para a trilha traiçoeira e os predadores letais das montanhas. Quando o bisavô de Matthias Dodson descobriu as belas margens do lago Greenswold, além de quilômetros e quilômetros quadrados de terra vicejante e pronta para ser cultivada, a caravana armou acampamento e nunca mais partiu. Eles penduraram os Sinos – feitos com cada pedacinho de latão ou prata que pudesse ser cedido pelos colonos – ao longo dos limites da floresta, alegando que a pureza do badalar manteria os terrores sombrios afastados. Mais famílias chegaram para abrir espaço em meio à mata próxima. Mais fragmentos de metal foram reunidos e pendurados, sinos com campânulas e badalos, e os ditos monstros foram mantidos longe do povoado. Amity Falls progrediu de um posto avançado para uma aldeia, e depois para um vilarejo.

A luz do crepúsculo tingiu a terra, e o zumbido constante das cigarras desapareceu. Foi só quando a algazarra parou que percebi como antes o ruído era alto. O silêncio súbito me fez cerrar os dentes.

Até os Sinos estavam imóveis.

O crepúsculo não durava muito nas montanhas, e eu não queria sair tropeçando nas raízes e nas moitas de roseira-brava depois de escurecer. O trecho de nossa propriedade chegou ao fim, e me detive por um instante, andando na ponta dos pés, a respiração entrecortada, fitando o mar de trigo que se estendia diante de mim.

A larga faixa amarelada pelo sol do verão era tudo o que me separava dos pinheiros. As plantas eram mais altas do que eu e, uma vez no meio delas, a única coisa que teria para me guiar seriam as estrelas espalhadas no céu. Se houvesse alguém por ali, se algo estivesse atrás de mim, eu jamais notaria a aproximação. Tentei afastar os pensamentos sobre monstros de olhos prateados, mas minha alma quase saiu do corpo quando a ponta afiada de um pedúnculo de trigo pinicou meu rosto.

Uma brisa leve sussurrava pelo campo, amenizando o calor opressivo e fazendo o trigo farfalhar baixinho. Ele acenava para mim, em reconhecimento, como se me convidasse a me juntar a ele. Minha garganta parecia seca e obstruída.

Dei um passo à frente.

Os pés de trigo tombavam para o lado enquanto eu passava por entre eles. Eu tinha avançado poucos passos, mas já me sentia engolida por aquela magnitude.

Um ruído soou em meio às hastes dançantes. Parei, aguçando a audição. John Brewster, pai de Trinity e um dos fazendeiros do vilarejo, dizia que, se alguém parasse no meio do milharal, conseguiria ouvir o cereal crescendo, estalando e estourando enquanto as plantas disparavam rumo ao céu.

Será que isso também valia para o trigo? Ou havia mais alguém comigo no campo?

– Não – repreendi a mim mesma. – Pare de bobagem e vá acender as Nossas Senhoras.

Prossegui, intensamente ciente do ruído à minha esquerda. Ele parecia avançar no mesmo ritmo que eu, acelerando quando meus passos disparavam, pausando quando eu me detinha. O trigo era denso demais para que a luz da lamparina iluminasse muita coisa, mas pensei ouvir uma inspiração e uma expiração suaves, como se alguém recuperasse o fôlego um pouco além de onde eu estava.

Ou será que era o vento?

O trigo era capaz de enlouquecer as pessoas.

Perto do fim do campo, enfim vislumbrei os pinheiros, formidáveis como a muralha de uma fortaleza. Bloqueavam a visão do céu e a luz das estrelas.

O tilintar dos Sinos aumentou quando deixei o campo de trigo. Algumas inflorescências se prenderam em minha saia, desesperadas para me puxar de novo para perto delas. A primeira Nossa Senhora estava bem diante de mim. Com quase quatro metros de altura e três de largura, avolumava-se sobre a paisagem, os braços estendidos como se apontasse a direção do lar para os viajantes. Se papai e Sam ainda estivessem na área, por certo veriam aquele foco de luz.

O chão ao redor das Nossas Senhoras era castigado, chamuscado pelas fogueiras anteriores. Galhos caídos amarrados com cordas velhas formavam o esqueleto. A base era composta de lenha e restos de móveis sem utilidade, e a camada externa consistia em galhos e folhas secas. A estrutura toda cheirava a betume e verniz – uma mistura especial que os Latheton tinham aperfeiçoado com o tempo.

Coloquei a lamparina no chão escurecido e, com dificuldade, arranquei um graveto da base da fogueira. Ele rapidamente pegou fogo, e eu o atirei na base da pira, soprando as faíscas com gentileza para fortalecer as chamas. Fez-se um breve clarão quando o betume se incendiou e o fogo passou a dançar por toda a estrutura, trazendo luz ao mundo mais uma vez.

Observei a fogueira arder por um minuto, talvez dois, até me assegurar de que estava mesmo bem acesa. Depois segui para a próxima Nossa Senhora. Elas ladeavam as fronteiras do vilarejo, espalhadas em intervalos de pouco menos de um quilômetro. Seria uma longa noite. Com sorte, os outros veriam que as Nossas Senhoras do leste tinham sido acesas e se apressariam em ajudar, colocando fogo nas piras a oeste.

Quando cheguei à segunda estrutura, notei um movimento com o canto do olho. Uma garota surgiu do meio do trigo, empurrando as plantas para o lado como se abrisse o Mar Vermelho. Estava muito longe para que eu pudesse identificá-la, e não carregava lamparina alguma, mas seu vestido claro cintilava em um tom pálido de azul sob a luz do luar que surgia no céu.

Meu olhar se voltou para a fazenda dos Danforth, a cerca de um quilômetro e meio de distância. A casa ficava no topo de uma colina suave, e eu conseguia ver bem ao longe o brilho das velas lá de dentro.

Rebecca.

Ergui a mão num cumprimento, mas não pude ver se ela percebeu ou não. Ela foi até a Nossa Senhora mais próxima dela – duas estruturas depois daquela perto da qual eu estava – e se deteve, ajoelhando-se em seguida. Momentos depois, uma faísca saltou de uma pederneira e a Nossa Senhora pegou fogo. Rebecca a contornou, sumindo atrás da estrutura em chamas.

Virei para minha própria pira e peguei um punhado de gravetos da base. Outras foram se acendendo ao longo do perímetro enquanto eu trabalhava, e murmurei uma prece em gratidão pela rapidez de nossos vizinhos.

Conforme mais Nossas Senhoras ardiam, o vale se aquecia, cada vez mais iluminado e dourado. Imaginei a matilha de lobos correndo pela floresta, detendo-se diante de uma visão tão peculiar antes de escapar de novo para a segurança da noite, longe de papai e de Sam.

Peguei o caminho para a próxima fogueira, mas um tilintar vindo do meio dos pinheiros chamou minha atenção.

Algo que se movia nas sombras se enroscara nos Sinos.

Algo grande.

Ergui a lamparina, estreitando os olhos para enxergar além do brilho forte. Uma silhueta atravessou a linha de árvores, depois outra. Não passavam de contornos indistintos contra a terra escura, e por um momento não soube dizer se eram humanos ou lobos.

– Ellerie? – chamou uma voz familiar. – É você?

– Papai! – gritei, disparando em direção a ele.

Ele e Samuel estavam abraçados, um se apoiando no outro. Havia uma tala improvisada no tornozelo de Sam; embora estivesse presa firmemente com tiras de uma camisa rasgada, a região estava tão inchada que quebrara o graveto.

Ambos fediam, cobertos por uma mistura de sangue, suor azedo e, acima de tudo, medo.

Nunca em minha vida tinha visto meu pai daquele jeito. Ele parecia ter perdido cinco quilos de um dia para o outro. As bochechas estavam fundas, o olhar trêmulo e perturbado.

– Está tudo bem. Vocês estão em casa agora, em segurança – disse, e o abracei.

Tentei não franzir o nariz, sentindo a sujeira gélida e úmida se agarrando à minha roupa, a mim. Precisaríamos usar uma barra inteira de sabão para tirar o fedor daquelas roupas.

Detive-me por um momento para espiar por sobre o ombro de papai, procurando outros membros do comboio que saíra na expedição em busca de suprimentos. Mas ninguém surgiu dos pinheiros atrás deles.

– Tem alguém... Vocês encontraram...? – Deixei a voz morrer, sabendo que não havia uma forma decente de elaborar aquela pergunta cuja resposta eu já sabia.

– Agora... Agora não, Ellerie.

A rouquidão brusca da voz de papai me fez sentir um calafrio. Ele devia ter passado o dia e a noite inteiros chamando os homens desaparecidos. Até sua respiração tinha um chiado roufenho ao fundo.

Samuel soltou um grunhido. Seus olhos estavam vidrados, como se não tivessem mais vida. O olhar de anestesiada incompreensão se perdia adiante. Não acredito que ele soubesse onde estava.

– Vamos para casa. Mamãe e eu passamos o dia fazendo pão... E tem cozido. Vou esquentar água para um banho... Vocês não vão precisar fazer nada. E depois...

– Samuel? Sam!

Rebecca Danforth surgiu correndo pelo campo, o cabelo esvoaçando loucamente atrás de si. Seu tom de voz beirava a histeria.

– Você se machucou! – exclamou ela, ajoelhando-se para examinar o tornozelo dele. – O que aconteceu? Fiquei tão preocupada... Nós...

– Precisamos levá-los para casa – falei, interrompendo-a. – Pode nos ajudar?

– É claro, é claro. – Rebecca passou o braço de Sam por trás do pescoço dela, pressionando o corpo contra a lateral do corpo dele, e juntos foram seguindo, cambaleantes.

Enlacei a cintura de papai e segui os dois.

– Espere um pouco, Ellerie – murmurou ele. – Dê um tempo para que possam ficar juntos. Acho que Sam precisa disso.

Ficamos olhando enquanto o casal avançava cambaleando. No começo, Rebecca fazia todo o esforço, apoiando meu irmão e praticamente arrastando-o junto dela. Assim que adentraram o trigo, porém, ele pareceu se recompor; a mão dele pousou nas costas da menina, desenhando círculos carinhosos.

Detive-me, estreitando os olhos para ver melhor os dedos de Samuel. Eles contrastavam com a estampa floral do vestido de Rebecca.

Do vestido escuro e estampado de Rebecca.

Confusa, olhei para trás, para a fileira de Nossas Senhoras em chamas, mas a garota no vestido claro havia sumido.

4

Sonhei com uma clareira na floresta, envolta em sombras e repleta de pares de olhos.

Olhos prateados e brilhantes.

Acordei me revirando de um lado para outro enquanto me embolava nos lençóis, lutando contra uma parte deles que se enrolara no meu tornozelo.

– Sossegue, Ellerie – murmurou Merry, ainda sonolenta enquanto puxava a manta de mim, deixando o frio trazer minha mente acelerada de volta à razão.

Sentei na cama, mal-humorada e infeliz. Só tinha ido me deitar bem depois da meia-noite – e, a julgar pelo céu cinzento, ainda demoraria algumas horas para amanhecer.

Os rumores sobre o retorno de papai haviam se espalhado rápido pelo vilarejo, e os três Anciãos tinham corrido até nossa casa para enchê-lo de perguntas.

Ele encontrara o filho de Amos?

Vira alguma evidência de um ataque?

O que exatamente havia na floresta?

Papai lidara com eles com gentileza, dizendo que havia encontrado sinais de acampamento, resquícios de barracas e, enfim, os restos mortais dos homens perto dali.

A pele negra de Amos assumira um tom pálido antes de ele sugerir que uma reunião com todo o vilarejo fosse agendada para a manhã seguinte. Os Anciãos tinham ido embora com o cenho franzido, trocando murmúrios inquietos entre si.

Rolei para fora da cama e fui até a janela na ponta dos pés, tomando cuidado para pular as duas tábuas do assoalho, bem no meio do quarto, que costumavam ranger. O espaço era pequeno, e meus irmãos tinham o sono leve. Sadie estava aninhada do outro lado de Merry, ressonando baixinho. A cama de Samuel ficava num canto escuro, tão longe quanto possível de nós, garotas. Um lençol velho fora pendurado ali anos atrás, quando nossos corpos – antes tão conhecidos um do outro – começaram a assumir vida própria. A cortina nos dava um mínimo de privacidade, mas o tecido xadrez era tão fino que ouvíamos cada movimento, virada ou resmungo que ele dava.

Olhei pelo vidro em forma de losango da janelinha e fitei os campos inertes. As Nossas Senhoras não passavam de montes fumegantes de brasa e cinza. Precisariam ser refeitas depois que o sol nascesse. Um grupo de voluntários teria de vasculhar os limites da floresta atrás de galhos soltos antes que Edmund Latheton pudesse dar início à manutenção das piras.

Depois que papai falasse na reunião do vilarejo, tinha minhas dúvidas se alguém teria coragem suficiente para se oferecer.

Papai e mamãe tinham conversado madrugada adentro. Eu ouvira os sussurros contidos trocados no andar de baixo, embora não pudesse distinguir as palavras. Aquilo me preocupava mais do que o restante, eu acho. Papai sempre ia muito cedo para a cama. Acordava antes de o sol nascer para começar o trabalho na fazenda. Não conseguia nem imaginar como mamãe o arrancaria da cama naquela manhã.

Atrás da cortina, Samuel tossiu e se virou na cama.

Meus olhos pousaram na fazenda dos Danforth. A plantação deles chegava bem perto do nosso jardim, e sempre me divertia pensar que até as fileiras de milho de Cyrus corriam no sentido oposto ao das plantações de tomate e beterraba de papai. A casa deles estava escura e silenciosa, e as janelas me encaravam em resposta com um olhar vazio e distante. Aquilo me fez lembrar da expressão no rosto de Samuel ao cambalear para longe dos pinheiros na noite anterior, e olhei para o outro lado.

A cor do vestido de Rebecca ainda me perturbava. Alguém num vestido claro acendera aquela Nossa Senhora, eu tinha certeza. Mas quem poderia ter sido? Rebecca não teria tido tempo nem motivo para voltar correndo até sua casa para se trocar, e não havia outras mulheres morando nos arredores. A mãe de Rebecca havia morrido durante o parto do filho caçula, Mark, e, como os Danforth eram responsáveis por boa parte da produção de alimentos de Amity Falls, a propriedade deles era enorme. O vizinho mais próximo ficava a quilômetros de distância.

– Ellerie, é você? – sussurrou Samuel.

Enchi um copo com água do jarro sob a mesinha e adentrei a área fechada pela cortina. Sam estava sentado, tentando com dificuldade ajustar o travesseiro sob o tornozelo inchado.

– Eu faço isso – ofereci, entregando-lhe o copo antes de afofar o travesseiro surrado.

Um livro velho escorregou da cama e caiu no chão.

– *Heróis da mitologia grega* – li, antes de acomodar o volume ao lado do meu irmão. – Não vejo este livro desde que a gente era criança, na escola. Lembra de como ficávamos um tempão folheando as páginas dele?

– Sadie o trouxe para casa. Achei que podia pegar emprestado um pouquinho.

Sam bebeu toda a água num único e longo gole antes de fazer um sinal para que eu me juntasse a ele. Meus joelhos estalaram quando me sentei na cama, e de súbito me senti muito mais velha do que meus dezoito anos. Fiquei grata quando Samuel me estendeu uma das cobertas, e a coloquei sobre os ombros para espantar o frio da manhã.

– Como está se sentindo? – perguntei.

As sobrancelhas dele, douradas e grossas mesmo à luz fraca do quarto, franziram-se quando ele fez uma careta e afundou de novo sob as cobertas.

– Meu tornozelo está doendo, não vou mentir. Mas tudo bem. Acho que não quebrei nada.

Na noite anterior, depois que Samuel terminou de comer, mamãe o puxou para longe de Rebecca e o ajudou a subir as escadas. Ela lhe deu um golinho do uísque de papai, para ajudá-lo a dormir, e ele mergulhou no sono antes mesmo de os Anciãos chegarem. Rebecca ficou no andar de baixo, olhando na direção do quarto em cima e mordendo o interior da bochecha, até papai sugerir gentilmente que ela voltasse para casa. Os olhos dela, úmidos e entristecidos, encontraram os meus, e eu abri um sorriso singelo. Ela o devolveu com uma tentativa de sorriso e, por um instante, tudo parecia bem de novo entre nós.

– O que aconteceu? – perguntei a meu irmão, empurrando para longe a lembrança da preocupação de minha amiga.

– Foi bem fácil encontrar o rastro de Samson. Havia muito sangue. Todo espalhado pelos espinhos e troncos... Até bem lá em cima, na verdade. – Ele parou para apontar com o dedo. – Pingava das agulhas dos pinheiros... Como chegou tão alto? Aí, a gente... a gente se separou. Fica escuro muito cedo na floresta, sabe? – continuou Samuel. – Uma hora, papai estava logo atrás de mim, tentando quebrar alguns daqueles... galhos para queimarmos... No instante seguinte, não conseguia mais vê-lo em lugar nenhum. Era só eu e o fogo, e todo aquele sangue. Gritei o nome dele, mas ele não respondeu. Tentei... Tentei seguir as chamas... Ele estaria perto delas, certo? Mas não estava. Eram só... aquelas coisas.

– Lobos? – Lembrei-me de meu pesadelo, inquieta.

Ele negou com um aceno de cabeça vagaroso.

– Não era nenhum tipo de lobo que eu já tenha visto. Eram enormes, Ellerie, grandes mesmo. Maiores do que um urso, maiores do que as colmeias, grandes o bastante para engolir o mundo numa bocada só.

Senti um calafrio tomar conta de minha nuca e descer por minhas costas como gotas de chuva na janela. Conforme fui crescendo, assumi que as lendas envolvendo monstros na floresta não passavam de contos de fadas elaborados, histórias contadas para evitar que crianças tolas se perdessem em meio aos pinheiros.

Será que as histórias eram verdadeiras?

Será que os monstros eram reais?

– O que quer que fossem, foram atrás de mim, mas não que estivessem me perseguindo – continuou meu irmão. – Eram muito rápidos. Teriam me alcançado. Torci o tornozelo tentando fugir. Mas era como… como se fosse um jogo para eles. Estavam brincando comigo, rindo do meu medo.

– Você os ouviu rindo? – As palavras flutuaram para fora da minha boca, insubstanciais como folhas do outono sopradas por uma súbita brisa.

Samuel estreitou os olhos.

– Consigo ouvi-los rindo agora mesmo.

Gotas de suor brotaram em sua testa, e as enxuguei com a ponta da manta que me envolvia. A pele dele queimava ao toque. Era apenas uma febre.

– Não pense nisso agora, Sam. Você está em casa e em segurança. Aquelas criaturas não podem pegar você aqui.

Olhei através da janela, feliz ao ver a luz cinzenta entrando pelo vidro. Mamãe logo estaria de pé. Ela saberia o que fazer, quais remédios Samuel deveria tomar.

Remédios.

Jeb e todos aqueles homens estavam na montanha porque iam buscar suprimentos para Amity Falls. As expedições geralmente aconteciam duas vezes ao ano – logo que o gelo derretia, garantindo um caminho livre pela Mão de Deus, e de novo ao fim do verão, logo antes de as primeiras nevascas caírem, impedindo qualquer tipo de viagem. O último grupo voltara em abril. Quão desfalcados estariam os estoques do dr. Ambrose?

Outro comboio precisaria ser enviado, e logo. Era bem simples. Ele não trazia apenas remédios. Precisávamos dessas expedições para conseguir suprimentos que não eram produzidos no vilarejo.

Armas e munição. Tecidos e linhas. Livros. Açúcar. Chá. Café.

Não havia como produzir aquelas coisas num vilarejo tão pequeno.

De maneira egoísta, eu esperava que trouxessem tecidos, porque queria fazer um vestido novo. Eu tinha crescido quase um palmo desde a primavera. Mamãe achava que era meu estirão final, e eu torcia para que ela estivesse certa. Nenhuma roupa se ajustava direito ao meu corpo. Os corpetes apertavam, desconfortáveis, enquanto eu realizava minhas tarefas, e era possível ver os meus meiões de lã saindo das botas de couro preto. Já estava mais alta do que mamãe, e o único tecido disponível nos McCleary eram duas braçadas de uma cambraia florida. Era linda, claro, mas não ajudaria a me manter aquecida depois que as folhas começassem a cair.

– Ellerie? – sussurrou Samuel.

Seus lábios estavam rachados; peguei então a latinha de unguento da mesinha de cabeceira atulhada. Mamãe fazia bálsamos e loções com a cera de abelha que sobrava após a colheita.

– Acredita em mim quando falo sobre os monstros, não acredita? – continuou ele. Estava com os olhos vidrados, mas eu não tinha certeza se era por causa da febre ou porque estava prestes a chorar.

– Deve ter sido muito assustador – respondi com cuidado.

Ele agarrou minha mão.

– Achei que nunca mais ia ver você.

Apertei os dedos dele. Era só um delírio febril de Sam, mas meu coração bateu fora de compasso ao imaginar um mundo sem meu irmão gêmeo.

– Você vai me proteger, não vai? Você sempre me protegeu, desde que a gente era pequenininho – disse.

E ele parecia mesmo pequenininho ali, mais novo até do que Sadie. Um menino triste, pequeno e perdido, desesperado por proteção.

– Claro que vou.

– Eu não... não suportaria a ideia de ficar sem você. A gente nunca tinha se separado assim. Foi... – Ele se engasgou com um soluço.

– Não fique assim, Sam. Somos uma equipe, certo? Você e eu. Sabe que eu jamais deixaria qualquer coisa acontecer com você.

Ele fechou as pálpebras, caindo de novo no abraço inquieto da exaustão.

Eu podia contar nos dedos de uma só mão o número de vezes que vira Samuel chorando. Lamentava por ele, por ter tido uma experiência tão aterrorizante na floresta, mas também me peguei pensando se aquele momento não seria um ponto de virada para nós. Ao longo do verão, havíamos nos afastado cada vez mais – eu em casa, enquanto ele saía para aventuras desconhecidas. Mas depois daquilo... talvez tudo pudesse voltar a ser como antes.

Fiquei observando enquanto o peito dele subia e descia, uma paz satisfatória recaindo sobre mim enquanto contava até cem, antes de decidir que enfim não era mais tão cedo para acordar mamãe.

Mas, quando tentei soltar a mão da de Samuel, ele a apertou com mais força.

Retorci os dedos, mas não consegui me desvencilhar. O rosto dele estava inerte, mas a pressão de seus dedos era como uma armadilha de urso. Tentei de novo me livrar, mas foi impossível.

Os lábios de Samuel estavam se movendo. Apenas um pouco.

Cheguei mais perto, aguçando os ouvidos para escutar o que ele sussurrava repetidas vezes, como se fosse uma oração, uma súplica.

– Eles estão vindo atrás de você. *Ela* está vindo atrás de você.

Senti a respiração falhar, presa em um nó na garganta.

– Sam, o que está dizendo? Quem está vindo? Quem é "ela"?

Olhei pela janela, já esperando ver uma silhueta empoleirada no peitoril, o rosto colado no vidro para ver através dele. Uma silhueta comprida e ágil. Usando um vestido claro. Mas tudo o que havia era um céu gélido e rosado.

Ele soltou um gemido baixo, já absorto em outro sonho. Estava prestes a acordar meu irmão para exigir respostas quando ouvi um farfalhar atrás de mim.

– Ellerie, o que está fazendo acordada tão cedo?

Mamãe passou a cabeça pela cortina, estreitando os olhos. Ainda tinha os cabelos presos, a trança com a qual dormia pendendo sobre o ombro.

– Não conseguia dormir. Tive vários pesadelos.

– Não é de admirar, depois da noite passada. Você não acordou o Sam, acordou?

Neguei com a cabeça.

– Ele despertou bem cedinho, mas depois... – Fiz um gesto com a cabeça em direção a ele.

Sam estava com a boca entreaberta, a saliva umedecendo os cantos. A mão dele se soltou da minha, como se não a estivesse apertando até momentos antes.

– Por que não desce e me ajuda com o café da manhã? – perguntou mamãe, auxiliando-me a levantar. – Vamos primeiro passar um café para mim e para você. Vai ser um dia longo para todo mundo. É bom garantir que estejamos bem alimentados.

❧❧❧

– Era tudo de que eu precisava – disse papai, empurrando para o lado o prato com um suspiro de satisfação. – Obrigado, Sarah. E Ellerie.

Mamãe e eu havíamos preparado um verdadeiro banquete: ovos amarelos como o sol, pintalgados de pimenta-do-reino moída; fatias grossas de presunto; tomates colhidos direto do jardim e fritos com tanta perfeição, que o miolo amolecido explodia na boca; e torres de panquecas cobertas com o restinho de xarope de bordo comprado dos Visser no último verão. Sadie esfregou a panqueca no prato, aproveitando cada gotinha restante do melado. Estalou os beiços, claramente querendo mais.

Mamãe recebeu um beijo rápido de papai quando se abaixou para pegar o prato e os talheres dele.

– As garotas podem tirar a mesa – disse ele, puxando-a para que se sentasse em seu colo enquanto minhas irmãs e eu nos entreolhávamos, tentando não rir.

Ela franziu o nariz antes de se levantar.

– Vou cuidar da louça enquanto estiverem na reunião do vilarejo.

– Você não vem com a gente? – perguntou ele, surpreso.

– Alguém precisa ficar em casa com Samuel e Sadie. – Mamãe pegou um prato cheio de lascas de presunto.

– Como assim? Isso não é justo! Eu também quero ir! – Sadie deixou o garfo cair no prato com um ruído.

– Você pode me fazer companhia e me ajudar a cuidar de Sam. Quem sabe a gente não faz uns biscoitinhos de gengibre? – prometeu mamãe, atravessando a cozinha. – Além disso, você ainda não tem idade.

– Então a Merry também tem que ficar em casa!

– Eu já tenho dezesseis anos – lembrou Merry, juntando os talheres da mesa.

– Acabou de fazer – retrucou Sadie. – Por favor, papai, me deixe ir junto. Quero ouvir o senhor falando.

Ele se levantou, bagunçando o cabelo dela até que ficasse todo arrepiado. Os fiozinhos formaram uma coroa dourada ao redor de sua cabeça, como nas ilustrações de santos nos livros do pároco Briard.

– Você sabe que não a deixariam entrar, querida.

As famílias fundadoras tinham elaborado uma lista de sete regras criadas para ajudar Amity Falls a evoluir de um acampamento lamacento para o vilarejo próspero que era hoje. Em um local tão afastado do restante do mundo, precisávamos poder confiar em nossos vizinhos, saber que as intenções e o coração de cada um deles eram puros. Todo lar tinha uma lista das Regras pregada na entrada principal – todas copiadas na caligrafia elaborada da Velha Viúva Mullins –, para nos lembrar diariamente de nossos deveres.

Na verdade, eu já mal notava a nossa. Não chamava mais atenção do que o papel de parede que mamãe amava, mesmo já tão desbotado, ou que as almofadas bordadas em ponto-cruz acomodadas no sofá puído.

As Regras incluíam normas mundanas (como pessoas com menos de dezesseis anos serem proibidas de entrar no Salão de Assembleia), coisas tão práticas que parecia até bobagem ter de listá-las (como ser proibido que pessoas entrassem sozinhas na mata), ou mesmo avisos nada sutis (como o fato de que a sabotagem entre vizinhos – fosse em termos de vida pessoal, propriedade ou trabalho – seria punida com pronta justiça). Nossa comunidade era muito pequena para que tivéssemos um juiz alocado no vilarejo, mas isolada demais para querermos estranhos da cidade grande cuidando de nossas vidas.

Quando crimes eram cometidos em Amity Falls, o que era raro, o vilarejo lidava sozinho com eles.

Fiquei olhando enquanto papai seguia mamãe até a cozinha. O que ele contaria na Assembleia? Haveria um Pleito, isso já estava claro, mas o que precisaríamos decidir?

Ele beijou a testa de mamãe antes de pegar dois baldes que ficavam sob a pia de metal e levá-los até o poço. Parecia tão assombrado e abatido na noite anterior que meu medo era de que nunca mais se recuperasse – mas, de manhã, parecia estar quase perto da animação. Era possível ouvi-lo assobiando lá do outro lado do quintal.

– Papai parece estar com um belíssimo bom humor – comentei, devolvendo o bloco de manteiga à caixa de gelo.

O leve sorriso de mamãe se iluminou quando ela olhou através da janela. Papai estava ocupado com o poço, girando a manivela para baixar o balde e coletar água. Ele trabalhava com uma eficiência tranquila, os músculos das costas e dos braços deslizando devagar, sempre prontos para qualquer demanda.

– Ele está feliz em ter voltado. Os dois vagaram por muito tempo entre os pinheiros. Se você não tivesse acendido as Nossas Senhoras naquela hora, Ellerie… – Mamãe deixou a voz morrer, sem querer terminar o pensamento sombrio. Estendeu a mão para apertar a minha. – Estamos muito gratos por ter feito aquilo.

– Se quiser ir à Assembleia, posso ficar com Sam e Sadie – sugeri, desejando com todas as forças, antes mesmo que as palavras deixassem minha boca, que ela negasse. Não queria perder o que quer que fosse dito.

Mamãe balançou a cabeça.

– A tala de Sam precisa ser refeita. E, para ser sincera, não acharia nada ruim passar a manhã em paz.

Olhei para ela com um interesse renovado. Ela parecia *mesmo* estar tomada por um cansaço que eu não havia notado antes. Embora seus olhos brilhassem, ela ostentava olheiras escuras. Não a via desse jeito desde que...

– A senhora está grávida – arrisquei, com um suspiro abafado. Eu era pequena demais para me lembrar de como tinha sido a gestação de Merry; quando ela estava esperando Sadie, porém, precisávamos ajudar com tarefas extras e manter a casa silenciosa. Ela sempre dizia que os primeiros três meses eram os mais exaustivos. – E é por isso que papai está tão feliz também. A senhora deve ter contado para ele!

O sorriso dela se intensificou.

– Seu olhar atento percebe tudo.

Eu a abracei.

– Mamãe, isso é maravilhoso! De quanto tempo a senhora está?

– Ainda estou nos primeiros meses de gestação. Percebi alguns dias atrás. Não conte para suas irmãs ainda. Nem para o Sam. Queremos esperar mais um pouco.

Assenti, séria, prometendo guardar segredo. Mamãe já abortara duas vezes, e em ambas a família ficara devastada.

Contei os meses.

– Então é para abril? Maio, talvez?

– Mais ou menos isso – concordou mamãe, levando um dedo à boca em sinal de silêncio quando Sadie entrou carregando o jarro de leite.

5

*"Regra Número Três: Quinze colheitas cada jovem presenciará,
e só então da Assembleia participará."*

O salão estava quase lotado quando papai, Merry e eu chegamos ao vilarejo. Matthias Dodson e Leland Schäfer puxaram papai para perto assim que entramos, deixando que Merry e eu encontrássemos sozinhas algum lugar para nos sentar.

O Salão de Assembleia era uma construção ampla perto da fronteira norte de Amity Falls. As janelas, de frente para a fileira de árvores e geralmente bem fechadas por causa do frio, estavam abertas, oferecendo-nos um panorama dos pinheiros que nos cercavam a perder de vista.

Na parte da frente do salão ficava a Árvore Fundadora, uma nogueira escura e incrivelmente grande, com o tronco dividido em três na base. Segundo contam as histórias, a visão dela foi a razão pela qual a caravana se desviou de seu caminho para descansar na palma da Mão de Deus.

Décadas atrás, uma tempestade horrível se abateu sobre as montanhas sem aviso algum. Em meio à ventania e à chuva, os aldeões viram raios e mais raios caírem na árvore titânica, aparentemente sem causar nenhum dano. Assistiram então às criaturas sombrias que os haviam aterrorizado durante a viagem fugirem de medo dos lampejos de luz branca. O líder da caravana enxergou na árvore uma grande protetora, e decidiu que acampariam ali assim que a tempestade passasse.

Boa parte da nogueira chamuscada fora podada, deixando o tronco amplo como peça central ao redor da qual o Salão de Assembleia de Amity Falls tinha sido construído. Mas a imagem dela ainda imaculada – com galhos amplos e raízes espalhadas em todas as direções, lembrando-nos de como éramos conectados – estava por todos os lados: estampada nos botões dos mantos dos Anciãos, no batente das portas, até mesmo na bengala que Amos usava para caminhar pelo vilarejo todo dia.

O restante do cômodo estava repleto de bancos simples de madeira, divididos em áreas por corredores. Vi um espaço vazio num deles e me sentei, puxando Merry comigo antes que outra pessoa ocupasse o lugar. Fiquei tão aliviada de não precisar passar a reunião inteira de pé que não tinha sequer me preocupado em ver ao lado de quem havíamos nos acomodado.

– Ah. Rebecca.

Sua tez, geralmente suave e cor de pêssego, assumiu um vermelho vibrante assim que me viu.

– Bom dia, Ellerie. Oi, Merry.

Os olhos dela a traíram, desviando-se para ver quem mais viera conosco.

– Sam ficou em casa. – Minha voz saiu entrecortada, as palavras parecendo ter pontas afiadas enquanto passavam pela boca. – Não tinha como ele caminhar até aqui por causa da entorse.

– Ele está com muita dor?

Fiz uma pausa, pensando em como responder.

Rebecca apertou meu joelho, as sobrancelhas franzidas numa linha de preocupação.

– Eu... eu queria ter contado para você, Ellerie, queria mesmo. Me senti mal em esconder algo tão importante. Você é minha melhor amiga, a gente sempre contou tudo uma para a outra. Sempre dividimos tudo.

Merry fungou ao meu lado.

– Ou era o que parecia – disse minha irmã.

Rebecca deixou escapar um ruído, uma mistura de engasgo e soluço.

– Sam disse que logo a gente ia contar. Em algum momento. Só queríamos esperar.

– Esperar? O que, meu Deus, vocês precisavam esperar?

Ela balançou a cabeça em uma negativa.

– Não sei. Ele só dizia sempre que era melhor contar depois. Por... por um tempo, achei que não estivesse falando tão sério sobre me cortejar. Qual seria a outra razão para não tornar isso público? Achei que ele estivesse brincando com os meus sentimentos...

– Sam nunca faria algo assim. – Minha entonação saiu tão afiada que seria capaz de cortar a frase dela ao meio.

Por mais que Sam estivesse mantendo segredos, eu precisava ficar do lado do meu irmão gêmeo.

Rebecca ajeitou os cabelos ruivos atrás das orelhas, concordando com a cabeça. Ainda os usava soltos, como uma menininha. Eles formavam cachos perfeitos, que cascateavam sobre o padrão floral preto do vestido dela.

– Agora eu sei disso. Mas na época...

– Você estava com esse vestido na noite passada, não estava? – perguntei.

A expressão dela se anuviou em confusão.

– Eu... Sim.

– Alguém visitou sua propriedade?

– O quê? Quando? – Ela parecia aturdida.

– Na noite passada. Antes de a gente acender as Nossas Senhoras. Tinha alguém na sua casa?

– Papai e Mark, claro. Quem mais estaria?

– É o que estou tentando entender. Tem certeza de que...

Fui interrompida quando os três Anciãos marcharam até a frente do salão, assumindo seus lugares na fileira de cadeiras de couro estofado posicionadas diante de nós. Papai os seguiu, ocupando o espaço entre nós e eles. Qualquer traço de alegria que havia compartilhado com mamãe tinha sumido, no lugar restava apenas uma responsabilidade pesada e severa.

Ele cofiou a barba com os dedos, colocando os pensamentos em ordem antes de continuar. Papai era muito respeitado na cidade, até admirado. Eu sentia por ele, sozinho ali na frente, prestes a dar notícias tão terríveis. Mas ele não parecia assustado ou inseguro. Sabia exatamente o que precisava ser feito. Sempre soubera.

– Que Deus abençoe a todos – começou ele, as palavras se projetando claras pelo salão. – Como a maior parte de vocês sabe, Jeb McCleary e outras cinco pessoas partiram no começo da semana para a expedição de suprimentos do verão. Apenas um dia depois, o garanhão do líder voltou, mortalmente ferido e sem cavaleiro nenhum.

Olhei ao redor, para ver se encontrava Molly ou os filhos dela. Não estavam ali, e meu coração se aqueceu de gratidão por quem quer que tivesse mantido a família longe daquela reunião. Se a história de papai tivesse alguma semelhança com a de Sam, a família de Jebediah não merecia ouvir os relatos.

– Meu filho e eu nos aventuramos na floresta, seguindo pela trilha que eles deveriam ter tomado – continuou papai. – Encontramos o que acreditamos ter sido a última fogueira acesa pelo grupo, a apenas alguns quilômetros daqui. Não chegaram a ir muito longe antes do... incidente.

– E qual foi o "incidente"? – A pergunta veio dos fundos. Não consegui identificar quem tinha falado.

O maxilar de papai se enrijeceu, os dentes se cerraram.

– É difícil saber o que realmente aconteceu ali… Mas parece que os homens foram atacados enquanto dormiam. As barracas foram destruídas, e eles sumiram.

– É possível que tenham sido interceptados por bandidos?

Papai negou com um gesto de cabeça.

– Creio que tenham sido animais de algum tipo.

– Aquele urso – disse Cyrus Danforth, ficando de pé.

– Nenhum urso pode ter feito o que vimos. E… o que quer que seja… não está sozinho. Talvez seja uma matilha.

– Lobos – sugeriu Edmund Latheton.

– Parece mais plausível. Depois que deixamos o acampamento para trás, encontramos… os restos dos homens. Parece que nenhum conseguiu chegar muito longe. As criaturas devem ter agido com bastante rapidez.

– Lobos – concordou Cyrus. – Então por que todo esse drama? Mandem um grupo de homens à caça deles e pronto.

– Esperem só um minuto – disse Gran Fowler, levantando-se também. – Todos vimos o cavalo. Aqueles cortes eram imensos. – Ele afastou os dedos o máximo que conseguia. – Com certeza eram maiores do que os que eu seria capaz de causar.

Cyrus soltou uma risadinha.

– Boas notícias, pessoal. Fowler não é o assassino.

O avicultor estreitou os olhos.

– Só estou dizendo que lobo algum tem as patas maiores do que as mãos de um adulto.

Papai assentiu.

– Não vimos nenhum. Além disso… – ele coçou os polegares com as unhas dos outros dedos – Sam e eu queimamos as moitas do lugar. Não queríamos que o sangue atraísse alguma outra coisa, principalmente pelo acampamento estar tão perto do vilarejo. E, enquanto acendíamos as tochas, passamos a ver as criaturas, embora estivessem fora de alcance. Os olhos delas refletiam a luz das chamas, brilhantes e prateados. Estavam ali o tempo todo. Observando nossos passos.

Ele coçou a nuca. Era a primeira vez desde que começara a falar que parecia nervoso.

– Não consegui identificar exatamente o que eram. Misturavam-se às sombras dos pinheiros… Mas, o que quer que fossem, eram gigantescas. Mais ou menos da minha altura.

Mordi o canto da língua. Papai era um dos homens mais altos de Amity Falls. Tentei visualizar um lobo mais alto do que ele. Imaginei seus pelos eriçados enquanto soltava um rosnado sinistro, ou as enormes patas com o luar refletido nas garras, mas não conseguia juntar as partes e ver a criatura inteira. Minha mente se negava a conceber uma abominação daquelas.

– Impossível – zombou Cyrus.

Gran parecia perturbado.

– Parece bem absurdo, Gideon. Vocês têm alguma prova?

Os olhos de papai lampejaram de indignação.

– Prova? Que prova querem além do meu relato? Todo mundo aqui sabe que sou um homem íntegro e honrado. Não sou dado a rompantes de imaginação ou exageros. Se estou dizendo que foi isso que vi, então podem ter certeza de que é isso que há lá fora.

Correndo os olhos pelo salão, vi várias pessoas trocando olhares culpados. Não estavam muito convencidas.

Papai, é evidente, notou aquilo também e suspirou.

– Samuel também os viu. Ele vai dizer a mesma coisa a vocês.

A história que Sam contara pela manhã cruzou minha memória. Ele tinha admitido que vira feras gigantes na floresta.

Também dissera que elas haviam rido dele.

– Latheton – começou papai, encontrando o carpinteiro no meio do salão –, você disse que também viu as criaturas. Qual acha que era o tamanho delas?

Depois de um incentivo da esposa, Edmund se levantou, meio cambaleante.

– Eu... eu não sei muito bem... mas eram maiores do que lobos normais. Mais rápidas também. A que vimos... – Ele olhou para a esposa. Ela alcançou a mão dele e a apertou. – A que vimos estava perto do meu barracão de carpintaria, no fim da propriedade. Sabe aquele ponto em que passa o riacho?

Várias pessoas concordaram com a cabeça, absortas na história.

Ele respirou fundo, e percebi que suas mãos tremiam um pouco.

– Nós vimos os olhos, assim como Gideon descreveu, brilhantes e prateados. Algo deve ter assustado a criatura. Ela correu pelo campo e se escondeu atrás do celeiro. Percorreu a distância de uns cento e cinquenta metros em segundos. Eu... nunca vi algo se mover tão rápido.

Prudence se levantou.

– Ele está dizendo a verdade. Ambos estão – acrescentou, lançando um olhar de confirmação para papai.

– Bem, o que devemos fazer quanto a esses lobos monstruosos, Gideon? – perguntou Cyrus, juntando-se a papai na frente da sala. A barriga dele escapava por cima do cós da calça como a proa de um navio. – Pelo que disse, precisaríamos de metade do vilarejo para abater um deles.

O rosto de Edmund perdeu a cor.

– Acho que nem isso seria suficiente.

Papai concordou com um resmungo, um ar de preocupação nos olhos.

– Acho... acho que os monstros dos quais falavam nossos antepassados estão de volta.

Murmúrios de descrença se espalharam pela multidão.

– Isso é impossível – disse o pároco Briard, ficando de pé em um salto, o cenho franzido em rugas profundas. – Minha família não estava aqui quando o vilarejo se estabeleceu, mas essas histórias nunca fizeram muito sentido para mim. São contos de fadas fantasiosos para assustar as crianças antes de dormir. Deus não permitiria que tais criaturas existissem.

O semblante de Matthias se fechou.

– Sente-se, Clemency. Está constrangendo a si mesmo. Há muitos registros de avistamentos. Eles são reais. Mas, Gideon... Sabe tão bem quanto eu que ninguém os vê desde...

– Desde agora – papai o interrompeu, descontente.

As narinas do ancião estremeceram.

– Então esses demônios precisam ser erradicados.

Papai balançou a cabeça em uma negativa.

– Não estou propondo que os cacemos. Eles são muitos, e não temos nem perto da quantidade necessária de munição... o que nos leva ao nosso maior problema no momento. Precisamos enviar outro comboio atrás de suprimentos.

Houve um ruído de zombaria vindo do fundo do salão.

– Você não pode estar falando sério. Se acredita mesmo que essas criaturas são reais e que voltaram, não pode esperar que outras pessoas se ofereçam como voluntárias. É suicídio.

– Não mais do que tentar passar o inverno todo sem enviar nenhum grupo em expedição – retrucou papai, a voz sombria. – O doutor Ambrose disse que os estoques dele estão baixos. Aquele surto de difteria em maio fez as crianças beberem xarope no gargalo. Acha mesmo que temos carne defumada suficiente até a próxima primavera? Precisamos de mais munição. De mais um monte de coisas. – Sua expressão se suavizou. – Tomaremos mais precauções. Devemos mandar outras pessoas.

– Mandar outras pessoas para a morte – retrucou aquele que discordara dele antes.

Virei no assento e vi Calvin Buhrman. Os olhos escuros do taverneiro cintilavam. Jebediah McCleary era cunhado dele. Fiquei um pouco surpresa ao constatar que Calvin não tinha ficado em casa para cuidar da irmã em luto.

– Não estou vendo nenhuma criança aqui hoje – disse Cyrus, observando a multidão. – Pelo que entendi, vamos votar a favor ou contra essa expedição insana, é isso?

Papai se virou para se dirigir aos Anciãos:

– No meu entendimento, não precisamos de um Pleito para definir se haverá outra expedição para obter suprimentos. Chamei os adultos aqui porque precisamos reunir um grupo de voluntários. – Ele olhou por sobre o ombro, abrindo um ligeiro sorriso para nós. – Serei o primeiro a me oferecer.

– Não, papai! – gritei, ficando de pé em um pulo. – E a mamãe?

– A própria filha dele acha que não é uma boa ideia – disse Calvin, aproveitando-se da situação. – Eu voto contra. Com certeza vai ser um inverno complicado. Mas nossos ancestrais passavam por isso o tempo todo. Vamos deixar essas criaturas morrerem de fome. Terão ido embora na primavera, procurando locais com mais presas. Só depois enviaremos um comboio. Pelo diabo, eu mesmo o lidero, se for o caso.

A sala irrompeu em várias discussões esparsas – alguns gritavam pelo corredor, outros sussurravam num tom inflamado com as esposas. Merry puxou meu braço, perguntando o que havia com mamãe. Disfarcei, sabendo que mamãe ficaria decepcionada se eu não guardasse seu segredo.

Do círculo de Anciãos, Amos McCleary ergueu a mão trêmula, a pele negra marcada por manchas senis. Era o homem mais velho de Amity Falls, o líder dos Anciãos. Os olhos antes castanhos estavam azulados por causa da catarata, e ele usava uma bengala longa para se orientar pelo vilarejo. No topo dela, havia uma réplica em miniatura da Árvore Fundadora antes de ser atingida pelo raio. As folhas esculpidas já tinham perdido boa parte dos detalhes, a madeira polida como a superfície de um lago.

– Me parece – começou ele, a voz frágil como papel – que várias perguntas precisam ser feitas antes de iniciarmos um Pleito. – Amos olhou para os demais Anciãos. – Estamos de acordo?

Os homens assentiram.

– A primeira é: acreditamos mesmo que Gideon e os outros no vilarejo viram as tais… criaturas? Aqueles que acham que sim, levantem a mão agora.

Minha mão e a de Merry dispararam para o alto, junto com a de pouco mais da metade das pessoas no salão. Ao meu lado, Rebeca hesitou, enrolando uma mecha de cabelo com os dedos.

— Sam também as viu — sibilei para ela. — Em algum momento, você vai ter que começar a escolher a quem devotar sua lealdade.

Após um momento, ela ergueu a mão, mas manteve os dedos curvados de timidez. Também baixou o olhar de imediato, evitando a encarada do pai.

— Votos contados — disse Matthias, anotando os números no livro de atas.

— Ótimo — respondeu Amos. — Aqueles que não acreditam, levantem a mão agora.

Uma quantidade menor de pessoas o fez. O pároco Briard não só agitou a mão no ar como também se levantou, garantindo que todos pudessem ver seu voto.

— Decidido, então — prosseguiu Amos. — Acreditamos que as criaturas existem. Agora... acreditamos que podem nos fazer mal? Que são responsáveis pelas mortes de Jeb... — A voz dele vacilou, a frase ficando entrecortada. — De meu filho e do restante do comboio? Aqueles que acreditam que sim, levantem a mão.

Minha mão e a das duas garotas ao meu lado se ergueram de novo.

— Aqueles que acreditam que não...

Cyrus Danforth e o pároco foram os únicos a votar naquela opção.

Amos apertou a ponta da bengala, levantando-se com um nítido esforço.

— Perfeito. Agora estamos prontos para iniciar o Pleito. Como todos sabem, vamos fazer isso de forma aberta, para que todos no vilarejo conheçam a opinião do outro. Somos uma comunidade unida, confiamos em nós mesmos e em nossos vizinhos, portanto, nada mais adequado do que saber o que todos pensam de fato.

Leland Schäfer se levantou.

— O Pleito que apresentamos é o seguinte: acreditamos que a mata nos arredores de Amity Falls abriga uma matilha de criaturas rápidas e muito grandes. Acreditamos que sejam mortais, já tendo abatido alguns dos nossos. Não adquirimos novos suprimentos desde abril, e as nevascas do inverno logo chegarão. Devemos mandar uma expedição atrás de mais suprimentos agora ou esperar até a primavera, quando porventura as criaturas poderão já ter ido embora? — Ele olhou para cada um de nós antes de continuar. — Estão preparados para votar?

Depois de uma longa pausa, várias pessoas assentiram.

— Venham até aqui e se posicionem de acordo com a opinião que tiverem. Amarelo para enviar um comboio agora, vermelho para esperar até a primavera.

Fileira por fileira, os aldeões de Amity Falls foram até o tronco triplo da Árvore Fundadora. Tigelas de cobre um tanto amassadas estavam acomodadas sobre duas das superfícies aneladas, e no tronco mais alto havia um livro. Com quase um metro e vinte quando aberto, o livro continha os votos de todos os Pleitos que o vilarejo já votara.

Papai foi o primeiro a votar, pressionando a palma da mão no interior de uma das tigelas. Ela voltou tingida de um amarelo forte, resultado de uma mistura concentrada de açafrão com água. Andou até o livro e pressionou a mão do lado correto. Quando se afastou, permitindo que as pessoas seguintes votassem, o olhar dele cruzou com o meu, e ele abriu um sorriso encorajador.

Merry observava o procedimento com uma atenção extasiada. Era o primeiro Pleito dela e, quando chegou à frente do salão, hesitou antes de mergulhar a mão na solução amarela. A marca que deixou no livro saiu borrada devido ao nervosismo.

Fui logo atrás dela, analisando as duas tigelas à minha frente. Acreditava sem dúvida nenhuma que papai e Sam tinham visto algum tipo de animal na mata, e que aquelas criaturas eram responsáveis pela morte de nossos conterrâneos. Mas será que eu concordava com uma nova expedição para buscar suprimentos? Pelo lado racional, ela era necessária. Os suprimentos estavam escassos, e eles eram essenciais.

Mas a que custo?

O que Calvin havia dito era verdade – nossos ancestrais tinham passado por invernos nas montanhas com muito menos do que possuíamos agora. Seriam meses difíceis, mas, se continuássemos unidos, compartilhando o que tínhamos com amigos e vizinhos, fazendo um pouco de sacrifício no presente em troca de um bem maior, poderíamos dar um jeito.

Por outro lado, como ter certeza de que as criaturas partiriam antes da expedição da primavera? Como ter certeza de que, quando a neve caísse e as presas se tornassem escassas, elas não arriscariam invadir o vilarejo?

Não poderíamos passar por isso. Precisávamos de mais equipamentos, mais armas, mais munição.

Mas, se enviássemos uma caravana naquele momento, papai estaria na liderança dela. E se algo acontecesse com ele? Mamãe jamais se recuperaria. O luto poderia matar o bebê, e ela em seguida.

As duas tigelas estavam bem à minha frente. O amarelo vibrante estava à direita; o líquido vermelho, feito de beterraba e casca de macieira-brava, à esquerda. Eram corantes que não saíam com facilidade da pele. Os fundadores queriam que todos entendessem que suas ações afetavam a comunidade como um todo. O que quer que fosse decidido naquele momento, deixaria minha mão manchada por dias, como uma marca a ferro.

Olhei para o livro, identificando sem dificuldade os carimbos da mão de papai e de Merry do lado direito. O esquerdo estava repleto de marcas vermelhas, pessoas que preferiam esperar e confiar na chegada de uma primavera melhor.

Qual era a escolha certa?

O peso da decisão pressionou meu peito, como rochas caindo de um declive montanhoso, até que enfim agi.

Meus dedos mergulharam no corante e depois na página, e pronto.

Dei um passo para o lado, dando espaço para que Rebecca também votasse. Quando me sentei, senti os olhos de papai em minha nuca, persistentes como o sol a pino.

Depois que todos no salão tinham votado, carimbando a mão no enorme livro, Matthias contou as manchas e sussurrou o resultado para Amos.

– O Pleito chegou ao seu objetivo – disse Amos, imóvel diante da multidão, apertando a bengala enquanto um tremor o percorria dos pés à cabeça. – Não foi uma decisão fácil, eu sei, mas a maioria opinou, e a maioria será ouvida. Há uma marca vermelha a mais do que o número de marcas amarelas. Ficaremos no vilarejo, e vamos aguardar a primavera para enviar um comboio atrás de suprimentos. Assim decidiu Amity Falls.

※

Voltamos para casa caminhando em silêncio. Papai ia entre mim e Merry, mas sem falar com nenhuma das duas. Ficou o tempo todo um ou dois passos à frente, os olhos fitando o chão, perdido em pensamentos. Merry olhava curiosa para mim de vez em quando, mas permaneceu em silêncio, esfregando a palma amarela.

Tentei puxar o braço de papai em certo momento. Com um gesto incomodado, ele se desvencilhou, como se o mero toque de meus dedos manchados de vermelho o fizesse sentir ojeriza.

6

Eu esfreguei a camisa de papai para cima e para baixo na tábua de lavar roupa – uma, duas, três vezes antes de parar e analisar o resultado. Tinha tirado quase todo o sangue do algodão, mas uma mancha teimosa persistia. Depois de passar a barra de sabão pelo metal ondulado mais uma vez, recomecei o processo.

Três dias tinham se passado desde o Pleito, e papai ainda se recusava a olhar para mim. Eu tinha tentado contemporizar, oferecendo-me para fazer qualquer tarefa de casa que fosse ajudar mamãe. Colocara os tapetes pesados no varal e os batera com os bastões, tirando deles cada partícula de poeira, até meus ombros latejarem de dor. Havia virado os colchões, preenchendo todos com palha nova, penas frescas e até mesmo punhados de lavanda seca, para atrair bons sonhos. Quis me oferecer para ajudar com as abelhas de novo, mas não tive coragem.

Era dia de lavar as roupas. Tinha carregado duas bacias de metal até o ponto em que o riacho adentrava nossa propriedade. Havia um lugar para acender uma fogueira ali, e logo uma das tinas estava cheia de água quente com sabão. A segunda era para enxaguar. Depois de tirar todo o sabão das roupas, pendurei as peças na meia dúzia de cordões esticados ao lado do riacho. Cerca de uma hora antes do almoço, quatro dos varais já estavam cheios. Nossas roupas dançavam ao sabor da brisa como uma trupe de fantasmas em um baile. Meus dedos doíam e minha pele estava esfolada, mas nem toda a esfregação do mundo seria capaz de remover as malditas marcas do Pleito.

Os nós dos meus dedos rasparam nas protuberâncias de metal e praguejei, dando um passo para trás. A camisa de papai caiu na água, desaparecendo sob as bolhas. Massageei os músculos tensionados de minha mão.

– Tudo certo aí?

Tive um sobressalto, já que tinha certeza de estar sozinha. Olhando através das linhas ondulantes de camisas e anáguas, esperei ver Sam apoiado num par de muletas improvisadas, mas não havia ninguém ali.

– Aqui.

Virei minha cabeça com tudo na direção do riacho.

Parado na outra margem, perto da fileira de árvores, havia um estranho.

Era alto. Bem alto. Mesmo àquela distância, pude perceber que eu mal bateria em seus ombros se estivéssemos lado a lado.

– Não quis assustar – continuou ele. – É que tive a impressão de que você tinha se machucado.

– Está tudo bem. Estou bem. – Mostrei a mão para provar, embora os nós dos dedos estivessem esfolados e vermelhos.

– Parece dolorido. Posso fazer algo para ajudar?

Ele saiu das sombras dos pinheiros e derrubou uma trouxa grande no chão, que aterrissou com um baque. A luz do sol banhou os cabelos negros do estranho, exibindo reflexos acobreados. O rosto dele era impressionante, comprido, e esculpido nele havia um nariz orgulhoso, que lhe dominava as feições. Parecia ter sido fraturado antes, mais de uma vez. O perfil torto dava ao rapaz uma intensidade penetrante que não combinava com a jovialidade dos outros traços.

Fiquei de pé em um salto quando ele deu um passo à frente. Sinos de alerta tocaram em minha mente, disparando por meu sangue, e senti o ímpeto de fugir. Quase não havia visitantes em Amity Falls, e todos os piores cenários bailaram por minha imaginação. Olhei por cima do ombro, tentando vislumbrar nossa casa, mas a roupa estendida bloqueava a linha de visão – o que significava que, de casa, ninguém conseguia me ver também.

– Fique exatamente onde está – gritei, muito mais alto do que necessário. Minha esperança era de que minhas palavras atravessassem o campo e se sobrepusessem ao zumbido das abelhas. Por mais bravo que papai estivesse comigo, viria correndo se soubesse que eu estava em perigo. – Isso é invasão.

O garoto ergueu uma das sobrancelhas e olhou de novo para as árvores.

– Ah, é? Achei que essa floresta não pertencia a ninguém. – O rosto bronzeado assumiu uma expressão divertida, e o canto dos lábios dele se retorceram, como se resistindo ao impulso de sorrir.

– Não pertence, mas nossa propriedade começa bem onde o riacho passa – falei, desejando ter trazido comigo a carabina da família.

Durante os meses mais quentes do verão, papai nos fazia levar a arma até o riacho quando íamos lavar roupa. Víboras e corais eram atraídas pelas pedras planas e quentes ao longo da margem. Mamãe geralmente a levava consigo, mas estava descansando quando eu começara a separar as bacias e os cestos, e eu tinha me esquecido da carabina até aquele momento. Nunca havia matado uma cobra – o garoto não sabia disso, porém, e sentia falta do peso reconfortante do cano nas mãos.

Ele olhou para baixo como se a fronteira fosse visível, depois arrastou o pé em um movimento exagerado.

– Quer dizer então... que estar bem aqui *não* configura invasão.

Tensionei a mandíbula.

– Quem é você? O que está fazendo aqui?

Ele apontou para uma pedra grande à margem do riacho.

– Só para deixar claro, aquela pedra está do lado de cá do riacho. Não vou cruzar nenhum limite de propriedade se me sentar ali, vou?

A voz dele era suave, como se estivesse prestes a rir. Não sabia muito bem se estava zombando de mim ou usando o evidente charme a seu favor.

Sem esperar, o estranho se sentou na pedra e começou a tirar as botas. Cordões de couro as prendiam aos tornozelos, e ele passou a assobiar enquanto desatava os nós.

– O que, por Deus, está fazendo?

Ele tirou um dos calçados, depois o outro.

– Estou caminhando há horas.

– Vindo de onde? Você não é de Amity Falls.

– Não sou – concordou ele, jogando para o lado um par de meias sujas de lama e flexionando os dedos dos pés. Enrolou a barra da calça de pele de cervo, revelando um par de panturrilhas musculosas, e soltou um ruído de prazer ao mergulhar os pés na água corrente. – Ah, eu estava precisando disso. Poderia passar o dia inteiro aqui, exatamente assim.

Apoiando-se para trás nos cotovelos, balançou graciosamente as pernas no riacho. Ali, aproveitando o sol, parecia um deus antigo sobre os quais aprendíamos na escola. Pan, ou aquele que gostava de vinho e dança.

Dionísio, lembrei-me depois de um momento.

– De onde você é, então?

Ele me encarou com os olhos semicerrados.

– Você é persistente demais, nossa!

– E você evitou cada pergunta que eu fiz.

Ele arqueou a sobrancelha direita.

– Evitei, é? Que falta de educação de minha parte! Vou responder à próxima, prometo. – Ele cruzou os dedos sobre o coração, como se fizesse um juramento solene. – Vamos, é a sua chance. Pergunte o que quiser.

Cruzei os braços à frente do peito.

– Qual é seu nome?

O garoto franziu o nariz.

– Ah, essa não! Pode perguntar o que bem entender, e escolhe justo algo tão pragmático? Não, não, não. Vou deixar você tentar de novo.

Não consegui conter um suspiro.

– Está falando sério?

– Sempre. – Ele bateu palmas. – Viu? Respondi a uma pergunta sua. Agora você me deve uma resposta.

– Não devo nada a você! Não foi nem uma pergunta de verdade!

– Permita-me discordar. Você me desafiou a responder a algo. Algo que exige uma resposta; essa não é a definição de pergunta? Além disso... – ele abriu um leve sorriso – a entonação da sua fala mudou no final. Todo mundo sabe que é isso que marca uma pergunta. E, bem, eu respondi. Então, em troca, precisa responder a algo que eu perguntar.

– Certo. O que quer saber?

Os cantos dos olhos dele se apertaram quando um sorriso tomou seu rosto, largo e completamente incorrigível.

– Qual é o *seu* nome?

– Sério? – Ergui uma das sobrancelhas, exasperada, antes de ceder. – Ellerie.

– Ellerie...? – repetiu ele, claramente querendo mais.

– Downing.

– Downing – repetiu o rapaz. – Seu pai é o apicultor destas bandas, não é? Me disseram que eu precisava comprar uma garrafa do mel dele se passasse por aqui depois da colheita.

– Quem disse isso? – questionei. Ele inclinou a cabeça, como se não tivesse entendido a pergunta. – Quem falou a você sobre papai? E o mel dele?

– Dou uma chance de você se redimir, e essas são as perguntas que escolhe? – Ele voltou a se apoiar nos cotovelos. – Você é muito, muito ruim nessa brincadeira, Ellerie Downing.

– Não sabia que estávamos brincando.

– Claro que estamos. As pessoas não estão sempre brincando?

Apesar da voz leve e descontraída de antes, um traço de familiaridade excessiva me deixou nervosa. Olhei novamente para os varais de roupas, esperando que o vento soprasse, para que papai pudesse ver aquele estranho rapaz.

– Mas, então, qual é o seu nome? – perguntei, pronta para terminar a conversa ali. – Você já sabe o meu, é justo me dizer o seu.

– Brincadeiras não são sempre justas, menina dos cabelos cor de mel. – Seus dentes brilharam quando sorriu.

Aquela audácia era de enlouquecer. Virei de costas, tratando de enxaguar logo a camisa e pendurá-la no varal. Terminaria o restante depois do almoço, trazendo papai comigo, para o caso de o estranho ainda estar por ali. Ele seria capaz de arrancar respostas daquele sujeito irritante.

– Ellerie? – chamou o garoto, depois que ficou claro que eu o estava ignorando.

Coloquei os cestos vazios um dentro do outro e os apoiei no quadril antes de ousar olhar para ele.

– Não preciso de outra pergunta. Já sei tudo o que preciso sobre você. – Com um suspiro satisfeito de orgulho, virei para o outro lado e passei por entre as roupas do primeiro varal, seguindo para casa.

– Duvido muito – disse ele atrás de mim, mas mantive a determinação e não me virei uma vez sequer.

※

– Tinha um estranho lá no riacho – anunciei depois que nos sentamos e rezamos antes de começarmos a refeição diante de nós. Todos se viraram para mim, inclusive papai. – Ele veio da floresta enquanto eu lavava roupas.

O olhar repleto de preocupação de mamãe cruzou com o de papai. Ele tamborilou os dedos na mesa, pensando no que fazer com a informação. Com um sorrisinho, imaginei papai pegando a arma sobre a lareira e correndo até o riacho. Queria ver por quanto tempo o estranho ficaria evitando perguntas simples com uma carabina apontada para ele.

– Disse a ele onde ficava a fronteira de nossa propriedade. Ele não chegou a cruzá-la – acrescentei, tentando ser justa.

Papai pegou a cumbuca de ovos cozidos e colocou dois em seu prato.

– Como ele era?

Quase falei "bonito", mas me segurei antes de soltar a palavra traiçoeira.

– Alto. Tinha mais ou menos minha idade, acho. Estava de botas.

Papai assentiu.

– Provavelmente um caçador. Jean Garreau morreu no último inverno. Acho que veremos mesmo alguns rostos novos por Amity Falls neste outono, pessoas querendo ocupar o lugar dele.

– Será que devemos contar a ele sobre os monstros? – perguntou Sadie, esticando o pescoço na direção da janela, tentando vislumbrar o caçador.

— Talvez seja uma boa ideia — disse papai, ainda pensando. — Caçadores não costumam se expor muito antes de terem algumas peles para vender. Mas, se ele estiver mesmo perambulando pela mata, precisa tomar cuidado. — Papai olhou para mim. — Ele estava armado?

Franzi o cenho, tentando me lembrar dos detalhes. Não vira arma alguma — mas, se ele fosse mesmo um caçador, com certeza teria pelo menos um conjunto de facas. E ele carregava uma trouxa pesada, cheia de coisas.

— Acho que não. Mas carregava um fardo grande.

As sobrancelhas de papai se franziram.

— Depois do almoço, pode me mostrar onde ele estava? Já deve ter ido embora, mas só para garantir.

— Quer que eu vá com você, papai? — perguntou Samuel. Era o primeiro dia que ele ousava descer as escadas, apoiando-se com cuidado em Merry e Sadie.

— Vou ficar bem — respondeu papai, espetando uma batata com o garfo. — Mas preciso que vá até as colmeias hoje à tarde. Acha que consegue aguentar o peso do fumigador?

Meu coração se apertou. Minha esperança era de que, com Sam acamado, eu tivesse outra chance com as abelhas. Escondi a mão com a palma vermelha sob a mesa, como se aquele gesto pudesse fazer retroceder três dias ou mudar meu voto idiota.

Samuel franziu o cenho, os olhos pousando nas muletas apoiadas na parede.

— Eu... posso tentar, mas...

— Leve Ellerie com você — sugeriu mamãe. — Essa divergência entre vocês dois já foi longe demais. Ela votou, como é direito dela. Deixe estar, Gideon.

As palavras atrás dos lábios de papai pareciam se acumular como água numa barragem. Tive certeza de que ela romperia, inundando a todos nós, mas ele respirou fundo e soltou um longo suspiro.

— Já terminou todas as tarefas de hoje, Ellerie?

— Ainda falta lavar a última baciada de roupa.

Ele soltou um grunhido, depois pediu pão. Mamãe ergueu o prato com alguns, mas não o soltou até que papai olhasse para ela.

— Depois que terminar de lavar tudo... por que não me ajuda com as colmeias? — Os dentes de papai estavam tão cerrados que temi que virassem pó.

Olhei para ele, mansa, mas por dentro estava uma pilha de nervos. Queria muito a oportunidade de mostrar a ele que eu era tão capaz quanto Samuel, mas não daquele jeito. Não quando ele preferiria que qualquer pessoa fizesse aquilo, menos eu. As coisas poderiam dar muito errado. Ele poderia ficar nervoso, e as abelhas sentiriam. Atacariam, e perderíamos metade da colônia antes do fim da tarde. E seria tudo culpa minha.

Uma mão cálida se apoiou em meu joelho e o apertou. Mamãe abriu um ligeiro sorriso. Parecia me encorajar tanto que cheguei a acreditar que talvez eu pudesse corrigir a bagunça que tinha causado. Talvez pudesse usar aquela proximidade forçada para explicar por que havia feito aquilo – por que meu voto tinha sido diferente do dele.

E, pelo menos, ocultas no traje para lidar com as abelhas, minhas mãos seriam idênticas às dele.

7

— O senhor não vai levar a carabina? – gritei enquanto papai saía pela porta. Tinha acabado de enxaguar o último prato e o estendia para que Sadie o enxugasse e guardasse.

Pela janela da cozinha, eu o vi parar nos degraus que levavam à lateral da propriedade. Não foi possível interpretar a expressão de papai, mas seus ombros pareceram pender um pouco enquanto ele considerava a pergunta.

— Acha mesmo que eu deveria?

Pendurei o pano de prato antes de me juntar a ele no alpendre.

— Talvez. Só por garantia.

Papai se virou.

— Ele disse algo que fez você pensar que poderíamos precisar dela?

Lembrei-me do tom de voz do estranho, como ele parecia sempre prestes a zombar de mim, como eu tinha desejado estar com a carabina. Quando pensava no acontecido, conseguia me lembrar claramente da sensação, mas não o que havia inspirado aquela urgência. Depois de refletir um pouco, neguei com a cabeça.

— Acho que não.

Papai ergueu os olhos para o sol.

— O dia está *bem* quente, de qualquer forma. Por que não pega a arma para mim, só por desencargo de consciência? Talvez a gente se depare com cobras.

O nó de preocupação em meu estômago se desfez, como um porco-espinho baixando a guarda. Papai conseguiria tirar toda a informação de que precisasse daquele garoto.

Isso se ele ainda estivesse por ali.

Nós o vimos assim que passamos pelas roupas no varal. Ainda deitado na pedra, os pés ainda na água. Protegera o rosto com um gorro escuro de lã e estava tão completamente imóvel que presumimos que estivesse dormindo.

– Recomendo cuidado ao mergulhar os pés neste riacho – exclamou papai, alertando o rapaz de nossa aproximação. – As cobras-d'água podem confundir seus dedos com salamandras. Não são venenosas, mas a picada dói do mesmo jeito.

O garoto retirou o gorro de cima do rosto e o usou para bloquear o sol enquanto olhava para nós. Espreguiçando-se com languidez, ele se sentou sem tirar as pernas do riacho.

– Cobras-d'água, o senhor disse?

Papai assentiu.

Depois de um momento tenso de silêncio, ele tirou os pés do riacho.

– Já estavam formigando mesmo.

– Meu nome é Gideon Downing – disse papai. Ele parou a alguns metros da água, sem fazer esforço algum para esconder a carabina do estranho.

– O apicultor – disse o estranho.

Papai se recostou na coronha da arma apoiada no chão. Embora a postura dele parecesse descontraída, havia uma energia frenética percorrendo seu corpo que me fez cerrar os dentes e ter a impressão de que cada palavra daquela conversa era carregada de tensão.

– Está só de passagem, ou planeja se instalar por aqui?

– Só conhecendo o lugar – respondeu o garoto de modo evasivo.

– Com seu pessoal?

– Só eu... e meus companheiros – acrescentou ele.

– Ah, é?

A fluidez rodopiante da conversa deles era de enlouquecer. Meus dedos coçaram de vontade de pegar a carabina, disparar um tiro de alerta para cima e exigir que ele desse respostas reais.

– Levantamos um pequeno acampamento lá. – Ele apontou na direção da montanha mais a oeste. – Eu estava acompanhando o curso do riacho quando esbarrei com... – Ele se deteve, como se já tivesse esquecido meu nome. Fiquei surpresa com como aquilo feriu meu orgulho.

– Ellerie – lembrou papai.

– Ellerie – repetiu ele. – Não queria assustar ninguém. Ela logo me informou sobre os limites da propriedade. Vou tomar o cuidado de ficar longe deles. Não quero me meter nas coisas dos outros por acidente. Aqui por essas bandas, isso pode me render um tiro.

– É provável que não vá ter problemas com ninguém aqui de Amity Falls – disse papai, o semblante relaxando pouco a pouco, de forma quase imperceptível. – Ficamos longe da floresta, a menos que estejamos indo para o desfiladeiro.

O estranho esfregou o queixo, pensativo, parecendo satisfeito.

– Na verdade, é por isso que queria conversar com você – continuou papai. – Recentemente, houve alguns avistamentos de... lobos. Eles abateram um comboio que enviamos numa expedição atrás de suprimentos na semana passada. Seis homens morreram.

O rapaz soltou um assobio.

– Não me diga.

Papai soltou um grunhido de confirmação, a expressão sombria.

– Lamento ouvir isso – disse. – Não vi sinais de lobos por aí, mas com certeza vou ficar de olho. Agradeço muito o aviso.

Papai coçou a nuca, o olhar afiado como uma navalha recaindo sobre o estranho.

– Acho que não guardei seu nome, rapaz. – A última palavra perdurou, neutra e atonal, como uma ameaça velada. Tive vontade de comemorar, percebendo que ele não caíra na lábia do garoto.

– Não teria como. Eu não me apresentei. – Um instante se passou antes que ele risse, dissolvendo a tensão. Depois de alisar as calças, o garoto atravessou o riacho e estendeu a mão para papai num gesto amigável. – Meu nome é Price.

Não era.

Em Amity Falls, todos os sobrenomes tinham um propósito prático. Nomes tinham significado, sendo intimamente ligados à identidade da pessoa ou do lugar, como se marcados a ferro. Montanhas altas e escuras? Blackspire, ou pináculos negros. Um lago esverdeado devido à grande proliferação de algas? Greenswold, uma planície verdejante. A adequação de um nome sofria a influência da essência do que seria nomeado.

Quem quer que aquele rapaz fosse, não se chamava Price. O nome "Price", ou Precioso, acomodava-se sobre o corpo esbelto dele como um casaco grande demais, amarrotado e mal ajustado.

Se papai notou a mentira, não comentou. Apertou a mão do garoto, e os dois passaram a manter uma conversa casual sobre a Mão de Deus. Price, como ele chamava a si mesmo, não crescera por ali, e disse que ficaria grato se papai pudesse lhe dar algumas dicas. Quando perguntou sobre a terra natal do garoto, Price olhou para mim e soltou uma leve risada.

– Bem para o oeste – respondeu, desviando de mais uma resposta.

– Onde? – interrompi. – Onde no oeste?

– Ellerie – papai me repreendeu. – Ele vai contar se quiser.

Price riu novamente, mas a risada não pareceu tão natural dessa vez.

– Perto da costa.

– Mas onde? – insisti. – O país é enorme. Tem vários lugares ao longo da costa a oeste.

– Curiosidade sempre foi um dos pontos fortes de Ellerie – justificou papai.

O estranho me encarou com um olhar atento. Finalmente ele estava perto o bastante para que eu pudesse ver direito a cor de seus olhos. Eles cintilavam, claros e brilhantes, como o riacho atrás de nós. Cinza-claros num momento, âmbar no outro. Pontos esverdeados esparsos surgiram quando os olhos dele se apertaram num sorriso, satisfeito com o que quer que tivesse visto em mim.

– Perseverança também, devo reconhecer.

Papai concordou com um olhar de anuência.

– Vai ficar perto do vilarejo por muito tempo?

– Ainda estou pensando. Meu reconhecimento da área está se mostrando promissor. – O olhar dele se perdeu, fitando os pinheiros. – Bem promissor. Talvez já seja minha melhor temporada.

– Se for ficar, venha jantar conosco algum dia. Cozinhar na fogueira por muito tempo pode ser árduo para um jovem como você. Há também uma taverna por aqui, propriedade de Calvin Buhrman. Boa comida, boa companhia. Passe para conhecer uma noite dessas. Garanto que arranjará clientes se suas peles forem de boa qualidade e seus preços, justos.

– Aprecio mesmo fechar um bom negócio – respondeu ele, rindo. – Vou passar na taverna. E agradeço a gentil oferta. Espero que tenha bolo de mel no cardápio! Ouvi falar muito bem dele para além da montanha.

– Tenho certeza de que posso convencer minha esposa – disse papai, e estendeu a mão mais uma vez para colocar um fim na conversa. – Bem-vindo a Amity Falls, Price.

– Obrigado, senhor – disse o jovem, retribuindo o cumprimento de papai com um aperto firme.

– Ellerie, você ainda tem roupa para lavar? – perguntou papai. Ele sabia que eu tinha. – Acho que vou ajudar a tirar esses lençóis do varal, então. Assim você volta para casa mais cedo.

Era uma oferta estranha. Ele nunca ajudava com a lavagem de roupas, sempre deixando a tarefa para nós, garotas. Price entendeu o recado, porém, e atravessou o rio para calçar de novo as botas.

– Vejo vocês por aí, senhor e senhorita Downing – disse ele, fazendo um aceno de despedida antes de jogar a trouxa nas costas e sumir pelos pinheiros adentro.

Ficamos em silêncio, observando até que fosse impossível distinguir o vulto dele em meio às árvores. Só então me voltei à tábua de lavar roupa, já sem espuma alguma na água. Era estranho ter papai ali, observando meu trabalho, e ele pareceu achar esquisito também. Ficou parado com os braços pendendo ao lado do corpo, desconfortável, claramente procurando algo com que se ocupar.

– Vou reacender a fogueira – sugeriu ele, ajoelhando-se perto da fonte de calor.

Na minha ausência, as chamas tinham virado cinzas. Papai pegou uma pederneira, mas não deu sinal algum de que iria usá-la. Em vez disso, bateu com o dedão nela, a pele manchada de um amarelo tão brilhante quanto no dia em que carimbara a mão no Livro dos Pleitos. O semblante dele estava fechado e difícil de ler. Eu não conseguia sequer imaginar quais palavras ele cogitava dizer.

– Lá ao leste, quando meu avô não era muito mais velho do que você, o pai dele decidiu colher algumas garrafas extras de mel. Tinha sido um ano complicado. As chuvas da primavera tinham aumentado o fluxo do rio perto da choupana deles, e o leito acabou transbordando e inundando tudo. Eles perderam muita coisa na enchente. Meu bisavô viu na colheita de mel a chance de recuperar o que tinha perdido. Então tirou um caixilho adicional, depois outro. A primavera chegara cedo naquele ano; esperavam que a seguinte também chegasse. Mas não foi o que aconteceu. As primeiras nevascas caíram ainda em maio. A colmeia não teve mel suficiente para sobreviver, e as abelhas morreram de fome. Perderam todas as abelhas naquele inverno. Tudo para que meu bisavô pudesse vender aquelas garrafas extras.

– E o que aconteceu depois? – Nunca tinha ouvido aquela história, e fiquei surpresa ao perceber como me entretinha.

Ele deu de ombros.

– Meu bisavô sabia que o único jeito de sair do fundo daquele poço seria recomeçar do zero. Tinham ouvido histórias de terras disponíveis mais ao sul e se juntaram a uma caravana que ia para o oeste. Meu avô conheceu minha avó na tal caravana e, quando ela disse que gostaria de se estabelecer em Amity

Falls, ele concordou. – Ele esfregou a mão nos lábios. – Eles prepararam a terra, ajudaram a erguer o vilarejo e construíram nossas colmeias. Meu avô repetia essa história para o meu pai todo ano durante a colheita. Quando dei a ideia de colher uma melgueira a mais naquele ano, meu pai repassou a narrativa... Às vezes precisamos deixar de lado nossos próprios desejos em prol da prosperidade da colmeia como um todo. – Os olhos dele pousaram em minha mão escondida.

Entendi o que papai queria dizer. Estávamos todos nos esforçando para construir nosso vilarejo do nada. Se uma área falhasse, poderia ameaçar todo o resto. Ações individuais tinham um efeito direto na comunidade como um todo. Minha mão parecia queimar de vergonha.

– Vamos ficar bem durante o inverno, não vamos, papai?

Minha voz vacilou; a sensação era de ter cinco anos de novo, pedindo para dormir na cama dos meus pais durante uma tempestade noturna, com medo do escuro e querendo conforto. Proteção. Uma história para afastar os terrores da madrugada.

– Talvez – disse ele, não muito convencido. Eu achava que, se tinha idade suficiente para votar nos Pleitos, também a tinha para não me deixar levar por falsas esperanças. – Como o verão foi tardio, a colheita vai ser uma correria. Para todo mundo. Se conseguirmos comida suficiente e racionarmos cada porção, vai dar tudo certo.

Eu me inclinei, apoiando a cabeça no ombro dele.

Papai apontou para o cesto de roupas sujas.

– Estas peças precisam ser lavadas hoje?

– Eu... acho que não. – Olhei para os varais. – São só algumas meias de lã de Sam, mas com a tala ele não vai precisar delas.

Papai fez um gesto, como se para afastar minha preocupação, e se levantou.

– O que acha de pedirmos para Merry e Sadie virem aqui dobrar essas roupas enquanto eu e você damos uma olhada nas colmeias?

– Sério?

Ele me ofereceu a mão direita, a manchada de amarelo, e estendi a minha. O sol matizava o mundo de tons dourados tão genuínos que, quando olhei para minha outra palma, mal pude notar os resquícios avermelhados.

8

— Ouviu falar dos estranhos? – perguntou Prudence Latheton, puxando um pedaço de linha do carretel. Sem hesitar, passou a ponta do fio pelo buraco da agulha.

Mamãe nos levara até a casa paroquial bem cedinho naquela manhã, na qual Letitia Briard comandava um mutirão de costura por ocasião do casamento iminente de Alice Hazelman e Gran Fowler.

Alice lecionara na escola de Amity Falls por vinte e oito anos. Já passara havia muito dos quarenta, e todos achavam que ela jamais se casaria; certa manhã de domingo, porém, enquanto o pároco Briard pedia relatos de graças obtidas ou intenções de orações, o avicultor se levantara e declarara sua devoção irrestrita a Alice. O casamento deles havia sido marcado para o fim do mês, e todas as mulheres do vilarejo se apressaram em ajudar com o enxoval da professora.

Pela primeira vez na vida, eu achava que meus pontos estavam bons o bastante para costurar junto às mulheres mais velhas, então escolhi trabalhar num pedaço da brilhante colcha de retalhos toda colorida. No entanto, depois de escutar uma série de lamúrias da Velha Viúva Mullins e entreouvir um conselho marital para Alice que fez meu rosto corar, passei a observar com inveja o grupo de meninas mais novas do qual minha irmã participava. Elas estavam espremidas num banco longo, debruçadas sobre uma pilha de fronhas, e reprimiam risadinhas enquanto Wilhelmina Jenkins contava uma história aos sussurros.

– Estranhos? – repetiu Letitia Briard.

Ela trabalhava na parte mais importante da colcha, a barra. Apesar do calor do salão, o vestido de chita dela estava alinhado e limpo, as pregas tão bem marcadas que eu não queria nem comparar com as minhas. Eu nunca vira a esposa do pároco com um fio sequer de cabelo fora do lugar.

— Dois homens passaram na mercearia ontem, querendo saber se meu Edmund poderia dar uma olhada na roda quebrada de uma carroça. Nunca vi um veículo tão destruído. Quase caiu aos pedaços a caminho da oficina.

— Estranhos em Amity Falls? — perguntou Charlotte Dodson. — Matthias não mencionou nada a respeito. Pode me passar a tesoura, por gentileza?

Prudence entregou o objeto a ela.

— Caçadores, ao que parece. Querem se aventurar no território do finado Jean Garreau.

Letitia bufou em desaprovação. O ódio dos Briard pelo francês era conhecido em todo o vilarejo de Amity Falls. Ele nunca parecia estar sóbrio e costumava formar frases tão ousadas que faziam corar até as mãos calejadas de quem ouvia.

— Eles disseram mais alguma coisa? — ousei perguntar.

Minhas bochechas esquentaram como se fossem maçãs assadas quando pensamentos sobre o estranho que se apresentara como Price começaram a bailar em minha mente. As lembranças pareciam filtradas por uma névoa suave — como se eu o tivesse conhecido meses antes, e não dias. Sendo objetiva, sabia que fantasiava o tom dourado da pele, os cílios grossos e aveludados, a astúcia cortante do rapaz. Estava atribuindo a ele um charme muito maior do que merecia.

Mas parte de mim esperava que, de alguma forma, ele tivesse mencionado o encontro comigo.

— Estavam curiosos quanto a quais animais vão poder encontrar na floresta.

— Há mais coisas nessas matas do que qualquer um de nós ousa imaginar — disse Charlotte, arrematando uma carreira de pontos.

— Amém — disse Letitia, e todas nos detivemos para refletir um pouco.

— Souberam de Judd Abrams? — perguntou Cora Schäfer, a voz se reduzindo a um suspiro teatral.

Cheguei mais perto dela.

— Não.

— Talvez seja melhor eu não falar nada. É terrivelmente repugnante.

— Apenas conte logo a história, Cora. É óbvio que você quer contar — disse Prudence.

A esposa do Ancião deu de ombros.

— Três das éguas dele deram à luz semana passada.

Prudence arqueou uma das delicadas sobrancelhas, nada impressionada.

— Essa história não merece ser contada nem uma vez, que dirá várias.

Cora continuou, sem se abalar.

– Judd disse que nenhuma delas tinha dado sinais de estar prenha antes do nascimento, e que não foram colocadas para cruzar com nenhum dos garanhões nesta estação. Ele as isolou no campo norte, as éguas e os filhotes juntos, entendem? Mas o mais estranho... – a voz dela se tornou um sussurro quase inaudível – é que os potros nasceram todos... *com problema*.

Um traço de interesse iluminou o rosto de Alice.

– Como assim, com problema?

– Um nasceu com as pálpebras grudadas, fechadas...

Charlotte franziu o cenho.

– Esse é um defeito de nascimento comum. A égua de Matthias abortou um potrinho exatamente assim ano passado.

– Mas o de agora não nasceu morto – disse Cora, aborrecida por ter sido interrompida. – E as pálpebras eram estranhas. Translúcidas, Judd disse. Ele conseguia ver os olhos do potro se mexendo, olhando para ele. Contou que o bichinho seguia cada movimento dele, plenamente consciente de sua presença.

Parei de costurar, enfiando a agulha na colcha, quando senti um calafrio.

– E os outros filhotes? – perguntou Prudence.

Cora resmungou, dando um nó de arremate.

– Terríveis. – Ela passou um tempo procurando outro carretel de linha no cesto, permitindo que o suspense crescesse. – O segundo nasceu com a coluna para fora do corpo, as vértebras saindo da pele como espinhos de um porco-espinho. Quando tentou se levantar, os ossos se quebraram, formando pontas afiadas, e ele morreu, graças a Deus. E o terceiro era ainda pior! Judd disse...

Ao meu lado, Bonnie Maddin derrubou o retalho da colcha no qual trabalhava e saiu correndo, os dedos pressionados sobre a boca.

– Talvez devamos mudar de assunto, moças – sugeriu mamãe com seu tato proveniente da experiência. Ela parecia um tanto pálida, e me perguntei se a conversa a incomodava. Orei em silêncio pelo bebê no ventre dela, para que crescesse forte e saudável. – Tenho certeza de que podemos falar sobre algo mais agradável para passar o tempo. Letitia, vimos suas zínias desabrochando. Acho que nunca vi flores tão grandes.

O rumo da conversa mudou, e vi mamãe olhando para mim. Ela fez um sinal em direção à porta, indicando que eu fosse ver como Bonnie estava. Pedi licença, deixei o círculo e escapuli para a cozinha, para onde a indisposta garota tinha corrido.

Rebecca estava lá também, lavando xícaras na grande cuba da pia. Os olhos dela estavam fixos além da janela, achando graça enquanto Bonnie vomitava nas estimadas floreiras de Letitia Briard.

– O pároco vai ter um treco quando vir aquilo – disse Rebecca, enquanto as amigas de Bonnie se apressavam para levá-la até o banheiro no quintal. Quando Rebecca se virou para ver quem era, a expressão se fechou. – Ellerie.

– Rebecca – falei no mesmo tom sem emoção. Ficamos olhando uma para a outra por um momento, incomodadas. – Você... precisa de ajuda?

Sua boca se retorceu.

– Talvez você possa ir secando a louça, se quiser.

Minutos se passaram enquanto trabalhávamos lado a lado, os estalidos das xícaras e dos pires falando mais do que nós. Sentia as palavras se acumulando na garganta, frases articuladas pela metade e declarações descartadas se empilhando, até que não pude mais me conter.

– Sinto muito – comecei, ao mesmo tempo que Rebecca também quebrava o silêncio:

– Perdoe-me, Ellerie, por favor.

Fez-se uma pausa, a esperança tecendo uma tentativa de ponte entre nós enquanto ríamos.

– Nunca quis esconder esse segredo de você – disse ela, apoiando a mão no meu antebraço.

– Não tem importância, Rebecca. Eu não deveria ter ficado tão chateada. Só fiquei surpresa. Eu nunca...

– Eu nunca... – concordou ela, e ambas ficamos sem palavras. Ela voltou a atenção para a pia, os dedos dançando sobre as bolhas de sabão.

– Ele faz você feliz? – perguntei, pegando um pires molhado da mão dela para enxugá-lo.

– Ele... – O rosto dela brilhou de satisfação. – Faz, sim, Ellerie. Não achava que era possível sentir algo assim.

Fui tomada por um lampejo de ciúmes que fez o meio do meu peito pulsar, e fiz meu melhor para afastá-lo. Não queria ter inveja da alegria de minha amiga, mas tampouco queria imaginá-la em um terno abraço com meu irmão. A ideia me dava a sensação de estar...

Sozinha.

Poucas semanas antes, Rebecca tinha passado a noite em casa, e tínhamos trocado histórias e segredos aos sussurros no andar superior do estábulo até quase o amanhecer. Estava preocupada com o próximo outono – era o primeiro em que não iríamos para a escola com as outras crianças de Amity Falls. Nós duas tínhamos completado dezoito anos no começo do ano e éramos consideradas adultas, mas eu ainda precisava aceitar aquela realidade. Sem pretendentes e com o verão perdurando docemente, parecia que nada tinha de fato mudado. Rebecca havia previsto que, quando a colheita chegasse e os jovens do vilarejo soubessem exatamente quanto tinham a oferecer, teríamos pretendentes a perder de vista.

Na época, as palavras dela tinham sido reconfortantes. Mas era fácil para ela falar aquilo. Ela já tinha um.

Havia vários garotos no vilarejo, rapazes da minha idade que eu conhecera a vida toda – mas nunca sequer tinha imaginado ter os olhos deles sobre mim, calorosos de alegria e cintilantes de desejo. Eu nunca sequer vislumbrara a ideia de caminhar com algum deles sob o luar, tendo beijos roubados atrás da escola. Não conseguia imaginar ninguém me oferecendo uma flor, um anel, o coração.

Sempre havia achado que Rebecca e eu passaríamos por aquela experiência juntas. Procurar pretendentes, dar risadinhas enquanto compartilhávamos os relatos dos primeiros beijos, celebrar pedidos de noivado. Saber que ela já avançara sem mim naquele estágio da vida me feria de maneiras inesperadas, como se tivesse sido apunhalada nas costelas, e cada respiração fosse um momento de tortura.

– Isso é… maravilhoso. – Foi o que me ouvi dizer quando voltei à realidade, ali na cozinha com minha amiga, da qual de modo algum devia sentir ciúme.

– É – disse Rebecca, um sorriso amplo no rosto. – E… tem mais uma coisa. Algo… que não sei nem como dizer. Ainda não sei muito bem como falar. Não contei para o Samuel… Queria que você soubesse primeiro. Você é mais que minha amiga, Ellerie. Sempre pensei em nós duas como irmãs. Sabe disso, não sabe?

– Claro. – Apertei a mão dela. Estava trêmula.

– Eu… – Ela mordeu o lábio, embora ainda sorrisse. – Estou grávida.

– Grávida – repeti, tendo o bom senso de manter a voz baixa, apesar do choque. – De um bebê?

Ela deu uma risadinha.

– Espero que seja um bebê. Eu… não planejava que as coisas acontecessem assim. Sempre soube que me guardaria, mas Sam… Ele é tão… tão…

As bochechas dela coraram e estendi minha mão, descarrilando o trem de palavras dela antes que ele me atropelasse.

– Não preciso de tantos detalhes – garanti.

Rebecca riu de novo.

– É claro.

– Mas… vai contar para ele, não vai? Logo?

Ela assentiu.

– Eu esperava que você pudesse me ajudar com isso... Estou tão nervosa...

– Nervosa? Ele ama você.

Rebecca me encarou e sorriu.

– Eu sei. É que... é um acontecimento muito importante. E a gente ainda não tinha conversado sobre... acontecimentos importantes. Sempre achei que ele me pediria em casamento depois do fim da colheita, mas agora... – Ela retorceu os dedos, ansiosa. – Só quero que ele fique feliz ao saber, só isso. São muitas coisas acontecendo numa primavera só.

– Mas se... se vocês já... – Minha frase morreu numa hesitação constrangida. – Com certeza ele já deve estar pensando nos próximos passos.

Meu estômago embrulhou ao falar daquilo tudo de forma tão displicente. Não eram só passos, um pequeno rastro de pegadas. Sam e Rebecca já estavam tão além de mim no curso da vida que parecia que quilômetros nos separavam. Estavam juntos em meio a uma grandiosa aventura rumo ao desconhecido; enquanto isso, eu estava presa onde sempre estivera, completamente sozinha.

Olhei para a barriga dela. O avental cobria seu corpo, e me perguntei se ela o usava mais solto para manter as roupas secas ou se já estava tentando esconder alguma saliência.

– Você está de quanto tempo?

Ela deu de ombros.

– Não muito. Percebi há uns dois dias. Achei que fossem só minhas regras atrasadas, mas me sentia diferente, sabe?

Como eu poderia saber? E uma pequena parte de mim temia que eu jamais soubesse.

– Você não vai contar nada, não é, Ellerie? Claro que não. Sei que não faria isso – ela continuou, as frases se atropelando no ímpeto de revelar o que a afligia.

– Eu jamais contaria – prometi. – Mas *você* precisa falar com Sam, e logo. Aventais não vão esconder esse segredo para sempre.

Ela assentiu com fervor, e um acesso de risos irrompeu no outro cômodo enquanto as mulheres mais velhas continuavam a costurar e a trocar mexericos, sem nem imaginar o verdadeiro escândalo que se desenrolava na cozinha da casa do pároco.

– Pense só. – A respiração de Rebecca tinha se acelerado. – O próximo mutirão de costura vai ser para mim. – Ela beijou minha bochecha e correu para o salão, deixando-me com uma pilha de xícaras para guardar.

Um aviso fora colocado na porta da mercearia, pregado com duas tachinhas. O calor atípico fizera as bordas do papel se enrolarem, escondendo a mensagem. Seguíamos pela via empoeirada, Merry carregando nossa caixa de costura num dos braços enquanto mamãe analisava a lista de compras.

Não precisávamos de muita coisa, ela havia dito enquanto deixávamos o mutirão de costura. Mamãe achava que era melhor matar dois coelhos com uma cajadada só sempre que possível.

Sadie foi a primeira a subir os degraus, ficando na ponta dos pés para alisar o papel amassado.

– "Não vendemos fiado. Pagamentos apenas em dinheiro" – leu ela em voz alta, curiosa. – O que significa isso, mamãe?

Mamãe levou a mão ao bolso e tirou algumas moedas. Ela nunca saía de casa sem um pouco de dinheiro, só por garantia, mas o cenho dela se franziu enquanto as contava.

– Significa que não vamos conseguir comprar tudo o que eu queria. – Ela foi batendo o indicador na lista, analisando a importância de cada item. – Ellerie, pode pegar o açúcar, por favor? Merry, você pega o chá.

– E eu? – perguntou Sadie, saltitando no lugar. O saiote dela tremulava com a brisa provocada pelo movimento.

– Você pode vir comigo para vermos como Molly McCleary está – disse mamãe.

Ela pegou Sadie pela mão e se dirigiu ao andar de cima da loja, onde Molly e Jebediah moravam.

Ou tinham morado.

Agora era só Molly. Eu não colocava os pés na mercearia desde que o comboio partira atrás de suprimentos, e me perguntava se a tragédia estaria presente ali – impregnada nas prateleiras como uma sombra de tristeza e desespero.

Mas, quando entramos, a pequena sineta de latão sobre a porta tilintou com a mesma alegria de sempre.

O atendente, um jovem chamado Joseph, saudou-nos com um breve olá – que foi interrompido quando a sineta tocou de novo. Rebecca entrou, indo para um corredor lateral. Papai e Samuel iriam nos pegar com a carroça, e eu sabia que ela tinha a esperança de ver meu irmão.

A porta se abriu de novo, e várias garotinhas da classe de Merry entraram. Formaram um círculo fechado, sussurrando empolgadas quando viram Joseph no balcão.

— Boa tarde, jovenzinhas – disse ele. O grupo caiu no riso, e o rosto dele ficou tão vermelho quanto seu cabelo.

A porta se abriu mais uma vez, e Prudence Latheton irrompeu mercearia adentro com Cora Schäfer logo atrás.

— Que história é essa da McCleary não estar mais vendendo fiado? – disparou, ignorando a tentativa de cumprimento de Joseph.

A expressão dele perdeu um pouco da animação.

— Amos assumiu a contabilidade desde que Jeb... Bom, a senhora sabe. Sem suprimentos novos chegando até a primavera... Acho que ele só quer que a gente tenha um pouco mais de segurança. Tenho certeza de que tudo vai voltar ao normal assim que as contas forem acertadas.

Prudence suspirou.

— Ah, aquele Ancião. Bom, hoje só preciso de um carretel de linha. De linho, se tiverem.

Passei pelos mantimentos secos, notando a oferta reduzida e as prateleiras já meio vazias. Havia só três sacos de farinha perto do chão. Geralmente a gôndola estava tão cheia que os sacos ocupavam o corredor, fazendo as pessoas tropeçarem e cobrindo tudo com uma camada de pó branco.

Um único saco de açúcar jazia na prateleira de cima. Era de três quilos, menor do que o que mamãe especificara, mas o peguei mesmo assim. Antes de ir embora, pediria a Joseph que trouxesse do estoque outro do mesmo tamanho e avisaria que aquelas prateleiras precisavam ser reabastecidas.

Prudence ainda revirava a caixa de carretéis, pegando linhas de várias cores para analisá-las sob a luz do sol com um olhar crítico. Joseph folheou o grande livro-caixa aberto diante de si.

— Essa vai servir, acho – concluiu enfim, e pescou um tostão do bolso do avental. Deslizou a moeda pelo balcão e desejou bom-dia.

— Na verdade, senhora Latheton, ficou um pouquinho mais caro do que isso – avisou o rapaz.

Todas as mulheres na mercearia pararam o que estavam fazendo e se viraram para o caixa.

— Mais caro? – perguntou Prudence, erguendo as sobrancelhas.

Era visível o desconforto do atendente.

— Bom, por causa da... – Ele tamborilou os dedos na página, encontrando o nome Latheton.

— Eu acabei de pagar em dinheiro, vocês viram.

— Mas há um débito pendente... Temo que a senhora vai precisar pagar o que deve antes de comprar qualquer outra coisa.

Alguém soltou uma exclamação a um canto do estabelecimento. Quando me virei, vi Jane, amiga de Merry, devolvendo ao lugar a lata de café que pretendia comprar.

– Isso é absurdo! – disparou Prudence. – Vocês não podem implementar esse tipo de mudança sem avisar as pessoas com antecedência. Não carrego essa quantidade de dinheiro comigo. Ninguém carrega.

Joseph pegou o carretel de linha.

– Posso reservar isso para a senhora, se quiser.

Pude notar a boa intenção do gesto, mas o rosto de Prudence faiscou de vergonha e raiva. Ela fez menção de soltar algo sem dúvida provocativo e grosseiro, mas nenhuma palavra saiu de sua boca. Depois de um momento de tensão, ela deu meia-volta e foi embora, deixando a porta vaivém se movimentando atrás de si.

O punhado de moedas que mamãe colocara em minha mão pareceu insuficiente enquanto me aproximava do balcão. Podia sentir sobre nós os olhares de todos na mercearia, esperando para ver qual seria o desfecho daquilo.

– Acho que tem alguns produtos precisando de reposição – falei, tentando manter a calma. Não fazia ideia de como estava nossa conta, e não queria que os intrometidos ao redor ficassem julgando mamãe ou papai. – Precisamos de mais açúcar, e minha irmã está pegando chá…

Merry correu até o caixa e colocou a latinha de metal no balcão com um estalido.

Joseph procurou o nome da nossa família no livro-caixa.

– Vocês não estão devendo nada. – Ele anotou os produtos e somou o total. – São dois dólares e doze centavos.

– Falta o outro saco de açúcar – lembrei, ainda apertando o dinheiro.

– Acabou.

– O quê? – Olhei por cima do ombro dele, para além da porta do estoque aberta. Caixotes e sacas estavam empilhados de forma bem organizada em prateleiras enormes. Havia uma fileira de barris de pólvora assentados ao lado de um caixote onde se lia AÇÚCAR. – Impossível. Tem um caixote bem ali.

O atendente se inclinou sobre o balcão, mantendo a voz baixa e fixando o olhar num padrão em espiral no chão da madeira.

– Está vazio. Quase tudo. Nossa intenção era abastecer quando o comboio voltasse com os suprimentos, mas…

– Ah. – Olhei para o estoque com um olhar renovado. Ele parecera transbordante de itens momentos atrás. Agora, estava triste e abandonado, caixotes vazios esperando por um mercador que jamais voltaria.

– Ainda quer este saco de açúcar? – perguntou ele.

– Claro – respondi, os dedos afundando nas laterais do saco. Contei as moedinhas de mamãe, e Merry e eu pegamos nossas compras.

Sussurros percorreram a mercearia enquanto íamos embora. Apesar da discrição de Joseph, as mulheres de Amity Falls haviam escutado tudo.

– Como assim? – sibilou Merry quando descemos os degraus. – Deve ter mais suprimentos em algum lugar. As prateleiras estavam muito vazias!

Vi nossa carroça no final da rua. Zenith e Luna estavam amarrados num poste, mas o veículo estava vazio. Coloquei o saco de açúcar embaixo do assento do cocheiro, mas hesitei antes de embarcar.

– Aonde você acha que papai e Sam foram?

Merry olhou ao redor, ainda agarrada à latinha de chá. Antes que pudesse falar alguma coisa, sons de uma comoção vieram do estábulo de Matthias Dodson. Cavalos relinchavam e pessoas gritavam para que outras fossem ver o que estava acontecendo.

– É melhor a gente ir dar uma olhada – disse Merry, dando de ombros.

Havia uma multidão diante da oficina do ferreiro. As pessoas estavam bem próximas umas das outras, formando um círculo ao redor de algo que eu não conseguia ver. Vários corpos disputavam espaço. Merry e eu nos aproximamos da turba, perto da forja de Matthias. Tinha menos gente ali por causa do calor quase insuportável, e pude distinguir um vulto no chão.

Inclinei a cabeça, sem conseguir concluir o que havia ali com apenas alguns vislumbres.

É um alce, pensei. *Um cervo.*

Os garotos dos McNally tinham saído para caçar naquela manhã. A irmã deles, Florence, havia comentado enquanto costurávamos.

Mas o tamanho do animal parecia inadequado para um alce.

Tudo parecia inadequado.

A carcaça exibia uma quinta pata, retorcida e acomodada de um jeito que parecia doloroso. Em vez de terminar num casco fendido, havia cinco garras curvas irrompendo da ponta, como a pata de uma ave de rapina.

A pelagem era grossa demais, os pelos eriçados, o corpo muito pequeno.

E a cabeça...

Arfei ao ver os chifres. Nasciam da cabeça como um monte de cogumelos – provavelmente obscurecendo a visão do animal, visto que vários outros irrompiam de todo o focinho. Era de admirar que a pobre criatura fosse capaz de erguer a cabeça sob o peso de tantos chifres. Contei pelo menos cinquenta formações, uma enrolada à outra como galhos de árvores privadas da luz do sol.

– Vocês o abateram na escarpa ao leste? – perguntou Calvin Buhrman, ajoelhando para examinar as patas do animal. Ele passou um dos dedos pela ponta de uma das garras, soltando um assobio.

Orin McNally concordou com a cabeça.

– Nunca tinha visto nada parecido.

– Eu já – disse Martha McCleary, abrindo caminho com cuidado em meio à multidão. As mechas de seu cabelo eram brancas como a neve, e ela se apoiava com dificuldade na bengala. Era um exemplar quase idêntico ao que seu esposo, Amos, usava. – Meu pai matou algo parecido quando este vilarejo não passava de algumas famílias vivendo em barracas, tentando lutar contra a natureza selvagem. – Ela apertou os lábios, finos como papel e marcados por rugas profundas, enquanto resgatava a história sob décadas de lembranças. – Papai dizia que havia hordas inteiras de bichos como este perambulando pela campina onde agora é a fazenda dos Pursimon. Todos pequenos demais. Todos estranhos demais. É impossível comer a carne deles, e a pele é muito grossa para a confecção de roupas. É melhor queimar a carcaça. Incinerar o corpo e espalhar os ossos.

– Qual é o problema com a carne? – perguntou Orin. A multidão caíra num silêncio inerte enquanto Martha falava, e a pergunta dele soou mais alta do que o estampido de um tiro.

O rosto dela se enrugou numa careta.

– É estranha. É tudo estranho.

– Havia outros como esse? – perguntou alguém do grupo.

– Só esse – respondeu Pryor McNally, contornando o corpo. – Acho que a gente vai ficar pelo menos com a cabeça. Não dá um ótimo troféu de caça para pendurar em cima da lareira?

– Isso dá – concordou Martha, embora as palavras não fossem compatíveis com o olhar em seu rosto. – Façam como quiserem. É o que vocês jovens costumam fazer.

Ela balançou a cabeça e voltou com dificuldade para a rua principal. Depois desapareceu na esquina, sem dúvida indo levar a novidade até a mercearia. Os Anciãos chegariam em breve. Antes que eu pudesse continuar a analisar a criatura, vi Samuel perto da entrada da propriedade.

Ele se afastara do grupo e falava com Rebecca, os dois semiocultos pelas sombras do alpendre. Os dedos dela estavam enlaçados nos dele, e sorrisos dançavam nos lábios de ambos enquanto sussurravam um para o outro. Embora o aspecto íntimo me fosse dolorido a princípio, vê-los tão alegres quando estavam juntos aquecia meu coração, curando as feridas nele.

Seria um outono movimentado, no qual eu ajudaria a planejar o casamento e a organizar a vida deles juntos. Será que construiriam uma casa de fazenda só para eles ou ficariam conosco? Conseguia imaginar Rebecca e eu sentadas diante da lareira enquanto a neve caía, tricotando touquinhas e meinhas, costurando mantas pequeninas e confortáveis. Quando pensava nas peças, via tudo cor-de-rosa. Sam sem dúvida desejaria um filho homem antes, mas eu esperava que fosse uma menina. Uma menininha de cabelos castanhos e olhos cinzentos como nuvens antes de uma tempestade.

Mas havia algo de errado ali. A expressão de Sam foi ficando mais sombria, o rosto mais pálido conforme o sorriso morria. Ele balançou a cabeça uma vez, um sinal brusco de rejeição antes de se afastar dela.

– Não – disse ele, a voz ecoando ao vento. – Você está enganada.

Rebecca tentou pegar a mão dele de novo, mas ele a puxou para junto do peito e se afastou para evitar o toque. Ele negou com a cabeça uma, duas, três vezes enquanto recuava, recuava cada vez mais, para tão longe de Rebecca quanto possível.

Ela tentou se aproximar de novo, sem perceber que só piorava as coisas.

Acusações, proferidas numa voz baixa demais para desviar a atenção da multidão do animal, eram trocadas enquanto Rebecca tentava abraçar Sam. O toque dela ficou mais suave, passando os dedos pelos ombros dele, mantendo-o no lugar. Por um instante, achei que ela iria beijar meu irmão, encerrando a discussão, encerrando o mal-entendido enquanto tudo era perdoado.

Em vez disso, ela deu um forte tapa no rosto dele e foi embora sem olhar para trás.

9

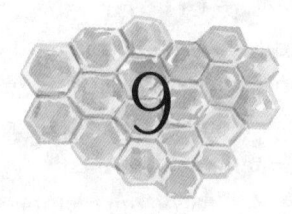

"Regra Número Cinco: Que os lábios não profiram engano e falsidade, condenando os justos sob a luz da inverdade."

— Precisamos conversar – falei, parando à porta aberta do estábulo enquanto Samuel desarreava os cavalos.
– Sobre o quê? – grunhiu ele, tirando as rédeas pelas orelhas de Luna.

Ele não falara uma palavra sequer enquanto voltávamos para casa, sentado na parte de trás da carroça e esfregando o rosto como se a marca do tapa de Rebecca ainda doesse. Sadie tinha tagarelado sobre todos os mexericos que entreouvira no mutirão de costura, impedindo qualquer possibilidade de conversa. Ninguém parecia perceber que havia algo de errado com Sam.

Olhei para nossa casa. Mamãe e Merry estavam na cozinha; Sadie estava no alpendre lateral, rindo enquanto fazia a poeira subir ao girar o saiote. Papai tinha ficado em silêncio enquanto nos levava para casa, e depois dissera que precisava de uma caminhada vespertina para clarear a mente. Por enquanto, parecia que Sam e eu estávamos sozinhos.

– Vi você discutindo com Rebecca – comecei, torcendo a barra do avental. Ele congelou no lugar, as costas tensas enquanto esperava que eu continuasse.
– E sei sobre o que conversaram.

Ele bufou.
– Duvido, irmãzinha.

Avancei, diminuindo a distância entre nós.
– Rebecca me contou... Sobre o bebê... Sobre tudo.

Ele voltou a trabalhar, colocando os arreios em cima de uma pilha de fardos de feno. Os bridões precisariam ser limpos e oleados mais tarde.

– E ela disse para você quem é o pai? Porque eu não sou, com certeza. Arfei.

– Claro que é! Ela ama você e...

Samuel levou os cavalos até as baias para escová-los.

– Ela ama vários garotos do vilarejo. Eu fui o único idiota o bastante para retribuir esse amor.

Meu queixo caiu de surpresa.

– Isso não é verdade!

– Não é o que ouvi. Não é o que várias pessoas ouviram.

– Pessoas? Que pessoas?

Ele afastou uma mecha de cabelo do rosto.

– Passei na casa dos Buhrman mais cedo. Winthrop Mullins disse que a viu no riacho com o Pursimon. – Ele soltou um ruído de repugnância. – Ele não tem nem a idade da Merry.

– Então talvez o Winthrop tenha se enganado. Ele deve estar provocando você ou...

– Não foi só o Winthrop. Até aquele caçador novo estava falando sobre isso – vociferou ele.

Será que Price estivera na taverna aquele dia? Ao que parecia, estava encontrando com todo mundo do vilarejo. Meu coração se apertou. Senti-me desconfortavelmente preocupada por não o ter visto, mas afastei esses pensamentos.

– O garoto que vi no riacho?

Ele deu de ombros.

– Não sei. Ele ou um dos amigos dele. Estava vestido de um jeito engraçado: com uma cartola elegante, como se estivesse indo para a ópera, mas com calças de pele de gamo e o cabelo solto nas costas.

Não era Price, então. Devia ser alguém do acampamento dele.

– Ele disse que estava colocando armadilhas pela escarpa norte e encontrou um casal na mata. Eram Rebecca e Simon Briard. O filho do pároco! E, a julgar pelo estado da roupa deles, não estavam rezando – continuou Sam.

Lembrei-me do rosto de Rebecca mais cedo, corado de amor pelo meu irmão.

– Sei que isso não é verdade!

– Ah, claro, sabe muito, Ellerie. Saí com Rebecca em segredo o verão inteiro e você não descobriu. Desculpe se não tenho muita fé nas suas habilidades de dedução. – Ele deu um tapa na anca de Zenith, tentando fazer o cavalo empacado voltar a andar.

Recuei um pouco e o deixei trabalhar, dando-lhe espaço e um instante para que esfriasse a cabeça.

– O que vai fazer, então? – perguntei depois que o silêncio se estendeu demais.

– Fazer? Fazer a respeito do quê? O bebê não é meu. Vou esquecer que me envolvi com ela e tentar seguir a vida. – Ele bateu a meia-porta da baia, pontuando o pensamento.

– Os cavalos precisam ser escovados – lembrei.

O rosto dele estava manchado devido à raiva.

– Por que você não faz isso, já que tem tantas ideias assim sobre o que os outros deveriam estar fazendo?

Com um suspiro, peguei uma escova grande e comecei por Luna.

– Como... como você pode saber que não é seu? – Tentei manter a voz tranquila, muito embora quisesse fazer uma careta.

Depois de uma pausa, Sam também pegou uma escova e começou a cuidar de Zenith.

– Quer mesmo saber dos detalhes sórdidos da minha vida amorosa?

– Claro que não, mas Rebecca tem certeza de que você é o pai. Não consigo imaginá-la traindo você. – Tentei desembaraçar um nó resistente na crina de Luna, concentrando a atenção num problema que eu seria capaz de solucionar.

– Pois é, mas traiu. Como o caçador disse. E Winthrop. E não duvido de que haja outros também. Ela provavelmente já é íntima de metade dos garotos do vilarejo.

Virei para a baia vizinha com um olhar de censura.

– Sam, você não pode estar mesmo acreditando nisso. Estamos falando da Rebecca. Eu vi como ela olha para...

Ele apontou a escova para mim.

– Não me diga em quem eu devo ou não acreditar. Pare de se intrometer no que não é chamada.

Encaramo-nos por um longo momento antes de eu me virar de novo para Luna. Ela estava inquieta, pateando para a frente e para trás, como se estivesse entendendo a discussão e não soubesse que lado escolher.

– Tudo bem aí? – perguntou papai, surgindo à porta. – Dá para ouvir vocês gritando lá do riacho.

– Não é nada – disse Samuel, escovando Zenith com uma diligência repentina.

– Na verdade...

Sam já estava do outro lado da porta baixa antes que eu pudesse continuar, a mão erguida como se quisesse afastar minhas palavras com um tapa. Soltei uma exclamação de surpresa e me abaixei para passar sob o pescoço da égua enquanto desviava dele.

– Juro por Deus, se você abrir a boca sobre isso para qualquer pessoa... – começou ele, mas papai se apressou para dentro da baia e o deteve antes que pudesse me golpear, puxando-o para longe. – Solte-me! – gritou Samuel, enfurecido. Ele se desvencilhou de papai. A inércia fez Samuel perder o equilíbrio, e ele trombou com força contra um pilar.

– Sam! – gritei, preocupada, embora ainda me escondesse.

Papai deu um passo adiante com a mão estendida, pronto para ajudar.

– Fique longe de mim – vociferou meu irmão, tentando se levantar. – Não aguento mais todo mundo nesta família vindo atrás de mim. Todo mundo sempre em cima de mim, querendo mais e mais. Só me deixem em paz!

Antes que papai pudesse impedi-lo, Samuel saiu correndo do estábulo.

– O que diabos aconteceu? – perguntou papai, virando-se para mim.

A expressão dele se suavizou quando viu as lágrimas que se juntavam em meus olhos. Quando éramos crianças, Sam e eu brigávamos bastante – como gêmeos, éramos vistos com frequência como uma só pessoa, mesmo quando nossos pensamentos eram extremamente divergentes –, mas nunca tínhamos chegado às vias de fato. Ele estava mudando, ficando mais nervoso e durão. E eu não entendia o porquê. Será que aquilo era o resultado de estarmos crescendo... e nos separando durante o processo?

– O Sam... – comecei, mas me contive. Ele estava encrencado, bem encrencado, mas era um problema que Sam, e apenas Sam, poderia resolver. Eu não iria correndo contar tudo para papai como uma garotinha dedo-duro sem fôlego e de tranças ao vento. – Não é nada.

Papai me olhou de cima a baixo.

– Você está bem?

Saí de dentro da baia.

Ele soltou um suspiro profundo.

– Não sei o que fazer com aquele garoto – continuou. – Está sendo um parto fazê-lo trabalhar neste verão. Ele precisa de oportunidades maiores, responsabilidades maiores. Quando tinha a idade dele, eu já estava casado e com vocês dois a caminho. Ele precisa amadurecer e se tornar um homem.

Engoli em seco.

Sam e eu éramos gêmeos. Devíamos estar no mesmo estágio da vida. Que oportunidades maiores papai achava que eu deveria ter? Por que não se preocupava com o fato de eu não estar casada, de não ser uma mulher adulta?

Eu não era um homem.

Meu lugar no mundo era nebuloso, um conceito maleável definido apenas pelo espaço que eu ocupava. Quando estava na escola, era estudante. Em casa, era filha. Quando alguém enfim me cortejasse, eu me tornaria esposa e mãe.

Mas, até lá, o que eu era?

Quem eu era?

Não tinha respostas, e voltei a sentir aquela solidão aguda de ter sido deixada para trás.

Pelo meu próprio irmão gêmeo, a pessoa com quem deveria explorar o mundo.

Abri a boca, mas papai riu sozinho, sem notar a tormenta que havia despertado dentro de mim.

– Se ele não pedir a menina dos Danforth em casamento até o fim do verão, acho que eu mesmo vou fazer isso por ele.

❦

Sam não veio jantar naquela noite; de manhã, a cama dele continuava arrumada e intocada. Também não o vimos no dia seguinte, nem no outro.

Ele ficou sumido por uma semana inteira.

Embora não comentasse nada sobre a ausência dele, peguei mamãe apreensiva quando estava sozinha, mordendo o interior da bochecha enquanto olhava pela janela. Papai não parecia capaz de reunir a energia necessária para se preocupar.

Os cultivos precisavam de manutenção.

Os animais precisavam de cuidado.

E, enfim, o mel estava pronto para ser coletado.

Na manhã da colheita, ele deu um tapinha em meu ombro para dizer que precisava de mim. Fiquei tão empolgada que mal consegui tomar o café da manhã.

Papai e eu colocamos o chapéu, o véu e as luvas, e trabalhamos do nascer ao pôr do sol, colocando as abelhas de cada caixa para dormir antes de extrair os caixilhos repletos de mel. Carregamos as estruturas de um lado para o outro do campo, os braços trêmulos. Cada parte das colmeias chegava a pesar mais de trinta e cinco quilos quando cheias de mel, e tive a impressão de que papai ficou surpreso, embora muito satisfeito, de ver como eu conseguia acompanhar o trabalho dele sem nunca atrasar o processo.

Era bom trabalhar duro o dia inteiro. Meus músculos doíam toda noite, mas ia para a cama tão satisfeita que quase nunca notava a cama vazia de Samuel no canto do quarto.

<hr />

— Mamãe, por favor! — exclamou Sadie. — Eu faço qualquer coisa, juro!

Alguns dias antes do aniversário de oito anos de Sadie, Trinity Brewster emprestara para ela um livro de contos de fadas caindo aos pedaços. Toda noite, eu lia as histórias em voz alta enquanto Sadie saltitava pelo quarto reencenando as narrativas para nós e fazendo Merry se juntar a ela sempre que um príncipe belíssimo ou uma rainha malvada eram necessários. *João e Maria* era a história preferida dela, e ela analisava as ilustrações com uma atenção ávida antes de cogitar qual seria o gosto do bolo de três camadas no centro da mesa da bruxa.

No começo ela achava que era um bolo de morango, tão alto e úmido que só um homem musculoso daqueles de circo conseguiria cortar uma fatia. Depois decidiu que era de nozes com amêndoas tostadas e cobertura de caramelo. Enfim declarou que Abigail dissera a ela que era de chocolate, com uma generosa camada de cacau em pó polvilhado sobre a cobertura.

Depois que Abigail dera a ideia de tal bolo, Sadie não conseguia pensar em mais nada.

— Eu só vou fazer aniversário de oito anos uma vez na vida… A gente não devia comemorar com um bolo de chocolate? — falou ela na manhã anterior à do aniversário, mais persistente do que um cão roendo um osso.

— Isso serve para qualquer aniversário — disse Merry, abanando-se com o chapéu de palha. Estávamos no jardim colhendo ervilhas-tortas para o jantar. — Eu só vou fazer dezesseis anos uma vez na vida, e nem tive bolo! A gente comemorou com aquela torta de amora… que estava uma delícia e eu amei — acrescentou rápido, com um olhar de desculpas para mamãe.

— Mesmo se encontrássemos chocolate em Amity Falls, o que a esta altura é impossível, tenho certeza de que não teríamos dinheiro para comprá-lo, amorzinho — explicou mamãe, jogando mais um punhado de ervilhas no cesto.

— Bem que a Trinity podia nunca ter me mostrado aquele livro — resmungou Sadie, e se sentou no chão, emburrada.

— Você ama ler as histórias — lembrei com gentileza. — A gente ama.

— Pare de ser uma bebezinha chorona, Sadie. — Merry arrancou um punhado de ervilhas do pé mais próximo a ela. — Não tem como você ter tudo o que te dá na telha. Acha que nós também não queremos coisas com tanta vontade quanto você quer esse bolo? Ellerie precisa de vestidos novos, eu não vejo a hora de arrumar uns livros, e mamãe... – Ela se deteve, as sobrancelhas delicadas se juntando enquanto pensava em qual poderia ser o desejo de mamãe. – Mamãe precisa de um montão de coisas.

– Estou feliz com o que tenho – respondeu mamãe. – E realmente queria que houvesse um jeito de arrumar um bolo de chocolate para você, Sadie, minha passarinha, mas não tem jeito de isso acontecer este ano. – Mamãe estendeu a mão para acariciar a bochecha de Sadie, deslizando o polegar pela pele aveludada e cor de pêssego dela. – Mas escute... Vamos separar um pouco mais de açúcar, e vou preparar um bolo de mel em três camadas, como o da ilustração do livro. E, quando chegar a primavera e o próximo comboio sair em expedição atrás de suprimentos, vamos garantir que Jeb... – Embora tivesse soltado o nome por puro hábito, ela balançou a cabeça. – Vamos garantir que o responsável pela mercearia coloque chocolate na lista, e aí faremos outro bolo. Com uma cobertura de chocolate tão macia que você vai precisar comer de colher.

Sadie cruzou os braços diante do peito – claramente interessada, mas sem querer aceitar com tanta rapidez aquela barganha.

– E eu vou fazer uma coroa para você usar amanhã – acrescentei. – Como a que uma das princesas do livro usa!

– Qual das princesas? – perguntou Sadie, embora não fizesse diferença alguma.

– Qualquer uma delas, bobinha – respondi, rindo, e a ajudei a se levantar.

Ela limpou o saiote com tanta dignidade quanto uma menininha de oito anos fazendo beicinho conseguia e olhou para Merry.

– E o que *você* vai me dar?

Merry abriu a boca, com certeza para responder com algo ácido e inteligente, mas mamãe fez que não com a cabeça. Minha irmã do meio franziu os lábios, pensativa.

– Vou colocar a mesa por você pelo resto da semana – sugeriu. – Assim você pode reinar como uma princesa de verdade.

Sadie inclinou a cabeça, como se ouvisse uma voz que nenhuma de nós conseguia ouvir, antes de bater palmas com animação.

– Abigail e eu aceitamos! E queremos que a coroa seja dourada como o sol! – acrescentou ela, virando-se para mim.

Levantei-me, as ervilhas já todas colhidas.

– Então dourada ela será!

Mesmo depois de o mel ter sido coletado, não tínhamos permissão de colher as flores que cresciam em nossos campos. Depois que cortávamos os favos e deixávamos as abelhas se prepararem para o inverno, papai andava pelos campos e colhia apenas algumas plantas de ciclo anual para extrair as sementes. Ele gostava de testar diferentes combinações de flores quando a primavera chegava. Cada tipo de pólen produzia um mel diferente – alguns davam a ele um sabor mais floral e doce, que faziam o dente doer. Outros o dotavam de um rico sabor defumado, deixando-o perfeito para passar em biscoitos ou pães mais secos.

A preparação dos campos de flores era uma das coisas que papai mais gostava de fazer. Ele admitia com frequência que seria muito mais fácil deixar as abelhas buscarem pólen na natureza, mas sabia que assim o mel seria imprevisível e sem nada que o destacasse. Minha impressão era de que ele gostava de se imaginar como um vinicultor francês, brincando com as variedades de uva para criar o mosto perfeito para fermentação. Ele mantinha diários dos experimentos, desenhando e elaborando anotações detalhadas sobre quais flores produziam os melhores perfis de sabor. Era um guia de campo que qualquer botânico invejaria.

Assim, quando saí para colher flores para a coroa de Sadie no comecinho da tarde do aniversário dela, deixei a propriedade para trás e segui para o oeste, rumo às três cachoeiras que alimentavam Greenswold. Havia um grande campo de azedinhas que tinham o tom perfeito de dourado para uma coroa de flores.

Era outro dia quente, e, depois de alcançar o campo florido, abri os dois primeiros botões do vestido e me abanei. As manhãs eram sempre geladas, quase a ponto de gear; conforme o sol quente banhava o vale, porém, o dia ia ficando cada vez mais abafado e modorrento – parecia mais que estávamos em julho do que em setembro.

Trancei um pequeno círculo de junco e hera para fazer a base da coroa; estava prestes a começar a adicionar as flores quando alguém me chamou, fazendo com que me assustasse.

– Tarde bonita, não?

Um vulto se aproximava vindo dos pinheiros, quase tão esbelto e escuro quanto as próprias sombras. Quando saiu para a luz, pude ver que era o misterioso caçador que se identificava como "Price".

Na trouxa, trazia uma série de ferramentas e um grande facão, que sem dúvida usava para abrir caminho em meio à mata. Também ostentava uma coleção impressionante de pés de coelho pendurados num cordão, uma exposição bem mórbida de pelos e garras. Eu me perguntei por que um homem se sentiria compelido a carregar tanta suposta sorte por onde quer que viajasse.

– Mas muito quente – acrescentou ele, e se sentou na grama, a poucos metros de onde eu estava.

Gotas de suor escorriam por sua testa, e as mangas de sua camisa estavam enroladas até os cotovelos, deixando à mostra faixas de cor verde-escura tatuadas ao redor dos punhos, lembrando braceletes. Havia padrões geométricos dentro das faixas, mas não pude ver bem os detalhes.

Depois de revirar a trouxa, Price pegou um cantil redondo, chacoalhou o recipiente uma vez e o ofereceu para mim. Quando dispensei a oferta, ele mesmo bebeu de seu conteúdo. Tentei não prestar atenção em como seu pomo de adão subia e descia enquanto sorvia generosas goladas de água.

O garoto era bonito até demais.

Ele fechou o cantil e enxugou os lábios com o dorso da mão.

– Com fome? – perguntou, tirando um saquinho de dentro do fardo. Estava cheio de carne-seca, o aroma picante e delicioso.

Neguei com a cabeça. Em casa, mamãe estava preparando um verdadeiro banquete para o jantar, e eu não queria perder o apetite.

Depois de dar de ombros, ele se serviu.

– Sobra mais para mim, então. Mas me diga, Ellerie Downing, você se imagina sendo uma fada-rainha? – continuou.

– Eu... o quê?

Ele apontou para a coroa ainda não terminada em meu colo.

– Se não se importar com a minha opinião, acho que deveria usar flores diferentes. Essas amarelas não combinam com você. Precisa de algo que orne com o rosa das suas bochechas. – Ele colheu um botão branco e aveludado e o ergueu perto do meu rosto para avaliar. – Este é a sua cara.

– A coroa não é para mim – respondi, afastando-me. Esperava que ele não percebesse quanto queria que seus dedos roçassem sem querer na minha pele. – É para a minha irmã, de presente de aniversário.

– O aniversário dela é hoje?

Assenti.

– Diga que lhe desejo muitas felicidades, por favor.

– E dou o recado em nome de quem? – perguntei, sentindo-me irresponsavelmente ousada.

Ele hesitou por um instante, os olhos âmbar calorosos ao me analisar.

— Ora, em nome de Price, é claro.

— Esse não pode ser seu nome verdadeiro.

Ele sorriu, e notei como duas covinhas profundas marcavam com perfeição o centro de suas bochechas.

— Não é?

— Não combina com você – respondi, usando as próprias palavras contra ele.

As covinhas surgiram de novo, e agarrei um punhado de florezinhas amarelas para ter com que ocupar os pensamentos.

— Certo, tudo bem. Menti para o seu pai. Você é bem observadora, sabia? – Ele pegou uma flor de trevo e juntou-a pelo caule à outra que estava em sua mão. – Até que gostei disso.

— Por que mentiria?

Ele acrescentou mais uma flor ao arranjo e depois outra.

— Sou novo aqui. Não conheço ninguém. Ninguém me conhece. Por que eu diria meu nome assim, sem mais nem menos?

— Para que as pessoas possam conhecer você.

Ele deu de ombros.

— Você é bem-vinda a conhecer o que quiser sobre mim. Meu nome não muda quem eu sou.

— E o nome da sua família?

— O nome da minha família não tem absolutamente nada a ver com quem eu sou – zombou, a voz assumindo um tom sombrio.

Ele havia dito a papai que estava viajando sem os pais, e fiquei me perguntando o porquê. Será que saíra de casa voluntariamente, ou os parentes tinham sido levados, capturados ou mortos? Amity Falls não recebia muitas notícias sobre o mundo exterior, mas eu sabia dos bandidos que vagavam pelo oeste assaltando caravanas, tomando suprimentos e vidas antes de sumir em nuvens de poeira. O nome de alguns deles era até mais famoso do que o daqueles que os detinham. Será que o pai do garoto era um desses bandidos? Será que o sobrenome dele estava maculado por crimes que não cometera?

— Conte-me mais sobre a aniversariante do dia – disse ele, mudando de assunto com astúcia. – Ela é mais nova ou mais velha do que você?

— Mais nova. Está fazendo oito anos. – Havia vários girassóis brotando em meio às pedras ao lado dele, e estendi a mão para pegar um deles. Cairia como uma luva para ser a joia central da coroa de Sadie.

— Qual é o nome dela?

Ergui a sobrancelha, cética.

– Está brincando, não está?

– Passe-me aquela ali, por favor? – pediu ele, apontando para uma flor de trevo bem branquinha perto da minha coxa.

– Nunca poderia imaginar que você soubesse fazer coroas de flores.

– Tenho muitos, muitos talentos ocultos, Ellerie Downing. – Ele trançou mais algumas flores. – Minha irmã me ensinou.

– Mais nova ou mais velha do que você? – perguntei, à semelhança do que ele fizera.

– Muito mais nova. Eu já tinha treze anos quando mamãe a teve. Amelia amava colher flores. Passava a tarde inteira no campo, fazendo coroas, colares e braceletes para todo mundo que conhecia.

– E você usava tudo, não usava? – perguntei. Percebi que ele conjugara os versos no passado ao falar da irmãzinha, mas não comentei nada. Ele nunca tinha me contado tanta coisa por vontade própria.

Ele riu.

– Usava… Ela ficou doente – acrescentou ele, notando minha curiosidade.

– Sinto muito.

Ele deu de ombros e terminou a própria coroa de flores.

– Perfeita para uma fada-rainha de cabelos claros – disse ele, depositando a peça sobre minha cabeça. Assentiu em aprovação. – Eu estava certo. Essas são as flores perfeitas para você.

Senti as bochechas corando sob o olhar cintilante e penetrante dele. Agarrei a primeira flor que vi, só para ter a oportunidade de desviar o olhar.

– Tenho certeza de que seu admirador vai apreciar a coroa esta noite.

– Esta noite? – repeti, sem me preocupar em corrigi-lo.

– Tenho certeza de que uma garota tão linda quanto você tem pelo menos um pretendente sério querendo se juntar à sua celebração de família. O que acha que ele vai levar para a pequena…? – Ele deixou a voz morrer, obviamente esperando que eu preenchesse o silêncio com o nome de minha irmã.

– Não haverá presente algum, tenho certeza – falei, e ele franziu o nariz, divertindo-se com o fato de eu não ter caído em seu truque.

– Mas que sujeito grosseiro! Se eu fosse sortudo o bastante para cortejar alguém tão vibrante e amável como você, faria de tudo para levar um belo presente para sua irmã.

– Faria, é? – Tentei imaginar aquele garoto sentado no alpendre enquanto entregávamos nossos presentes, bebericando um copo de ponche e ouvindo as historinhas de Sadie.

A imagem me deu uma vontade profunda de vivenciar aquilo, e meu peito chegou a doer.

Ele concordou com um gesto de cabeça, sério, antes de mergulhar a mão como uma ave de rapina para capturar algo do chão. Virou a plantinha nos dedos, admirado, enquanto eu me inclinava para a frente para ver o que ele tinha pegado.

– Para dar sorte ao novo ciclo de vida.

O polegar dele roçou meu indicador quando peguei o pequeno tesouro da mão dele.

– Um trevo-de-quatro-folhas! – exclamei. Pensei em como passara várias e várias tardes da minha infância procurando por um daqueles, sempre sem encontrar. Aquele era lindo; todas as folhinhas eram de um verde-esmeralda e idênticas entre si. – Como conseguiu distinguir este no meio dos outros?

Ele deu de ombros, aparentando mais modéstia do que eu esperava.

– Sempre fui bom em encontrar trevos-de-quatro-folhas.

– É a primeira vez que vejo um... Sadie vai amar – admiti, antes de perceber o que tinha feito. Cobri a boca com as mãos.

– Diga a Sadie que desejo felicidades – disse ele, abrindo um amplo sorriso.

Guardei a plantinha com cuidado dentro do bolso do vestido, depois deslizei os dedos pelos trevos à minha frente, à procura de um de quatro folhas para mim. Um mar de plantas com três folhas me encarou em resposta.

– Posso dar uma dica? – perguntou ele, aproveitando a oportunidade para se ajoelhar perto de mim, tão perto que nossas coxas se encostaram. Ele se inclinou, apoiando os antebraços no chão enquanto procurava. – Eles geralmente estão nas extremidades dos campos.

– Nas extremidades – repeti, inclinando-me também e procurando de novo com um olhar renovado.

– A sorte não pode ser soterrada nem contida pela multidão – murmurou ele, passando os dedos pelas extremidades do campo de trevos. – Ela não se mistura. Quer ser encontrada. Você só precisa saber onde procurar.

Tão rápido quanto um piscar de olhos, ele pegou outro trevo e o aninhou na palma da mão. Ergueu uma das sobrancelhas, como se me incitando a tomar a planta dele.

Quando estendi a mão, ele fechou a dele ao redor da minha, a pele áspera e quente. Aquele toque, estranhamente íntimo, fez uma série de arrepios correrem pela minha pele, como a luz resplandecendo nas ondulações do Greenswold.

– Seu pretendente segura sua mão desse jeito?

Nossos olhares se encontraram, e senti a pele do colo esquentar. Eu parecia incapaz de me mover, de respirar, de fazer qualquer coisa além de encarar os olhos âmbar e profundos daquele garoto. Meu coração não sabia o que fazer, pulsando na garganta e depois mergulhando com tudo no estômago. Sabia que minhas bochechas deviam estar brilhantes de tão coradas, mas o resto do meu corpo se contorcia em arrepios deliciosos e nauseantes de prazer e preocupação. Eu estava completamente dividida, aproveitando a presença dele e desejando que fosse embora antes que eu fizesse algo que constrangesse a nós dois.

– Eu... Eu não tenho pretendente algum – admiti enfim, afastando os dedos dos dele e largando o trevo.

Um sorriso preguiçoso se espalhou pelo rosto do garoto, fazendo seus olhos se semicerrarem de divertimento.

– É mesmo? – Ele encarou o pequeno trevo por um instante. – Pegue. A sorte já parece estar a meu favor hoje.

Prendi mais uma flor na coroa de Sadie e me levantei, limpando a saia.

– Preciso ir para casa.

Ele se apoiou nos cotovelos, olhando para mim.

– Mas já?

Dentro das botas, flexionei os dedos dos pés enquanto pensava no que faria a seguir.

– Gostaria de vir junto? Papai disse que você era bem-vindo para jantar conosco... E mamãe vai ter feito comida suficiente para mais um. Você poderia dar pessoalmente o presente de Sadie.

Ele inclinou a cabeça, ponderando a oferta.

– Jantar nos Downing... Jantar com Ellerie... – Ele se levantou de um salto. Movia-se como um gato, espreguiçando numa hora e depois agindo com graça na outra. – Vou precisar estar um pouco mais apresentável. A que horas me junto a vocês?

Era a primeira vez que ficávamos de pé lado a lado, e percebi como ele era mais alto do que eu. Embora fosse a garota mais alta da minha turma, minha cabeça mal batia nos ombros dele. Por um momento, imaginei a sensação de ser abraçada pelo rapaz. Eu encaixaria com perfeição sob o queixo dele, acomodada na segurança de seus braços e...

Afastei aqueles pensamentos insanos.

– Desculpe... Então, geralmente comemos às seis.

Ele assentiu.

– Ótimo. Meu acampamento fica por ali – comentou ele, apontando para uma área mais aberta entre os pinheiros, a uns oitocentos metros dali.

— O caminho é seguro? — perguntei, começando a andar. Percebi como ele avançava mais devagar, encurtando os passos para caminhar a meu lado.

Ele coçou a orelha com um sorriso de divertimento no rosto.

— Está se oferecendo para ir comigo?

O calorão em meu peito, que se reduzira a uma estabilidade morna, borbulhou de novo, tingindo meu rosto de constrangimento.

— Claro que não! Escute, você deveria ter mais cuidado. Alguns pais da região atirariam em alguém que falasse assim com a filha deles.

Ele pareceu fascinado.

— Gideon faria isso?

— Provavelmente.

Ele concordou com um gesto de cabeça.

— E eu o respeito mais ainda por isso.

— E a caça, como está sendo? — perguntei, ansiosa por mudar de assunto.

Imaginar um estranho – *meu* estranho, que era como começava a pensar nele – flertando com outras moças daquele jeito fazia meu estômago queimar, tomado por um ciúme que não me era familiar.

— Consegui uma coisa ou outra com as armadilhas – disse ele, saltando por sobre um galho caído. – Mas ainda estou esperando algo grande.

— Um cervo? – arrisquei, sem saber muito bem o que caçadores daquele tipo consideravam grande.

Os dentes dele cintilaram sob o sol.

— Muito maior, Ellerie Downing.

Parei, pesando minhas próximas palavras.

— Ainda não sei qual é seu nome.

— Claro que não – respondeu ele, torcendo o canto da boca com astúcia. – Eu ainda não disse.

Esperei, achando que aquele seria o momento em que me contaria, mas ele só caminhou pela grama alta, parecendo satisfeito com o silêncio. Quando ergueu os olhos, deparou com meu olhar fixo nele, e suas sobrancelhas se ergueram, como se me desafiasse a falar.

Aquela brincadeira já estava me cansando, ficando cada vez mais esquisita.

— O nome da sua família não me importa... Acho que qualquer pessoa deve ser livre para traçar seu caminho pelo mundo... Não importa quem são seus pais... ou o que eles fizeram.

— Que generoso de sua parte.

Joguei a trança por sobre meu ombro.

– O que eu quis dizer é que...

– Eu sei o que você quis dizer, Ellerie... E... como alguém cuja família fez várias coisas horríveis... eu agradeço.

Eu estava certa! Instantaneamente criei uma história comovente e romântica para ele: um garotinho crescendo num mundo perigoso de ladrões de diligências e outros criminosos. Fiquei curiosa para saber se papai já teria ouvido falar do pai bandido do estranho.

– Mas é que seria realmente bom poder chamar você de alguma coisa... Qualquer coisa – insisti. Os segundos se passaram sem que ele respondesse. – Não vai mesmo me dizer seu nome?

– Não. – Ele riu. – Não vou. Os nomes têm poder, não acha? Quando você diz seu nome, acaba na mão daqueles que o conhecem.

Tropecei numa pedra e ia caindo para a frente. Ele segurou meu braço para impedir que me esborrachasse.

– Eu não... não acho que entenda...

– Ellerie Downing! – exclamou ele, a voz alta irrompendo do peito como um tiro de canhão. Meus olhos, que até então encaravam a mão dele ao redor do meu punho, se voltaram para seu rosto, e ele franziu o nariz. – Viu só? Poder.

Ele tinha certa razão, mas eu não estava pronta para admitir.

– Você é terrível.

– Sou mesmo. E, por enquanto, é aqui que devo me separar de você.

Paramos na fileira de pinheiros, e de repente era como se eu tivesse esquecido o que deveria fazer com as mãos. Elas pareciam grandes e desajeitadas demais e, onde quer que eu as colocasse, pareciam fora do lugar.

– Vejo você mais tarde então... – Minha voz morreu, dando espaço para que ele falasse algo. – Isso é absurdo. Preciso chamar você de alguma coisa.

– Por quê?

– Porque coisas... coisas importantes... têm nomes. Só têm e pronto. Posso dizer o nome de cada uma das flores que cresce em Amity Falls, e de todas aquelas árvores – falei, gesticulando além dele. – É desesperador não saber como chamar você.

Ele ergueu as mãos em um gesto inocente.

– Eu lhe dei um nome, mas você não gostou. Me chame do que quiser, então. Não importa o nome que escolher.

– Importa, sim! Deveria importar! Soube que seu nome não era "Price" por uma razão. Ele não combina com você. Nomes devem ter significado.

– Você pode atribuir aos nomes quanto significado quiser, mas no fim... importa mesmo? – Ele apontou para uma calêndula alaranjada perto de suas botas. – Não sei o nome dessa florzinha, mas sei que ela tem um aroma doce e, caso me queime, sei também que ela ajuda a aliviar o ardor.

– O nome é *Calendula arvensis*. Calêndula – acrescentei baixinho.

– Ah, agora você dá nomes em latim para as coisas? – Ele revirou os olhos e voltou a olhar para a floresta; temi ter ido longe demais. – O que "Ellerie" significa?

Fiz uma pausa.

– Alegre.

Ele esfregou o queixo.

– Já percebi que deixei você tudo, menos alegre. – Quando os olhos dele se encontraram com os meus, estavam mais escuros, com pontos esverdeados quase iguais aos do…

– Albert – decidi de repente. – Vou chamar você de Albert.

Ele semicerrou os olhos, achando graça.

– Você olha para mim e pensa em "Albert"?

– É que eu olhei para eles. – Apontei para as centenas de árvores atrás do garoto. – Para você não deve ter a mínima importância, mas são abetos-brancos. Podem chegar até trinta metros de altura; os galhos são mais grossos na base, cobrindo o chão da floresta. Sem uma trilha, seria quase impossível andar por um acre deles, já que crescem muito perto uns dos outros. São completamente impenetráveis. Assim como você. Abeto. Albert.

Ele me encarou, o olhar tão intenso que eu quis desviar o meu, mas era incapaz de me mover.

– Vai ser Albert, então. – Ele estendeu a mão como se estivéssemos nos conhecendo naquele instante. – Olá. Sou novo aqui em Amity Falls. Meu nome é Albert Price.

– Ellerie Downing – respondi, apertando a mão dele.

– É um prazer conhecer você, Ellerie Downing.

Quando ele se afastou, vi que depositara o trevo-de-quatro-folhas na palma da minha mão. Ele avançou floresta adentro sem se despedir – mas, pouco antes de desaparecer em meio às árvores, virou-se para mim e me deu uma piscadela.

10

— Temos um convidado para o jantar – anunciei, entrando na cozinha pela porta dos fundos.

Mamãe desviou o olhar do bolo de aniversário de Sadie. Conforme prometido, ela modificara a receita para criar uma verdadeira obra-prima de várias camadas. Nunca tinha visto lâminas de bolo tão fininhas, perfeitamente equilibradas quanto à quantidade de recheio de creme. A base era mais larga e o meio mais estreito. No topo, a menorzinha das camadas continha oito velas cor-de-rosa, não maiores do que palitos de fósforo. Sabia que papai as tinha tingido especialmente para Sadie. De modo geral, não nos dávamos ao trabalho de pintar as velas – o tom âmbar natural da cera de abelha criava um brilho cálido e alegre por si só. Não precisava ser alterado.

Mas Sadie amava cor-de-rosa. E papai amava Sadie.

– Uma visita? – perguntou mamãe. Ela baixou a peneira com açúcar e focou a atenção em mim.

– Aquele caçador novo. Papai queria convidar ele para o jantar algum dia e...

– No aniversário de Sadie? – interrompeu ela, franzindo o cenho.

– Ah, não. É que encontrei com ele enquanto colhia flores para a coroa dela. Fui eu quem o convidou, não papai. Sabia que a senhora estava fazendo um monte de comida, e me pareceu a coisa mais gentil a fazer. Ele está morando num acampamento.

Ela pegou de novo a peneira com um olhar repleto de significado e continuou a polvilhar o bolo.

– E por acaso esse caçador solitário e sem amigos também calha de ser um rapaz jovem e bonito?

Pressionei os lábios, tentando esconder o sorriso.

– Talvez. Mas tenho certeza de que é um caçador excelente.

O olhar de mamãe pousou sobre a coroa de flores de trevo que ainda adornava meus cabelos.

– É o que parece.

– Cadê a Merry? – perguntei, olhando para a cozinha vazia.

– Ah, lá fora... de novo – disse mamãe, apontando para o campo de flores.

Espiei pela janela.

Merry estava no meio do campo, os braços abertos e estendidos para o céu. O rosto estava voltado para o sol, como uma ipomeia procurando calor. Estava com os olhos fechados, os lábios se movendo numa repetição fervilhante.

– Ela está... cantando?

– Orando.

– Orando? Pelas flores?

– Talvez. Ou talvez por algum garoto – cogitou mamãe, a diversão marcando sua voz.

Ela limpou as mãos no avental e se juntou a mim na janela. Por um instante, ficamos apoiadas uma na outra num silêncio cúmplice, observando Merry.

– Aquela garota sente as coisas com cada partezinha da alma. Todos os meus filhos são assim – acrescentou ela, apertando meu nariz.

Ouvimos um farfalhar atrás de nós quando Sadie entrou na cozinha aos rodopios.

Mamãe se virou com um sorriso no rosto.

– Bem, o que acha do bolo? Dei uma olhada naquela ilustração no livro para me inspirar... Acho que me saí bem, e você?

– Ah, mamãe, está tão bonito! – ela exclamou, correndo para plantar um beijo na bochecha de mamãe. – Melhor ainda do que meu primeiro bolo!

– Primeiro? – Olhei para os balcões, mas havia apenas panela e tigelas espalhadas sobre eles.

– Seu rosto está sujo, Sadie, minha passarinha – disse mamãe, devolvendo o beijo. – Uma manchinha de terra ou algo assim... – Ela lambeu o dedo e passou sobre a marca. – Isso não é... terra. – Mamãe a puxou para mais perto, farejando. Esfregou a pele de Sadie mais uma vez antes de arriscar levar o dedo aos lábios. – Sadie Elisabeth Downing – ela a repreendeu. – O que você andou comendo?

– Um presente de aniversário – respondeu ela, visivelmente espantada com o rompante de mamãe.

– Que presente? – perguntei, ajoelhando ao lado dela. Os cantos de seus lábios estavam marrons; as bochechas, melecadas. – Você não anda fazendo tortas de lama, não é? Você sabe que não são de comer, não sabe?

– Não sou mais uma bebezinha! – exclamou Sadie, e senti um aroma doce emanando dela enquanto me fuzilava com o olhar.

– O que é isso?

– É chocolate – disse mamãe, esfregando o resíduo entre os dedos. – Onde diabos conseguiu isso?

O rostinho de Sadie se contorceu numa carranca quando as lágrimas começaram a cair.

– Por que está todo mundo sendo malvado comigo? É meu aniversário! Eu só comi meu bolo!

Mamãe franziu o cenho.

– Um bolo de chocolate? Você encontrou um bolo de chocolate?

Sadie soltou um soluço estridente.

– Onde está o bolo, Sadie? – perguntei, tentando interromper o ataque de pânico dela. Sadie me encarou. – Você comeu? Comeu tudo?

– Era pequenininho! Deste tamanho. – Ela fez um gesto com os dedos indicando algo do tamanho de um *muffin*.

– Onde ele estava?

– No banquinho que uso para ordenhar as vacas, lá no estábulo!

– Tinha mais alguma coisa no banquinho? – perguntou mamãe. – Um bilhetinho ou um cartão, talvez?

– Só tinha isso – respondeu ela, tirando um objeto pequeno do bolso do avental.

Era uma bonequinha de pano com um vestido xadrez azul e um chapeuzinho combinando. Os cabelos de lã eram tão loiros quanto os de Sadie, quase do tom perfeito. Mas o rosto dela me fez hesitar. A maioria das bonequinhas de Sadie não tinha rosto – eram pequeninas, feitas de sabugos de milho ou dos retalhos do cesto de costura de mamãe.

Mas aquela era diferente.

O rosto de musselina creme tinha dois X vermelhos no lugar dos olhos. O rostinho cego era fantasmagórico em sua simplicidade, e, quanto mais tempo passava olhando para ele, mais horrorizada eu ficava.

– Onde conseguiu isso? – perguntei, pegando a bonequinha da mão de minha irmã.

– A Abigail fez para mim. De presente de aniversário.

– Mamãe, foi você quem fez esta boneca? – perguntei. O alívio me invadiu quando ela tirou aquele objeto horrendo da minha frente.

– É claro que não. Que olhos terríveis. – Ela passou o polegar sobre a linha carmim e estremeceu.

– Eu gosto deles – disse Sadie, de maneira despreocupada.

– Onde você arrumou isso? – perguntou mamãe.

– Eu já disse, foi a Abigail.

Mamãe pressionou os lábios, já quase sem paciência.

– Você pegou emprestada de uma de suas amigas? Trinity? Ou talvez da Betty Neally?

– Foi a Abigail quem fez – insistiu ela.

– A Abigail não existe – disparou mamãe. – Diga-me onde conseguiu isso!

– Eu não fiz nada de errado! – gritou Sadie, irrompendo num novo acesso de choro.

Mamãe amoleceu no mesmo instante, puxando minha irmã para um abraço.

– Tenho certeza de que não fez... Só queria saber de onde veio o bolo. – Ela afastou uma mecha de cabelo que havia grudado na testa de Sadie. – Estava muito gostoso?

Os olhos dela brilharam.

– Estava, sim!

– Melhor do que meus bolos de mel?

– Só... diferente – disse Sadie, tão diplomática quanto era capaz.

– E não sobrou nadinha mesmo?

Ela negou com a cabeça, depois se animou.

– Tinha uma velinha rosa com ele! Uma das que o papai fez. Ainda está lá no estábulo.

Como uma das velinhas cor-de-rosa de papai tinha ido parar num bolo de chocolate? Mamãe parecia tão confusa quanto eu.

– Você pode ir lá buscar, Ellerie? Preciso começar a preparar as ervilhas ou não vamos ter jantar.

Quando saí, trombei com um vulto escuro avançando pelo caminho que levava à nossa casa.

– Vou matar esse cara, juro que vou! – vociferou Cyrus Danforth, agarrando-me pelos ombros. – Cadê ele?

O ar em meus pulmões congelou. Ele devia ter descoberto o segredo de Rebecca.

– Não sei... Me largue! – exclamei.

As unhas dele eram longas e mal cortadas, e afundaram nas minhas mangas como lâminas afiadas. Tentei me desvencilhar de Cyrus, mas os dedos retorcidos pela artrite prendiam meus braços como se fossem garras de uma ave de rapina. Já podia sentir os hematomas começando a se formar.

– Tenho certeza de que ele está se escondendo por aqui como a cobra venenosa que é – resmungou Cyrus, a saliva vertendo de seus lábios.

Havia uma mancha vermelha em seu olho esquerdo, um vaso sanguíneo rompido que o fazia parecer meio louco.

– O que é isso? – rugiu papai, correndo em minha direção. Ele tinha uma bolsa de tela pendurada diante do corpo e usava seu chapéu de abas mais largas. Estivera colhendo sementes de flores. – Largue a minha filha! – esbravejou ele, jogando a bolsa de lado. O chapéu caiu de sua cabeça e rolou para debaixo do alpendre.

A pressão de Cyrus em meu braço se intensificou, com ele afundando os dedos na parte interior macia. Lutei para me desvencilhar, mordendo os lábios para conter as lágrimas. Com um grito de raiva, papai apartou Cyrus de mim e o lançou no jardim lateral.

Cyrus cambaleou, os braços balançando em círculos antes de cair com tudo na terra ressecada pelo sol. A cabeça dele bateu no chão, e por um instante ele pareceu perder a consciência, as pupilas ficando estranhas. Mas, com um grunhido, ele se levantou. Disparou na direção de papai, proferindo palavras que eu nunca ouvira sair da boca de um cavalheiro antes.

Papai me empurrou na direção da casa antes de desviar de Cyrus.

– Entre, Ellerie – ordenou, as mãos erguidas e os dedos abertos, pronto para se defender. – Agora!

Eu já seguia para o alpendre dos fundos – a entrada mais próxima – quando Cyrus recuperou o equilíbrio e se lançou contra papai de novo, o punho preparado. Papai se esquivou para o lado, evitando o primeiro soco; não foi rápido o bastante para revidar, porém, e Cyrus caiu sobre ele, o gancho de esquerda acertando papai na barriga.

– Papai!

– Já chega! – berrou uma voz, e o estampido de um tiro cortou o ar. Congelamos e nos viramos para ver mamãe parada no alpendre, a carabina na mão, apontando para cima. – Se afaste da minha família, Cyrus Danforth.

– Eu me nego.

Mamãe apontou a carabina para ele e aproximou o olho do cano, mirando.

– Largue o meu marido – disse, a ameaça presente em cada palavra.

Depois de um momento de indecisão, Cyrus cambaleou para longe, limpando as calças como se tivesse sentado na grama num piquenique da igreja.

– Deixe estar, Sarah. Vou garantir que os Anciãos lidem com ele e com aquele merdinha que vocês chamam de filho.

Papai se sentou, o corpo oscilando de um lado para o outro.

– Anciãos? – repetiu, e começou a rir. Uma risada alta e descontrolada, que vinha das profundezas de seu ventre. A boca dele estava suja de sangue, os dentes manchados de vermelho. – Você surge do nada na minha propriedade, ataca minha filha, e *você* vai falar com os Anciãos? Com base em quê? Sam não fez nada para você.

Foi a vez de Cyrus gargalhar.

– Nada? Ele partiu o coração da minha filha e acabou com meu estoque para o inverno. E você diz que não é nada. – Cyrus fez uma careta de desprezo e cuspiu, mirando no espaço entre os pés de papai.

O rosto de meu pai foi ficando mais sério conforme ouvia.

– De que diabos está falando, Danforth?

– Meu armazém... Como se você já não soubesse. Foi saqueado inteiro. Latas de farinha e açúcar jogadas ao vento. Vidros de melaço e feijão em conserva quebrados, uma bagunça horrível.

– Sinto muito, Cyrus. Mas você nos conhece. Você me conhece. Nós nunca...

– Eu *achei* que conhecia você, Downing. – Ele balançou a cabeça, como se olhar para nós lhe desse nojo. Os olhos dele pareciam incapazes de encontrar um ponto no qual focar, indo de um lado para o outro como sementes de dente-de-leão dançando ao sabor do vento. – Achei que era só seu filho no começo, trabalhando sozinho, mas agora me pergunto... Se achou que destruir meu estoque me faria votar a favor da maldita expedição atrás de suprimentos, está redondamente enganado. Eu tenho dinheiro, muito dinheiro, e preferiria comprar a McCleary inteira e ver a cidade morrer de fome a concordar com gentinha como você.

Mamãe suspirou, balançando a cabeça.

– É você quem está enganado. Ninguém na minha família faria algo assim. Você está errado.

Os lábios de Cyrus se contorceram numa careta.

– Não estou errado sobre o seu garoto. Mas é uma pena o fato de ela ter se enganado.

Papai franziu o cenho, claramente confuso.

– Ela? Quem?

– Minha Rebecca.

– Por que Samuel faria mal a Rebecca? Ele passou metade do verão cortejando-a.

– Você chama aquilo de cortejar? Fazer ela sair de casa de fininho, escapando das tarefas para vadiar com ele no estábulo? E agora ela diz que não quer olhar para a cara dele nunca mais. Diz que ele nunca quis se casar com ela. Que é o fim. Que ela nunca vai encontrar um homem por causa do fedor do seu filho que está impregnado nela. – Ele olhou para papai, um olhar vidrado e perdido. – Aposto que deve estar morrendo de rir disso! Primeiro seu filho destrói minha filha, a boa reputação e o futuro dela, e agora você vai e tenta fazer o mesmo comigo. Você está planejando isso há anos.

– Gideon tem passado o dia todo nos campos – disse mamãe, o dedo oscilando sobre o gatilho. – Melhor reavaliar sua história.

Cyrus ergueu as mãos, as palmas abertas em um questionamento.

– Mas não estou vendo seu garoto por aqui. Onde ele está? Não podem negar o papel dele nessa história. Logo todos verão as evidências dos pecados dele; minha filha não vai ser capaz de escondê-los para sempre.

Mamãe arfou.

– Ela não... Com certeza você não quer dizer que...

– Ela está a caminho de ter uma família, não há dúvida nenhuma.

– Mas não sabíamos que Sam... – Papai parou na metade da sentença ao receber um olhar fuzilante de mamãe.

– Cyrus, não sei o que podemos dizer para amenizar essa situação, mas Rebecca não vai passar por isso sozinha. É claro que eles vão se casar, Samuel vai fazer a parte dele e...

– Ele já fez o que tinha de fazer. O garoto vai acabar com a nossa vida.

– Escute aqui – disse papai, ficando de pé e apontando o indicador para o peito de Cyrus. Seu rosto estava vermelho, as mãos tremendo de raiva. – O que aconteceu é terrível, mas sua filha também teve grande participação nisso.

Cyrus bufou.

– Eu nunca deveria ter deixado aquele vagabundo entrar na minha casa. Sabia que ele me traria problemas no instante em que o vi aprendendo a andar no seu jardim, pendurado no avental da mãe. Ele sempre foi um fracote. Fraco, covarde, sem um grama de caráter. Mas não acho que seja culpa dele. Não tem como culpar uma maçã pelos vermes da árvore.

Papai estreitou os olhos e cerrou os dentes.

– Samuel cometeu erros muito graves. Mas Deus é testemunha de que ele nunca saqueou seu armazém.

– Nem gaste saliva com isso. Só há um jeito de ter certeza. Ele vai se apresentar diante dos Anciãos, olhar os homens nos olhos e falar a verdade. E eles vão ver. E vão julgar. Pode tentar esconder todo tipo de segredo na calada da noite, mas não pode esconder a consciência pesada. Nem dos Anciãos, nem de Amity Falls. Agora... de uma vez por todas, onde ele está?

Papai o encarou, o semblante fechado. Mas, depois de um longo momento, virou-se para mamãe, denunciando a própria incerteza.

— Rá! — Cyrus aproveitou esse momento de fraqueza. — Vocês também não sabem! Os Anciãos podem decidir por si sós. Faz muito tempo desde o último enforcamento... Não é engraçado como o mundo dá voltas?

Encarando nós três com uma conflituosa expressão de triunfo no rosto, Cyrus se virou na direção do vilarejo e bateu em cheio no punho de Samuel, que havia aparecido de repente, correndo pelo quintal lateral sem ninguém ver. Um borrifo de sangue e dentes voou pelo ar, e o sol do finzinho da tarde transformou as gotas em rubis resplandecentes.

Recuperando-se com uma eficiência notável, Cyrus deu meia-volta e agarrou meu irmão, jogando-o no chão enquanto trocavam socos.

— Sam! — Papai correu para tirar meu irmão de cima de Cyrus, mas foi atingido no rosto por um punho errático. Papai persistiu, porém, agarrando Samuel pela cintura e afastando-o da disputa. — Nunca resolvemos violência com mais violência.

— Eu não fiz nada com o armazém, e o bebê não é meu — protestou Sam, desvencilhando-se de papai. — Ele está mentindo! Quer que ele minta para os Anciãos?

Com as pernas exaustas e trêmulas, papai cambaleava entre os dois, mantendo ambos afastados, enquanto Samuel os rodeava, tentando encontrar uma oportunidade. Cyrus levou a mão ao maxilar, tateando a grama à procura dos dentes.

Sam limpou um pouco de sangue da bochecha. O talho diagonal, sangrento e avermelhado, sem dúvida fora causado pelas unhas mal cortadas de Cyrus.

O homem se colocou de pé, dispensando a oferta de ajuda de papai.

— Se eu vir qualquer um de vocês na minha propriedade daqui em diante, vou atirar sem pestanejar! Está me ouvindo, Downing? Fique longe da minha família e das minhas terras! — Praguejando, Cyrus Danforth foi embora, os passos vacilantes conduzindo-o ao vilarejo.

✻

— Tem certeza de que não é melhor um médico dar uma olhada nisso? — perguntou Albert mais uma vez, fazendo uma careta enquanto observava o rosto machucado de papai. — Eu posso cavalgar até o vilarejo e voltar rapidinho. Acho que o senhor pode ter quebrado o nariz.

— Já eu tenho certeza disso — falou papai, tocando o rosto com cuidado enquanto dispensava a sugestão de Albert.

– Papai, me deixe ir – disse Sam, seguindo-o até a sala de estar. – Vou encontrar o doutor Ambrose e...

– Já falei que estou bem. – Ele apontou para uma das cadeiras, indicando que Albert deveria se juntar a ele. – Sam, não acha que deveria ajudar sua mãe na cozinha?

Ele olhou para mim.

– Melhor a Ellerie ir.

Eu estava apoiada no batente da porta, tentando não ser flagrada enquanto fitava nosso convidado – e falhando miseravelmente. Ele já me dera duas piscadelas.

Mas, à menção do meu nome, despertei dos devaneios. Mamãe precisava mesmo de ajuda.

– A Ellerie fica. Ela esteve aqui a semana toda, carregando melgueiras e ajudando com a colheita. É hora de você ajudar, não acha?

Sam ficou olhando para mim em silêncio, a raiva contida ardendo em seus olhos.

Assim que arrastou os pés até a cozinha, ouvi mamãe despejar sua ira nele em forma de sussurros.

– Samuel Elazar Downing, em que diabos estava pensando? Dormir com Rebecca Danforth? E depois a abandonar? Escute o que estou falando: vamos precisar resolver isso.

– Mamãe, eu...

Merry entrou na sala de estar, carregando uma bandeja com copos e um jarro de chá. Quase tropeçou na soleira enquanto espiava por cima do ombro para não perder nada do escândalo. Fez uma careta ao ver o quer que fosse que mamãe tinha feito para interromper os protestos de Sam.

Sadie chegou saltitando, fazendo rodopiar seu melhor avental, antes de se deter.

– Ai, papai, seu rosto! Está doendo? Foi o senhor Danforth quem fez isso? – Ela olhou para a cozinha de canto de olho. – O Sam? – Depois congelou no lugar, percebendo o estranho no recinto. – Quem é você?

– Merry, Sadie – falei. – Este é Albert Price.

11

As flores me acordaram primeiro, esgueirando-se na ponta dos pés para dentro dos meus sonhos e projetando um filtro floral sobre tudo. Senti um sorriso tomar meus lábios enquanto percebia o aroma suave.

Depois veio a fumaça. Escura, ardente e imperdoavelmente presente, ela se espalhava, acre e mordaz, invadindo meus sonhos até que estes virassem pesadelos. Meus olhos se abriram de súbito e lacrimejaram de imediato enquanto eu encarava as vigas do teto.

Eram gritos o que eu estava ouvindo?

Sentei-me na cama, voltando devagar à consciência. Estava surpreendentemente claro lá fora, e por um instante achei que tivesse dormido até mais tarde. Mas minhas irmãs ainda ressonavam baixinho a meu lado, e podia ouvir os ruídos de alguém adormecido vindo da cama de Samuel.

Por que estava tão claro?

Escorreguei para fora da cama a fim de espiar pela janela e arquejei. Uma paisagem apocalíptica me recebeu, ardendo em vários tons de laranja, vermelho e branco intenso. Chamas lambiam o céu, cada vez mais altas, como se quisessem devorar o mundo.

Os campos de flores estavam pegando fogo.

– Sam! Sam! – gritei, desesperada para acordar meu irmão.

– O que foi? – resmungou ele, fazendo uma careta quando puxei a cortina.

Um raio de luz laranja recaiu sobre ele, e Sam ergueu as mãos, protegendo os olhos.

– Por que está tão claro assim?

– Fogo! Os campos estão pegando fogo!

– O que está acontecendo? – resmungou Merry.

– Precisamos pegar água. As flores estão queimando! Sadie, acorde!

Sam saltou da cama, pegando a calça e as meias.

– Não há tempo para isso! Precisamos avisar a mamãe e o papai! – gritei, já na metade da escada.

O quarto deles estava vazio, os lençóis jogados ao pé da cama num embolado feito às pressas. Pela janela do quarto deles, vi a silhueta de papai contra a luz do fogo, chutando terra sobre as chamas.

Minhas botas estavam na soleira da porta dos fundos; enfiei os pés dentro delas sem me preocupar com os cadarços e irrompi noite adentro. Minha camisola brilhava num dourado intenso, banhada pela luz das chamas cada vez mais altas. Eu devia ter ficado toda arrepiada com o frio da noite, mas o fogo emitia tanto calor que mais parecia uma tarde cálida.

– Precisamos evitar que o fogo escape dos campos – disse papai quando me juntei a ele. A voz dele estava rouca, seca e metálica. Tinha respirado muita fumaça. – Não chove há semanas. Se uma única faísca atingir a relva...

Ele pisoteou uma área em chamas, mas eu entendia o que ele queria dizer. Se o fogo se espalhasse, teria caminho livre até a nossa casa, o barracão de suprimentos e as colmeias. Todo o restante poderia ser reconstruído depois, mas precisávamos proteger as abelhas a todo custo.

– Sua mãe está no poço. Está enchendo baldes de água, mas não posso sair daqui para buscar. – Ele bateu com um cobertor sobre outro foco de incêndio. Para cada um que reprimia, era como se outros dois surgissem no lugar.

– Eu cuido disso – garanti. – Sam, Merry e Sadie estão a caminho.

Corri pelo quintal lateral, a lingueta das botas tremulando loucamente e enroscando na barra da minha camisola. Antes parecia que parar para amarrá-las seria uma perda de segundos preciosos, mas agora eu estava com medo de tropeçar e torcer o tornozelo – se isso acontecesse, como conseguiria ajudar?

– Ellerie, graças a Deus – gritou mamãe. Havia três baldes já cheios de água ao redor do poço. – Eles são muito pesados para eu carregar, e eu... – Ela se inclinou, arfando por ar.

– Vim ajudar. Pare e descanse um pouco! Sam! – berrei quando o vi brigando com as botas no alpendre. – A água está aqui! Precisamos de você! – Virei-me para mamãe e peguei o próximo balde vazio. – O que aconteceu?

Ela se inclinou de novo, as mãos nos joelhos.

– Eu posso continuar... Você precisa ajudar Gideon... Só preciso de um instante.

– Mamãe, pode deixar comigo.

– A princípio achei que tinha sido um raio, mas não está chovendo. – Ela respirava com dificuldade, puxando o ar depois de cada palavra. – Por favor, Deus, nos mande um pouco de chuva! – Ela apertou a lateral do corpo, fazendo uma careta de dor.

– Descanse, mamãe. Sam vai levar os baldes até o papai.

Apertei a alavanca várias vezes, puxando água do fundo do poço.

– O que aconteceu? – perguntou Sam ao se juntar a nós.

– Algum raio, talvez – falei, enquanto bombeava água. – Precisamos encharcar o quintal para conter as chamas. Leve esses baldes para o papai.

Ele assentiu e ergueu dois dos baldes, depois os carregou para os campos em chamas. O tornozelo ainda o incomodava. Enquanto ele mancava pelo quintal, lutei contra o ímpeto de ir com ele. Mamãe voltaria a lidar com o poço, mas meu medo era que já tivesse estressado demais o bebê.

Merry e Sadie chegaram, os olhos correndo pelo entorno de imediato, para avaliar onde poderiam ser mais úteis.

O vento soprava pelo vale, quente e preocupante enquanto alimentava as chamas, transformando-as em pequenos ciclones de cinzas e brasas.

– Mamãe, eles precisam de mais baldes. Vou levar estes daqui – decidi, já um pouco preocupada com minha decisão. – Vou pedir para Merry vir ajudar a encher outros. Por favor, *por favor*, descanse.

– Preciso fazer alguma coisa – insistiu ela.

– Há algumas cobertas no barracão – falei, tendo uma ideia. – Elas podem ser úteis para apagar as chamas. Acha que consegue ir até lá e voltar?

Mamãe engoliu a exaustão e se apressou para o barracão, a mão firme sobre a barriga.

Peguei dois baldes e atravessei o quintal, tentando não derrubar muita água. Papai me encontrou na metade do caminho, depois me entregou os baldes já vazios que Sam havia levado.

– Mais! Precisamos de mais água!

Cambaleei de volta ao poço, tropeçando nos cadarços desamarrados. Com um palavrão, dei um laço desajeitado em cada pé e continuei trabalhando, enchendo de novo os baldes. Sam surgiu da escuridão, pegou os que já estavam cheios e deixou outros vazios.

Os baldes foram esvaziados e enchidos várias e várias vezes. A impressão era a de que horas haviam se passado, embora eu soubesse que não era o caso. O céu estava mais escuro do que nunca, e mamãe ainda não voltara do barracão.

Meus ombros doíam; uma dor inquietante se espalhava pelas minhas costas, pulsando cada vez que eu puxava o ar. Olhei para o vilarejo. A uma altura daquelas, com certeza alguém já teria visto as chamas. Não daríamos conta se continuássemos sozinhos.

Uma rajada forte de vento atravessou os campos, rasgou o fogo de súbito e fez fagulhas voarem para todos os lados, soprando centelhas. Algumas caíram perto de casa, e papai correu até lá. Juntando o que ainda restava de força em meus membros trêmulos, apressei-me para ajudar.

– Por que ninguém está vindo? – gritei acima do rugido crepitante. Depois de esvaziar o balde, usei-o para jogar um pouco de terra sobre as brasas remanescentes. – Cyrus e Rebecca já deviam ter sentido o cheiro da fumaça, mesmo que estivessem dormindo.

As sombras da luz do fogo projetaram as rugas do rosto de papai em nítido relevo quando ele franziu o cenho, como uma gárgula ganhando vida.

– Essa ponte se queimou, Ellerie. – Ele bufou ao perceber a escolha infeliz de palavras, mas continuou lutando contra as chamas. – Precisamos de mais água! Pegue isto aqui e vá – disse ele, entregando-me os baldes que tinha nas mãos.

Merry estava no poço, enchendo o carrinho de mão diante da bica, e parei por um instante para tirar alguns fios de cabelo ensopados de suor e cheios de cinzas do rosto. Minha cabeça rodopiava; estava meio zonza, respirando mais fumaça do que ar.

Aquilo não estava funcionando.

O mundo pareceu virar de cabeça para baixo quando comecei a tossir. Com os olhos úmidos, vi as silhuetas de Sam e Sadie contra as chamas. Pareciam estar dançando. Estrelinhas bailavam no meu campo de visão, pontos furiosos em branco e azul-claro. Merry surgiu a meu lado, tentando me segurar enquanto a tosse fazia meu corpo convulsionar.

Imersa num estupor nauseante, vi dois vultos lá do outro lado dos campos, seguindo rumo ao caos flamejante.

Albert.

Albert e um homem ainda mais alto do que ele com uma estranha cartola preta na cabeça.

O outro caçador, o que Sam conhecera.

– Vimos as chamas lá do acampamento – disse Albert, correndo em nossa direção. – Vá ajudar a garotinha lá na beira do campo.

O homem de cartola assentiu e sumiu em meio à escuridão fustigante.

A atenção de Albert recaiu sobre mim.

– O que posso fazer?

Tive um novo acesso de tosse e me encolhi, incapaz de responder.

– Ela inalou muita fumaça – disse Merry, esfregando minhas costas. – Pode ficar com ela? Sam precisa do carrinho de mão cheio.

Albert já erguia o carrinho.

– Eu cuido disso, você cuida da Ellerie. Já volto para pegar esses baldes.

Merry assentiu, grata. Fiz um esforço para me sentar enquanto o via partir.

– Água – falei, a voz áspera e rouca. – Por favor.

Ela encostou um balde pela metade em meus lábios. A água gelada trouxe alívio para minha garganta, acalmando a tosse. Depois de respirar fundo algumas vezes, fiz força para ficar de pé, ignorando a vozinha em minha cabeça que me implorava para descansar.

– Preciso ir até o papai. Continue bombeando água, Merry. Continue... – As palavras morreram em meio a mais um acesso de tosse. Com um gemido, voltei a pegar os baldes.

– Os caçadores viram o fogo – disse a papai quando voltei ao quintal. – Mais gente no vilarejo deve ter visto também. Outras pessoas já devem estar a caminho.

Como se em resposta à minha afirmação, gritos surgiram ao longe, trazidos pelo vento. Eram nossos vizinhos e amigos correndo até a fazenda, prontos para ajudar. Carregavam mantas velhas e baldes, pás e latas de metal. O dr. Ambrose, ainda usando a touca de dormir, carregava a maleta médica em uma das mãos e um balde na outra.

– Você cuida dessas chamas? – perguntou papai, apressando-se para encontrar com eles.

Ele dividiu os voluntários em grupos conforme chegavam à propriedade, mandando a maior parte das pessoas para cuidar do fogo nas extremidades dos campos. Outros formaram um cordão humano para ajudar a passar baldes cheios de água com mais rapidez. Acima dos estalos e pequenas explosões daquela cena infernal, papai gritou que iria conferir as colmeias.

Sem água ou uma manta, comecei a pisotear o foco de incêndio mais próximo de mim, chutando terra sobre ele. Cada músculo do meu corpo doía. Fui tomada por uma sensação estranha de dissociação, minhas mãos e meus pés repetindo os mesmos movimentos várias e várias vezes enquanto a mente entrava num estado confuso de torpor. O quintal era uma massa encharcada de grama queimada e lama. Os campos de flores eram um caso perdido, destruídos demais para terem alguma salvação, mas pelo menos as abelhas estavam em segurança. Assim como nossa casa. E o barracão.

O barracão.

Mamãe.

Corri os olhos pelo quintal, procurando sua silhueta de camisola.

E, de repente, acima do caos instaurado, ouvi papai gritar.

12

— As bandagens, Ellerie, por favor – pediu dr. Ambrose, já estendendo a mão.

A ansiedade em ajudar fez com que eu me afobasse e, na pressa, derrubei um dos instrumentos de metal da bandeja. Ele caiu na cama, quase atingindo o corpo sobre ela.

Não.

Não o corpo.

Minha mãe.

Mamãe.

O que restava dela.

Fagulhas do incêndio tinham caído no barracão de suprimentos enquanto mamãe estava lá dentro procurando as mantas que usávamos para aquecer as colmeias. Quando papai viu as chamas, já era tarde demais para impedir a destruição.

Dr. Ambrose disse que ela deveria ter desmaiado, os pulmões superaquecidos e cheios de fumaça. O teto caíra e uma viga se partira, prendendo as pernas de mamãe enquanto o fogo a consumia. Havíamos cortado os restos da camisola, tirando com cuidado os pedaços de tecido que tinham grudado na pele.

Mas o tecido não era a única coisa que havia saído.

Tentei não me concentrar na pele escurecida, na forma como se rompia e descascava, revelando músculos sangrentos e tendões brancos. Meus olhos evitavam as bolhas, que irrompiam como cabeças de couve-flor. E eu me negava com veemência a focar na queimadura ao redor do pescoço dela, como se uma mão em chamas a tivesse agarrado e apertado. Dr. Ambrose disse que era só uma ilusão, apenas a forma com que o fogo atingira seu corpo – mas, depois que distingui cinco dedos marcados na pele, não conseguia mais enxergar outra coisa.

Em vez de me concentrar naquilo, olhei para o rosto de mamãe.

Ela tinha os olhos fechados, o cenho franzido de dor – ainda era o rosto de minha mãe, quase ileso. Por mais que o fogo tivesse arruinado outras partes, o rosto ainda era dela, só dela.

Quando a vira, papai tivera a certeza de que estava morta. Com Matthias e Leland, ele ergueu a pesada viga, queimando a mão nessa operação. Papai nem sequer percebeu os próprios ferimentos. Tirou o corpo desfalecido de mamãe do meio das brasas ainda acesas e o carregou noite afora, expressando o luto em uivos tão altos que ecoavam pelo vale.

Só quando a deitou com cuidado no alpendre é que percebemos que ela ainda respirava.

Bem pouco.

– As bandagens, por favor – repetiu dr. Ambrose, chacoalhando a mão.

– É claro. Desculpe – falei, a voz áspera como o ranger de um velho portão de ferro se abrindo. Por conta da fumaça e do choro, minha garganta estava inchada.

– Aqui, o mel! – Papai irrompeu quarto adentro com um vidro cheio estendido à frente do corpo.

Dr. Ambrose disse que manter as queimaduras cobertas com bandagens não muito apertadas e bem limpas era a melhor forma de prevenir a infecção. O mel manteria os ferimentos úmidos e ajudaria a aliviar a dor das queimaduras mais leves.

Ao olhar para o corpo destruído de minha mãe, minha impressão era de que nada no mundo poderia ajudar com *aquilo*.

– Sarah? – Papai se inclinou sobre ela, analisando o rosto da esposa em busca de algum sinal de que ela o ouvira.

– Deixe-a descansar, deixe-a descansar. – Dr. Ambrose o afastou do caminho com um gesto gentil enquanto continuava a aplicar o mel nas feridas.

Papai, geralmente tão forte, ficou branco como papel quando parte do braço dela descamou, revelando um bolsão de gordura amarela que o fogo não consumira. Levou a mão à boca para reprimir a náusea e passou a caminhar pelo quarto como um garanhão encurralado.

– Se não consegue olhar, é melhor sair – disse dr. Ambrose. – Preciso me concentrar.

– Por que ela ainda não acordou? – perguntou papai.

– Ela passou por uma experiência traumática. O corpo dela vai precisar de tempo para começar o processo de cura.

Papai se virou, pesando as palavras.

– Então acha... acha que ela vai se curar?

Dr. Ambrose hesitou.

– Se houver processo de cura – corrigiu o médico, e olhou para mim com uma expressão incomodada.

– Ela está grávida – confessou papai. – Não anunciamos ainda, mas... Você acha que... que o bebê vai ficar bem?

A expressão do médico ficou séria.

– Grávida?

Com um toque suave, ele passou os dedos pelo singelo volume na barriga de mamãe. Ela ainda não parecia grávida.

– É... é difícil dizer com certeza... Sabe de quanto tempo ela está?

– Dois meses, talvez mais – respondi.

Ele pressionou de leve a pele corada.

– Com certeza é possível... E a ausência de sangramentos pode ser um bom sinal. Mas temo dizer que talvez este caso esteja além das minhas capacidades, Gideon. Nunca tratei queimaduras tão severas.

– O que podemos fazer? – perguntou papai, os olhos começando a ficar mais claros e lúcidos. – Não posso perder Sarah. Não posso... – Um soluço subiu pela garganta dele, abafando quaisquer palavras. Lágrimas escorreram pelas bochechas sujas de fuligem e, quando ele as enxugou, manchou o rosto com as cinzas. – Vou fazer tudo o que estiver ao meu alcance, doutor. Só me diga o que precisa ser feito.

O médico voltou ao trabalho, espalhando uma mistura de claras de ovos e mel sobre os ferimentos de mamãe. Depois fez os curativos, enrolando as bandagens de leve ao redor das queimaduras. Quando terminou, puxou o lençol até o queixo dela. Um peso pareceu sair de seus ombros assim que escondeu os danos.

– Doutor?

Ele se virou para papai.

– Odeio admitir isso a você, Gideon, odeio mesmo, mas não sei mais o que podemos fazer. As bandagens precisam ser trocadas e limpas diariamente, e ela vai precisar de algo para a controlar a dor se acordar...

– Quando acordar – interrompeu papai, com uma esperança ardente.

– Quando – concordou dr. Ambrose, relutante. – Meus estoques estão baixos. Não sei se tenho o que preciso para tratar Sarah de forma apropriada aqui.

– Vou atravessar o desfiladeiro, então – disse papai. – Faça uma lista do que precisa... Do que todos precisamos para o inverno... E eu vou buscar.

– Papai, não! – intervim. – Aquelas criaturas...

– Não vou ficar só olhando enquanto sua mãe morre! – exclamou ele, interrompendo-me.

O doutor cerrou os dentes, preocupado com as próximas palavras.

– Não sei se faria muita diferença, Gideon. Ela precisa de um tratamento melhor do que posso oferecer. Mesmo com as filhas cuidando dela... ela precisa de cuidado médico apropriado, especialmente se... se ainda estiver esperando uma criança.

O semblante de papai tornou-se sombrio.

– O que está dizendo?

– Estou dizendo que a melhor chance que ela tem de sobreviver é sair de Amity Falls. Tire Sarah da Mão de Deus e a leve para algum lugar com um hospital... mais remédios... e uma parteira que não esteja sempre meio embriagada.

– Ela tem condições de fazer uma viagem dessas? – A voz de papai saiu mais baixa do que um sussurro. Era como se uma única palavra errada fosse capaz de acabar com ele.

Dr. Ambrose cofiou a barba, fazendo uma careta.

– Acho que ela não tem condições de *não* fazer essa viagem.

Papai caiu de joelhos, a cabeça entre as mãos.

Hesitei, oscilando o peso do corpo entre uma perna e outra, querendo confortar papai mas incapaz de sair do lado de mamãe.

– Mas ela está bem agora... – disse papai. – Digo, não está mais no fogo e você limpou os ferimentos... E todo o mel... O mel vai ajudar na cura. Sei que vai! Todo mundo diz que é como mágica. Ele pode... Ele pode...

Meu queixo estremeceu enquanto lutava contra as lágrimas. O médico estava errado. Eu ficaria com mamãe dia e noite, cuidando da saúde dela. Haveria cicatrizes, é claro, mas ela iria se recuperar. Ficaria bem. Tudo ficaria...

– Eu... eu não tinha a intenção de ouvir a conversa – interrompeu uma voz, vinda da porta. Albert estava parado na soleira, os dedos apoiados no batente. – Mas não consigo escutar e não oferecer ajuda. Posso entrar?

Acho que assenti, porque ele fechou com cuidado a porta atrás de si e atravessou o quarto, indo até onde papai estava.

– Se decidir tirar sua esposa de Amity Falls, senhor, eu posso ir junto. Já perambulei bastante pela montanha e encontrei um caminho, um atalho... É possível seguir por ele com uma carruagem e um tropel de cavalos, disso tenho certeza. O senhor pode ficar na traseira com ela enquanto eu vou na frente.

– Um atalho? – repetiu papai, ousando erguer os olhos para encará-lo. – Onde?

– O senhor tem um mapa da área? Posso mostrar.

Papai concordou com a cabeça, em silêncio.

– E os monstros? – perguntei. – Os lobos, ursos ou sejam lá o que forem. Seis homens foram *mortos*. Há algo na floresta.

Albert passou os dedos pelos cabelos, afastando-os do rosto manchado de fuligem.

– Podemos levar armas e lampiões, tantos quanto for possível. Podemos fazer bastante barulho e produzir muita luz. Nenhuma criatura vai querer chegar perto. – Ele estendeu a mão para pegar a minha e começou a traçar círculos reconfortantes com o polegar no dorso dela. – E, senhor – acrescentou, olhando para papai –, eu atiro muito bem. Se algo nos ameaçar... qualquer coisa... prometo ser capaz de lidar com ele.

– Você não sabe quão rápido as feras se movem – murmurou papai. Ele parecia oco, não mais do que uma casca do que costumava ser.

– Mas o senhor, sim – disse Albert. – Já sabemos o que esperar. Juntos, vamos conseguir lidar com elas.

Papai riu, embora não houvesse diversão alguma em sua risada.

– Estou perdido se for e estou perdido se ficar. Como posso tomar uma decisão dessas? – Ele se arrastou até a beirada da cama. Estendeu a mão para pegar a de mamãe, mas se deteve a tempo. – Sarah, não sei o que fazer. Quem dera você pudesse me ajudar a decidir. – Abafou os soluços no lençol.

Eu me ajoelhei também, abraçando-o de lado. O cálido odor doce do mel quase disfarçava o cheiro de carne queimada e de cabelo chamuscado que irradiava de mamãe.

– Papai – sussurrei, a voz tão baixa que só ele podia me ouvir –, lembra quando me falou sobre as abelhas e a colmeia? De como as ações de um membro afetam o todo? – acrescentei. Depois de um longo momento, ele assentiu. – E de como, mesmo quando parece impossível, precisamos honrar o compromisso uns com os outros, pelo bem de todos?

Ele assentiu de novo.

– Nós precisamos de vocês. De vocês *dois* – continuei, enfática. – Precisamos tirar mamãe de Amity Falls.

– Nós? – repetiu ele, sem entender.

– Todos nós. Vamos todos juntos. Sam e Merry, Sadie e eu. Vamos ficar juntos.

Ele negou com a cabeça.

– Não. Não podemos deixar as abelhas. Não por tanto tempo. – Ele se sentou, e pude ver um plano se formando atrás de seus olhos. Quando se virou para Albert, seu olhar era límpido e focado. – Eu ficaria em dívida com você.

Albert estendeu a mão, ajudando papai a se levantar.

– Eu... não quero apressar as coisas, mas será que não é uma boa ideia começar a viagem com o sol a nosso favor?

Raios rosados da manhã começavam a tingir o céu. Os campos de flores, tão exuberantes e verdes apenas um dia antes, agora não passavam de montes fumegantes de cinzas. A boca de papai se contorceu. Ele odiava tomar decisões apressadas, e costumava remoer alternativas madrugada adentro, fazendo listas de prós e contras de cada opção antes de se decidir.

– Doutor... Tudo bem para ela se partirmos agora?

Dr. Ambrose cutucou com impaciência um canto do lençol.

– Ela está tão bem quanto poderá ficar. Levem mais bandagens, mais mel também. E peguem isto – disse ele, entregando um potinho de vidro que tirou da maleta. A etiqueta tinha a palavra CLOROFÓRMIO escrita em uma letra floreada. – Se ela começar a se agitar antes de chegarem à cidade, umedeça um lenço com um pouco disso e leve ao nariz dela. Vai manter Sarah sedada, e ela não vai sentir dor.

Papai pegou o frasco.

– Quanto lhe devo?

O médico fez um gesto com a mão.

– Pague quando voltarem. Não tem pressa alguma, Gideon. Conheço você.

Eles apertaram as mãos e o médico saiu do quarto. Talvez tenha sido minha imaginação, mas tive a impressão de ouvi-lo suspirar de alívio.

– Vou preparar a carroça – decidiu papai, depois franziu o cenho. – Mas odeio a ideia de deixar vocês sem cavalo algum.

– Leve os dois. Assim a viagem vai ser mais rápida.

Ele se virou para Albert.

– Quanto tempo acha que esse atalho vai nos economizar?

– Arriscaria dizer um ou dois dias a menos de viagem, senhor.

Em condições normais, era necessária uma semana para atravessar o desfiladeiro.

– Vou começar a preparar os suprimentos – sugeri. – Merry e Sadie podem encher a carroça com feno fresco. Vamos colocar uma colcha em cima. Assim vai ficar um pouco mais confortável para mamãe.

Papai estendeu a mão e aninhou meu queixo nela.

– Obrigado, Ellerie. – Depois de olhar para mamãe, ele saiu do quarto a passos largos, levando Albert consigo, pronto para agir. – O mapa está na sala de estar.

A voz dos dois sumiu casa adentro. Eu sabia que devia começar os preparativos para a jornada deles, mas fiquei ao lado de mamãe sem querer perdê-la de vista nem por um momento sequer. Quando a veria de novo? E se algo acontecesse a ela... ou a papai... ou a ambos... enquanto estivessem viajando?

E se...

Eu achava que já tinha chorado todo o possível, mas lágrimas quentes se acumularam em meus olhos e escorreram por minhas bochechas.

– Ellerie? – chamou Merry, colocando a cabeça dentro do quarto. Sadie estava no encalço dela, os olhos arregalados de preocupação e medo. – A gente pode entrar agora?

– Claro – respondi, enxugando os olhos.

Merry estava distraindo Sadie enquanto o dr. Ambrose trabalhava. A camisola de ambas estava coberta de terra e fuligem, mas tinham limpado o rosto e as mãos, esfregando-os até a pele ficar rosada.

– Ela está dormindo? – sussurrou Sadie, entrando na ponta dos pés. Fiquei grata pelo fato de as piores queimaduras de mamãe estarem cobertas pelo lençol.

– Mais ou menos – respondi, e a puxei para o meu colo. Ela não me deixava segurá-la daquele jeito havia alguns meses, e esperei uma reclamação. Em vez disso, ela apertou o corpo contra o meu, aninhando-se. – O doutor Ambrose disse que é a maneira dela de tentar se curar. Ela precisa descansar muito.

– Papai e Albert estão consultando mapas – disse Merry. Nada passava despercebido a ela.

– Os dois vão levar mamãe até a cidade. Ela precisa de remédios que não temos aqui.

– Mas eu não quero que o papai vá! – disse Sadie, a voz vacilante. – E se o fogo voltar? Quem vai proteger a gente?

Um soluço quase escapou de minha garganta, e precisei de toda a força que ainda tinha para reprimi-lo. Queria mais do que tudo me desfazer em lágrimas, chorar como a garotinha que eu era – mas em que aquilo ajudaria? Precisava me manter forte diante delas.

– Sam e eu vamos cuidar de vocês. Não vamos permitir que nada aconteça, prometo. A gente precisa ter muita coragem de agora em diante. Pelo papai.

– E pela mamãe – acrescentou Sadie.

– E pela mamãe – concordei, beijando sua cabeça. Os cabelos estavam sujos de cinzas e fediam a fumaça. Mas, em algum lugar embaixo daquilo tudo, ainda podia sentir o cheiro da minha irmãzinha caçula. – Precisamos cuidar de muitas coisas antes da viagem deles. Vocês me ajudam?

Ambas concordaram e, lançando um último olhar em direção a mamãe, saímos.

※

– Acho que não tem mais nada – disse Albert, colocando uma última bolsa no lugar antes de subir no banco da frente da carroça.

O sol se erguia acima das montanhas, espalhando uma luz dourada pelo vale. O ar vibrava com o som dos pássaros piando e cantando para receber o nascer do dia. Exceto pela fumaça que ainda subia dos campos destruídos, e pelo pequeno e imóvel vulto cuidadosamente acomodado na parte de trás da carroça, aquele poderia muito bem ser o começo de mais uma manhã qualquer.

– Só preciso… Acho que estou esquecendo… Preciso de um instante – murmurou papai, correndo em direção às colmeias.

– Aonde ele está indo? – perguntou Albert, observando meu pai.

– Provavelmente vai avisar as abelhas que vai ficar fora por um tempo.

– Avisar as abelhas? – repetiu ele, incerto.

– Papai fala com elas o tempo todo. Conta para elas tudo o que está acontecendo na fazenda: fala do clima, compartilha as notícias… Avisa até quando nascem pintinhos novos. Ele diz que isso ajuda as abelhas a se sentirem parte da família.

Albert fez um ruído com a boca, considerando a ideia.

– Vão ficar bem enquanto eles estiverem fora?

Abri um sorriso débil numa tentativa de demonstrar coragem.

– Se você cuidar deles, ficarei bem.

– Vou levar sua mãe o mais rápido possível até onde ela possa conseguir ajuda. Tem minha palavra, Ellerie Downing. – Ele estendeu a mão para selar a promessa.

– Fiquem em segurança, vocês todos – falei, entrelaçando meus dedos nos dele.

Albert se inclinou para a frente, apoiando os cotovelos nos joelhos para sussurrar para mim:

– Tem só uma coisa que me deixou pensativo nessa história toda.

Dei um passo adiante e imitei o tom conspiratório dele.

– Que coisa?

– Quem colocou fogo no campo?

Pisquei, certa de que não tinha ouvido direito.

– O quê?

– Incêndios não começam sozinhos. – Ele olhou para os campos, como se esperando que o culpado ainda estivesse ali. – Quem acendeu o fósforo?

– Mamãe acha que foi algum raio.

Ele arqueou uma das sobrancelhas escuras numa expressão de desconfiança.

– Você ouviu algum trovão na noite passada?

– Bem, não... Mas isso não significa que...

– Só pense nisso, OK? – Ele deu um apertãozinho no meu rosto, logo abaixo da minha orelha. – Fique de olho. Tenha cuidado. Fique em segurança.

– Vocês também.

Ele me fitou como se tentasse expressar mil pensamentos que os lábios eram incapazes de transmitir.

– Mantenha aquele trevo sempre com você, entendeu?

– Vou manter.

Papai voltou de dentro da casa, uma pequena coberta pendurada na curva do braço. Reconheci a mantinha que Sadie usara quando bebê. Sabia que ele se preocupava com a possibilidade de não voltarem antes da primavera caso as nevascas começassem cedo, mas eu ainda não tinha considerado quanto tempo exatamente aquilo podia significar. Se eles todos voltassem – *quando* eles todos voltassem –, poderiam já ser três pessoas, não duas. Nossa família teria sete membros.

Soltei um suspiro profundo e trêmulo, fazendo uma prece.

Por favor, Deus, permita que sejamos sete.

– Contei tudo para as abelhas – disse papai, puxando-me para o lado. – Elas são todas suas.

– Minhas?

Ele assentiu.

– Se cuidar bem delas, vão cuidar bem de você.

Estava chocada e admirada pelo fato de que ele as confiara a mim.

– Mas Sam...

Papai ergueu as mãos para me interromper.

– Ellerie, elas são suas.

Depois se afastou para acomodar a mantinha ao lado de mamãe, e vislumbrei Sam parado um pouco mais ao longe, olhando para nós. Seus olhos estavam escuros e impossíveis de ler. Encarei-o em resposta, mas ele cedeu primeiro e fingiu conferir os arreios.

Com um suspiro, papai fez um gesto para que todos nos reuníssemos ao redor dele.

– Vamos estar de volta assim que possível – prometeu. – Todos nós.

Sadie começou a chorar e se lançou sobre ele.

– Ah, eu vou sentir tanta falta de vocês... – murmurou papai, beijando nossos cabelos.

– Pegou as garrafas extras de mel? – perguntei, tentando distraí-lo daquele momento triste.

Todas as garrafas que havíamos enchido na semana anterior já tinham sido vendidas. Para cuidar das queimaduras, tínhamos recorrido ao estoque que mamãe usaria em seus bolos de mel.

– Peguei.

– E dinheiro, também?

Tinha sido difícil convencê-lo a pegar o dinheiro. Papai queria deixar a maior parte com a gente, sabendo que seria a única maneira de arranjarmos suprimentos no vilarejo. Mas, depois que eu o lembrei que nenhum de nós sabia quanto tempo eles ficariam longe, e muito menos o preço dos tratamentos médicos, ele enfim cedeu.

– Vamos ficar bem – falei, de forma tão tranquilizadora quanto possível, fazendo contato visual com meus irmãos para que concordassem.

– Vamos sentir saudade – acrescentou Samuel. – Mas vamos ficar bem.

Merry reprimiu um soluço.

– Pronto, senhor? – perguntou Albert, como se sentisse a determinação de papai vacilando.

Disparei um olhar de gratidão para ele, que respondeu com uma piscadela.

– Pronto – disse papai, desvencilhando-se do abraço. – Tem certeza de que não quer que eu pegue o primeiro turno como cocheiro?

– Fique com sua esposa, senhor – disse Albert. – Já estou cuidando de tudo aqui.

※

– O que faremos agora? – ousou perguntar Merry depois que a carroça com Albert, papai e mamãe sumiu de vista ao virar na curva da estrada.

Fomos até o alpendre, tentando encontrar o melhor ângulo para assistir à partida deles. Eu estava prestes a fazer uma brincadeira e sugerir um banho – certamente precisávamos de um –, quando meus olhos pousaram sobre os campos carbonizados. Entendi a magnitude da tarefa diante de nós, e o peso que aquilo representava reprimiu qualquer tranquilidade que eu tivesse sido capaz de reunir.

O que *poderíamos* fazer?

– Bom... Acho que a gente deve... A gente pode... – Faltaram-me as palavras, e meu rosto se contorceu enquanto me sentava nos degraus do alpendre. Só queria fechar os olhos e chorar até dormir.

Sam se sentou ao meu lado, dando tapinhas nos meus ombros cada vez mais curvados.

– Vai ficar tudo bem. Parece... Parece muita coisa agora, mas...

– *É* muita coisa.

– Mas vamos superar isso. Só precisamos dividir tudo em alguns passos. Passos pequenos, fáceis de dar, e, antes que a gente perceba, tudo já vai estar resolvido – disse ele. Podia ver a determinação de meu irmão vacilando também. – Bem, para começar... Não faz sentido limpar os campos agora, certo? Já colhemos o mel; as abelhas já têm o estoque de mel de inverno. Não vamos precisar de mais flores até a próxima primavera, não é? Tem sementes no barracão e...

– O barracão – falamos em uníssono.

O medo brotou em meu peito.

Nenhum de nós tinha chegado perto do barracão desde que mamãe fora resgatada.

– Vamos precisar ir até lá e salvar tudo o que puder ser salvo – falei, determinada. – Sam, você e eu podemos fazer uma triagem de tudo. Merry, vamos precisar de uma lista. Coisas que precisam ser substituídas.

– E eu? – perguntou Sadie. – O que eu faço?

– Vamos colocar umas bacias no quintal – propôs Samuel quando viu que eu não sabia o que dizer. – Você pode lavar as coisas que a gente recuperar, tirar toda a fuligem e as cinzas. Vamos revezar – acrescentou, quando viu a expressão de desânimo dela. Sadie sempre achava que ficava com as piores tarefas. – Vamos ver quem consegue limpar melhor. Pode ser uma competição!

– E quem vencer ganha o quê?

– O direito de tomar banho primeiro hoje! – prometi, e Sadie soltou uma risadinha animada.

Nosso momento de descontração não durou muito.

Ouvimos o som de cascos na estradinha. A princípio, temi serem papai e Albert já voltando. Algo poderia ter acontecido com mamãe, e a náusea que senti quase me fez pôr a alma para fora.

Mas era um dos funcionários de Cyrus, cavalgando no garanhão dele. A manhã ainda estava gélida, mas tanto o homem quanto o animal estavam cobertos por uma camada reluzente de suor. Ele devia ter vindo da cidade num galope frenético.

– Gideon ainda está aqui? – gritou ele do cavalo, sem se preocupar em desmontar.

– Eles já foram – respondeu Samuel, e o funcionário, frustrado, soltou um palavrão. – Qual é o problema, Isaiah? Parece prestes a cair duro.

– Precisam ir para o vilarejo, todos vocês.

– Por quê? – perguntei. – Por que todos nós?

– Vocês quatro são as únicas testemunhas.

Merry franziu o cenho.

– Como assim?

– O fogaréu da noite passada – disse o funcionário, apertando as coxas ao redor do garanhão, que pateava, impaciente. – Joseph Abernathy e Philemon Dinsmore dizem que sabem quem começou o incêndio. Mas vocês precisam ir até o Salão de Assembleia e tentar conversar com o povo. As coisas estão saindo do controle.

– Que coisas? – perguntei.

– O vilarejo inteiro está com sede de sangue. Vamos!

O garanhão, interpretando errado o comando do cavaleiro, saiu galopando pela estrada, seguindo a toda em direção ao vilarejo.

Carregadas pelo vento, as últimas palavras do homem ecoaram pela fazenda:

– Eles vão enforcar Cyrus Danforth!

13

"Regra Número Quatro: Aquele que causar o mal a seu igual não será promovido, pois quem com ferro fere com ferro será ferido."

Corremos por todo o caminho até o vilarejo, chegando ofegantes ao exterior do Salão de Assembleia. O lugar estava lotado além da capacidade máxima. Crianças mais novas estavam espalhadas pelo quintal, mas ainda assim prestavam total atenção ao que estava em andamento ali. Nenhuma delas pulava corda. Nenhuma brincava de cinco-marias. Estavam todas na pontinha dos pés, espremendo o nariz contra o vidro das janelas.

– Ali estão eles! Os Downing chegaram! – anunciou Bonnie Maddin, a voz esganiçada ao nos ver subindo a Estrada dos Oleiros. – Saiam do caminho; deixem os irmãos passarem!

A multidão se virou em nossa direção. A expressão no rosto dos presentes – ainda sujo de fuligem – transmitia desde simpatia até fúria. Meu coração se partiu ao me lembrar de como todos tinham ido nos ajudar quando mais precisávamos.

Ainda tínhamos nossa casa, nossa fazenda e até nossa vida por causa daquelas pessoas.

Abri a boca, querendo agradecer, mas mãos nos puxaram para o Salão de Assembleia. Eu me senti um salmão lutando para subir o rio enquanto éramos empurrados para a parte da frente do salão. Havia gente de mais e espaço de menos. Meus pulmões mal conseguiam puxar o ar; temia que algo acontecesse e todos fôssemos esmagados num mar de braços agitados e rostos aborrecidos.

– Eles chegaram! Eles chegaram!

Vozes pediam a atenção dos Anciãos. Os três se juntaram, trocaram algumas palavras e se isolaram da turba, bem próximos uns dos outros.

Fomos empurrados para a frente, até estarmos espremidos contra a Árvore Fundadora. O Livro dos Pleitos e as tigelas com tinta para registrar votos e julgamentos não estavam ali. Olhei para trás. A maior parte das crianças encontrava-se lá fora, mas ainda podia ver alguns rostinhos se escondendo atrás da saia suja de fuligem das mães, encarando os acontecimentos com olhos arregalados de espanto.

Não haveria Pleito algum, pelo jeito.

– Onde está Cyrus? – perguntou Sam em um sussurro para mim.

– Deve estar em algum lugar por aqui – respondi, procurando o semblante desagradável de nosso vizinho em meio à multidão. Isaiah fizera a situação parecer horrenda, mas o homem em questão nem estava presente.

Começamos a ouvir um tumulto lá fora, rompendo o burburinho da turba com uma explosão de obscenidades lançadas ao ar como granadas.

Cyrus.

Ele estava sendo empurrado salão adentro, amarrado como um cordeiro pronto para o abate. As mãos estavam presas atrás das costas, atadas com grossas e rudimentares cordas de cânhamo. O material formara vergões na pele dele, que se esfolara em alguns lugares, e estava sujo de sangue. Os dois acusadores – Philemon Dinsmore e Joseph Abernathy – o empurravam com força adiante, lutando para atravessar a multidão com o homem esbravejante.

– Soltem-me, seus bastardos! – vociferou ele, espumando. Estava com o rosto inchado e vermelho de tanta fúria. Enquanto passava pela densa turba, alguém cuspiu nele. A bola de saliva o atingiu na bochecha e ali ficou, úmida e imóvel como uma lesma. Ele se contorceu em ângulos que pareciam doloridos, agitando a cabeça de um lado para o outro para se livrar do cuspe. – Que inferno, me soltem! Juro por Deus Pai Todo-Poderoso: quando eu me livrar destas cordas, vou arrancar membro por membro seu, Dinsmore. Vou arrancar seu...

– Vocês escutaram! – berrou Philemon, triunfante, interrompendo o acesso de raiva de Cyrus. – Direto da boca do próprio homem! Mais ameaças de morte!

– Eu não matei ninguém, seu filho da puta! Mas você vai ser minha primeira vítima se não desamarrar logo toda essa porcaria!

Os Anciãos mudaram de posição, formando uma parede escura e sólida. Estavam todos usando os longos mantos pretos de barras bordadas. Senti a respiração falhar quando vi a linha vermelha. Não era um padrão bonito, com nozinhos franceses ou pontos semente. Eram palavras. As Regras. De súbito, a Árvore Fundadora sem o livro e as tigelas fez sentido.

Aquilo não era um Pleito.

Era um Julgamento.

Leland Schäfer pigarreou, e um silêncio inquieto se espalhou pela multidão enquanto todos se esforçavam para ouvir a declaração em voz baixa.

– Cyrus Danforth, você está diante de Amity Falls hoje pois foi acusado de crimes graves contra seus vizinhos e iguais.

Cyrus saltou na direção dos Anciãos, mas foi contido por Philemon e Joseph. Os homens o forçaram para baixo, e os joelhos do acusado bateram no chão com um ruído tão alto que fiz uma careta antes de ele soltar uma torrente de insultos.

Leland empalideceu e ergueu um pedaço de papel com as mãos trêmulas.

– Na noite de nove de setembro, você foi visto embriagado na taverna dos Buhrman, e pessoas ouviram suas ameaças contra Gideon Downing e sua família…

– Isso não é crime nenhum! Crime nenhum! – interrompeu Cyrus. – Amos, por quanto tempo vai deixar esta palhaçada continuar? Eu disse o que Samuel Downing fez com meu estoque, e você se negou a agir. Agora, de repente, estou com os braços amarrados por causa de rumores espalhados por esses dois idiotas? Só pode ser brincadeira.

– Acalme-se, Danforth – avisou Amos, erguendo uma das sobrancelhas brancas e desgrenhadas em advertência.

– Não vou tolerar ser tratado assim!

– E o que exatamente planeja fazer quanto a isso? – perguntou Philemon, agarrando a corda e sacudindo Cyrus.

Matthias deu um passo adiante, tomando o papel das mãos de Leland. Com uma voz alta e imponente, leu o restante das acusações.

– Pouco depois de tais ameaças, os campos ao redor da fazenda dos Downing foram encontrados em chamas, acesas de forma proposital. Sarah Downing e o bebê ainda não nascido foram feridos gravemente. – Ele fez uma pausa, fixando o olhar frio como aço em Cyrus. – Dessa forma, você está sendo acusado de incêndio criminoso e tentativa de homicídio.

O queixo de Cyrus caiu.

– Eu… o quê?

Matthias dobrou o papel e o guardou nas sombras profundas do sóbrio manto.

– Acho que é desnecessário lembrar que a punição por perturbar nossa paz e segurança é bem severa.

– Só um minuto... – começou Cyrus, fazendo esforço para se levantar. – Garanto que não tinha a intenção de machucar Sarah.

– Então foi você quem começou o incêndio? – perguntou Joseph, reagindo às palavras que Cyrus não chegara a falar.

– É claro que não! Só quis dizer que...

– Ouvimos você na noite passada – disse alguém no fundo do salão. – Criticando e xingando os Downing. A taverna inteira ouviu.

– Se soubessem da história... da história toda... iriam entender! – berrou Cyrus. – Iam inclusive ficar do meu lado!

– Então nos conte! – gritou uma voz.

Outras se juntaram a ela, pedindo detalhes.

Cyrus esquadrinhou a multidão. Seu olhar recaiu sobre alguém no fundo do salão e lá ficou. Seu maxilar se enrijeceu enquanto ele se perdia em pensamentos.

Eu não precisava nem olhar para saber que era Rebecca. Respirei fundo, já esperando a desgraça. Para se salvar, ele exporia o segredo dela – o segredo de Sam –, e a ira da multidão mudaria de alvo. Não precisava de muito para inflamar os ânimos do povo; só uma faísca de indignação, e logo o vilarejo todo estaria revoltado. Seria a ruína de minha amiga.

O suor escorria para dentro dos olhos de Cyrus. Ele piscou com força, mas o foco permaneceu na filha. Depois de um momento, balançou a cabeça.

– Eu não estava nem perto daqueles campos – disse ele, e ousei soltar o ar que prendia. Ele iria mesmo guardar o segredo sobre Rebecca e o bebê? – Não sou amigo dos Downing, isso é verdade, mas nunca atentaria contra a propriedade de outro homem. – Cyrus fungou com determinação. – Pelo diabo, eu não pisaria naquelas terras nem que elas tivessem a ponte para o Paraíso e eu estivesse ouvindo os anjos do Apocalipse tocando suas trombetas.

Sam deu um passo à frente, o braço erguido.

– Você invadiu nosso quintal no dia do aniversário da minha irmã, querendo arrumar briga.

– Em retaliação por...

– Retaliação? – Samuel agarrou meu pulso, levando-me para perto dele. Depois puxou o punho da minha blusa para cima, arrebentando os botões na pressa de expor a série de hematomas em forma de dedos que marcavam a carne macia do meu braço. – O que minha irmã fez para você?

O salão, que ficara em silêncio em meio à troca de acusações, irrompeu num caos de indignação. Vários homens passaram a se empurrar, abrindo caminho até a dianteira do Salão de Assembleia, aparentemente prontos para vir em minha defesa, retribuindo violência com mais violência.

Jonas Marjanovic, um jovem que estava uma série acima da minha na escola – e que, de acordo com as brincadeiras que Sam fazia para me provocar, gostava de mim –, chegou primeiro à frente do salão e desferiu um soco no rosto de Cyrus com seu punho robusto. Pela segunda vez em menos de um dia, dentes voaram por entre os lábios partidos do homem, arrancados na pancada.

Todos arfaram, despertos da insanidade coletiva quando as evidências tangíveis da raiva caíram aos pés dos Anciãos.

Depois de um momento de atônito silêncio, Cyrus cuspiu sangue no rosto de Joseph Abernathy, e o pouco decoro que fora alcançado no recinto evaporou de imediato.

– Soltem estas cordas de uma vez e deixem que eu me defenda! Esta luta não está nada justa!

– Injusto é bater numa dama com metade do seu tamanho – disse Jonas, desferindo um novo golpe na barriga de Cyrus antes que o próprio irmão o afastasse para longe.

– Pare já – disse o Marjanovic mais novo, incapaz de conter Jonas. – Ele está indo para a Forca de qualquer forma. Não vale a pena sujar as mãos.

A Forca.

Fiquei imóvel ao ouvir a menção ao local.

Era um tablado baixo erguido no centro de Amity Falls – nada mais do que uma plataforma de madeira, na verdade. A Forca só fora usada uma vez antes, mas sua presença era um lembrete diário para mantermos o olhar em Deus, no bem de Amity Falls e nas Regras.

Décadas antes, dois vizinhos tinham tido uma discussão sobre limites de propriedade. A disputa teria avançado por anos, a altercação alimentada em piqueniques da igreja e épocas de colheita, não fosse um veio de ouro descoberto bem na divisão entre as duas terras. Homens sensatos teriam minerado juntos e dividido os lucros igualmente – mas Cotton Danforth e Elazar Downing tinham sido tudo, menos sensatos.

Haviam brigado sem parar pelo domínio das pepitas de ouro. Os primeiros Anciãos ficaram do lado de meu bisavô, dando aos Downing a terra na qual o veio ficava. Naquela noite, Cotton Danforth entrou sorrateiramente na casa do vizinho, com uma foice brilhante em mãos. Com Elazar dormindo, Cotton decepou as mãos do outro. Ellerie, a bisavó cujo nome eu compartilhava, acordou coberta pelo sangue do marido, e depois descreveu para os Anciãos como Cotton dançava loucamente pelo quarto, celebrando como seu pior inimigo seria agora incapaz de minerar o ouro. Também disse que ele mal se deu conta de que Elazar já estava morto.

Num piscar de olhos, a Forca fora construída e Cotton Danforth padecera como sua primeira vítima. Os Anciãos haviam declarado, então, que a Forca permaneceria como um aviso sério para deter outros que quisessem causar mal a seus semelhantes.

– Como é? – perguntou Cyrus, nitidamente intimidado.

– Você foi acusado de tentativa de homicídio – disse Matthias Dodson, a voz retumbando na tentativa de trazer alguma ordem ao salão. – Onde mais achou que isso terminaria?

– Vocês não podem estar falando sério – questionou o pároco Briard. A multidão se agitou, abrindo um espaço entre ele e os Anciãos.

– Isso não lhe diz respeito, Clemency – disse Amos, um tom de alerta na voz.

– Pois acho que me diz respeito, sim. Acho que diz respeito a todos nós. O que está em jogo aqui é a vida de um homem. Quem são vocês para julgá-lo?

– Recebemos o poder para...

– Poder? – zombou o pároco. – E a misericórdia? E a graça?

Matthias Dodson balançou a cabeça em uma negativa.

– Por que não vai escrever um sermão sobre isso e nos deixa fazer nosso trabalho?

– Eu me nego!

– Não nos faça remover você do Salão de Assembleia, Clemency – pediu Leland.

O pároco titubeou, o rosto enrubescido.

– Eu nunca... nunca...

– Saia daqui – gritou alguém na lateral do salão. – Ele não está demonstrando remorso algum por seus crimes!

– Deixem que ele seja enforcado!

Alguém comemorou, e Calvin Buhrman ajudou a escoltar Briard para fora pelos fundos do salão.

– Não! – berrou Rebecca, vendo o único aliado ser retirado sem cerimônias do espaço. Ela abriu caminho e chegou à frente do salão, as mãos estendidas para os Anciãos. – Vocês não podem enforcar meu pai! Não têm provas da culpa dele.

– Ele foi ouvido ameaçando Gideon Downing e depois foi visto carregando uma garrafa de bebida e alguns trapos.

– Ele estava bêbado – gritou Rebecca. – Não é nenhum crime se embriagar de vez em quando. Mandem-no para o tronco, mas não para a Forca!

– A mesma garrafa foi encontrada mais tarde nos arredores dos campos dos Downing – disse Matthias, enquanto tirava um jarro de vidro de uma bolsa apoiada na própria cadeira. O fogo deformara o vasilhame, deixando-o achatado de um lado e cheio de bolhas, mas ainda dava para ver que era uma garrafa dos Danforth.

Cyrus mantinha uma pequena destilaria nos fundos da propriedade, na qual produzia aguardente com o excedente do milho colhido. A bebida, potente e forte, era imensamente popular entre os trabalhadores braçais. Cyrus era tão orgulhoso da própria produção que usava garrafas personalizadas, que traziam um D floreado, colorido e distinto para representar o sobrenome Danforth.

O queixo de Rebecca caiu, e os protestos morreram no olhar dela ao ver a garrafa. Depois de andar até Matthias com passos incertos, ela pegou o objeto das mãos dele e examinou a marca colorida ao lado da pequena alça.

– Eu pintei algumas dessas garrafas na outra semana – murmurou ela. – São de um azul diferente do que usamos no ano passado... Papai? – perguntou ela, virando-se para ele. A dúvida marcava suas feições, fazendo Rebecca parecer inacreditavelmente pequena.

– Só encontraram uma das minhas garrafas. Isso não significa que fui eu que a deixei lá. – Cyrus franziu as sobrancelhas, fazendo esforço para controlar a expressão. – Eu admito, estava chateado com os Downing. Ainda estou. Um deles – ele apontou para mim e meus irmãos – destruiu meu estoque. Ninguém vai conseguir me convencer do contrário. Mas eu nunca colocaria fogo na fazenda de alguém, por mais bêbado que estivesse. E jamais descontaria a raiva em Sarah. Nunca machuquei uma mulher.

– Os hematomas no braço de Ellerie demonstram o contrário – lembrou Jonas.

Cyrus bufou, ignorando a acusação.

– Estou falando, não cheguei nem perto daquele barracão!

Joseph Abernathy se empertigou.

– Que barracão?

– O barracão de sup... – Cyrus se interrompeu, notando de súbito que era uma armadilha.

– Nunca mencionamos nada sobre o barracão de suprimentos. Só que Sarah se queimou no incêndio. – Philemon se virou e olhou para os Anciãos. – Ele mesmo se denunciou. Amos, não é possível que não esteja vendo isso!

– O quê... Não, não é o que... Devo ter escutado alguém mencionar isso. – Cyrus balançou a cabeça, recuando, pronto para fugir. – Eu não estava lá. Eu não... Rebecca! – ele berrou quando os olhos recaíram sobre a filha, como um homem prestes a se afogar tentando encontrar algo em que se agarrar. – Rebecca sabe que passei a noite em casa. Ela pode contar! Ela pode…

– O senhor ficou até tarde na taverna – lembrou ela, a voz trêmula. Rebecca sempre fora muitíssimo tímida; não conseguia imaginar como se sentia ali, tendo aquela conversa diante de todo o vilarejo. – Fui dormir antes de o senhor voltar. Mark também. – Ela correu os dedos pela alça da garrafa derretida antes de erguer os olhos, resoluta. – Não sei a que horas meu pai chegou em casa.

– É que tinha… – Ele se interrompeu, os olhos correndo pelo salão, para ver a quem mais poderia recorrer. – Tinha aquela mulher… na taverna. Eu não… não lembro o nome dela, mas ela estava lá comigo. – Ele franziu o cenho, como se tentasse pescar memórias no fundo de um poço de bebida. – Calvin Buhrman, você deve conhecer a mulher. Ela é nova na cidade. – Ele balançou a cabeça. – Por que diabos não consigo lembrar o nome dela?

Calvin olhou ao redor, incomodado. Passou a mão pelo cabelo curto, a expressão sombria.

– Não me lembro de ver você com mulher alguma ontem à noite, Cyrus.

– Claro que lembra. Paguei umas bebidas para ela… várias bebidas! Você com certeza se lembra de todo o dinheiro que deixei no seu balcão.

– Isso você deixou mesmo – concordou Calvin. – Mas bebeu sozinho a noite inteira. Não tinha mais ninguém lá.

O pescoço de Cyrus ficou vermelho, e temi que ele sofresse um derrame antes que os Anciãos pudessem decidir o que fazer com ele.

– Isso é mentira! Era uma coisinha magrela, cabelos pretos, olhos prateados. Bonita mesmo. Mas… as mãos dela… eram muito curiosas. Não eram… como deveriam ser. – Ele correu o olhar pelo salão. – Judd Abrams, você também estava lá. Você a viu.

O rancheiro negou com a cabeça, corando ao ser convocado.

– Não me lembro de ter visto ninguém.

Cyrus quase uivou de frustração, a cabeça indo de um lado para o outro enquanto procurava aliados.

– Winthrop Mullins, sei que vi você encarando a mulher! Conte a verdade agora, garoto!

Winthrop coçou as orelhas sardentas.

– Acho que posso até ter encarado, mas não foi mulher nenhuma. O senhor é que estava bem esquisito ontem à noite, falando e reclamando sozinho.

– Sozinho? – repetiu Cyrus.

Winthrop mascou um pouco de tabaco, parecendo inquieto.

– Não tinha ninguém com o senhor.

Amos McCleary andava sem parar, apoiado na bengala, remoendo a situação.

– Você se lembra do horário em que Cyrus deixou a taverna, Calvin?

– Lembro. Todo mundo foi embora perto das dez da noite, mas ele continuou bebendo. Perto da meia-noite, eu enfim o coloquei para fora, disse que a gente estava fechando. Minha patroa não gostou nem um pouquinho do fato de tê-lo deixado ficar mais um pouco. Tomei um belo de um sermão depois.

– Foi a mulher! – insistiu Cyrus. – Ela ficou perguntando sobre o meu estoque, perguntando quem tinha feito aquilo. Ela disse que eu precisava fazer o culpado pagar.

Os Anciãos se entreolharam.

– Ela disse que eu devia ir lá e pegar algo do maldito do Downing. Disse que eu devia... – As palavras foram morrendo, e ele revirou os olhos. Parecia bêbado, e cogitei a possibilidade de o golpe de Jonas ter causado uma concussão no homem. A cabeça dele pendeu, como a de uma criancinha na missa matinal de domingo, lutando para não dormir no banco da frente. De repente, despertou de súbito. – Fui para casa depois da taverna. Pensei em experimentar minha nova leva de bebida. Conferir se estava boa. – Ele olhou para a garrafa nas mãos de Rebecca. – O vidro novo, todo azulzinho, ficou tão bonito à luz da lua. – Ele riu, embora não houvesse nada de engraçado no momento. – Novo, azulzinho.

Merry me cutucou, o rosto expressando uma preocupação similar à minha. O que havia de errado com ele?

– Era tão prateado e brilhante quanto aquela moça – continuou. – Aquela moça linda, linda de morrer. Ela disse que eu devia levar uma garrafa para a floresta. Me divertir um pouco... – Ele voltou a fechar os olhos, cambaleando e caindo de joelhos. – Mas aí eu ouvi a gritaria. Ouvi os estalos. Fui ver o que estava acontecendo. Fui assistir.

Rebecca franziu o cenho, horrorizada.

– Por que o senhor iria assistir? Eles precisavam de ajuda, precisavam... – O entendimento tomou conta da expressão dela, e ela se virou para os Anciãos. – Ele não provocou o incêndio! Se foi olhar o que estava acontecendo, significa que outra pessoa foi responsável!

Cyrus piscava pesadamente, a cabeça pendendo como uma boia de pesca em meio a ondas agitadas.

– Foi ela. Aquela mulher. A moça dos olhos prateados. Foi ela. Ela disse que adora uma boa queimada.

— Você viu alguém começar o incêndio e não tentou impedir? – murmurou Joseph, o rosto tomado pelo horror. Ele deu um passo para longe de Cyrus, como se sentisse repulsa física pela estranha confissão.

— Não havia ninguém com ele – reforçou Calvin, as palavras repletas de exasperação. – Ele estava sozinho na taverna. Foi embora sozinho. Olhem ao redor, estão vendo alguma pessoa desconhecida? Não tem mulher alguma. Ele enlouqueceu. A aguardente enfim afetou os miolos dele.

Prudence Latheton balançou a cabeça, à beira do riso.

— O que foi? – perguntou Calvin.

— Só é engraçado... Você vende aquela bebida do diabo, e agora está colocando nela a culpa por esta confusão.

— Não foi o que eu disse – retrucou Calvin. – Você se esforça para fechar minha taverna há anos, tentando enfiar essa sua falsa sobriedade cristã pela nossa goela. Diga-me onde no Livro Sagrado está escrito que o álcool é um pecado. Cristo em pessoa serviu vinho na Última Ceia, ou você nunca leu esse trecho?

— Ora, escute aqui... – disse Prudence, avançando com o dedo em riste, afiado como uma adaga.

— Parem com isso, vocês dois! – ordenou Amos, a voz esganiçada exercendo um poder surpreendente sobre o caos.

Os olhos de Prudence faiscaram.

— O que me parece é que se ele não estivesse bêbado de cair ontem à noite, Sarah Downing não estaria com um pé na cova esta manhã!

— Mamãe não está com o pé na cova! – gritou Sadie, caindo no choro. – Por que está dizendo isso? Papai está levando ela para a cidade. Os médicos vão ajudar! Não é, Merry?

— Claro – respondeu Merry, fazendo um carinho nas costas de Sadie enquanto a garotinha pressionava o rosto contra sua saia, soluçando. – Qual é o problema de vocês? – resmungou ela, virando-se para Prudence.

— É por isso que crianças não devem frequentar o Salão de Assembleia... *nunca* – disse a mulher.

— Crianças – voltou a falar Cyrus, como se concordando com Prudence. – Crianças são muito engraçadas, não são?

— Isso já está saindo do controle – murmurou Leland, tocando o cotovelo de Amos. – Talvez devêssemos...

— A gente passa a vida cuidando deles, sabe? Dá comida, educação, mantém as criaturinhas em segurança. Mas depois eles deixam de ser tão crianças e, de repente... – Cyrus deixou as palavras morrerem, tombando de lado no chão.

— Ele precisa de um médico — falei, mas ninguém me ouviu. — Onde está o doutor Ambrose? — Tentei sobrepor minha voz à comoção, mas não consegui.

Cyrus moveu a cabeça, encarando o nada. Um brilho tomou seus olhos, um círculo resplandecente de luz solar, por certo refletindo em algo brilhante na sala. Havia pessoas demais me esmagando para que eu pudesse ver a origem da luz.

— Você! — rugiu Cyrus ao avistar meu irmão. Ele tentou se levantar, cambaleante, mas parecia um suflê mole demais para se sustentar. — Achei que era você!

Samuel franziu as sobrancelhas, confuso. Ouviu-se um grito vindo do meio do salão, e meu irmão deu um passo à frente para ouvir.

— Na noite passada, no barracão... — disse Cyrus. — Eu não sabia que Sarah estava ali... — Ele passou a língua lentamente pelo canto da boca. — Achei... Achei que era você.

Philemon agarrou as cordas de cânhamo, puxando Cyrus para mais perto.

— Repita o que disse, Danforth.

Cyrus soltou um grunhido ininteligível.

— Não botei fogo nos campos. Juro que não fui eu. Mas, enquanto assistia a eles queimarem, eu vi... vi alguém se movendo dentro do barracão. Achei que fosse esse malditinho aqui, então risquei um fósforo e rezei para Deus agir rápido.

Meu queixo caiu.

— Papai, pare com isso! — exclamou Rebecca, as palavras agudas como o pio de uma coruja. — O senhor não sabe o que está dizendo!

— Parece-me que ele sabe exatamente o que está dizendo, que sabe bem o que fez — disse Philemon, estendendo um dos braços para manter a garota longe de Cyrus.

— Você tentou me matar? — murmurou Samuel, os olhos exageradamente arregalados. — Tudo por causa de... — Seu olhar pousou em Rebecca, mas ele teve a decência de parar de falar.

Ela se virou, agarrando os suspensórios de Leland. Lágrimas de súplica marejaram seus olhos.

— Ele não sabe o que está falando. Por favor... Meu pai não está bem. Deixem que eu o leve para casa e cuide dele. Ele não fez aquilo, não é possível!

Fomos empurrados para fora do Salão de Assembleia numa onda massacrante de corpos em movimento. A multidão marchou em direção à rua; sentia-me como um pedaço de madeira revirado por uma tempestade no mar, completamente indefesa diante de uma força tão caótica.

– Parem! – gritei enquanto Cyrus Danforth era empurrado para além da igreja e dos troncos, sendo levado para a Forca. Vozes irritadas pediam que trouxessem uma corda. – Isso não está certo! Não é assim que as coisas deveriam acontecer!

– Ellerie, pare! – protestou Samuel. – Ele tentou me matar. Ele mesmo admitiu.

– Tem alguma coisa errada com ele... Não percebe? Quando ele levou o soco... Ele deve ter sofrido uma concussão, talvez algo pior. Ele não sabe o que está dizendo, não tem consciência do que está fazendo. Não pode ser responsabilizado pela torrente de bobagens que falou.

Samuel segurou meu ombro e me puxou para a extremidade da turba, fazendo força quando resisti e me neguei a continuar.

– Não são bobagens. Vá para casa se não tem estômago para isso. – As palavras dele saíram saturadas de uma aguda insensibilidade. Nunca tinha visto meu irmão parecer tão frio. – Mas eu vou ficar para assistir. Quero ver os Danforth pagarem.

– Não pode estar falando sério – disse, pegando Sam pelos ombros, tentando com todas as minhas forças fazê-lo mudar de ideia.

Ele afastou minhas mãos com um olhar de decepção amarga no rosto. Havia raiva e loucura nos olhos dele, queimando com tanta intensidade que mal pude reconhecê-lo.

Não era meu irmão aquele que abriu caminho até a Forca, empurrando pessoas para o lado enquanto procurava um bom lugar para assistir à cena. Era como se um estranho tivesse tomado o corpo dele e agora tentasse, sem muito sucesso, imitá-lo. Quase parecia meu irmão – mas Sam nunca demonstrara um ódio tão assustador. A voz dele era quase parecida com a do meu gêmeo – mas as palavras que saíam dos lábios eram estranhas e retorcidas, amargas e cruéis.

A turba ficou mais barulhenta, comemorando quando Winthrop Mullins chegou correndo na praça com um pedaço de corda erguido em triunfo sobre a cabeça. Meu estômago revirou ao ver os semblantes maldosos, os sorrisos sedentos de sangue. Aqueles eram nossos amigos e vizinhos, pessoas que viviam lado a lado conosco, que estavam sempre prontas e de braços abertos para ajudar. Eram pessoas boas e gentis, não...

Não aquilo.

Não havia como dar um fim àquilo, entendi com uma clareza súbita, e a certeza me fez agir. Eu não seria capaz de salvar Cyrus Danforth, mas podia poupar minhas irmãs mais novas de presenciarem um assassinato. Precisava encontrar Merry e Sadie e dar um jeito de sair com elas dali.

– Ellerie! – Merry soltou um soluço de alívio quando me viu abrindo caminho em direção a elas.

– Venham, a gente precisa ir, a gente precisa sair daqui – falei com urgência, fazendo uma careta quando ouvi o som da corda sendo pendurada na viga.

– Mas o senhor Danforth… – começou Sadie, prestes a protestar.

– Não podemos fazer nada por ele agora – respondi, agarrando a mão dela e segurando-a com firmeza.

Saímos correndo, disparando para longe da loucura da multidão, e não paramos até chegar aos limites do vilarejo. Mesmo assim, conseguimos ouvir o momento em que o fato horrendo se consumou: o vento carregou o rugido das comemorações e, sobretudo, o lamento desesperado de Rebecca.

OUTONO

14

Uma semana se passou.

Depois duas.

Enquanto a terceira se arrastava, os dias durando muito mais do que era para durarem, começamos a aguardar o retorno da carroça.

Sobressaltávamo-nos a cada som, certos de que seria papai atravessando o quintal a passos largos, carregando mamãe no colo – ainda em recuperação, mas sã e salva, a barriga saltada em uma protuberância orgulhosa.

Mas nunca eram eles.

No começo, o caminho que levava até nossa casa estava sempre movimentado, carroças e carrinhos de mão parando a toda hora para prestar seus sentimentos pelo ocorrido e trazer cestas de comida. Alguns homens estavam ajudando Samuel a pôr abaixo as ruínas do barracão de suprimentos e planejar a reconstrução. Chegaram até a marcar uma data para o mutirão, e sabíamos que o trabalho seria muito mais rápido com tantas mãos amigas.

Depois que o frenesi enlouquecedor que cercara a morte de Cyrus diminuiu, passei a suspeitar que todo mundo sentia um remorso desconfortável pelo próprio papel naquilo tudo, e que tentavam aliviar a culpa cozinhando ou tentando ajudar vizinhos em necessidade, só por penitência.

Mas tortas de cereja e geleias de maçã não eram capazes de apagar as lembranças que eu tinha daquele dia, repleto de exclamações e comemorações, de gritos pedindo a cabeça de um homem. Culpado ou não, ele não merecia uma morte celebrada de modo tão ruidoso.

Tentei visitar Rebecca, levando uma versão lamentável do bolo de mel de mamãe, um par minúsculo de meinhas que eu havia tricotado e um desejo fervilhante de que de alguma maneira pudéssemos curar a ferida que havia em nossa amizade.

Quando ela abriu a porta, o rosto pálido parecia flutuar num oceano de sombras e trajes de luto escuros. Ela semicerrou os olhos em reação à luz intensa da tarde como se sentisse dor física. Quando me viu, bateu a porta com tanta força que derrubei o bolo, e, sem a ajuda de baldes ou panos, passei um tempo agonizante limpando o prato quebrado e as camadas de bolo derrubadas.

Merry fez uma careta quando me viu voltar, notando minha saia suja de creme seco e pedaços de massa.

– Ela podia pelo menos ter tido a decência de afundar sua cara no bolo primeiro – disse Merry com uma careta, jogando as roupas sujas num cesto que tinha acabado de trazer do riacho. – Tanto açúcar desperdiçado...

Depois, perto do fim da tarde, enquanto tirava os lençóis do varal, ouvi um cavalo relinchar; quando levantei a cabeça, vi Albert vindo do vilarejo. Ele montava Luna, e meu coração bateu descompassado no peito. Apenas papai usava aquela égua.

Dobrei o lençol ao meio e corri para encontrar com ele, quase perdendo o xale no caminho. Um frio súbito se abatera sobre Amity Falls alguns dias antes, forçando todos a tirarem casacos e mantas dos baús no sótão. Samuel cortava lenha do nascer ao pôr do sol, abastecendo o barracão para o inverno vindouro. Nós, garotas, limpávamos o jardim e tornávamos a cozinha insuportavelmente quente enquanto enchíamos e selávamos dezenas de potes de conserva.

– Onde estão eles? – perguntei, sem ao menos cumprimentá-lo. – A mamãe está bem? E papai? E a carroça? Onde...

– Calma, calma – disse Albert, erguendo as mãos enluvadas. Achando que o comando era para ela, Luna parou de imediato no lugar, e parte da tensão que se espalhava pelo meu peito se dissipou quando Albert abriu um sorriso.

– Eles voltaram! Eles voltaram!

A exclamação de Merry foi seguida pelo som da porta de tela batendo. Ela e Sadie desceram cambaleando os degraus. Samuel veio correndo pelo quintal lateral, logo atrás delas.

– Eles estão bem? – perguntei a Albert. – Conte-me logo, antes que os outros cheguem... Eles estão bem?

Ele assentiu, a aba larga do chapéu de couro fazendo sombra em seus olhos.

– Estão ótimos. Vou contar tudo o que quiser saber, mas primeiro... – Ele esticou uma perna para fora da sela, desmontando com um grunhido. – Estou cavalgando sem parar há três dias. Tudo bem se eu der uma descansada no alpendre? Talvez beber alguma coisa?

– A gente tem água ou chá. E cidra! Depois do incêndio, Violet Buhrman mandou uma garrafa da melhor safra dela.

Peguei as rédeas de Luna para que Albert pudesse andar livremente, e os nós dos dedos dele roçaram os meus. Não soube dizer se tinha sido um acidente ou não.

Ele estava cansado. Tinha olheiras profundas, o rosto estava sujo de suor e poeira. A aparência – e, para ser completamente sincera, o cheiro – da camisa dele dava a impressão de que usara a mesma roupa pelas últimas três semanas. Mas nada disso importava. Ele tinha galopado por uma cordilheira inteira para trazer notícias de mamãe.

Merry chegou primeiro até nós.

– Onde eles estão? O que aconteceu?

– Está tudo bem – tranquilizou ele, erguendo a voz para que Sam e Sadie também ouvissem.

– Cadê eles, então? – perguntou Samuel, sem fôlego devido à corrida.

– Ainda estão na cidade, no hospital.

Merry levou a mão ao peito, soltando um soluço de alívio.

– Coloquei o trevo-de-quatro-folhas que você me deu no bolso do vestido da mamãe antes de ela partir – confessou Sadie, acariciando o pescoço inquieto da égua. – Acha que ajudou um pouquinho?

Albert assentiu, despenteando o cabelo dela.

– Tenho certeza.

※

Depois de Sam levar Luna para o estábulo e lhe dar um pouco de água e uma boa escovada, todos nos juntamos no alpendre, ansiosos para saber tudo o que acontecera. Albert se sentou na cadeira de papai, Sam na de mamãe. Merry, Sadie e eu nos juntamos na escadinha, os ombros lado a lado.

Albert bebeu metade do caneco de cidra em duas goladas, depois limpou a boca.

– Chegamos à cidade em apenas cinco dias.

– E as criaturas? – perguntou Samuel.

Ele coçou o queixo.

– Não trombamos com problema nenhum na floresta, mas vimos um monte de fezes de urso. Seu pai acha que podem ser ursos-pardos, mas não chegamos a ver nada além de algumas poucas pegadas.

– Mamãe acordou alguma vez durante a viagem? – interrompeu Merry, sem paciência para ouvir sobre os ursos.

Todos estávamos inclinados para a frente, mas ela estava bem na pontinha do degrau, como se fosse atravessar o alpendre num salto caso Albert não acelerasse o ritmo da história.

– Ela acordou um dia depois de chegarmos ao hospital. Não lembra muito do que aconteceu naquela noite. As queimaduras estavam... ruins, é óbvio, mas o médico as limpou e agora está deixando a pele nova crescer. Vai demorar um tempinho, mas eles têm esperanças de que...

Odiava a ideia de interromper o relato de novo, mas não conseguia mais me conter.

– Mas como ela está? O bebê está bem?

Ele sorriu para mim.

– Ótimo. Três parteiras deram uma olhada na sua mãe, e todas disseram que a gravidez ter se mantido é um verdadeiro milagre. Mas...

– Mas? – repeti, alarmada de imediato.

– Disseram que mais uma viagem pode colocar tanto a mãe quanto o bebezinho em risco. É por isso que voltei sozinho. Seu pai quis ficar com ela. E, com as nevascas se aproximando... o desfiladeiro vai ficar bloqueado depois da primeira tempestade da temporada... O que significa que eles não vão voltar antes da primavera.

Ele ficou em silêncio, deixando as palavras se acomodarem.

As nevascas só terminavam perto de abril.

O que significava...

– Vamos ter que nos virar – murmurou Samuel, dizendo o que todos temíamos.

Meus olhos correram pelo entorno, fitando os campos. O incêndio já tinha acabado havia muito tempo, mas a destruição que causara era como uma ferida aberta em nossa fazenda. Tínhamos revirado as cinzas e os escombros, rezando para que, na primavera, houvesse flores.

As abelhas iam ficar bem. Depois que o ar começasse a esfriar, não precisaríamos abrir as caixas até que a neve tivesse derretido. Abelhas sobrevivem ao inverno se aglomerando no meio da colmeia e tremendo. O zumbido aquece o espaço, mantendo a área central – onde fica a rainha – confortável e segura. Elas trabalham assim ao longo do inverno todo, para que a rainha possa sobreviver e botar ovos para repor a população da colmeia. Eu achava maravilhoso como aqueles pequenos seres conseguiam levar em conta o panorama geral e lutar por um bem maior, abrindo mão das próprias necessidades para proteger a colônia.

– Vamos ficar bem. – Minhas palavras soaram muito mais confiantes do que eu me sentia, mas minha família precisava daquilo. Especialmente Sadie e Merry. – Vamos analisar melhor as tarefas da casa e dar um jeito de cobrir os buracos.

– E deixar tudo preparado para o bebê – acrescentou Sadie.

Assenti, satisfeita com o fato de que ela havia focado o fato bom e esperançoso da história.

– Vamos estar com tudo pronto para quando eles voltarem para casa.

– Se voltarem – disse Samuel, sombrio.

– Quando voltarem – repeti, com uma firmeza inquestionável.

Suspirei profundamente. Precisávamos parar de nos provocar. Precisávamos sair daquele alpendre e entrar em ação.

Fiquei em pé, limpando a saia.

– Jantar mais cedo esta noite cairia muito bem. Albert, quer ficar para comer com a gente?

– Acho que há tempo para um mergulho no riacho, não é? – Albert retirou o chapéu, fazendo uma careta ao sentir o próprio cheiro. – Devo ter uma camisa limpa na trouxa... Sei que não estou lá grande coisa. Com certeza, nada digno de comer na presença de damas tão belas – acrescentou, piscando para Merry e Sadie.

As duas coraram e dispararam em direção à cozinha.

– Acho que vou ver como Luna está – disse Sam, correndo dali antes que alguém pudesse impedi-lo.

– Vou pegar um pedaço de sabão e uma toalha para você – ofereci, empurrando-o para dentro de casa.

Quando voltei à sala de estar, Albert não estava em lugar nenhum. Uma exclamação de deleite vinda de fora me atraiu até a janela, e o vi mergulhando. Pequenos redemoinhos rodopiavam ao redor de seus ombros.

– Vou... Vou só levar isto aqui para Albert – avisei minhas irmãs antes de sair pela porta.

Minha respiração formava nuvenzinhas de vapor ao redor do meu rosto enquanto seguia até o riacho ruidoso. Albert tinha encontrado uma área mais profunda e estava quase todo submerso. Mesmo assim, o pouco que vi de suas costas musculosas já fez meu rosto corar em uma mescla de prazer e constrangimento.

– Não está congelando aí?

Albert respondeu com um sorriso. Tentei focar nele em vez de no tufo de pelos escuros cobrindo seu peito.

– Está uma delícia! Quer se juntar a mim? – chamou ele. Meu queixo caiu, e ele morreu de rir. – Ah, Ellerie Downing, adoro ver você corar assim. Sentiu saudade de mim?

– Trouxe sabão – falei, erguendo a barra e a toalha como se para explicar minha presença.

– Pode deixar aí na margem, a menos que queira trazer até aqui... Sei qual das alternativas *eu* ia preferir. – Ele ergueu uma das sobrancelhas numa sugestão descarada. Franzi o nariz e lancei o sabão para ele. Ele pegou a barra com destreza, sem desviar o olhar de mim. – Que pena.

Coloquei a toalha em cima da trouxa, que ele apoiara numa pedra grande.

– Senti, se quer saber.

– Sentiu o quê? – perguntou ele, fazendo espuma com o sabão. Sem camisa, as tatuagens verdes ficavam em evidência, e me peguei me inclinando para cada vez mais perto da margem a fim de ver melhor.

– Saudade de você. – Com uma autoconsciência que eu odiava, ajeitei uns fios de cabelo.

Os olhos dele brilharam.

– Ah, é?

– Fico grata em saber que acompanhou papai pela montanha, não imagina como... Mas... – Alisei a saia, aproveitando o movimento para desviar meu olhar do dele. Os olhos de Albert eram tão profundos que era possível me afogar neles. – Estou feliz demais agora que está de volta.

– Devia dar uma olhada na trouxa – disse ele, esfregando o sabão nos cabelos e massageando o couro cabeludo.

– Agora?

Ele afundou a cabeça para enxaguar a espuma, depois emergiu, espalhando gotículas no ar como um cachorro se chacoalhando para se secar.

– Vá em frente. Os dois pacotes que estão por cima.

Ergui a aba da trouxa e vi os pacotes, ambos embalados em papel pardo e amarrados com um cordão. Abri um deles e encontrei um pedaço dobrado de *tweed* cinza.

– É para você – disse ele, galante. – Sua mãe mencionou que você precisava de um vestido novo. Pediu-me que trouxesse um pouco de tecido. A moça que me atendeu falou que a melhor escolha era algo resistente e prático.

Passei os dedos pelo tecido macio. Ficaria bem quentinha naquele inverno, e o tecido era mais elegante do que qualquer outro que eu já tivera. Meus olhos marejaram ao pensar na consideração de mamãe, em como ela havia se lembrado do meu sofrimento mesmo enquanto se recuperava.

– O segundo eu escolhi sozinho. – Ele parou de se ensaboar para ver minha reação. – Me fez lembrar de sua coroa de flores de trevo.

Fui incapaz de reprimir um gritinho de prazer quando abri o segundo pacote. Acomodado no papel, vi um pedaço de voal num tom de rosa-pálido, todo bordado em pontos suíços.

– Albert, este é o tecido mais lindo que já vi na vida... Obrigada!

– Acho que é muito leve para o clima frio, mas, assim que o vi, não consegui pensar em mais ninguém usando algo feito com ele. – Os olhos dele se fixaram nos meus, e fui incapaz de desviar o olhar, embora meu rosto estivesse enrubescendo de novo.

– Eu... amei. Obrigada. É... perfeito.

Ele sorriu, claramente satisfeito com o fato de eu ter gostado.

– Por que não leva isso lá para dentro? Já estou pronto para sair, e não quero seus olhos ávidos vagando pelo meu corpo nu. Saiba que sou bem recatado.

Com um sorriso, virei-me para ir embora. Meu coração parecia mais leve do que estivera em semanas, e eu já sonhava com as roupas que poderiam ser feitas com os tecidos novos. Imaginei-me usando o voal rosa na primavera seguinte, sentada num campo de flores silvestres com Albert. Procuraríamos trevos-de-quatro-folhas até o crepúsculo cair, quando seríamos incapazes de ver qualquer coisa além dos vaga-lumes e de uma impressionante lua crescente.

– Ah, e Ellerie... – chamou ele, interrompendo meu devaneio. Os olhos do rapaz cintilavam em tons de verde e âmbar ao sorrir para mim. – Também senti saudade de você.

15

O som de marteladas preenchia o ar fresco de outono, as batidas animadas ecoando pela fazenda. Enquanto os homens de Amity Falls gritavam e riam lá fora, erguendo a estrutura do novo barracão de suprimentos, nossa cozinha estava de cabeça para baixo com a profusão de mulheres preparando o almoço.

Frango chiava na panela.

Pães cresciam no forno.

Tortas fumegavam no parapeito das janelas abertas.

Mas nem os aromas que pairavam no ar eram capazes de anular o cheiro forte de serragem. As partículas tinham se espalhado ao longo da manhã, cobrindo com uma fina camada de pó tudo que estava do lado de fora. Sadie e as amigas tinham sido encarregadas de manter a sujeira fora da casa, e criavam competições com as vassouras largas de palha, contagiando a todos com sua alegria.

– É muito bom ter todos vocês aqui – falei para Charlotte Dodson enquanto ela batia claras em neve até que formassem picos bem altos. – Nunca daríamos conta de reconstruir o barracão tão rápido se estivéssemos sozinhos.

– "Quando os vizinhos pedirem ajuda aos seus..." – começou ela, com um sorriso.

– "Estenda a mão como ensinado por Deus" – as demais mulheres na cozinha completaram, recitando a segunda parte da sexta Regra.

– Mesmo assim, estou muito grata pela presença de vocês. Todos estamos.

Olhei pela janela e vi Samuel. Ele consultava um esquema desenhado por Matthias Dodson. O Ancião apontava algum detalhe, e Sam assentia, uma seriedade incomum tomando suas feições.

– Foi horrível o que aconteceu com a sua família – disse Charlotte, espalhando as claras sobre a massa de torta que eu tinha preparado. – Horrível mesmo. Estamos felizes de poder ajudar de alguma maneira.

Ela olhou de relance para a fazenda dos Danforth e chacoalhou a cabeça. Quase ninguém vira Rebecca ou Mark desde o Julgamento. Eles tinham se escondido em casa, afundados em luto e ódio.

– Talvez a gente possa levar uma travessa para eles depois da refeição – sugeri. O rosto da mulher corou, como se estivesse envergonhada de ter sido flagrada encarando a casa vizinha.

– Os Danforth não estão recebendo visitas – disse ela. Depois acrescentou: – Não do nosso grupo, pelo menos.

– Grupo? – repeti, olhando ao redor.

Martha McCleary e Cora Schäfer trabalhavam juntas, mexendo uma panela de feijões, enquanto Violet Buhrman revirava uma caçarola fumegante cheia de bolinhos e molho.

– Famílias fundadoras – murmurou ela, baixando o tom de voz. – Ela nos culpa pelo que aconteceu ao pai. Agora Rebecca Danforth só abre a porta para o pároco e a família dele. Vi Clemency e Letitia chegando de carroça mais cedo. – Ela balançou a cabeça em uma negativa.

– Eu... eu tenho certeza de que ele está confortando os Danforth nestes tempos difíceis – respondi, reunindo palavras que pareciam adultas demais para estarem saindo da minha boca.

Depois de uma pausa, Charlotte assentiu.

Merry e Bonnie Maddin entraram na cozinha trocando risinhos. Havíamos montado várias mesas compridas no quintal lateral, e elas tinham passado a manhã organizando guardanapos, pratos e talheres.

– O senhor Dodson quer saber a que horas a refeição vai ser servida – informou Merry.

– Estamos quase prontas para começar a servir o frango – exclamou Martha. – Ellerie, pode me arranjar umas travessas? Não sei onde sua mãe as guarda.

Entrei na despensa e fiquei na pontinha dos pés para pegar as porcelanas que mamãe havia ganhado no casamento. Não usávamos o conjunto com frequência, mas queria demonstrar da melhor maneira possível minha gratidão pelo trabalho árduo de todos ali.

Um grito cortou o ar e quase derrubei a travessa.

O berro agudo sem dúvida era de Sadie.

– O que foi? O que foi? – Saí correndo, rezando para que não tivesse sido um acidente.

A cozinha já estava vazia.

Todas as mulheres estavam no alpendre, as mãos protegendo os olhos enquanto tentavam compreender a comoção no quintal.

Uma *coisa* monstruosa e gigante jazia no chão.

A princípio, minha mente não pareceu capaz de entender o que eu via. Havia pelos e penas. Orelhas pontudas. Dentes mais pontudos ainda. Garras curvadas emergindo de patas enormes.

– O que é isso? – ousei sussurrar, horrorizada com a possibilidade de a fera se virar para mim e devorar todos nós.

– Está morto – murmurou Cora, deixando a segurança do alpendre.

A criatura estava imóvel, causando apreensão.

Assim como todos no quintal.

Os homens tinham interrompido o trabalho e soltado as ferramentas. Serras e martelos salpicavam o solo como confetes. A maior parte dos homens encarava a criatura de queixo caído, mas Calvin Buhrman analisava algo atrás dela.

Alguém.

– Ezra? – indagou ele, o tom tão incrédulo que chamou a atenção dos demais. – É você?

Meu olhar se desviou para o homem alto parado atrás de uma charrete que só notei naquele instante.

Ele parecia ter uns quarenta anos, talvez um pouco menos, apesar de usar um par de óculos de armação dourada encarapitado na ponta do nariz. Tinha os cabelos escuros como grãos de café, a pele bronzeada e cheia de sardas. Parecia um homem que costumava ficar fora de casa, enfrentando os elementos naturais – e, a julgar pelos músculos bem torneados, obtendo vitória nesse embate.

Havia outro homem com ele, ainda sentado no veículo. Um garoto, não muito mais velho do que eu. Olhos de um castanho achocolatado brilhavam sob mechas de cabelo escuras. Ele moveu os lábios, abrindo-os num sorriso fácil. Não havia dúvida de que os dois homens eram parentes.

– Não posso acreditar... Ezra Downing... em carne e osso? – perguntou Matthias, avançando para onde o estranho estava.

Ezra Downing?

O irmão de papai, há muito tempo desaparecido.

Meu tio.

– Achávamos que você tinha morrido – disse Martha McCleary, juntando-se aos demais no jardim e espiando o recém-chegado. – Você foi para a floresta e simplesmente desapareceu. – Ela se aproximou dele; chegou a segurar o queixo do homem e virá-lo para um dos lados. – Você é igualzinho ao Gideon.

Era?

Dediquei um olhar crítico a ele.

Conseguia perceber certas semelhanças. Algo familiar na área dos olhos. Conseguia notar mesmo através dos óculos.

— Um Downing cuspido e escarrado — declarou ela.

Um instante longo se passou antes que o estranho, Ezra, meu tio, assentisse.

— Sim. Sim. Enfim voltei para casa, aqui para Amity Falls. — Ele tirou os óculos e limpou as lentes na barra da camisa. Depois, devolveu o objeto ao nariz e analisou o quintal, identificando os presentes. — É muito bom ver todos vocês de novo.

— Onde esteve, Downing? Quase vinte anos se passaram! — Matthias apertou o ombro do homem, trazendo-o para mais perto a fim de examiná-lo melhor.

— Além do desfiladeiro... Na cidade. Eu... queria encontrar meu lugar no mundo, mas... viajei o bastante e senti vontade de voltar para casa — respondeu ele. O jovem na parte de trás da charrete deu uma tossidela discreta. — E trouxe meu filho junto. Thomas — acrescentou, e Thomas assentiu com a cabeça. — Onde está Gideon? — perguntou enfim, passando os olhos pela multidão.

— Ele partiu — disse Amos McCleary, esfregando o polegar na miniatura da Árvore Fundadora de sua bengala, a catarata brilhando num tom azulado quase sobrenatural sob a luz da manhã. — Houve um acidente.

O homem ficou pálido e cobriu a boca com uma das mãos.

— Não. Ele está...

— Houve um incêndio — intervim, incapaz de reprimir o ímpeto de dar um passo à frente. Queria ver cara a cara o homem que era meu tio. — A esposa dele teve queimaduras sérias. Eles foram até a cidade para que ela se curasse.

— E ele... ele está bem?

— Tão bem quanto possível.

— Esta é a filha de Gideon, Ellerie — explicou Matthias. Depois apontou para Merry e Sadie. — A filha mais velha dele.

— Minha sobrinha — disse o homem, analisando-me sob um novo olhar.

— E seu sobrinho — disse Sam, aproximando-se. — Samuel Downing.

— Olhem só para vocês dois — disse Ezra. — Se parecem muito com ele. Sam e eu nos entreolhamos. Éramos ambos a cara de mamãe.

— Tio Ezra — falei assim que ficou claro que alguém deveria dizer algo. Estendi a mão. — Que prazer inesperado conhecê-lo.

Ele envolveu de leve a minha mão com a dele, como se não soubesse se o toque seria bem-vindo. Depois foi até Sam, e enfim acenou para Merry e Sadie.

Virei-me para a charrete.

– Primo Thomas.

– Prima Ellerie. Primo Samuel – cumprimentou ele.

Por um instante, tive a impressão de que a voz dele continha uma cadência estranhamente melancólica, um sotaque pouco ouvido naquelas partes do mundo. Mas, quando ele cumprimentou Merry e Sadie, que enfim haviam se aproximado, essa impressão se desvaneceu.

– Vocês trouxeram... esta... criatura com vocês? – perguntei, embora fosse óbvio.

– Deparamos com este bicho perambulando pela floresta durante nossa viagem até aqui.

– Em um bando? – perguntou Winthrop Mullins, os olhos cintilando de interesse.

Ezra negou com a cabeça.

– Não... Este estava sozinho. Sei que parece bem feroz, mas estava muito desorientado e fraco. Só precisei de um disparo certeiro para abater a criatura.

Ele caminhou até o monstro a passos largos e ergueu a cabeça do ser, mostrando uma flecha quebrada saindo do pescoço.

É um lobo, percebi com certo atraso. *Pelo menos a maior parte.*

– Impressionante – murmurou Matthias, aparentemente admirado. Ajoelhou-se ao lado do animal deformado e cutucou suas garras. – Lembra as de uma harpia, não? E... aquilo ali são penas?

– Acho que sim – disse Ezra. – Nunca tinha visto nada parecido.

– E você disse que o bicho estava sozinho?

Ele assentiu.

– Vocês andam vendo outros parecidos por aqui?

– Não... Não exatamente. Teve um cervo cerca de um mês atrás. Um alce, talvez... Um negócio horroroso.

– Deformado? – perguntou Ezra. – Como este? – Ele cutucou a cauda da criatura com a ponta da bota. A pelagem cinzenta era salpicada de espinhos longos, que pareciam perigosos mesmo com o animal morto.

Matthias correu os olhos pela carcaça.

– Sim.

Meu tio coçou a barba por fazer, pensativo.

– Será que...

– Acho que este não é o melhor lugar para discutir isso, pai – disse Thomas, apontando a casa com a cabeça. – Há damas presentes, e é evidente que interrompemos alguma comemoração.

– Tem razão, tem razão. Eu só...

– Hoje é dia de mutirão – disse Matthias. – Estamos erguendo um novo barracão para os Downing. O anterior queimou no incêndio. Na verdade, estávamos prestes a nos sentar para comer. Vocês vão se juntar a nós, não vão? Tenho certeza de que todos adorariam ouvir suas histórias.

– Por favor. – Sam fez um gesto encorajador com a cabeça. – Vai ser uma honra ter o senhor conosco, tio Ezra.

Ezra fez um aceno com a mão em discordância.

– Senhor é muito formal. Chame-me de Ezra; está ótimo assim. Mais do que ótimo.

※

Os bancos se encheram rapidamente, a maior parte dos adultos disputando um lugar perto do centro – onde Matthias estava sentado com Ezra, imerso numa discussão profunda. Sam estava diante deles, ouvindo com uma fascinação voraz.

Thomas ficara para trás, as orelhas brilhando vermelhas enquanto o grupinho de amigas de Merry se aglomerava ali perto, espiando o alvo de seus acessos de risos baixinhos. Ele era sem dúvida um belo jovem, com um ar sofisticado que nenhum outro garoto do vilarejo tinha. Eu não podia julgar a admiração das garotas, mas queria deixar meu novo primo à vontade.

– Quer se sentar comigo? – perguntei, apontando para uma área tranquila da mesa.

Ele aquiesceu, grato.

Na outra extremidade da mesa, Amos ergueu as mãos. Todos baixamos a cabeça para ouvir a prece.

– Pela comida que estamos prestes a comer, agradecemos. Pelas mãos que a prepararam, agradecemos. Pelos rostos novos que se juntaram a nós, agradecemos. – Assim que terminou a prece, ele se sentou no banco atulhado de gente e deu um tapinha nos joelhos. – Certo, quem vai me passar um dos pãezinhos de Martha?

Esperei Thomas encher o prato de frango e bolinhos. Ele abocanhou uma porção de vagens primeiro, claramente faminto.

– Então... Thomas Downing.

Ele engoliu antes de responder:

– Prima Ellerie.

– Pode me chamar só de Ellerie – corrigi, imitando o pai dele. – Nunca tive um primo.

– Nem eu – disse ele. De novo, senti como se não ouvisse a verdadeira voz dele, e sim uma imitação.

– Você viveu na cidade a vida toda?

Os olhos dele dispararam para Ezra, que ria de algo dito por Leland Schäfer.

– Sim. Quase toda.

– Nunca fui até lá – admiti, e ele relaxou o semblante em um sorriso.

– É bem grandiosa.

Talvez fosse apenas o modo como as pessoas da cidade falavam, pontilhando o discurso com "bens" e "grandiosas", tornando as falas muito mais afetadas do que eu estava acostumada.

– Por que diabos vocês deixaram tudo isso para trás e vieram para o vilarejo? – perguntou Bonnie Maddin, a três assentos de distância. Ela e Merry estavam espremidas num banquinho onde claramente só cabia uma pessoa.

– Como meu pai disse... era hora de voltar para casa.

– Depois de tanto tempo? Todo mundo achou que vocês tivessem morrido. – Merry piscou, percebendo o equívoco. – Digo, não você, seu pai. Ele já contou o que aconteceu com ele na floresta? As pessoas se perguntam sobre isso há anos.

Thomas ergueu as sobrancelhas.

– É tão estranho assim um rapaz se perder na floresta?

– Criaram várias histórias sobre o que houve com ele – intervim, ansiosa por enfim ouvir a verdade. – A maioria das pessoas achou que ele havia morrido. Outras, que tinha encontrado criaturas na floresta.

– Os monstros – explicou Sadie, tendo abandonado a conversa com Trinity Brewster.

– Monstros? Tipo... tipo aquilo? – perguntou Thomas, apontando para o bicho que parecia um lobo.

Neguei com a cabeça.

– Outros monstros. Mais antigos.

– Quantas feras essa floresta de pinheiros poderia abrigar? – perguntou ele, os olhos brilhando com um traço de diversão.

Ninguém na mesa riu.

– Tem... tem um monte de histórias – disse eu, cautelosa. – Lendas.

– Vocês vão mesmo se mudar para Amity Falls? – perguntou Trinity.

Ele pegou uma coxa de frango e analisou a pele crocante antes de concordar com a cabeça.

– Acho que sim. Meu pai é quem está decidindo tudo.

– Onde está sua mãe? – perguntou Merry. Depois cobriu a boca com uma das mãos, envergonhada. – Que intrometida. Desculpe.

Ele balançou a cabeça.

– Ela faleceu há muito tempo. Somos só eu e meu pai há anos.

Bonnie interveio, gentil.

– Onde vocês vão ficar?

Meus olhos fitaram a nossa casa.

Cogitei a ideia de convidar os dois para ficarem conosco. O quarto de papai e mamãe estava vazio, e podíamos colocar mais um colchão no sótão. Eles eram da nossa família e não tinham para onde ir. Era a coisa certa a fazer.

Mas algo me fez não oferecer tal hospitalidade.

Eles eram da família, sim, mas não sabíamos nada sobre eles.

– Eu... não tenho certeza – disse Thomas, afastando uma mecha de cabelo do rosto. – Há alguma pousada no vilarejo? Um lugar onde a gente possa alugar um ou dois quartos?

– Os Buhrman têm um quarto na taverna – disse Merry, apontando para Calvin e Violet. – Geralmente ele fica à disposição dos homens bêbados demais para cavalgar de volta para casa, mas tenho certeza de que deixariam vocês se hospedarem lá.

Era um alívio saber que ela também não estava ansiosa para que se hospedassem conosco.

– Aquele homem mencionou um cervo... Algum de vocês viu o animal? – perguntou Thomas, revirando a comida no prato com o garfo, à procura de pedaços de linguiça mergulhados no molho. Ergueu a cabeça, os olhos negros fixos em mim.

– A gente estava lá quando os McNally trouxeram a criatura. Era... muito estranha. Tipo o lobo... Tinha a forma de um cervo, mas algumas partes dele não faziam sentido.

– E houve outros como ele?

Fiz menção de negar com a cabeça, mas Merry me interrompeu.

– Os potrinhos no rancho de Judd Abrams.

Bonnie concordou, entusiasmada.

– Abominações, todos eles.

– Quando ele estava vivo... – Olhei de novo para a carcaça, analisando a aparência grotesca do animal. – Você notou como eram os olhos?

Thomas inclinou a cabeça.

– Sim. Percebi ele espreitando a gente à noite, dois pontos brilhantes no meio da escuridão. Eram de um prateado estranho. Foi só de manhã que nós o vimos... por completo.

– Houve alguns rumores no vilarejo sobre uma criatura de olhos prateados. Deve ter sido essa.

– Deve ter sido – concordou Thomas, os olhos se voltando para o ser.
– O que poderia ter feito um lobo assumir aquela aparência?
Ele deu de ombros.
– A natureza pode ser bem cruel às vezes. Mas pelo menos não há outros como ele, graças a Deus. Conseguem imaginar uma floresta cheia dessas coisas?
– Vocês foram corajosos demais em ir atrás dele – disse Bonnie, colocando os cotovelos na mesa para se aproximar mais do garoto. – Se eu algum dia tivesse que me aventurar pela floresta, ia querer alguém como você ao meu lado.
Ela piscou, os cílios palpitando como as asas de uma borboleta, e o rosto de Thomas assumiu um tom berrante de vermelho.
– Não... Não foi nada – gaguejou ele.
– Ah, foi sim! Foi o mais...
– Pelo menos o mistério foi resolvido – falei, interrompendo qualquer tipo de disparate que Bonnie estivesse prestes a proferir. – Assunto encerrado.

16

"Regra Número Dois: Se da terra, dos animais e do campo cada um cuidar, dádivas prósperas nosso lar vai gerar."

— Não estou entendendo nada – disse Asher Heyword. A voz do fazendeiro retumbou pelo Salão de Assembleia. – É como se metade da lavoura tivesse simplesmente... sumido.

– Você suspeita de roubo? – perguntou Amos McCleary do assento à frente do salão.

Correu o dedo indicador pela árvore esculpida no topo da bengala, analisando as pessoas ali como se fosse capaz de farejar o culpado. Atrás dele, além das janelas de vidro, até os pinheiros pareciam se inclinar para julgar os presentes.

O fazendeiro negou com a cabeça.

– Não. Os pés ainda estão lá, mas a colheita secou. Direto no talo, nos galhos mesmo. Como é possível?

– Alguma doença? – sugeriu Leland Schäfer, incerto. O Ancião não cultivava nada, enchendo as próprias terras de rebanhos de ovelhas.

– Afetou todas as minhas plantações, não apenas algumas culturas específicas.

– A mesma coisa aconteceu comigo, e nossas fazendas ficam a quilômetros de distância – disse Roger Schultz. – Todas as nossas cenouras e batatas... morreram e murcharam.

– Nossas maçãs também – acrescentou Elijah Visser. – Ficaram todas enrugadas e pretas, sendo que agora deveriam estar no auge da qualidade.

Era horrível escutar aquilo. O pomar dos Visser margeava o limiar sul da nossa propriedade, e as abelhas adoravam coletar pólen nas flores das macieiras. Será que o apodrecimento precoce as afetaria? Olhei para Sam para ver se ele estava tão preocupado quanto eu, mas o rosto dele estava voltado para o outro lado.

– Será que foi a frente fria? – sugeriu Matthias.

Os fazendeiros negaram com a cabeça.

– Nunca vi nada parecido – acrescentou Asher. – Não sei como minha família vai se sustentar durante o inverno sem a colheita. Vamos precisar de uma expedição para trazer suprimentos.

– Bem, se racionarmos... – começou Leland. – Todos vamos ter que apertar os cintos um pouquinho.

Asher semicerrou os olhos.

– Não acho que esteja entendendo a situação. Mesmo um racionamento rígido não compensaria a perda de metade da colheita. E não é só minha família que depende dela. Pessoas como o senhor, que não têm campos de cultivo, precisam de nós. O que vai fazer, Leland Schäfer, quando fevereiro chegar, seu estoque estiver vazio e seus filhos começarem a chorar de fome? Não dá para comer sopa de lã de ovelha.

– E não é só com comida que precisamos nos preocupar – disse o dr. Ambrose, ficando em pé. – Estou seriamente preocupado com os suprimentos médicos. O estoque está muito baixo.

– Nem todos nós nos submetemos às suas práticas, doutor – disse Letitia Briard, escolhendo ficar sentada enquanto escarnecia do médico. – Clemency padeceu de uma tosse horrível no inverno passado, e nada que você deu a ele ajudou. Apliquei um cataplasma de cebolas fritas e ele sarou num piscar de olhos. Não vejo razão para arriscar a vida de nossos homens para buscar mais de seus venenos.

O rosto do dr. Ambrose se enrijeceu, como se tivesse mordido a língua.

– Respeito demais os remédios caseiros, Letitia, você sabe disso. Mas cebolas fritas e superstições não vão curar um fêmur quebrado ou ajudar em transfusões de sangue. Suprimentos médicos são necessários para a sobrevivência deste vilarejo!

– Não vamos perder a cabeça – interveio o pároco Briard. – Talvez, diante deste novo problema, devamos mesmo repensar a possibilidade de mandar um comboio atrás de suprimentos antes do inverno.

Calvin Buhrman bufou.

– Faltam algumas semanas para a primeira grande nevasca e vocês querem falar sobre expedições? O desfiladeiro vai estar bloqueado antes mesmo que consigam encher a primeira carroça.

O pároco analisou os presentes, o olhar pousando em nós.

– Samuel Downing, aquele caçador novo ajudou seu pai a passar pelo desfiladeiro usando um atalho, certo? Será que ele estaria disposto a guiar outro grupo?

– Não o vejo há uma ou duas semanas – disse Samuel, ficando de pé. – Ele está conferindo as armadilhas que espalhou pelo lado oeste da cordilheira. Não sei quando ele vai voltar. Ellerie? – Ele se virou para mim de modo brusco.

Cruzei os braços.

– Não sei mais do que você.

Samuel e eu não estávamos nos dando muito bem desde o retorno de Albert. Sam achava que ele assumiria com facilidade as tarefas de papai, cuidando da fazenda e das colmeias. Se meu irmão fosse remotamente competente em qualquer uma das duas tarefas, eu ficaria feliz em deixá-las a seu encargo – mas era como se de repente ele tivesse aportado em terras estrangeiras, sem ideia nenhuma de como as coisas funcionavam.

Naquela manhã mesmo eu o encontrara assobiando enquanto seguia até as colmeias para uma inspeção. Corri na direção dele com uma fúria que nem sabia que tinha dentro de mim. Ele poderia facilmente acabar matando metade de nossas abelhas se abrisse as caixas com o chão coberto de geada daquele jeito. Pior ainda, quando perguntei onde estava com a cabeça, Sam disse que ia coletar um pouco mais de mel – queria ganhar mais dinheiro, já que papai levara a maior parte das nossas economias para a cidade.

Depois de trocarmos grosserias, Samuel socara a porta do novo barracão de suprimentos e fora embora. Só havia se juntado a nós de novo no almoço, para anunciar que uma reunião de emergência fora convocada no vilarejo e era obrigatória a participação de todos.

– Esse assunto é sério, não podemos esperar – disse Asher, assumindo o controle da situação. – A nevasca está chegando. Se formos mesmo mandar uma expedição, precisa ser agora.

– Hoje? – Leland piscou. Ele era conhecido pela lentidão na tomada de decisões.

– Amanhã de manhã no máximo. – O fazendeiro correu os olhos pelo salão. – Vamos precisar de várias carroças. Quem vem comigo?

– E aquelas criaturas na floresta? – perguntou Prudence Latheton, levantando-se. – Não foi por conta delas que adiamos o envio dos comboios? Tivemos inclusive um Pleito e tudo o mais.

Amos ergueu as mãos e começou a falar, fazendo esforço para ser ouvido acima do burburinho.

– Temos razões para acreditar que a ameaça das criaturas passou. Apenas alguns dias atrás, Ezra Downing voltou para Amity Falls trazendo consigo o corpo de uma dessas... aberrações. Ezra?

Olhei para a fileira da frente, onde meu tio e meu primo estavam sentados. Não os víamos desde o dia em que haviam chegado, mas tinha ouvido alguém comentar que eles estavam hospedados no quarto dos Buhrman.

Depois de um piscar de olhos, Ezra se levantou com relutância e se virou para os cidadãos do vilarejo, mexendo no punho da camisa.

– É verdade. Viajei pela floresta por semanas e... foi só com essa criatura que deparamos.

As narinas de Prudence dilataram.

– Mas Gideon disse...

– Não tenho dúvidas de que meu... irmão... viu o que disse que viu. Ele nunca foi um homem de mentir ou exagerar. Pode muito bem ter havido um bando daqueles bichos, mas todos viram o que restou dele. Essas mutações não deviam existir. Animais tão... alterados geralmente não vivem por muito tempo. – Ele tirou os óculos do rosto e limpou as lentes várias vezes.

– Mesmo assim, vamos tomar todas as precauções possíveis – disse Asher. – Tochas, armas de fogo. Talvez devamos acender as Nossas Senhoras esta noite para afastar quaisquer criaturas que ainda estejam pela região.

– Eu vou com você – ofereceu-se Jonas Marjanovic. – Tenho uma carroça, e os cavalos dos meus pais estão entre os mais rápidos do vilarejo. Com eles, poderemos ir e voltar pelo desfiladeiro antes das nevascas.

– Eu também vou – disse Joseph Abernathy, o atendente da mercearia, saltando do assento. – Asher está certo, quase não temos mais produtos. Não vamos aguentar passar pelo inverno sem mais suprimentos. – Ele lançou um olhar para a mãe, como se pedisse permissão. Depois de um instante, a mulher mais velha assentiu.

– Quem mais? – perguntou Asher, indo até a frente do salão.

– Esperem um instante – protestou Matthias, percebendo que o controle da situação saíra por completo das mãos dos Anciãos. – Prudence está certa. Votamos num Pleito para decidir sobre outra expedição, e a decisão precisa ser obedecida.

– Com certeza não vamos deixar o vilarejo de Amity Falls morrer de fome por conta de uma questão burocrática – desafiou o pároco Briard, cruzando os braços.

— Esse é o tipo de coisa que todos devemos decidir em um Pleito. Precisamos votar. Precisamos...

Asher soltou um grunhido.

— Não há tempo para isso!

— Precisamos de decoro — disse Amos, lutando para fazer a voz ser ouvida acima do acesso de tosse expectorante que irrompeu de seu peito. Ele se inclinou, agarrando a bengala enquanto o surto o acometia. Quando silenciou, tirou um lenço do bolso e limpou a saliva dos lábios finos, recuperando o foco. — Há um modo certo de fazer as coisas. Não podemos deixar de lado nossa identidade como vilarejo por conveniência.

No silêncio que se seguiu, Briard deu uma cotovelada em Asher, como se pedisse pela interferência dele.

— Povo de Amity Falls, proponho que um comboio seja enviado em busca de suprimentos, partindo amanhã logo cedo. Vamos trazer provisões suficientes para ajudar a passarmos pelo inverno. Aqueles a favor, ergam a mão.

Depois de um momento de inquietação, o salão começou a reagir. Os olhos dos Anciãos correram pela multidão, contando os votos.

— E quem se opõe?

Nenhuma mão se ergueu.

— Pronto — disse Asher. — Podemos continuar?

O maxilar de Matthias se enrijeceu. Não estava acostumado a ter a autoridade tomada de si daquela maneira.

— O palanque é seu.

Asher analisou a multidão, fazendo contato visual com todos antes de falar.

— Vamos precisar de pelo menos mais uma pessoa para nos acompanhar. Quem vai?

O salão continuou em silêncio. Todos queriam o benefício de ter suprimentos sem precisar se arriscar por isso.

Matthias cofiou a barba.

— Pároco? Talvez possa se juntar a eles? Com certeza vão precisar de todas as bênçãos possíveis.

Embora as palavras parecessem amigáveis, havia um toque sombrio nelas, incitando o pároco Briard a dizer não na frente do vilarejo inteiro.

— Estes velhos ossos não sobreviveriam a uma expedição pela montanha nem nas melhores condições possíveis — disse ele, dispensando o desafio. — Temo que só atrasarei o restante da expedição.

— Simon, então — rebateu o Ancião, implacável, fixando os olhos no filho do pároco.

– Simon não pode deixar o vilarejo no momento. – O pároco Briard pigarreou. – Não tinha a intenção de tornar isso público hoje, e decerto não é momento para celebrações... Mas teremos um casamento em breve. Estão todos convidados, é claro.

– Quem é a noiva? – perguntou alguém.

O pároco deu tapinhas nas costas do filho, como se passasse a palavra a ele.

Simon era magro como um poste, as pernas e os braços esqueléticos formando ângulos protuberantes. Era apenas um ou dois anos mais velho do que eu, mas não me lembrava de absolutamente nada sobre ele do tempo da escola. Nunca tinha conhecido alguém tão inteiramente dentro da normalidade. Desde os tufos de cabelo castanho aos olhos cor de lama, passando pelo jeito de falar – lento demais, como se estivesse sempre prestes a tropeçar nas palavras –, tudo nele parecia plenamente esquecível.

De alguma forma, o rosto de Simon ficou ao mesmo tempo pálido e corado enquanto tentava ganhar coragem para falar. Abriu a boca uma, duas vezes, parecendo um peixe, acovardado demais para responder.

– Rebecca Danforth – disparou o pároco Briard, ignorando os arquejos e olhares confusos.

A meu lado, Samuel cerrou o punho e o abriu, marcando as palmas com pequenos furinhos em forma de meia-lua.

– Eu sabia – murmurou ele.

– Sabemos que não é costume um evento desses ocorrer logo depois de... uma morte na família – continuou o pároco. – Mas Rebecca e o irmão estão sozinhos numa fazenda enorme e... Bem, é impossível deter o amor dos jovens.

Jovem era aquele amor.

Olhei para Rebecca, analisando a barriga da garota com um olhar crítico. A gravidez ainda não estava aparente, mas ela devia estar horrorizada com a ideia de aquele segredo revelado antes de estar na segurança de um casamento. Senti meu coração se partir por várias razões. Os olhos dela estavam sombrios e vidrados, quase à beira das lágrimas, mas ela abriu um sorriso tímido enquanto aceitava os cumprimentos. Quando nossos olhares se encontraram, ela desviou o dela como se não tivesse me visto.

Pensei que talvez Simon nem sequer soubesse do bebê. Era difícil imaginar o contrário. Ele não seria capaz de guardar o segredo do pai, e havia pouquíssimas chances de o pároco abençoar uma união daquelas – mesmo com toda a terra e todo o dinheiro que Rebecca garantiria à família.

Mas o filho não era dele, independentemente do que Sam dissesse. Eu tinha certeza daquilo com uma convicção profunda.

Sam fora o único amor verdadeiro de Rebecca – mas, diante da ruína absoluta, ela se apegara à primeira opção que a ajudaria a sair daquela situação.

Samuel se levantou de repente.

– Eu vou também, Asher. Não tenho carroça, mas atiro bem. Sei que posso ajudar.

– Não, Sam! – gritei, puxando sua mão. Ele estava se oferecendo movido pela raiva e pelo orgulho ferido, pronto para provar como era capaz de ajudar.

– Deixe-me em paz, Ellerie. Eu vou – sibilou.

– Tem certeza? – perguntou Asher. – Suas irmãs…

– Vão ficar ótimas – disse Samuel num rompante. – Ellerie sabe cuidar de tudo sozinha. É impressionante, na verdade. Além disso, agora meu tio está aqui. – Ele olhou para Ezra, que respondeu com um aceno de cabeça. – Tenho certeza de que vão saber se virar.

Ele se largou no banco, decidido.

Cobri a mão dele com a minha.

– Fique, Sam, por favor – sussurrei. – Sinto muito pela briga, pelas coisas que falei.

Ele negou com a cabeça, resoluto, e empurrou minha mão para longe. Estávamos a um palmo de distância um do outro, mas pareciam quilômetros.

– Se ninguém mais estiver disposto a ir, acho que podemos encerrar a reunião. – Asher correu os olhos pelo salão, esperando que mais alguém se levantasse, mas já estavam todos se apinhando ao redor de Rebecca e Simon. – Vocês que vão comigo: podemos nos reunir lá na frente para discutir os detalhes? Sairemos logo ao nascer do sol.

※

Acordei com um arquejo, despertada pela sensação de que havia algo errado. Fiquei deitada na cama, tentando entender o que tinha me incomodado. A respiração regular das minhas irmãs era pontuada por risadinhas de Sadie. Ela estava sempre feliz em seus sonhos.

Qual era o problema?

Não ouvia nada de estranho, não sentia cheiro de fumaça. Não havia som algum vindo do canto do quarto, que pertencia a Samuel – com mamãe e papai fora de casa, ele passara a dormir no quarto deles, ansioso para se livrar da companhia de um bando de garotas.

Agucei a audição, tentando capturar sons vindos lá de baixo. Será que Samuel já estava de pé, preparando as provisões para a viagem? A lua ainda estava baixa no céu, não devia passar de meia-noite.

Esgueirei-me pelo quarto e espiei pela janela, piscando para a escuridão. O campo chamuscado estava imóvel, brilhante por causa da geada.

Havia um vulto pálido parado bem no meio dele, as palmas erguidas para as estrelas.

Merry devia estar orando de novo.

Nos dias que haviam sucedido o incêndio, ela redobrara o fervor, escapando para meditar nos campos sempre que podia.

Perguntei certa vez o que ela estava pedindo, mas Merry só sorriu e disse que aquilo era entre ela e Deus.

Mas rezar no meio da noite era novidade.

Como poderia ter escapado pela...

Um murmúrio baixo vindo da cama interrompeu minha linha de pensamento. Merry se revirou entre as cobertas, murmurando em seu sono.

Olhei pela janela de novo. O vulto que definitivamente não era minha irmã ainda estava ali, congelado na mesma posição, e quase me convenci de que era um espantalho.

Mas nenhum espantalho sobrevivera ao incêndio...

Depois, devagar, como se sentisse meu olhar, o vulto se moveu, baixando os braços e se virando para a casa.

Afastei-me de supetão da janela, sentindo-me estúpida logo depois. Não havia como ninguém me ver ali, parada diante da janela minúscula e escura.

Enquanto tentava me assegurar disso, o vulto ergueu a mão bem alto e acenou para mim.

Havia algo... estranho com a mão. Os dedos eram longos e retorcidos demais. Fizeram-me lembrar do cervo que os irmãos McNally tinham levado para o vilarejo, os chifres se dobrando sobre si mesmos, retorcidos e deformados.

Fiquei paralisada, lembrando-me dos murmúrios confusos de Cyrus no dia do Julgamento.

Mas... as mãos dela... eram muito curiosas. Não eram... como deveriam ser.

Era ela.

Era a mulher de olhos prateados de Cyrus.

A que ele vira na taverna na noite do incêndio.

A que apenas ele vira.

E que agora eu estava vendo também.

Ela atravessou o campo num lampejo, movendo-se rápido demais para um humano, como um pedaço de seda soprado por um vento forte. Quando pisquei, tentando me concentrar de novo na mulher, ela já não estava mais ali – era como se nunca tivesse estado.

Continuei fitando a escuridão, tentando com todas as forças encontrar o vulto de novo.

Mas o campo permanecia vazio.

Esfreguei os olhos.

Semicerrei-os.

A noite continuava a mesma.

– Você está cansada – murmurei para mim mesma. – Foi só um golpe de vista. Uma ilusão de óptica.

Assentindo, voltei a me juntar às minhas irmãs na cama, grata pelo calor que ofereciam. Acomodei-me e tentei voltar a dormir.

Mas, assim que fechei os olhos, eu a vi – vi os dedos mais longos do que deveriam ser acenando para mim como se eu devesse ser capaz de reconhecê-la. Como se eu a conhecesse. Como se fôssemos amigas.

Afundei mais no colchão, sentindo um calafrio.

– Não é real – murmurei contra o travesseiro. – Sua mente está pregando peças em você – argumentei comigo mesma.

Mas Cyrus também a vira.

– Ele estava bêbado.

Mas eu não estava. Nem naquele momento, nem nunca.

Congelei, lembrando-me do dia em que eu acendera as Nossas Senhoras. Uma mulher num vestido claro tinha saído do campo de trigo. Tentei me lembrar de como eram suas mãos, mas estava escuro e eu a vira de muito longe.

Quem era aquela mulher misteriosa, e por que ninguém no vilarejo a vira? Amity Falls não era muito grande – não era como as cidades ao leste, onde toda pessoa com quem você se encontrava na rua era um estranho. Não havia lugar para forasteiros se esconderem.

O vento começou a soprar mais forte, passando pela janela, fazendo a floresta chacoalhar e colocando os Sinos para tocar.

Os pinheiros.

Será que ela estava lá, escondendo-se na floresta?

Por quê?

Cyrus a vira, e no dia seguinte estava morto.

Será que ela também queria meu mal?

Deitei-me de costas, enxergando rostos nos nós das vigas acima de mim enquanto analisava as opções.

Queria crer, queria acreditar que ela não era real.

Mas era improvável, dado que Cyrus Danforth não apenas a vira como também interagira com ela.

Agora, se ela fosse *mesmo* real, e estivesse se escondendo em algum lugar na floresta, o que eu deveria fazer? Ignorá-la? Confrontá-la?

Tive vontade de rir.

Os pinheiros se estendiam por quilômetros, espalhando-se por cinco montanhas diferentes – isso até onde eu sabia. Tentar encontrar qualquer coisa naquele emaranhado escuro e cerrado seria impossível.

Mas...

Albert.

Ele conhecia a floresta muito melhor do que eu, e era muito mais hábil em encontrar rastros.

Ele seria capaz de me ajudar, eu tinha certeza.

Assenti, um pouco mais tranquila agora que tinha um plano.

Fechei os olhos, rezando para que o sono viesse logo.

Mas algo ainda me incomodava, um arrepio na minha nuca que provocava meus sentidos. Não conseguia reprimir a impressão de que alguém me observava. Virei para encarar a porta, e um pouco do peso em meu peito se aliviou quando vi que não havia ninguém ali.

Meu olhar pousou em Sadie e na boneca de pano com a qual ela dormia abraçada. No caos que se seguira ao aniversário dela, eu me esquecera totalmente do bolo de chocolate e do presente de Abigail.

Abigail, não, esclareci, nas profundezas sonolentas da mente. *Abigail não existe.*

Mas *alguém* fizera aquela coisinha horrível e a dera para Sadie. Por quê?

De novo, a imagem não solicitada da mulher acenando para mim invadiu minha mente.

Será que era *ela* quem estava por trás disso?

Os traços em vermelho-escuro pareciam brilhar para mim. Por mais que a razão berrasse que aqueles X eram apenas linha num pedaço de algodão, eu *sabia* que a boneca me encarava.

Sem pensar, arranquei-a das mãos de Sadie e a joguei embaixo da cama. Ela caiu no assoalho de madeira com um peso surpreendente, fazendo um ruído mais alto do que o esperado para o brinquedo. Voltei a afundar no colchão com cuidado, certa de que estava prestes a ouvir ruídos estranhos quando aquela *coisa* monstruosa começasse a se arrastar para a liberdade.

Mas não houve ruído nenhum e, quando voltei a abrir os olhos, o sol já estava alto no céu. Os raios dourados se espalhavam, reprimindo os terrores que haviam me consumido durante a noite.

Eu sabia, com toda a certeza, que Samuel já partira. A casa já parecia mais leve sem a presença imponente dele.

Desci as escadas, mas parei de súbito na cozinha. Encarei numa confusão mesclada a horror o desastre absoluto diante de mim. Demorei um instante para entender o que Samuel tinha feito, mas, quando vi os caixilhos superiores e os favos arrancados com cortes irregulares, tudo fez sentido.

Ele partira no meio da noite e assaltara a reserva de inverno das abelhas. Contei os caixilhos de madeira, fazendo o cálculo.

Cada colmeia precisava ter pelo menos trinta quilos de mel para sobreviver aos meses de frio.

Ele tirara muito mel.

Mel demais.

Meu peito se apertou de medo. Inspecionei as tampas, procurando os símbolos de identificação. Papai sempre gravava a ferro pequenas marcas nas melgueiras de cada colmeia para facilitar a separação delas em caso de doenças.

Não sabia qual cenário era pior: ele ter roubado todo o suprimento de inverno de uma das colmeias ou um pouco de cada, deixando o frio entrar e matar uma porção de abelhas de cada caixa aberta.

Identifiquei três marcas diferentes, e logo imaginei hordas de abelhas moribundas espalhadas pelo terreno congelado como confetes macabros.

Estúpido.

Como ele podia ter sido tão estúpido?

Com as flores queimadas e o frio chegando, não havia mais chances de as abelhas criarem novas reservas sozinhas. Precisaríamos servir um suplemento conforme os meses passassem, uma combinação de água e...

Açúcar.

O riso irrompeu de meu peito, amargo e penetrante.

Não havia açúcar em casa.

Não havia açúcar na mercearia dos McCleary.

Se os eventos dos últimos dias fossem parte de um livro dramático, eu acharia aquilo absurdo demais para acreditar.

Ali na cozinha, em meio à bagunça que Samuel deixara, caí de joelhos e juntei as mãos diante do peito, implorando a Deus que os homens voltassem da expedição com açúcar. Parecia algo pequeno comparado a tudo que precisava ser feito, e temi que não pensassem naquilo.

Enquanto fazia minha prece, murmurando meus pedidos várias vezes, como se a quantidade de orações de alguma forma fosse convencer Deus a ouvir com mais atenção, lágrimas escorriam por meu rosto, abafando meu riso. Era como se um dique tivesse se rompido, as comportas abertas para que o rio de preocupação e medo que eu represava desde a noite do incêndio enfim pudesse fluir, pronto para me afogar. A força dos soluços me fez afundar ainda mais no chão; deitei-me com o rosto contra as tábuas do assoalho, deixando que elas absorvessem minha miséria flagrante.

Não sei por quanto tempo fiquei ali, mas em determinado momento meu cérebro começou a listar os próximos passos.

Precisava me recuperar antes que minhas irmãs acordassem. Merry e Sadie não podiam me ver daquele jeito – eu era a única adulta na vida delas no momento.

Eu precisava ser forte.

Por elas.

Fiquei de pé e enxuguei os olhos. Respirei fundo, contando as inspirações até que ficassem mais lentas e meu coração não batesse mais naquele ritmo doloroso. Piscando algumas vezes, com o olhar fora de foco, observei a bagunça como se esperando que se arrumasse sozinha. A magnitude da situação me atingiu como um golpe de aríete.

Um gemido escapou de meus lábios, e caí de novo no choro.

17

O fundo das caixas de reprodução estava repleto de abelhas mortas.

Recolhemos o máximo possível delas, jogando-as num balde para depois descartar tudo longe da colmeia. Abelhas gostam de viver num ambiente limpo, e afastam os indivíduos mortos da colônia para evitar a disseminação de doenças. Eu não conseguia nem contemplar a ideia das operárias limpando um massacre daqueles; queria aliviar o fardo delas da forma que conseguisse.

Isso se ainda houvesse operárias.

O dano era muito pior do que eu havia imaginado. Depois de esperar até o meio da tarde, a hora mais quente do dia, Merry, Sadie e eu havíamos construído uma tenda improvisada com lonas e acendido vários lampiões para aquecer os arredores antes de abrir as caixas. Não era um método muito convencional, mas não pude pensar num modo melhor de conferir o estado das abelhas.

O que encontramos me deu vontade de chorar. Uma única colmeia era capaz de conter dezenas de milhares de abelhas. O descuido de Sam nos custara pelo menos metade da população de cada caixa que ele abrira. E mais mortes se seguiriam caso não conseguíssemos suplementar a reserva de mel para o inverno.

Todas as colônias que conferimos pareciam agitadas, zumbindo de irritação diante de nossa intrusão indesejada. Tive medo de que decidissem atacar, sacrificando-se ainda mais para proteger as rainhas. Havíamos levado o fumigador conosco, mas estava com receio de usá-lo – meu medo era que a temperatura no interior da colmeia despencasse se elas parassem de vibrar.

Papai saberia o que fazer. Minha sensação era a de apenas estar improvisando. Em um momento de completo egoísmo, desejei estar com mamãe no lugar dele. Aquela bagunça era grande demais para administrar sozinha.

– Precisamos fazer uma solução de açúcar para elas – falei, colocando a tampa na última caixa com uma determinação sombria enquanto afastava pensamentos traiçoeiros.

– Não tem mais nada de açúcar mesmo? – perguntou Merry, sentando-se e puxando a saia sobre as pernas arrepiadas. Havíamos decidido deixar as tendas montadas ao redor das colmeias por um tempinho depois da inspeção, esperando que a medida ajudasse a aquecer de novo as caixas.

– Compramos o último saco dos McCleary. E usamos o restinho naquele bolo para Rebecca.

Sadie fez uma careta, arrancando folhinhas de grama.

– E ela nem comeu.

Afastei a lembrança do precioso açúcar espalhado nos degraus dos Danforth. Não tinha conseguido salvar nem o bolo, nem a nossa relação. Assim como o açúcar, nossa amizade parecia perdida, além de qualquer tipo de reconciliação.

– Será que já passou tempo suficiente? – perguntou Merry, apontando com a cabeça para a tenda improvisada.

– Não sei. Talvez sim?

– Não lembro de ver papai fazendo algo assim. Você lembra? – perguntou Sadie, erguendo os olhos para as lonas com uma expressão desconfiada.

– Papai nunca precisou lidar com uma situação como esta – respondi entre dentes.

– Já que isso ajuda a manter as abelhas aquecidas, talvez a gente deva deixar montado. – Ela começou a desenhar formas diversas no tecido.

– Mas aí as abelhas não poderiam sair se precisassem.

– Mas por que elas iriam querer sair nesse frio?

Quis uivar de frustração. Sentia-me um fracasso, não importava o que fizesse. Era a única que seria julgada pela maneira como havíamos lidado com a situação. Ninguém culparia Sadie se todas as abelhas morressem de fome. Ninguém esperava que Merry soubesse como resolver o problema.

Eu não queria aquela responsabilidade, aquele peso horrível pressionando meu peito, golpeando minha garganta com garras afiadas e apertando-a até que eu temesse sufocar. Cuidar das minhas irmãs era uma coisa – cuidar delas, das abelhas e dos outros animais da fazenda era demais. Era tudo demais, e eu me achava muito nova para tomar conta de tudo.

Por que, por que, por que Samuel me abandonara em meio àquele caos?

– Acho... que já passou tempo suficiente. – Tentei manter a voz em um tom decidido, mesmo com o frio na barriga. – Que tal a gente apagar os lampiões e tirar as lonas?

Merry não se mexeu, claramente infeliz por ter de deixar aquele bolsão de calor.
– De quanto açúcar elas precisam?

Dei de ombros.

– Papai anotou a receita da solução de açúcar em algum lugar no diário dele. Vamos olhar para confirmar, mas acho que é mais ou menos uns quatro quilos e meio por colmeia.

Merry soltou um assobio.

– E onde diabos a gente vai arrumar uns quinze quilos de açúcar?

– Não sei. Eu... – O ácido do meu estômago borbulhou, queimando minha garganta e me fazendo engasgar com as palavras. – Não sei, Merry.

– A gente podia perguntar por aí. Talvez ver se alguém estaria disposto a vender um pouco de açúcar.

– Mas a gente ia pagar com o quê? Papai levou o mel com ele, e Sam levou os favos. Não temos nada para trocar. Com certeza não o bastante para trocar por quinze quilos de açúcar.

Sadie mordeu os lábios.

– E se a gente falasse com o tio Ezra? E com Thomas? Talvez eles tenham açúcar. Ou saibam o que fazer.

O pensamento tinha passado pela minha mente. Supostamente, podíamos contar com a família em tempos de dificuldade. Mas Ezra não era exatamente da família. Não ainda, ao menos.

– Talvez – respondi, não muito empolgada. – Mas a gente ainda não os conhece bem. É melhor não contar muito com eles por enquanto.

O semblante de Sadie se fechou de preocupação.

– Então... o que a gente faz?

– Não sei – repeti, a falta de esperança tingindo tudo com um tom cinzento de indefinição. Mordi o lábio com tanta força que tirei sangue, e me apeguei à dor. Não podia perder o controle na frente das minhas irmãs. Permaneceria forte. – Não sei.

❧

Mais tarde naquela noite, fiquei deitada na cama enquanto minhas irmãs dormiam – com sorte, perdidas em sonhos doces, sem compartilhar meu fardo pesado. Eu tinha sido capaz de desbastar as quinas afiadas do pânico ao longo do jantar e da limpeza da cozinha – tínhamos até lido a história de Jonas e a baleia antes de dormir, uma das favoritas de Merry. No entanto, assim que fechei os olhos, fui acometida pela preocupação, que me puxou cada vez mais para o fundo daquele abismo escuro.

Precisava sair.

Estava quente demais.

Abafado demais.

Minha sensação era de que a casa desabaria sob o peso da minha angústia, esmagando-me num túmulo lúgubre do qual eu nunca escaparia.

Saí correndo pela porta e disparei noite adentro, apertando o peito e buscando ar. Minha caixa torácica parecia ter metade do tamanho normal, apertando e espremendo até eu ter a sensação de que quebraria ao meio. Respirei tão fundo quanto possível, mas não parecia suficiente. Estrelinhas escuras começaram a dançar diante dos meus olhos, e alguma ínfima parte ainda em funcionamento no meu cérebro registrou que eu estava prestes a desmaiar.

Sentir o ar gélido da noite fez meu corpo entrar em colapso, mas não consegui interromper o acesso incontrolável de histeria. Não conseguia ficar parada. Meus pés estavam agitados e me conduziram aos campos queimados, meus passos lembrando os de uma louca.

Sadie e eu havíamos conferido todos os itens de valor que poderíamos vender ou trocar. Merry, por sua vez, batera de porta em porta pedindo açúcar. Ela voltara para casa com o olhar desanimado, a tristeza estampada no rosto.

Não havia nem um único saco de açúcar à venda em Amity Falls – a preço algum.

Caí de joelhos, sujando a camisola de restos de fuligem e geada.

Nossa única esperança era o retorno da expedição enviada atrás de suprimentos.

Tentei me convencer de que alguém traria açúcar, mas minha mente não sossegava. Não era garantido. Eu não podia apenas considerar que aquilo aconteceria e relaxar. Precisava de outro plano. Tinha de haver algum modo de resolver aquela confusão. Eu só precisava que as ondas de pânico se aquietassem por um tempo, para me deixar pensar.

Tinha considerado os piores cenários possíveis – as três colônias morreriam de fome e ficaríamos apenas com as outras duas. Duas não produziriam o bastante para termos excedente de mel. Não com todas as nossas economias gastas num hospital distante. Precisávamos de mais abelhas.

Havia a possibilidade de atrair um novo enxame quando a primavera chegasse. Papai com certeza fizera isso antes, mas eu não tinha nem ideia de por onde começar. As abelhas formavam colônias no início da primavera, quando as flores desabrochavam e o néctar transbordava.

Mas nossos campos, em geral tão atraentes para as abelhas, estavam arrasados. Nosso estoque de sementes, completamente queimado.

Mesmo que eu soubesse como pegar um enxame, não havia como atraí-lo até a fazenda.

Eu precisava encontrar um jeito de alimentar as abelhas remanescentes.

– Ellerie?

A voz veio da escuridão, atravessando a névoa do meu desespero, quase como se a própria noite tivesse falado comigo. Fitando os campos estéreis, eu parecia estar sozinha. Deixei o olhar vagar até a fileira das árvores, sob a vigilância dos pinheiros onipresentes. As sombras se agitavam de um lado para o outro, criando vultos – por um horrível instante, temi que fosse a criatura que eu vira correndo pelos campos na noite anterior.

– O que diabos está fazendo aqui fora no frio? – perguntou Albert, deixando os arredores da floresta.

Ao contrário de mim, ele estava vestido de maneira adequada para a noite gélida, com um casaco pesado de lã. A trouxa estava acomodada sobre os ombros e estufada de tão cheia, fazendo o garoto parecer uma tartaruga.

– Eu... nem sei – admiti, um calafrio interrompendo minhas palavras. – Só não conseguia mais ficar dentro de casa.

Sem demora, Albert largou a trouxa no chão, tirou o casaco e o colocou sobre meus ombros. Senti o calor dele ainda na peça de roupa, aquecendo-me e me engolfando em seu aroma – couro, tanino e algo verdejante, como grama recém-cortada. Era uma combinação inebriante, e foi só quando respirei fundo, apreciando o odor, que percebi que o aperto em meu peito havia sumido. O pânico recuara, amenizado pela mera presença de Albert.

– Obrigada – falei, puxando minha trança por cima do ombro, na tentativa de cobrir a pele que aparecia pelo decote da camisola. Afundei mais ainda no calor do casaco. – Já é tarde da noite. Como foi a viagem para buscar a caça?

– Já é manhã – corrigiu ele, apontando para a posição da lua. – Os passarinhos vão despertar logo. Perdeu o sono? – indagou.

– As coisas... ficaram meio caóticas desde que você partiu.

Ele se largou no meio do campo, sem ligar para a sujeira, a escuridão ou o frio.

– É mesmo? Conte mais.

Falei sobre a reunião emergencial do vilarejo, as colheitas danificadas e os frutos murchos, e a respeito da necessidade de enviar um comboio em busca de suprimentos, mesmo tão tarde.

– Sam se ofereceu para ir com o grupo – finalizei, e a expressão de Albert ficou mais séria.

– Ele deixou você e suas irmãs sozinhas?

— Pior. Ele decidiu colher mais mel antes de ir embora. Acho que queria vender um pouco na cidade, talvez. Pegou as reservas das abelhas, e agora elas não vão ter o suficiente para sobreviver ao inverno.

— Ele é um tolo — disse Albert. — O que a gente pode fazer?

— Se fosse um ano normal, faríamos uma solução de açúcar e deixaríamos um pouco nas colmeias, mas não há mais açúcar no vilarejo. Cada grama se foi. Não sei o que devo fazer.

— Com certeza a expedição vai trazer um pouco de açúcar, não vai?

Dei de ombros.

— Mesmo que tragam, a gente não tem dinheiro para pagar por quinze quilos. Papai levou todas as nossas reservas quando partiu com mamãe. E tenho certeza de que antes de voltar para casa Sam vai gastar qualquer quantia que consiga angariar. Isso *se* ele voltar.

O pensamento sombrio fez meu estômago revirar.

E se Samuel não voltasse?

Ele estivera mal-humorado e petulante por semanas, e agora Rebecca iria se casar com outro homem. Ele tinha tentado agir com indiferença diante da situação, mas eu não me esquecera da reação dele no Salão de Assembleia — súbita, visceral e impossível de disfarçar.

E se ele tivesse encontrado na expedição uma desculpa para se livrar de Amity Falls? Estaria bem longe, impossível de rastrear, quando nossos pais voltassem. Com todo o dinheiro obtido por meios questionáveis, ele seria capaz de começar uma vida em outro lugar. Era a situação perfeita para uma fuga.

— Ah, meu Deus — murmurei, enxergando tudo com uma clareza dolorida. — E se ele não voltar?

Albert apertou meu ombro, hesitante.

— Se ele não voltar, vocês vão ter uma boca a menos para alimentar neste inverno. Que ele vá em paz. — Ele franziu as sobrancelhas. — Soou mais insensível do que eu planejava, mas é verdade. Você não precisa de nenhum peso morto nos ombros... Muito menos puxando você para baixo.

— Mas eu... eu não sei o que fazer com a fazenda. Papai me ensinou um pouco sobre as colmeias, mas minha sensação é a de estar improvisando as coisas... E se der tudo errado?

— Ah, Ellerie — disse ele, envolvendo meu rosto com as mãos e deslizando o polegar pelo meu queixo. As palmas estavam deliciosamente quentes, e lutei contra o ímpeto de me inclinar contra elas em busca de aproveitar mais o seu toque. — Não vai dar. Você é esperta demais, e muito cuidadosa. Vai cometer erros, como todo mundo, mas se preocupa o bastante para continuar lutando. Essa é a parte mais importante. Você se preocupa demais para desistir.

— Mas talvez eu tenha que fazer isso. Sem açúcar, não há outra forma de resolver a situação.

O luar projetava sombras no perfil do rapaz, e estava escuro demais para que eu pudesse ler sua expressão.

— O que planeja fazer?

Dei de ombros.

— Não sei. Eu abriria mão de tu...

Ele ergueu uma das mãos, interrompendo de súbito o que eu ia dizer.

— Tenha cuidado com o que fala na calada da noite, Ellerie Downing. Não prometa nada de que possa se arrepender depois.

Inclinei a cabeça, sem entender o que ele dizia.

— Como assim?

— Você estava prestes a dizer que abriria mão de tudo pelo açúcar, não?

Concordei com a cabeça.

— Mas você não abriria de verdade.

— Abriria, sim — insisti com fervor.

— Não de *tudo*. Por exemplo, não abriria mão de suas irmãs, abriria?

Meu queixo caiu de tão horrorizada.

— É claro que não!

Ele ergueu uma das sobrancelhas.

— Então escolha as palavras com muito cuidado. Nunca se sabe quem está ouvindo — disse Albert em voz baixa, apontando para os pinheiros sussurrantes com uma teatralidade nata.

Embora eu soubesse que ele só estava me provocando, senti o sangue gelar nas veias, pensando em tudo o que poderia estar nos observando de lá.

Coisas vestidas de branco, com os dedos mais longos do que deveriam ser.

Com o caos da manhã, eu tinha me esquecido daquilo. De ter visto ela. De ter visto o que quer que fosse.

— De quanto açúcar você disse que precisa? — perguntou ele. — Quinze quilos?

— Você tem açúcar? — perguntei, uma fagulha de esperança ousando nascer no meu peito, afastando os pensamentos sobre aquela mulher pela segunda vez no dia. — Tudo isso?

Ele não falou nada; apenas ficou deitado de costas, os braços esticados para trás, segurando o peso do corpo e olhando para mim.

— Albert, fale a verdade — insisti.

A pequena faísca se transformou em chamas altas, correndo pelo meu corpo, impossível de apagar.

Aquilo poderia solucionar tudo.

Aquilo poderia salvar as abelhas.

Ele sorriu.

– A gente tem açúcar lá no acampamento. Os estoques de inverno. Agora de cabeça não sei quantos quilos são, mas... Tenho certeza de que Burnish emprestaria um pouco do dele, e qualquer quantidade já ajudaria, certo?

– Se ajudaria? Albert, isso nos salvaria! Você não tem ideia de como... É simplesmente... Obrigada!

A lógica me abandonou e joguei os braços ao redor do pescoço dele, atraindo o rapaz para um abraço de gratidão. Ele ficou imóvel por um instante e depois retribuiu o gesto, os dedos afundando na base da minha trança. Senti uma pressão leve no topo da cabeça, como se ele tivesse me dado um beijinho, mas foi tão rápido que não tive certeza.

– Mas não posso simplesmente ficar com o seu açúcar. Preciso pagar. Você e Burnish – acrescentei, lembrando-me do homem com a cartola.

Ele negou com a cabeça.

– Ele me deve um favor.

– Ao menos você, então – insisti.

– Você não tem dinheiro – lembrou ele, com um sorriso maroto.

– Então vamos fazer uma troca.

Albert se acomodou, e o espaço entre nós de súbito pareceu muito amplo e frio.

– Não há nada que eu queira ou de que precise – disse ele, gentil. – Só fique com o açúcar, Ellerie.

– Mas não é justo. Não posso simplesmente...

– Fique com ele – insistiu o rapaz. – O que vou fazer com tantos quilos de açúcar?

– Você pagou por eles – lembrei. – Precisa deles para o inverno, como disse.

Ele dispensou meus argumentos com um aceno de mão.

– O açúcar veio nos pacotes que a gente comprou no último entreposto comercial. Não vamos chegar nem perto de usar tudo. Vamos precisar carregar tudo de volta pelo vale quando levantarmos acampamento. Para ser sincero, você estaria me fazendo um favor.

Meu estômago revirou com a ideia de Albert indo embora na primavera. Sabia que seria assim. Era o que os caçadores faziam quando as peles ficavam prontas. Mas eu pensava – não, esperava – que fosse diferente com Albert. Que ele pudesse encontrar um motivo para ficar.

Ele pressionou os lábios, olhando para mim. Por um instante terrível, tive medo de que pudesse ler meus pensamentos.

– Você costuma apostar? – perguntou ele.

– Apostar? – repeti, confusa com a mudança súbita de assunto.

Ele apertou os olhos, achando graça.

– Pelo jeito, não. É que, quando as pessoas jogam cartas apostando, às vezes usam um substituto para o item que colocam em jogo. Por exemplo, posso apostar meu cavalo numa mão boa, mas não posso colocar o bicho em cima da mesa, entende?

Concordei com a cabeça, sem entender muito bem o que aquilo tinha a ver com o negócio que estávamos fechando.

– Por que a gente não usa um substituto esta noite? Você fica com o açúcar agora, e eu não fico de mãos abanando.

– Parece... justo – concordei. – Mas o que posso prometer dar em troca?

Ele deu de ombros, com total despreocupação.

– A gente pode pensar nisso depois. Quem sabe um bolo de mel, depois que as abelhas tiverem sobrevivido ao inverno...

– A colheita só vai acontecer no fim do verão – ressaltei de forma prática.

Albert sorriu.

– Eu disse "quem sabe". A gente não precisa decidir hoje.

– Certo, então o que deixo com você como substituto?

Ele inclinou a cabeça, pensativo.

– Tem um juramento. É o que a maior parte dos apostadores faz: usa o substituto mais simples de todos, mas também o mais sincero.

– Que tipo de juramento?

Ele pegou minha mão entre as dele, olhando com atenção para elas.

– Fure o seu dedo e limpe o sangue com um lenço. Que tal... três vezes? Uma gota de sangue para cada cinco quilos de açúcar. – Ele correu a ponta do indicador pela palma da minha mão, seguindo minha linha da vida e me fazendo sentir calafrios.

– Eu...

Fiquei em silêncio, tentando pensar no que papai faria, mas não tinha a menor ideia. Para começo de conversa, ele nunca se meteria numa situação em que precisaria pegar algo emprestado. Quando necessitava de alguma coisa, pagava à vista.

Mas não era isso que um substituto significava? Um tipo de pagamento?

Olhei através dos campos queimados, para as caixas com as colmeias. Mesmo no escuro, era possível ver as laterais brancas, mas com pouca nitidez. Não pareciam colônias de abelhas em plena atividade.

Na verdade, pareciam lápides.

– Certo – concordei, expulsando da mente a imagem de lápides e de papai.

Papai não estava ali, e ele não tinha um irmão idiota que arruinava tudo em que botava a mão antes de fugir como um covarde. Eu era a única ali para lidar com as confusões que Sam arrumava, e aquela era grande demais para que eu resolvesse sozinha. Seria uma tola se não aceitasse toda a ajuda que pudesse reunir.

Albert tirou uma faca do cinto e, antes que eu soubesse o que acontecia, passou a lâmina prateada na ponta do meu dedo anelar.

Com um gemido, puxei a mão. Gotas de sangue brotaram do ferimento, escuras como rubis amaldiçoados sob o luar.

Ele procurou algo dentro do casaco que eu usava. Afastei-me quando ele puxou um lenço do bolso interno.

– Limpe o sangue aqui – disse ele, jogando o pedacinho de algodão para mim. Havia algo bordado num dos cantos, mas estava escuro demais para que eu pudesse identificar o monograma.

– Você me furou! – Minha voz ficou aguda de indignação. Não tinha doído de verdade, mas a rapidez com que ele fizera aquilo me pegara de surpresa.

– Foi superficial – respondeu ele, despreocupado. – Mas limpe logo o sangue antes que seque. Senão vamos precisar abrir o machucado de novo.

Bati o dedo no lenço uma, duas, três vezes, depois enrolei o tecido ao redor dele para conter o sangramento. Após alguns instantes, joguei o lenço no garoto.

– Obrigado – disse ele, dobrando a peça. – Agora estenda a mão.

– Só pode ser brincadeira.

– Juro que seus dedos estão em segurança. – Ele guardou a faca, como se para comprovar o que dizia.

Depois, não mais do que de repente, havia um saco de açúcar entre nós.

Num segundo, a mão dele estava vazia. No momento seguinte, ele estendia o saco de papel, estufado de tão cheio.

– Pegue – disse Albert, oferecendo a embalagem. Quando hesitei, ele quebrou o selo de cera, abrindo o topo do saco. Estava abarrotado de açúcar. Sob o luar, os grãos brancos brilhavam como quartzo.

– Como... como você fez isso? – murmurei, chocada, a indignação esquecida de imediato.

– Não importa. Só tem uns três quilos aí. Vou arranjar o resto e trazer até sua casa antes do nascer do sol. Tem minha palavra. – Ele riu da minha perplexidade. – Pegue, é seu. Você pagou. Digo, quase. – Tive um lampejo em branco e vermelho quando ele guardou o lenço no bolso.

Meus dedos coçaram para pegar o saco logo de uma vez; esperei, porém, incerta sobre o que estava acontecendo. As coisas não apareciam só por pura força do desejo. A vida não era como os contos de fadas de que nós, garotas, gostávamos tanto. Magia não era algo real.

Foi quando entendi tudo.

– Seu fardo – falei, lembrando da trouxa estufada escondida nas sombras. – O açúcar estava nele o tempo todo. Você só... – Fiz uma mímica de algo sendo revelado.

Com certeza eu não seria capaz de fazer um truque de mágica tão hábil, mas não significava que era impossível. Uma vez lera um livro sobre um garoto que ia ao circo e via mágicos fazerem todo tipo de truque impossível. Ele ficava depois do espetáculo, e um dos artistas explicava os truques, mostrando como eram todos objetivos e lógicos.

Os olhos de Albert brilharam enquanto me analisava.

– Você me pegou, Ellerie Downing. – Ele balançou os dedos, brincando. – Mágica.

– Mas... Posso ficar com ele? É meu?

Ele selou o saco de novo antes de me entregar. A embalagem caiu nos meus braços, pesada, sólida e muito, muito real.

– É todo seu – jurou ele, cruzando os dedos sobre o coração. – Está se sentindo melhor agora?

Apertei o saco, ainda com medo de acordar de um sonho estranho e terrível. Mas respirei fundo e até senti o *cheiro* do açúcar. Leve e ao mesmo tempo doce, o aroma brincava pelo meu nariz como uma brisa leve de verão, presente num momento para sumir no outro.

– Estou – afirmei.

Albert sorriu.

– Bom. Por que não volta para dentro, então? Está tarde, e estou começando a desejar não ter sido tão galante a ponto de emprestar meu casaco para você. – Ele esfregou os braços, tentando se aquecer.

Tirei o casaco e o devolvi para o garoto com meus braços já trêmulos. A temperatura devia ter caído uns cinco graus enquanto estávamos sentados lá fora.

– Obrigada... Você salvou tudo.

Ele fez um aceno como se dispensasse meus elogios.

– Sua preocupação salvou as abelhas. Tudo o que fiz foi arrumar o açúcar. – Ele deu uma apertadinha no meu nariz. – Entre antes que congele. Vou trazer o restante para você pela manhã.

Eu não sabia muito bem como encerrar a conversa, então estendi a mão, como papai fazia quando fechava negócio com os fazendeiros no vilarejo. Albert a apertou com um sorriso divertido e apontou a casa com um gesto de cabeça.

Depois de pegar meu precioso saco de açúcar, corri pelo gramado. Quando me virei para desejar boa-noite, ele já tinha sumido.

18

O sol da manhã tingia a sala de estar com raios de um dourado profundo, fazendo cintilar uma nuvem de poeira que pairava no ar. Quando me virei para o canto do cômodo, indo até a cozinha para começar a preparar o café, esperava que o balcão estivesse vazio como estivera quando fora para a cama com Merry e Sadie na noite anterior.

Mas lá estava o saco de açúcar, indiscutivelmente real.

Dei a volta na mesa, encarando o pacote como se dentro dele estivesse uma cobra venenosa, agitada e pronta para atacar. Depois de um instante, abri a embalagem e analisei os cristais, experimentando um pouquinho. A doçura persistente confirmou tudo.

Era açúcar.

Não fora tudo um sonho.

Meu xale estava pendurado no gancho atrás da porta dos fundos. Peguei a peça e envolvi meus ombros antes de sair para o alpendre. A curiosidade queimava em minhas veias.

Eles estavam acomodados nos degraus, posicionados de forma que eu não pudesse ignorar a presença deles. Quatro sacos de açúcar esperavam por mim, como Albert havia prometido.

Quatro sacos de três quilos, mais o quinto da noite passada.

Quinze quilos de açúcar. Exatamente o que eu precisava.

Não pude evitar explodir num acesso de riso. Todas as preocupações do dia anterior tinham sumido em troca de três gotas de sangue.

Albert havia nos salvado.

Ele tinha salvado as abelhas, e com elas minha sanidade. Mal podia esperar Merry e Sadie descerem para ver aquilo.

Levei os sacos para dentro e os alinhei na mesa da cozinha. Dei uns passos para trás e inspecionei meu trabalho com um olhar crítico. Não pareciam muito impressionantes naquela disposição. E se eu os colocasse num cesto, como uma cornucópia?

Também não parecia certo.

Talvez devesse colocar a melhor toalha de mesa de mamãe – era motivo de celebração, afinal de contas. Mas, quando me ajoelhei ao lado do cesto de toalhas na despensa, percebi o que me incomodava.

O açúcar era *precioso*.

Precioso demais para deixar ali.

Não podia deixar os sacos expostos, decidi. Seria muito tentador, daria vontade de roubar pitadinhas. Pitadinhas se transformariam em bocados, bocados em colheradas, e logo teríamos preparado biscoitos e tortas o bastante para suprir a vontade de todo o vilarejo.

A melhor coisa a fazer era preparar a solução de açúcar logo – mas, até termos uma geada mais forte, a solução poderia atrair formigas. Elas invadiriam as colmeias, e acabaríamos com uma confusão ainda maior. Precisaríamos colocar a solução dentro das caixas logo antes da primeira nevasca. Tinha vontade de rir – ou chorar – ao pensar em armar de novo aquelas tendas ridículas de lona.

Não. Precisava esconder o açúcar. Mas onde?

Olhei para as prateleiras da despensa, mas parecia uma escolha óbvia demais para alguém que estivesse à procura daquela preciosidade.

O barracão também estava fora de questão. Qualquer um poderia acessar o espaço sem nosso conhecimento – não queria esperar o pior de nossos amigos e vizinhos, mas era impossível esquecer que, tão pouco tempo antes, um deles tinha ateado fogo ao barracão e ferido minha mãe gravemente.

Vi duas latas altas de metal acomodadas na prateleira de cima da despensa. No passado serviam para guardar café, mas os grãos haviam acabado muito tempo antes. Mamãe gostava tanto da pintura cor de cereja que mantivera as latas para guardar outras coisas. Os cinco sacos caberiam perfeitamente dentro delas, selando o açúcar e o protegendo da contaminação.

Quando fiquei na ponta dos pés e estendi os braços para pegar a segunda lata, uma onda de clareza me inundou.

Eu estava sendo ridícula.

Ninguém pegaria nosso açúcar.

Ninguém sabia da existência dele.

Ninguém além de Albert.

Por que estava indo tão longe para manter o açúcar em segurança?

Balancei a cabeça, sentindo os resquícios daquela preocupação possessiva se dissipar. Deixaria o açúcar bem ali e esperaria Merry e Sadie acordarem. Tiraríamos a tarde para comemorar. Sem tarefas, sem trabalho. Talvez eu até embalasse o almoço para fazermos um piquenique. Poderíamos ir até a área perto da cachoeira – o sol aquecia o local mesmo nos dias mais frios – e depois ir pulando sobre as pedras até o Greenswold.

Seria o dia perfeito.

Pela porta aberta, vi algo sobre a mesa da cozinha.

Botões, nosso gatinho.

Estava ao lado dos sacos de açúcar, cutucando um deles com a pata, determinado a derrubá-lo da mesa. Imaginei o pacote caindo no chão e se abrindo. O açúcar voaria para todo lado, como explosivos numa mina. Três quilos perdidos num piscar de olhos.

As latas de café retiniram quando as derrubei no chão. Minha única preocupação era salvar o açúcar. Avancei bem a tempo de pegar a embalagem.

Botões saltou para longe com uma chicotada de cauda, como se estivesse feliz de me ver numa posição tão indigna.

Peguei o açúcar no colo como se fosse um bebê.

Não estava sendo superprotetora.

O açúcar *precisava* ser protegido.

Precisava manter o suprimento guardado e escondido. Em algum lugar onde ninguém o encontraria – nem algum vizinho perambulando por ali, nem um animalzinho danado. Eu precisava pensar com calma, escolher o lugar correto e perfeito.

O açúcar era precioso demais.

Peguei as latas de café e coloquei mãos à obra.

19

O leite de Bessie atingiu a lateral do balde com um chiado, soltando fumacinha no ar gélido da manhã. O úbere da vaca estava cálido em minhas mãos, inchado embora macio, e ela bufava de leve enquanto eu trabalhava, como se estivesse feliz com minha presença ali.

Depois de três massageadas, parei e me inclinei um pouco para trás, olhando para fora da baia.

As duas latas estavam no centro de uma mesa improvisada no meio do estábulo.

Faltava apenas uma hora e pouco para o nascer do sol – cedo demais para estar acordada e trabalhando, mas não tinha conseguido dormir de jeito nenhum. Passara metade da noite me revirando na cama, conferindo as latas, mudando os recipientes para lugares mais seguros, certa de que Botões estava à espreita, pronto para arruinar o açúcar.

Quando consegui me entregar a um sono leve, tive pesadelos com a mulher misteriosa mencionada por Cyrus Danforth, um vulto de branco sempre às margens do meu campo de visão, os olhos brilhando num prateado sombrio enquanto dedos longos se esticavam para mim.

Minha inquietação enfim fez Merry despertar, e ela reclamou irritada antes de cobrir a cabeça com o travesseiro. Depois de um momento de indecisão, peguei as latas e passei o resto da noite caminhando de um lado para o outro da sala de estar, sobressaltando-me a cada ruído, certa de que a mulher saíra dos meus sonhos e agora estava de tocaia pela casa.

Quando o relógio do vovô soou, marcando quatro da manhã, eu já estava com o casaco de trabalho de papai e minha touca.

No caminho até o estábulo, as nuvens pareciam baixas o bastante para que eu as tocasse. Antes de entrar, murmurei uma prece para que nevasse.

Naquele dia, iríamos derreter o açúcar e preparar a solução de açúcar para as abelhas.

Precisávamos.

Minha sensação era a de estar à beira da loucura.

Bessie acomodou o peso de uma pata na outra, batendo a lateral robusta do corpo contra mim tentando chamar minha atenção. Desviei os olhos do açúcar e me virei para a vaca e para a tarefa diante de mim.

E para o balde cheio de sangue.

Escorreguei do banquinho e caí no chão com força, quase derrubando o leite sujo. Bessie começou a balançar a cabeça, um tanto preocupada com o barulho. Ruminava com atenção o punhado de mato que tinha na boca enquanto me encarava com os olhos dóceis e castanhos.

– O que houve, garota? – perguntei, ajeitando o banquinho e passando a mão pelo flanco dela.

Ela tremia, e uma preocupação opressiva invadiu meu coração. Será que ela estava ficando doente?

Não era de todo incomum ter um pouco de sangue misturado ao leite, pois às vezes as tetas ficavam sensíveis e rachadas, mas eu nunca vira tanto no mesmo balde como daquele jeito. O leite não estava no tom de rosa bem claro que geralmente papai ignorava e Sadie se negava a tomar. Estava vermelho escuro, violento e raivoso sob a luz que antecedia a aurora.

Analisei uma das tetas com um olhar crítico. Não estava ferida, assim como as outras. A pele estava rosada e macia como sempre.

– Então como...

Fazendo uma careta, puxei o balde mais para perto. O líquido branco chacoalhou de um lado para o outro, cheio de espuma formada pela força do jato de Bessie. Pisquei forte, tentando clarear a vista.

Era apenas leite. Apenas isso.

Peguei uma das tetas de novo e dei uma puxada para fazer um teste. Mais leite jorrou, as gotas tão brancas quanto deveriam ser.

Continuei trabalhando, permitindo aos poucos que minha cabeça descansasse contra o corpo da vaca. O movimento rítmico das minhas mãos e o barulho do jato batendo de tempos em tempos no balde me fez cair num transe distraído. Minhas pálpebras se fecharam uma, duas vezes, embora eu lutasse para manter os olhos abertos. As noites maldormidas enfim começavam a cobrar seu preço, fazendo-me ver coisas que não existiam.

Faríamos a solução de açúcar naquela manhã, assim que terminássemos o café. Eu contaria tudo a Merry e Sadie e enfim poderia descansar. Minha testa pressionava o corpo de Bessie, um peso morto, incapaz de se manter em pé. Senti a boca se abrir, minha respiração ficando mais profunda.

Até que, no canto do estábulo, algo se moveu. Meus olhos se abriram de súbito. Estalei o pescoço, duro e dolorido, como se tivesse passado a manhã inteira com ele naquele ângulo estranho. Mas as baias ainda estavam escuras e o balde só pela metade. Não poderia ter adormecido por mais de um minuto ou dois.

– Merry?

Ela devia ter ido me procurar depois de perceber que eu não estava em casa.

Ninguém respondeu.

– Sadie? – chamei, sabendo ser muito improvável que minha irmã caçula tivesse ido sozinha até o estábulo a uma hora daquelas.

Inclinei a cabeça, tentando identificar o som que chamara minha atenção, mas não conseguia ouvir nada além da respiração constante de Bessie. Peguei a lamparina e deixei a baia, aguçando a audição. Ergui a pequena fonte de luz para banir a escuridão, mas o gesto só fez o breu se intensificar nos cantos, ficando mais nocivo enquanto minha imaginação corria solta.

A mulher dos olhos prateados descobrira o açúcar e viera pegar as latas. Esperara até eu estar com a guarda baixa, minha mente lenta devido à falta de sono. Ela era real e estava ali para roubar meu açúcar; eu, como uma tola, deixara tudo largado pelo lugar.

Uma série de sussurros vieram de algum ponto atrás de mim e dei meia-volta, pronta para pegar a ladra no ato. Ou as ladras. Provavelmente, era um bando inteiro de ladras. Um exército de mulheres com vestidos claros e dedos longos dotados de garras.

Mas não havia ninguém ali, apenas Bessie.

Ouvi de novo os sussurros, vindos da parede na qual papai mantinha os forcados e as foices. As ferramentas estavam penduradas nos devidos suportes, brilhando com um esplendor baço sob a luz fraca. Passei por elas, certa de que as intrusas estavam escondidas atrás da parede baixa que fechava a baia de parto – mas vi apenas montes de feno, empilhados em colunas altas. A baia de parto não seria usada até a primavera. Papai era maníaco por manter tudo tão limpo e em ordem quanto possível.

Os sussurros continuavam, altos o bastante para que eu começasse a ouvir palavras, e pareciam vir do feno.

– Quem está se escondendo aí? – gritei. – Eu estou ouvindo! Apareçam!

– Xiu! – alguém resmungou, e o murmúrio foi interrompido de repente.

Trocando a lamparina por um dos forcados pequenos pendurados na parede, parei na entrada da baia. A muralha de feno se erguia diante de mim, ocupando todo o pequeno espaço como uma sebe que crescera demais e não fora podada. Não podia conceber como a mulher conseguira se enfiar dentro dos fardos, mas sabia que a tinha ouvido se esconder ali. Brandindo as pontas afiadas da ferramenta, entrei no cubículo.

– Sei que vocês estão aí – falei, tentando afastar o tremor da voz. – Apareçam.

O silêncio perdurou enquanto eu esperava por uma resposta. Estava com o corpo inteiro tenso, como uma corda estirada demais e prestes a se romper. Quando ouvi um farfalhar baixinho, vindo de algum ponto perto do chão, entrei em ação sem pensar. Corri ao redor do feno com o forcado erguido e espetei os blocos de palha, várias e várias vezes, golpeando com toda a força possível.

Sabia que aquilo não fazia sentido.

Sabia que não havia como alguém se esconder no meio do feno prensado.

Mas não me importava.

Não aguentava mais me preocupar. Não aguentava mais surtar. Não aguentava mais acordar toda manhã tomada pelo medo e pelo horror.

A sensação de espetar o feno era boa, dissipando as ansiedades e dúvidas que me assombravam desde o incêndio. Lembrei de como mamãe dissera que fazia o mesmo com a massa de pão e redobrei os esforços, espalhando palha pela baia de qualquer jeito. Parecia que cada parte do meu corpo berrava, e o único jeito de acabar com aquilo era golpear com o forcado de novo e de novo.

Foi quando atingi algo que definitivamente não era feno.

O forcado bateu num objeto dentro do bloco. Houve um momento de resistência antes de as pontas afiadas afundarem, penetrando no que quer que estivesse ali. Soltei o cabo na hora; ele ficou preso no lugar, porém, fincado na obstrução oculta.

Minha mente se acelerou, tentando imaginar o que poderia estar escondido ali dentro. Não perfurara tanto a pilha a ponto de bater na parede do outro lado, e não me lembrava de nada resistente assim dentro da baia. Será que papai esconderá suprimentos extras ali, guardando sacos de farinha ou farelo de milho para dias chuvosos?

Pressionei os lábios, segurei o cabo de madeira da ferramenta e puxei. Com um ruído alto, o forcado se soltou. Caiu no chão com um estrondo, e vi os dentes dele ensanguentados.

Devagar, meus olhos focaram na muralha de feno. Sangue escorria da área que eu destruíra. Primeiro um fio de líquido vermelho umedeceu o material, depois outro e enfim um terceiro. Abri a boca para gritar, mas o único som que conseguia emitir eram engasgos enquanto arfava por ar, como um peixe retirado da água e abandonado num cais de madeira.

Com mãos trêmulas, passei a desfazer a pilha de feno. O sangue quente cobria meus dedos, sujando e manchando o casaco pesado de papai. A parte da frente da minha camisola estava arruinada, além de qualquer salvação. O que quer que eu tivesse atingido, sangrava com rapidez.

Puxei punhados e punhados de feno, mas o sangue não parava de fluir, escorrendo pelos fardos antes de ser absorvido pelo chão de terra batida.

O que diabos era aquilo? Eu não poderia ter acertado nada com tanta força, mesmo que estivesse furiosa. E por que estava tudo tão silencioso? A coisa atingida – fosse um animal ou um ser humano – não soltara um ruído sequer. Nem ao ser atingido, nem enquanto devia estar agonizando. Por que não houvera nenhum grito de dor ou surpresa? A criatura não deveria ter se revelado?

Atrás de mim, a lamparina tremulou, projetando sombras longas e oscilantes pela baia de parto, como se a chama estivesse sendo soprada por uma corrente de ar. Virei bem a tempo de ver o pavio se apagar, mergulhando tudo na escuridão.

– Ah – murmurei, recuperando a capacidade de falar.

Tateei os bolsos do casaco de papai, agitando os dedos pegajosos até encontrar a caixinha fósforos que ele guardava ali. Sem enxergar nada, abri a portinhola da lamparina, acendi um fósforo e aproximei a chama do pavio oleado.

A lamparina se acendeu, iluminando de novo o lugar. Tirei-a da direção da corrente de ar e me voltei para a tarefa grotesca que tinha à frente.

Mas a baia estava limpa.

O feno fora destruído, um monte de material descartado estava espalhado pelo chão, mas não havia sangue.

Em lugar algum.

Nem sendo absorvido pela terra. Nem escorrendo dos fardos. Nem em mim.

Bati as mãos no casaco de papai, conferindo as dobras e os vincos. O tecido estivera horrivelmente manchado alguns momentos antes, mas agora estava limpo. O forcado parecia imaculado. Não havia nada que sugerisse ter atingido algo.

– Não faz... – Esfreguei o rosto, certa de que eu piscaria e o massacre voltaria. – Não faz sentido algum...

Duas vezes na mesma manhã eu vira coisas num momento e, no seguinte, elas tinham sumido. Eu queria acreditar – precisava acreditar – que a culpa era das noites sem dormir. Depois que preparasse a solução para as abelhas, não precisaria mais me preocupar com o açúcar e as coisas voltariam ao normal.

– Por favor, Deus, permita que as coisas voltem ao normal – sussurrei, apertando as mãos uma contra a outra com tanta força que as pontas dos meus dedos ficaram brancas e dormentes.

Uma memória indesejável se moveu no fundo da minha mente, como uma cortina de algodão soprada por um pé de vento vindo de uma janela aberta. Apenas um traço de uma memória, na verdade. A história não era nem minha, e sim sobre algo que papai falara certa vez sem saber que Samuel e eu ouvíamos no cômodo ao lado.

Algumas colheitas atrás, Levi Barton – um de nossos vizinhos ao sul – tinha se convencido de que havia ouro nas cavernas que beiravam o Greenswold. Ele saiu em expedição para procurar pepitas, deixando para trás a esposa, a fazenda e a colheita. Dias se transformaram em semanas. A esposa entrou em desespero, certa de que ele caíra numa fenda. Grupos de busca foram enviados, mas ninguém sabia exatamente onde procurar. Depois de uma semana vasculhando as cavernas, o povo de Amity Falls desistiu e o declarou morto.

Certa manhã, porém, Levi apareceu sentado à mesa do café da manhã como se tivesse passado apenas algumas horas fora. A esposa contou às outras mulheres do vilarejo que ele parecia um pouco estranho. Sempre murmurava coisas para si mesmo, respondendo a perguntas que ninguém fizera, encarando cantos vazios e assentindo, como se estivesse ouvindo alguém que não estava ali. As amigas disseram para ela não se preocupar – as cavernas estavam sempre cheias de ecos e sombras. Com a mente cansada e sobrecarregada, ele devia ter imaginado todo tipo de coisas. Depois que descansasse, tudo voltaria ao normal, elas prometeram.

Uma semana depois, as amigas foram tomar chá com a mulher e a encontraram sentada à mesa da cozinha, uma picareta enfiada no crânio. Levi matara todos os animais também, degolando um a um. Largara os corpos nas baias e espalhados pelos campos, juntando moscas. Antes de tirar a própria vida, deixara uma mensagem na parede do estábulo, escrita com sangue: ELES TÊM NOS OBSERVADO, E EU VI. AGORA NÃO VEREI MAIS.

A frase me assombrara, fazendo calafrios se espalharem pelo meu corpo mesmo nas noites mais quentes de verão quando, inevitavelmente, a história voltava à minha mente – sempre quando eu estava prestes a cair no sono.

O que ele tinha visto?

Será que Levi também vira sangue?

Um novo farfalhar me despertou dos devaneios. A impressão era a de que alguém caminhava na ponta dos pés pelo andar de cima do celeiro. Agarrei a lamparina e corri para a área aberta, erguendo a fonte de luz o máximo que conseguia.

Vislumbrei um vulto entre os postes, tentando ficar nas sombras.

Hesitei apenas um instante antes de subir pela escada até o mezanino. Era uma alucinação, eu não tinha nada a temer e, se houvesse alguém no nosso celeiro, precisava ser pego no flagra.

– Apareça! – gritei, procurando qualquer movimento. – Estou armada – menti. – Saia agora e não vou atirar.

– Ellerie, não! – A voz veio de trás de uma pilha de velhos caixotes, não muito longe de mim. Embora estivesse distorcida e aguda, eu a reconheceria em qualquer lugar.

– Sam? – perguntei. – O que está fazendo aqui? Devia estar com o comboio que foi buscar suprimentos. Você... – Parei, tossindo ao sentir o cheiro horrível e acre que preenchia o local. Parecia o cheiro que a fazenda dos Kinnard emanava no dia do abate, cúprico, intenso e terrivelmente úmido. – O que é *isso*?

Tudo o que conseguia ver de Sam eram os olhos, refletindo a luz da lamparina e cintilando forte mesmo em meio às sombras do estábulo. Pareciam grandes demais para o rosto dele, arregalados e tomados pelo pânico.

– Eles morreram – murmurou meu irmão, e senti o estômago revirar.

Queria me mexer, avançar um passo e tomar as mãos de Samuel entre as minhas, mas estava congelada de medo. Ele estava falando de mamãe, eu sabia. A ideia era absurda, já que Sam não tinha como ter chegado até a cidade e voltado em uma semana – naquele momento, porém, tive certeza de que minha mãe estava morta.

– Quem?

– Todos.

Meus olhos se encheram de lágrimas, minha visão ficou borrada. Nunca tinha me sentido tão pequena.

– Papai também?

– O quê? Não!

– Achei que você queria dizer que... *Do que* está falando? Quem morreu?

– Eu... vou entrar e explicar tudo, mas... Por favor, não grite, Ellerie. Só... Por favor.

Apertei os olhos para ver melhor sob a luz da lamparina, tentando conceber o que estava diante de mim – tentando encontrar meu irmão em meio à forma monstruosa que avançava.

– Ah, Sam – sussurrei, lutando contra o ímpeto de fugir.

O cheiro, defumado e horrendo, vinha dele. Das vísceras que cobriam suas roupas, seus braços e seu peito. Ele estava todo coberto com aquilo.

Meus olhos deslizaram pelas listras vermelhas que haviam escorrido pelo rosto dele antes de secar, e para as quais ele não parecia ligar. Não havia como o sangue ser dele, não tudo aquilo. Ele não podia estar diante de mim daquele jeito depois de ter perdido tanto...

Sangue.

– Você não está aqui de verdade – falei, em um instante de clareza. Balancei a cabeça, tentando forçar a imagem a desaparecer. – Você não é real.

Ele franziu as sobrancelhas, a indignação evidente.

– Por que está falando isso?

Fechei os olhos com força, certa de que ele teria partido quando eu os abrisse de novo.

Ele não partiu.

– Você não é o Sam, você não é o Sam, você não é o Sam – sussurrei enquanto ele dava um passo à frente. Minha perna bateu na escada. Não tinha para onde fugir.

– Ellerie, eu estou bem aqui – disse ele, os olhos marejando enquanto falava. – Não estou? – A voz dele hesitou, baixinha demais, e quase não pude ouvi-la. – Ainda estou no meio dos pinheiros? Ah, Deus, que eu esteja fora da floresta, por favor, *por favor*. – As súplicas se transformaram em soluços, que fizeram seu corpo se agitar. Ele caiu de joelhos, o peito chiando.

Esfreguei os olhos, mas ele não desapareceu. Com os dedos trêmulos, ousei estender a mão e tocar seu ombro.

– Sam? – murmurei. Minha mão voltou manchada de um vermelho escuro.

Parecia real.

Assim como as outras visões.

Ele saiu da posição fetal e olhou para mim com tanta esperança que meu coração se partiu.

– Consegue me ver, Ellerie?

Ajoelhei-me ao lado dele.

– Claro que consigo. Claro que... O que é isso? – ousei perguntar, esfregando os dedos para me livrar do visco fedorento que o cobria.

– O grupo que saiu em expedição – disse ele, sério, olhando para a própria roupa arruinada. – O que sobrou dele.

– Os homens que saíram para a expedição – repeti, juntando as frases. – Estão mortos.

– Todos. – Ele levou a mão ao rosto, jogando para o lado um pedacinho de... algo que era melhor nem saber o que era... e fungou. – Todos, menos eu.

Não fazia sentido algum. Havíamos visto aqueles homens alguns dias antes.

– Asher? E Jonas? Eles não podem... Você disse que eles...

Ele cerrou os dentes, e a boca se contorceu em uma careta.

– Se eles saíram com a expedição, não existem mais. Estão mortos. Mortos e acabados, mortos. Qual parte da frase você não entendeu?

– Como? – A palavra escapou dos meus lábios enquanto eu fazia uma careta em reação à pressão dos dedos dele em meus ombros.

– Os monstros. Eles voltaram... Ou... estavam por lá o tempo todo... Não sei como papai e Albert conseguiram escapar.

– Você... Você os viu?

Ele assentiu.

– Ouvimos eles se aproximando durante os dois primeiros dias, soltando estalos horríveis e rindo... Esperaram até a noite para atacar... Eram... – Ele grunhiu, enterrando o rosto nas mãos ensanguentadas enquanto lembrava. – Não eram lobos, Ellerie. Eram algo muito, muito pior.

– Um urso? – arrisquei, enquanto minha mente se lembrava daquele cervo deformado.

– Nenhum urso poderia ter capturado Jonas Marjanovic em pleno ar. – Ele parecia ter algo entalado na garganta. – Ele foi o primeiro a partir. Ainda posso ouvir os gritos dele. O sangue caiu em cima da gente como uma chuva quente de verão. Pegaram Asher em seguida.

A lembrança do que quer que houvesse acontecido com o pobre homem fez Samuel precisar lutar contra uma ânsia de vômito que não conseguiu reprimir. Ele virou a cabeça e esvaziou o estômago com um gemido abafado.

Eu sabia que deveria perguntar o que acontecera a Joseph, mas não queria saber de verdade.

– Vocês machucaram alguma das criaturas? – perguntei. Ele franziu o cenho, como se minhas palavras não fizessem sentido algum. – Sam, vocês estavam armados. Não conseguiram atirar em nenhuma delas?

– Delas. – Os olhos dele ficaram vidrados e desfocados.

– Em nenhuma das criaturas.

– Não tinha... Não tinha arma nenhuma.

– Vocês não levaram armas? – perguntei, incrédula.

– Elas simplesmente não estavam lá. Não quando precisamos delas. Até meu canivete tinha sumido. – Ele tateou as calças, como se procurando a arma. Era uma das posses mais valiosas do meu irmão. Papai o dera de presente para ele em nosso aniversário de dezesseis anos, e Sam nunca saía sem ele. – Eu realmente estou aqui agora? – perguntou ele baixinho, apoiando a cabeça no meu ombro. Lágrimas se formaram nos cantos dos olhos dele e escorreram pelas bochechas, vermelhas. – Quando eu estava perdido na floresta… às vezes achava que estava de novo em casa, de volta com você, Merry e Sadie. E com mamãe e papai também. Eu tinha tanta certeza de que estava lá… aqui – corrigiu ele. – Mas depois eu acordava e via que estava ainda mais longe de casa.

– Você está aqui agora – prometi. – Está em casa e em segurança.

– Não é a primeira vez que você me diz isso, mas eu sempre acordava na floresta – choramingou ele, depois soltou um longo suspiro. – Eu estraguei tudo, Ellerie. Estraguei muitas coisas. Quando estava lá, com aquelas *coisas* me perseguindo e rindo de mim, elas diziam… Elas sabiam…

– Já chega – falei com firmeza. Ele estava à beira de um surto, e precisava ser contido. Os olhos dele saíram de foco, piscando duro. Eu sabia que devia oferecer algum conforto ao meu irmão, mas não podia me obrigar a tocar nos vestígios de Jonas Marjanovic, que agora marcavam as mechas loiras de Sam. – Precisamos sair daqui de cima, limpar você. Sadie e Merry não podem vê-lo assim.

– Elas vão me odiar.

– Claro que não vão. – Eu o ajudei a ficar de pé, engolindo com força quando o fedor atingiu meu nariz.

– Você vai – disse ele, agarrando meu queixo e me forçando a olhar para ele. – Estou vendo nos seus olhos. Cometi muitos erros, e agora você me odeia.

– Não odeio você. – A honestidade na minha voz me surpreendeu. – Você estragou as coisas, como bem falou. Cometeu erros, colossais e tolos, e eu não tenho ideia do porquê… Mas… Você é minha outra metade, Sam. Eu nunca odiaria a mim mesma.

Ele pressionou os lábios, mas um soluço escapou por entre eles.

– É surpreendentemente fácil fazer isso.

– Você vai ter que contar aos Anciãos o que aconteceu – afirmei, pensando nos próximos passos, planejando e arquitetando as coisas. Já sabia que a solução de açúcar não seria mais preparada naquele dia.

Sam balançou a cabeça.

– Não tem como. Não vou conseguir reviver aquilo tudo. Por favor, Ellerie, não me faça falar com eles.

– Eles virão até aqui – argumentei. – Mas, primeiro, você precisa se limpar.

Depois de refletir por um instante, Samuel deixou que eu o ajudasse a descer do mezanino.

✼

Os Anciãos foram até nossa casa. Os Anciãos partiram. Os Anciãos voltaram com mais homens para escutar a história de Samuel, e enfim decidiram.

Não mandariam outros grupos em busca de suprimentos.

Amity Falls precisaria se recolher, racionar o que tinha e orar para Deus trazer moderação e uma primavera abundante.

Qualquer conversa sobre tentar recuperar as carroças e os armamentos abandonados foram reprimidas com firmeza. O pároco Briard arriscou uma sugestão desanimada de que fossem pelo menos buscar os corpos das pobres almas para que pudessem descansar no cemitério da igreja, mas Samuel logo informara que as criaturas não haviam deixado corpo nenhum para ser enterrado.

Os Anciãos e os demais moradores do vilarejo foram embora depois disso.

Samuel caiu no sono e dormiu por três dias.

Preparamos a solução de açúcar e erguemos de novo nossa tola tenda.

Alimentamos as abelhas e comemos com moderação, e os dias passaram, como tantos outros antes.

Sentíamos falta de mamãe. Sentíamos falta de papai. Sentíamos falta de como a casa parecia movimentada com eles.

Mas as semanas se passaram e a neve começou a cair, cobrindo nosso luto, nossa fazenda e o vilarejo de Amity Falls.

INVERNO

20

O som persistente de algo batendo na janela desviou minha atenção do falatório do pároco Briard, que dizia que o filho dele e Rebecca Danforth deveriam se amar e se respeitar até que a morte os separasse.

O ruído ficou mais alto, como se um inseto gigante estivesse se debatendo contra o vidro. Puxei o xale ao redor do corpo, imaginando centenas de perninhas peludas raspando umas contra as outras enquanto o bicho se revirava e agonizava.

– O que *diabos* é isso?

A voz de Judd Abram se ergueu, interrompendo a cerimônia. Do altar, a cabeça de Rebecca se virou na direção dele. Apesar do olhar fuzilante que ela disparava, eu nunca a vira tão bela antes.

Letitia Briard presenteara a futura nora com uma braçada de tecido de seu sofisticado estoque, vindo sob encomenda da cidade. O xadrez azul-claro destacava o brilho aveludado das bochechas de Rebecca, mas o modelo do vestido incluía uma cintura alta incomum, e ela escolhera um longo véu de organdi para ajudar a cobrir o volume da barriga.

Para minha surpresa, o disfarce parecia estar funcionando. Ninguém no vilarejo havia sussurrado uma só palavra sobre o noivado apressado. Rebecca parecia ter virado uma adulta da noite para o dia. Mal reconhecia minha melhor amiga na mulher parada diante de todos nós.

Ou ex-melhor amiga, supus, vendo como os olhos dela evitavam os meus.

O pároco Briard franziu o cenho com a interrupção, mas tombou a cabeça na direção da janela quando enfim notou o som.

– Você pode, é… pode beijar a noiva agora – gaguejou ele. Depois de um breve beijo, a cerimônia acabou.

Merry, Sadie e eu nos levantamos e aplaudimos como todo mundo, enquanto Simon e Rebecca avançavam juntos pelo corredor, as mãos unidas com firmeza. Samuel tinha preferido ficar em casa, alegando exaustão, mas minha teoria era de que sofria de coração partido.

Simon sorria amplamente, feliz como eu jamais o vira. Os lábios de Rebecca se curvavam num sorriso, mas ele parecia forçado, como se ela usasse uma máscara. Simon abriu as portas no fundo do santuário com um gesto galante e fez sinal para que a noiva passasse primeiro.

Rebecca hesitou antes de sair para a tarde escura.

– Está chovendo granizo! – exclamou ela, virando-se para a congregação. – Era esse o barulho na janela. Granizo.

– Em dezembro? – perguntou o pároco, as sobrancelhas franzidas em confusão.

Murmúrios se espalharam pelo espaço, e várias pessoas foram até a porta aberta para ver por si mesmas.

Lá fora, o vento mudou de direção, soprando mais forte com um uivo agudo, e uma saraivada de gelo entrou na igreja, batendo contra o assoalho com um ruído perturbador.

– Ela está certa – disse Calvin Buhrman, pegando uma das pedras. Era quase do tamanho da palma de sua mão e tinha um estranho tom azulado. – Granizo.

– Fechem as portas, fechem as portas! – gritou Rebecca quando uma pedra de gelo atingiu seus ombros.

Simon e Calvin trabalharam juntos, brigando contra o súbito ímpeto do vento. Um trovão terrível irrompeu logo acima da igreja, retumbando furioso no peito de todos. Sadie gritou, e, vários bancos mais à frente, o bebê dos Visser começou a chorar.

– Desculpe – choramingou Sadie, abraçando-me.

– Está tudo bem – respondi, retribuindo o abraço.

Todos sabíamos que ela morria de medo de tempestades. Eu não achava que aquilo era algo com que precisaríamos nos preocupar tão cedo, uma vez que já começara a nevar.

O pároco Briard espiou a escuridão pela janela. Ergueu uma das mãos para chamar nossa atenção de novo.

– Sei que minha família planejou uma pequena festa no Salão de Assembleia depois da cerimônia, mas acho que talvez seja mais prudente ficar aqui e esperar a tempestade passar.

Amos McCleary se juntou ao pároco à janela, apoiando-se na bengala. Ultimamente, parecia estar com uma dificuldade cada vez maior de respirar. O pulmão chiava, expectorante a cada inspiração, e ele irrompia em acessos de tosse que quase o partiam ao meio.

– Amos, sente-se, sente-se – insistiu a esposa dele, Martha, empurrando o Ancião com gentileza até um dos bancos. – Você precisa descansar. O dia já está muito movimentado.

Do outro lado do corredor, vi Matthias Dodson e Leland Schäfer trocarem um olhar preocupado. O grupo de Anciãos era composto de homens das famílias fundadoras de Amity Falls, que passavam o manto de pai para filho. Com a morte de Jebediah, não haveria ninguém para assumir o lugar de Amos caso ele enfim perecesse por causa da tosse.

Um conselho precisaria ser convocado para escolher o substituto. Havia apenas três famílias elegíveis: os Buhrman, os Latheton e nós. E, com papai fora...

Estremeci ao pensar em Samuel usando o manto dos Anciãos.

Um dos fazendeiros que vivia no lado norte da cordilheira, Thaddeus McComb, aproximou-se dos dois Anciãos, esfregando as mãos num gesto nervoso, o maxilar tenso.

– Thaddeus – cumprimentou Leland, fazendo um sinal para Matthias para que interrompessem a conversa por um tempo. – Você parece preocupado. Posso ajudar em alguma coisa?

Lá fora, o vento ficou mais forte, agitando as portas da igreja e fazendo com que o grupo de crianças perto delas se sobressaltasse.

– Eu... é... não queria falar sobre isso hoje, não durante um casamento e com certeza não numa igreja. Mas, já que estamos todos presos aqui por um tempo... – começou o homem. Matthias agitou as mãos, acenando para que o fazendeiro desembuchasse. – Quero reportar um... é... incidente.

– Incidente? – repetiu Matthias.

– De vandalismo... acho.

– Você acha?

Thaddeus umedeceu os lábios.

– É que... Nunca vi nada parecido antes. Nem sei como chamar aquilo... não sei mesmo.

– Prossiga.

– Por conta da praga que está se espalhando nas fazendas perto da minha, decidi plantar trigo de inverno este ano. Brota rápido, e estaria pronto para ser colhido na primavera. Eu sei... que as coisas poderiam ficar feias no inverno, e só queria ter algo pelo que esperar. – Ele parou de falar, cofiando a barba loura. – E... e o trigo estava crescendo. Crescendo mesmo. Rápido demais, até.

– Rápido demais? – repeti, tão interessada na história que esqueci que não deveria estar prestando atenção.

– A senhorita não sabe que é feio escutar a conversa dos outros? – Matthias cruzou os braços, lançando um olhar de decepção para mim do outro lado do corredor.

– Desculpe. Não consegui evitar.

Thaddeus fez um aceno de mão, dispensando a preocupação dos Anciãos.

– O trigo de inverno não deveria passar dessa altura antes das nevascas, sabe? – Ele ergueu a mão e distanciou dois dedos para indicar alguns centímetros. – Mas essa cultura está... na altura da minha cintura, agora. Ou melhor... estava. – Ele engoliu em seco, ciente de que outras pessoas ao redor também ouviam. – Depois o trigo começou a ficar amarelo, quase como se estivesse pronto para a colheita. E a inflorescência... Nunca vi tão grandes em todo o meu tempo de plantação. Também não havia uma só em cada pé. Alguns tinham duas, três ou mesmo quatro inflorescências. Um milagre, pensei. Poderia ajudar todo mundo a sobreviver ao inverno. Eu colheria tudo aquilo e transformaria em farinha. Teríamos o bastante para alimentar Amity Falls. Mas aí, esta manhã...

A voz dele vacilou.

Edmund Latheton se inclinou, interessado.

– O que aconteceu? – perguntou o carpinteiro em voz baixa.

– Quase todo o trigo simplesmente... sumiu. Não sobrou nada.

Leland ergueu as sobrancelhas.

– Alguém o colheu?

O fazendeiro negou com a cabeça.

– Pedaços dos campos amanheceram... limpos. Áreas inteiras simplesmente... – Ele fez um gesto de arrasto com a mão.

– O clima anda mesmo bem esquisito – argumentou Matthias, olhando para o granizo que ainda atingia a janela com estampidos. Era surpreendente que o vitral ainda não tivesse quebrado. – Talvez um vendaval...

– Não, não, senhor – discordou Thaddeus. – Não bateu nem uma brisa nos campos. E havia um padrão. – Os lábios dele se contorceram numa expressão de consternação. – Havia... imagens desenhadas no trigo.

Um burburinho apreensivo se espalhou pelo salão.

– Conjuntos de círculos, um ao lado do outro. Espalhados por todo o campo. Como se um tornado tivesse assolado o campo e depois tivesse voltado para tentar de novo. Havia centenas de marcas.

O cenho de Edmund se franziu.

– Qual era o tamanho delas?

– Não muito grandes. Dois metros, dois metros e meio de diâmetro cada.

Edmund soltou um suspiro.

– Eu sei o que provocou isso.

Simon e Rebecca tinham se aproximado do grupo e agora esperavam no corredor. Rebecca fez menção de levar a mão à barriga, mas pareceu perceber o gesto a tempo e apenas se sentou num banco vazio.

O noivo se apoiou na lateral do mesmo banco.

– Como assim, Latheton?

– Alguns dias atrás, percebi que parte da minha madeira tinha sumido. Senti falta de várias tábuas e de alguns metros de corda. Não pensei muito a respeito na época, achei que alguém tinha precisado do material e voltaria com o pagamento quando tivesse dinheiro.

Atrás dele, Prudence bufou alto. Não era segredo para ninguém que ela era maníaca por controlar a contabilidade do negócio da família.

– Pergunto-me se não foi alguma criança querendo aprontar.

Como se fôssemos marionetes controlados por cordões, viramos a cabeça na direção de um grupo de garotos brincando nos fundos da igreja.

Thaddeus chacoalhou a cabeça.

– Não vejo como crianças poderiam ter feito algo tão...

– Não é difícil – interrompeu Edmund. – É só fincar um poste num ponto central, amarrar a ponta de uma corda nele e a outra numa mula. Depois você ata a tábua atrás da mula e, com uma pessoa fazendo pressão em cada uma das extremidades da madeira, dá um tapa na mula e deixa ela correr ao redor do poste.

Thaddeus pareceu perplexo.

– Por que alguém faria algo assim? Com o inverno chegando e os suprimentos tão escassos? Fui olhar de perto o trigo achatado. Estava destruído, as inflorescências arrancadas e as sementes espalhadas.

As narinas de Matthias estremeceram.

– A pergunta mais importante é: *quem*? Você discutiu com alguém nos últimos tempos, McComb? Tem alguém que pudesse estar querendo acertar as contas com você?

– Não. Ninguém.

– E com a sua esposa? Seus filhos?

Thaddeus correu os olhos pelo santuário como se estivesse procurando alguém em quem pudesse colocar a culpa.

– Não consigo pensar em ninguém.

Leland estalou a língua.

– Eu consigo. Os recém-chegados. Ezra e o filho. Não vejo nenhum dos dois aqui hoje. Será que não estão dormindo de exaustão depois de uma noite de sabotagem?

Matthias franziu o cenho, olhando para o outro Ancião.

– O que está sugerindo? É Ezra Downing – lembrou aos demais. – Morador deste vilarejo. Membro de uma das famílias fundadoras. Ele não é um estranho.

Leland comprimiu os lábios.

Nunca vira os Anciãos discordando tão às claras.

– Ezra desapareceu quando ele tinha o quê? Uns quinze anos? Nem participava das Assembleias ainda. E agora, do nada, ele volta. Até que ponto conhecemos ele e o filho?

Vários aldeões se viraram, olhando para o nosso banco, desconfiando de nós por associação. Sadie se encolheu mais contra meu corpo.

– Acho que... – Os olhos cinzentos de Matthias miraram algo acima da nossa cabeça, desfocando como se estivesse vendo algo acontecer num futuro distante. – Ele estava redondamente enganado sobre os lobos terem ido embora. Isso eu admito, mas qualquer um de nós...

Leland negou com a cabeça, nada disposto a ceder.

– Acho que eles devem sair do vilarejo. Devem ser expulsos.

– Expulsos? – O pároco Briard se levantou no fundo do salão. – Não temos motivo para expulsar ninguém de Amity Falls há anos. Há décadas, na verdade.

Leland estreitou os olhos.

– É pela nossa segurança.

– Segurança? – Briard bufou. – Tenho certeza de que podemos lidar com qualquer ameaça que aqueles dois homens possam oferecer.

– Dois vieram até o vilarejo – considerou Leland. – Mas não sabemos quantos outros podem estar na floresta ainda, esperando algum sinal.

– Escondidos na floresta? Durante todos esses meses? Isso é absurdo.

Amos se levantou em suas pernas instáveis, apoiando-se em Martha.

– Com tantos acontecimentos estranhos, acho que é melhor termos cautela. Não quero acusar ninguém injustamente, mas... Leland está certo. Faz muitos anos desde que vimos Ezra Downing pela última vez. Não sabemos que tipo de homem ele se tornou. É prudente sermos vigilantes. – Abriu um sorriso hesitante. – Vamos passar por isso como costumamos fazer aqui em Amity Falls: juntos.

Parecia uma afirmação forte, dita com o intuito de unir e reconfortar. Mas, assim que a proferiu, um acesso horrível de tosse o acometeu, fazendo com que caísse de volta no banco.

– Doutor! – gritou Martha. – Doutor Ambrose! – Ela esquadrinhou o salão, desesperada. – Cadê ele?

Prudence Latheton avançou um passo.

– Mais cedo, vi o doutor Ambrose a caminho da casa de Cora Schäfer. Fiquei sabendo que ela está com uma febre terrível.

O pároco Briard só ficou olhando, inclinando a cabeça na direção de Gran Fowler enquanto murmurava sem parar.

Martha correu os olhos pelo entorno, impotente.

– Não podemos… Amos não pode ficar aqui. Ele precisa ir para casa. – Os olhos dela pousaram em Matthias. – Ajude-nos, por favor.

Foi o "por favor", extremamente frágil e miserável, que fez os outros Anciãos entrarem em ação. Ergueram Amos do banco e saíram da igreja, usando os casacos pesados para se protegerem do granizo.

– Passar por isso juntos – murmurou Briard com escárnio. – Como se realmente funcionássemos como um só. Coisas estranhas estão acontecendo há meses, e na época não havia nenhum estranho para culpar. Há uma escuridão se abatendo sobre Amity Falls que não pode ser explicada pela presença de forasteiros.

– Ele está certo. – Elijah Visser concordou com a cabeça. – Em julho, alguém tirou as foices do meu barracão e as fincou no jardim da minha esposa, como se fossem espantalhos. – Ele estremeceu com a lembrança. – Aqueles homens nem estavam aqui. Como explicam isso?

– As coisas estão esquisitas por aqui desde… – começou Gran, olhando para o banco onde Rebecca estava sentada com a nova sogra. – Bem, desde que Cyrus morreu daquele jeito.

– Meu pai não morreu – disparou Rebecca, com mais firmeza do que eu esperava dela. – Ele foi assassinado. Enforcado em praça pública, com toda a população comemorando. Talvez os senhores se lembrem disso. – Ela os fitou, a coragem brilhando como chamas em seus olhos.

Gran limpou a boca com o dorso da mão, escondendo o desconforto.

– Que seja. As coisas estão esquisitas.

– A única coisa que a morte do meu pai fez foi expor o lado feio deste vilarejo. Cada pessoa aqui tem sangue nas mãos, mas elas estão manchadas muito antes de papai e daquele incêndio idiota. Vizinhos discutindo com vizinhos. Brigas, discussões e pura mesquinhez. Nós sorrimos e desejamos que Deus abençoe os demais, mas apostaria tudo o que tenho no fato de que nenhuma família em toda a Mão de Deus fala com sinceridade. E vocês sabem que estou certa.

Sem se importar com a forte tempestade, Rebecca saiu correndo, batendo as portas da igreja atrás de si.

As palavras dela perduraram como um eco ao nosso redor, parecendo fazer muito sentido.

– Bem – começou Calvin Buhrman devagar, a voz tão baixa que eu mal conseguia escutar. – Não queria acreditar nisso... Mas, com tudo o que vem acontecendo este ano, posso entender por que uma Danforth acreditaria.

O pároco pigarreou.

– Mas ela não é mais uma Danforth. É uma Briard agora.

Calvin hesitou por um instante antes de revirar os olhos.

– Há cinco minutos.

Enquanto murmúrios se espalhavam pelo recinto, Letitia colocou a mão sobre a do marido.

– Talvez a gente deva ir atrás da Rebecca... Só para garantir que ela está bem. Certo, Simon?

O noivo assentiu, claramente relutante em sair em plena tempestade de granizo.

– Você está certa, meu bem. – O pároco Briard se levantou, pronto para sair. – Que Deus os abençoe... – E saiu enquanto as palavras de Rebecca ecoavam alto em nossos ouvidos, sumindo da igreja antes que qualquer um pudesse retribuir o voto.

21

— Que dia é hoje? – perguntou Merry, erguendo os olhos da caixa de costura.

Estávamos sentadas ao redor da lareira, os projetos de costura espalhados no colo enquanto um vento feroz soprava lá fora, uivando pelo vale.

Prendi a agulha no pedaço de *tweed* que Albert trouxera da cidade. Tinha terminado o meu vestido semanas antes, mas já precisava fazer pregas no corpete. Ele estava largo no meu corpo magro. Nossa despensa ainda estava cheia, mas eu sabia que a comida não duraria para sempre e já cortara minhas refeições pela metade. Estava sempre com fome, mas não podia suportar a ideia de que minhas irmãs estivessem famintas.

– Domingo, acho.

– Não, que dia do *mês*?

Parei para pensar.

Rebecca se casara com Simon na terça.

– O casamento foi no dia dezoito – lembrei, e fiz as contas. – Então hoje é...

Uma batida súbita à porta interrompeu a conversa. Olhei para o relógio do vovô, a preocupação fazendo meu peito apertar. Mal passara das quatro da tarde, mas o crepúsculo já caía sobre Amity Falls. Com aquele clima instável, era raro receber visitas no fim do dia.

Coloquei minha costura de lado e me aproximei da porta.

– Quem é?

Podia ver um vulto grande pela janelinha da porta, mas a pequena cortina feita por mamãe impedia que eu identificasse quem era.

– Gran Fowler.

Franzi o cenho. Os Fowler viviam do outro lado do vale, o rancho tão próximo da fronteira oeste do vilarejo quanto a floresta permitia.

– Sei que é muito tarde, mas Alice queria garantir que vocês ganhassem um.

Com certo cuidado, soltei a tranca de ferro e abri a porta, espreitando a semiescuridão.

– É um presente de Natal – disse ele, estendendo um pacote embrulhado.

Gran parecia tão relutante em atravessar a soleira quanto eu de o convidar para entrar.

– Natal! Hoje é Natal! – A surpresa de Sadie atrás de mim ecoou a minha própria. Como podíamos ter esquecido o Natal?

Geralmente, era minha época preferida do ano – decorávamos a casa com galhos de pinheiro e bagas de azevinho. Mamãe fazia ponche com chá de canela, laranja e cravos, e ficávamos acordados até tarde enquanto papai lia a história do primeiro Natal na Bíblia da família. Estourávamos pipoca e andávamos de trenó, uma dança era organizada no Salão de Assembleia, canções e histórias de fantasmas eram compartilhadas em meio a suspiros despreocupados ao redor de uma única fogueirinha.

Mas, sem papai e mamãe, eu tinha esquecido totalmente do feriado – assim como o resto do vilarejo, ao que parecia. Alegria e diversão não andavam abundantes em Amity Falls por aqueles dias.

– Ainda não. Hoje é dia vinte e três.

– Amanhã é véspera de Natal – sussurrou Merry, olhando para o calendário como se ele a tivesse traído. – Véspera de Natal, e não preparamos nada.

Sadie soltou o bordado.

– Como assim? Não vai ter Natal? Precisa ter Natal! – Os olhos dela dispararam para um canto vazio do cômodo. – Não acredito que você não disse nada, Abigail!

– Claro que vai ter Natal – falei, ignorando a menção à amiga imaginária. Minha mente acelerou, tentando pensar em algo próximo do que mamãe faria. – Sinto muito, senhor Fowler – continuei, voltando a atenção ao robusto rancheiro à nossa porta. – O senhor nos pegou desprevenidas. Entre, por favor. Gostaria de um chá?

Ele bateu os pés antes de entrar.

– Não posso ficar. Preciso voltar para Alice antes do jantar. Só queria entregar isto. – Ele estendeu o pacote de novo.

Espiei por baixo do embrulho.

– Um frango!

Não comíamos frango havia semanas. Depois que os Anciãos tinham declarado que não haveria mais tentativas de enviar comboios atrás de suprimentos, Merry e eu tínhamos feito um inventário de cada grama de comida que tínhamos e criado um plano de racionamento. Havíamos decidido que seria mais prudente manter as galinhas poedeiras vivas, por mais grãos que comessem.

Sem dizer nada, ele empurrou a ave depenada para os meus braços.

– É muita generosidade... Temo não ter nada para oferecer em troca.

– Não precisa... Decidimos... considerando as festas e tudo... que devíamos compartilhar nossa... abundância. – Ele desviou o olhar do meu.

– Está tudo bem, senhor Fowler?

Ele parecia abatido e miserável.

– Tudo certo – começou ele. Depois apertou as mãos, quase se contorcendo. – Houve um pequeno... incidente no rancho. Alice foi pegar os ovos hoje de manhã e... Bem, todas as galinhas tinham sido abatidas.

– Abatidas? – disse Sadie, aninhando-se perto de mim com uma atenção ávida.

– Cada uma delas.

Tentei não imaginar o massacre, mas não pude evitar a imagem do terreno maculado por tufos de pena e salpicado de um vermelho sanguíneo.

– O galinheiro fica perto da extremidade da floresta, não fica? – Já tinha visitado o rancho deles uma vez. – O senhor acha que as criaturas passaram pelos Sinos?

Sadie afundou os dedos na minha coxa, forte o bastante para deixar marcas.

Gran Fowler negou com a cabeça.

– Não foram as criaturas.

– Como o senhor sabe? – perguntou Merry, a voz baixinha por conta do horror.

– Quem quer que tenha feito aquilo deixou uma espécie de recado. – Ele engoliu em seco e passou os dedos pelo cabelo, como se tentasse reprimir uma lembrança. – Uma imagem, na verdade. Desenhada ao lado do galinheiro com... com todo o sangue.

Cheguei mais perto.

– Que imagem?

Ele ergueu o olhar, encontrando o meu pela primeira vez naquela tarde.

– Um olho. Um grande olho vigilante, observando tudo.

Meu queixo caiu. Depois que imaginei os detalhes grotescos, foi impossível apagar aquilo da mente. Pisquei, mas a cena continuou gravada nas minhas retinas, chocante e assustadora.

Ele cofiou a barba e deu de ombros, impotente.

– Avisamos os Anciãos, mas não é como se pudessem fazer algo. Alice sugeriu compartilharmos as aves antes que começassem a estragar. Ela... queria que a sua família recebesse uma. Sabemos como deve estar sendo difícil estar sem seu pai e sua mãe por perto.

– É muita gentileza...

– Agora preciso ir. Não quero andar por aí depois que escurecer. – Ele hesitou um instante antes de sair. – Feliz Natal para vocês.

– Feliz Natal – respondemos de modo automático, a voz sem nenhum traço de alegria.

– Precisamos colocar isso na caixa de gelo – disse Merry, pegando o pacote das minhas mãos enquanto eu fechava a porta.

Botões entrou correndo na sala, derrubando meu projeto de costura do sofá. O vestido aterrissou perigosamente perto da lareira.

– Tire esse gato daqui – falei, pegando a peça. Sadie correu atrás dele, e os dois sumiram pela escada que levava ao quarto.

– Vi alguém saindo; era Gran Fowler? – perguntou Sam, entrando. Ele estivera no barracão, enchendo as lamparinas de óleo.

– Ele veio trazer um frango de presente de Natal.

Sam piscou, surpreso. Também havia se esquecido da aproximação do período de festas.

– Parece que alguém abateu todas as galinhas dele na noite passada. – Dobrei o vestido, deixando a linha e a agulha guardadas em segurança dentro do punho. Voltaria a ele mais tarde; antes, precisava cuidar do jantar.

Meu irmão franziu o cenho.

– Quem faria uma coisa horrível dessas?

– Ninguém sabe.

– Aposto que foi Judd Abrams – disse Sam, passando por mim antes de entrar na cozinha. – Gran pegou o trado dele emprestado algumas semanas atrás, para instalar uma cerca nova ao redor da propriedade. Aí Judd disse que Gran o devolveu com a broca quebrada. A ponta rachou no meio, mas ele não disse nada. Não pediu desculpas, nadinha.

Um equipamento danificado não parecia motivo suficiente para matar um galinheiro inteiro, mas não falei nada.

– O Natal é daqui a dois dias – anunciou Sadie, entrando às pressas na cozinha. – Dois dias! A gente quase perdeu a data!

– A gente não ia se esquecer do Natal – garanti, pegando a frigideira de ferro do gancho na parede. Tamborilei os dedos no balcão, esperando algum arroubo de inspiração, mas não conseguia pensar em nada além de frango frito.

– Talvez a gente esquecesse, sim. – Samuel piscou para ela.

– O que faço de jantar? – Ergui a voz acima do gritinho indignado de Sadie.

Samuel bufou.

– Por que pergunta? Sabe que as únicas opções são vagem e broa de milho, de novo.

– É a única coisa que comemos há semanas – concordou Sadie. – E você nem coloca toucinho e cebola que nem a mamãe.

– Não tem mais toucinho – lembrei, suspirando. Nossas refeições estavam *mesmo* muito tediosas. – Por que não preparamos algo especial para o Natal? Um grande jantar de família, como a mamãe faria? – Hesitei, sentindo uma pontada de culpa. Havia mais membros da família em Amity Falls naquele ano do que estávamos acostumados. – A gente podia convidar Ezra e Thomas. Assamos o frango e fritamos algumas batatas.

– Ia ser ótimo – disse Merry, vinda do relento e esfregando os braços. – Aposto que, a esta altura, eles não aguentam mais a comida de Violet Buhrman. E ainda tem algumas maçãs na despensa.

– E canela! – acrescentei. – Vou fazer as maçãs assadas, e aí sim vai ser um verdadeiro banquete.

Os lábios de Sam se contorceram.

– Acho que posso ir até o vilarejo amanhã à tarde para convidar os dois.

– A gente precisa de uma árvore! – exclamou Sadie. – Papai sempre arruma uma árvore grande para a sala de estar. A gente pode montar uma, né? As árvores não estão em racionamento.

– Amanhã de manhã – prometi. – Vamos cortar um pinheiro e começar a decorar.

✽

– Não esqueçam – resmungou Samuel enquanto avançávamos com dificuldade pelos montes de neve – que quanto mais longe a gente for buscar essa árvore, mais longo será o caminho de volta puxando o pinheiro.

Praticamente precisáramos arrancá-lo de casa. Sam acordara de mau humor, azedo e estourando com todo mundo. Tinha olheiras escuras, e cogitei a possibilidade de estar pegando uma gripe.

Sadie não prestou atenção, o olhar fixo ao longe enquanto procurava a árvore perfeita. Ela puxava um trenó, pronta para trazer nossa belezinha para casa.

– Que tal aquela ali? – perguntou Merry. Ela estava um pouco atrás de nós, como se levasse o aviso de Samuel ao pé da letra. Odiava usar sapatos de neve.

Samuel olhou para a árvore em questão. Negou com a cabeça, seguindo os passos animados de Sadie.

– É muito alta.

– E essa? – perguntei, apontando para um pinheiro menor. Não parecia muito pesado, se nós quatro ajudássemos.

– Essa é muito baixa! – Sadie riu ao imitar o tom de Sam.

Continuamos nos arrastando pela neve, Merry resmungando atrás de nós enquanto as pontas dos sapatos de neve se enroscavam de novo uma na outra.

– Aquela ali! – exclamou Sadie, apontando mais para dentro da floresta.

Em meio à vegetação rasteira, vimos os galhos grossos e repletos de agulhas verdejantes. Era da altura correta, e quase perfeitamente simétrica. Um raio baço e cinzento de luz do sol banhava o pinheiro, como se o próprio sol soubesse que a árvore era especial.

– Não é linda? – perguntou Sadie baixinho, num tom reverente.

– Muito – concordou Merry.

– Vai caber certinho na sala de estar. – Imaginei ela toda decorada com cordões vermelhos e pipoca. Poderíamos até usar restos de papel para recortar alguns flocos de neve.

– Não – disse Samuel, colocando um fim no momento mágico.

Sadie se virou de súbito para ele.

– Por quê? Por que não? Abigail também acha que ela é linda!

– Então ela mesma pode ir até lá e derrubar o pinheiro – grunhiu ele. – Fica além dos Sinos. Não vou me embrenhar tão fundo na floresta por causa de uma árvore, sendo que existem outras tão boas quanto.

– Mas aquela é a nossa árvore! É a que a gente quer – disse Sadie, puxando a roupa dele.

– Eu disse não – respondeu Samuel com uma aspereza súbita, usando o tom firme para mascarar o tremor que marcava as palavras.

Só precisei olhar de relance para o rosto dele para entender o que estava acontecendo.

Sam não estava doente.

Ele estava aterrorizado com a ideia de botar os pés na floresta de novo.

Havia suor acumulado sobre os lábios dele, a pele pálida com um brilho doentio. Ele respirava pela boca, quase arfando, as pupilas pequenas como cabeças de alfinete.

Nossos dias eram quase sempre ocupados, com todos correndo de um lado para o outro para cuidar dos animais, limpar a casa, manter todo mundo aquecido e a despensa abastecida. Não era minha intenção ignorar o trauma de Sam, mas era fácil esquecer pelo que ele passara com tantas outras preocupações a nosso redor. Mas ali, vendo seu tremor, ficou claro que ele não estava tão bem quanto eu presumira.

Sombras escuras ressaltavam seus olhos – será que não estava dormindo à noite? –, e ele estava *muito* mais magro do que costumava ser.

– Que tal eu ficar com a machadinha? – sugeri, querendo poupá-lo do constrangimento. – Eu... nunca cortei a árvore de Natal antes, é sempre o papai que cuida disso. Deve ser divertido.

– A gente devia achar outra...

– Dê-me a machadinha, Sam – falei, estendendo a mão. – Vocês esperam aqui enquanto eu corto a árvore, o que acham?

Merry concordou com a cabeça. Sadie me estendeu a corda do trenó. Samuel ficou imóvel, os olhos fixos nos pinheiros, como se um bando de monstros estivesse ali, espreitando das sombras.

E, quando me virei, *de fato* havia olhos.

Dezenas.

Redondos e arregalados, com íris enormes, encarando tudo – *me* encarando – sem piscar, uma horda de criaturas bizarras que tinham ido me buscar.

Quase soltei um grito de susto e medo antes de perceber que eram marcas nas árvores, espirais nos troncos de onde galhos haviam caído, deixando a impressão de olhos humanos estampados na madeira.

Ou quase humanos, pensei, infeliz, encarando cada uma das pupilas incomodamente deformadas.

Será que eram os monstros de Sam? Tive vontade de rir. Não passavam de nós na madeira e galhos caídos.

Depois me lembrei do sangue com o qual meu irmão aparecera coberto, escorrendo como rios macabros dos braços e do rosto dele e maculando suas roupas com um fedor pútrido.

Pinheiros e abetos não teriam feito aquilo.

Assim, hesitei ao chegar à fileira de árvores, dando uma importância estranha e sem precedentes ao momento em que pisei na floresta. Em um momento eu estava com a minha família, era parte de Amity Falls – no seguinte, eu pertencia aos pinheiros.

Estava mais escuro na floresta, as folhagens bloqueando boa parte da luz da manhã. Mais silencioso, também. Todos os ruídos abafados que eu costumava ouvir – o vento soprando pelo vale, o farfalhar do trigo de inverno, a água chapinhando no Greenswold – pareceram sumir quando atravessei a fronteira invisível.

Os Sinos tilintavam inquietos, cada um num tom dissonante. Não havia melodia ou padrão, apenas barulho. Estando em meio aos Sinos, entendi por que nossos antepassados tinham achado que os objetos conteriam animais estranhos. O ruído minava minha coragem a ponto de eu praticamente ter vontade de fugir deles.

A árvore de Natal estava mais para dentro da mata do que eu calculara. Fui escolhendo o caminho em meio à vegetação rasteira, puxando minha saia quando ela enroscava em moitas e espinhos. No momento em que enfim cheguei à extremidade da faixa dos Sinos, a machadinha parecia pesada em minha mão. Um lampejo de irritação percorreu meu corpo quando notei como o cabo de madeira estava desgastado.

Samuel provavelmente deixara a ferramenta fincada no toco depois de terminar de rachar a última leva de lenha. Há quantas semanas tinha sido? A lâmina estava fosca, salpicada de ferrugem. Quando papai partira, a machadinha parecia novinha em folha, a madeira oleada e o metal polido e limpo.

A raiva inundou meu peito, dando origem a um acesso de fúria, e senti o ímpeto horrível e súbito de atirar a ferramenta em Sam. Imaginei a lâmina atingindo-o no rosto, abrindo aqueles lábios finos e arrogantes ao meio. Eu nunca mais veria aquele sorrisinho presunçoso e egoísta de novo.

Meu Deus, que alívio seria...

Fiquei chocada por pensar algo assim e quase derrubei a machadinha. O que... o que eu tinha na cabeça?

Olhei para meu irmão, com medo de que ele pudesse de alguma forma ter lido meus pensamentos. Sam tinha um olhar apreensivo. Não estava preocupado com meus pensamentos horríveis, e sim com minha segurança.

Pisquei com força, limpando a mente antes de erguer a machadinha pela primeira vez. O golpe acertou o tronco com um estalido poderoso – porém, o que ouvi foi um ruído gorgolejante, como se tivesse atingido algo feito de carne.

– Tudo bem aí, Ellerie? – perguntou Samuel depois de um tempinho. – Tente erguer a machadinha um pouco mais, para ganhar um pouquinho de impulso.

Estreitei os olhos.

– A lâmina está cega. Alguém deve ter deixado o machado no sereno por muito tempo. – Minha voz saiu implacável, certificando-me de que não houvesse dúvida de quem eu achava que era o culpado.

– Parecia normal quando a peguei – respondeu ele, tranquilo.

Em resposta, ergui a machadinha mais uma vez e deixei a raiva guiar minha mira. Acertei a árvore várias e várias vezes, um amargor sombrio assumindo o controle dos meus membros, apegando-se a eles como uma erva-daninha. Meu sangue fervia, borbulhando com a raiva e os pensamentos perturbados. A sensação foi contaminando meu íntimo até que tudo o que eu sentia e via eram golpes de um vermelho intenso. Acertei o tronco de novo e de novo. Lascas de casca voavam pelo ar, enlouquecidas como vespas.

Minha respiração formava uma névoa densa a meu redor enquanto eu arfava por ar; meu vestido estava grudado na pele, encharcado de suor mesmo na manhã fria. Com um golpe final, o tronco cedeu e rachou sob o peso da árvore. Tive a presença de espírito de empurrar o trenó de Sadie para o lado, e a árvore caiu com um estrondo alto que fez o chão tremer.

A alguns metros dali, longe das sombras e das árvores, minhas irmãs comemoraram e saltaram com a vitória.

Mergulhada na melancolia da mata, olhei a gigante caída em silêncio. Se Samuel se dignasse a ajudar, seríamos capazes de carregá-la num piscar de olhos – mas, quando o vi hesitar bem na linha de árvores, soube que não havia chance de aquilo acontecer. Apertei o cabo da machadinha, o ódio se espalhando pelo meu peito como as folhas abertas de uma samambaia.

– Eu achava que todos os lenhadores precisavam gritar "Madeira!".

Virei-me e me deparei com Albert ao meu lado, apoiado numa árvore como se estivesse me assistindo havia algum tempo.

– Você podia ter me matado – disse ele, numa provocação.

– Acho que não.

– Sei – continuou ele, o canto dos lábios erguidos num sorrisinho cativante. – Se a brisa estivesse soprando um pouquinho mais para cá, eu teria sido achatado como uma panqueca. – Ele lambeu o dedo e o ergueu para comprovar sua observação sobre a direção do vento. – Mas a sorte está do meu lado hoje. E do seu também, acho. Quer uma ajudinha?

– Acho que consigo me virar – respondi, surpresa com quão ásperas minhas palavras soavam.

Qual era o meu problema? Decerto não conseguiria carregar uma árvore sozinha, e Albert não fizera nada para me deixar irada.

Ao contrário de Sam. Aquele covarde.

Mas aquela não era minha opinião de verdade.

Ou pelo menos eu achava que não.

Desde que entrara na floresta, as piores partes de mim tinham assumido o controle – a impaciência, a irritação e, sobretudo, uma raiva fervilhante e primitiva. Parecia incapaz de afastar tais sentimentos.

– Não tenho dúvida de que consegue, Ellerie Downing – disse ele, ignorando meu tom grosseiro e se aproximando para ajudar. – Mas, já que temos quatro mãos, por que usar só duas? – Ele se abaixou e ergueu com facilidade um dos lados da árvore. – Eu puxo e você direciona?

Assenti em silêncio, sem confiar na minha voz. Quem poderia saber o que sairia dos meus lábios?

Quando começamos a avançar, senti algo mudar dentro de mim – camadas de vermelho pálido e carmim se transformando numa raiva furiosa e escura. Minha pele pinicava, meus nervos estavam à flor da pele; uma dor súbita irrompeu do centro do meu corpo, desceu pelos meus braços e fez meus dedos formigarem, como se a sensação quisesse controlá-los. Senti uma pontada em meu coração – logo substituída por um anseio físico, uma fome, uma necessidade.

Minha respiração parecia inacreditavelmente pesada, meu peito arfava, como se eu tivesse acabado de correr.

Quando Albert se virou com um sorriso de encorajamento no rosto, todas as sensações estranhas se juntaram numa pontada intensa.

Desejo.

Luxúria.

Eu o queria.

Queria avançar a passos largos e beijar o rapaz. Queria sentir os lábios dele, arrancar sua camisa e sentir o coração pulsante sob meu toque. Queria as mãos dele em mim, pressionando minha pele nua, apertando e agarrando. Queria sentir a ponta dos dentes dele roçando meu pescoço, senti-lo beijando a curva do meu pescoço antes de continuar descendo, cada vez mais para baixo. Seria fácil demais perder o controle ali na floresta, ceder à tentação, deitar e rolar nela.

Afogar-me.

A porção de mim que sabia quão absurdo aqueles pensamentos selvagens eram parecia muito distante – como se assistisse à cena por uma luneta, a quilômetros de distância e incapaz de compartilhar a razão com a outra parte.

A sensação ficou pior conforme nos aproximamos do limite da mata, como se os pensamentos soubessem que havia pouco tempo para agir. Eles deram o bote, flagelando minha mente, até que tudo o que eu ouvia era o zumbido horrível daquelas ideias me incitando e atraindo. Parte de mim queria estender a mão e acariciar Albert; a outra queria pegar a machadinha e enfiar a lâmina nas costas dele.

Ele nunca pressentiria.

Enquanto imaginava a pele se abrindo, o ferimento, o sangue – litros e litros de sangue –, a minúscula parte distante de mim, a parte *real* de mim, voltou com tudo e atingiu a raiva sombria com a força de uma avalanche. Os pensamentos horríveis não cederam com facilidade, gritando tanto de descontentamento que foi apenas quando avançamos além da sombra dos pinheiros que comecei a notar o que acontecia ao meu redor.

Percebi pelo olhar de expectativa no rosto de Sadie e Merry que alguém fizera uma pergunta, mas eu estivera muito envolvida naquela discussão interna para responder.

– Se não for incômodo, seria uma honra me juntar às celebrações amanhã – disse Albert, esclarecendo o que fora conversado durante meu apagão. Ele piscou para mim, curioso, como se percebesse que havia algo errado.

Amanhã.

Natal.

As garotas tinham convidado Albert para passar o Natal conosco.

Com a partida súbita daquela escuridão, senti-me oca, fina demais, apenas uma casca do meu eu usual. Até o processo de tentar entender a última conversa tinha cobrado tanto de mim que eu estava à beira da exaustão.

– Sim, por favor – respondi, forçando um sorriso quando vi que, caso contrário, ele não nasceria automaticamente. – Iríamos gostar muito de receber você para o jantar... Isso se já não tiver planos.

Os olhos dele estavam cálidos, cor de âmbar, felizes e completamente alheios às coisas bizarras e horríveis do meu devaneio a respeito dele na floresta.

– Não tenho plano nenhum.

22

— Sadie, pode pegar a manteiga para mim? – pedi, virando as batatas.
O chiado delas fazia a frigideira de ferro emitir um ruído alegre, e meu estômago roncava com a perspectiva da refeição que se aproximava.

– Albert chegou! – gritou minha irmãzinha caçula, descendo a escada a toda.

Os passos pesados dela ecoavam pela casa, e eu esperava que Ezra e Thomas – que conversavam com Samuel na sala de estar – nem pensassem em comparar a reação à chegada de Albert com a recepção morna que haviam recebido.

Afastei uma madeixa rebelde de cabelo com o dorso da mão.

– Isso não... Isso não é resposta.

– Não é – concordou uma voz cálida.

Quando me virei, vi Albert apoiado no batente da porta, o pote de manteiga nas mãos.

– Feliz Natal, Ellerie Downing. – Ele me olhou de cima a baixo. – Você está linda.

– Estou um caos – respondi, aceitando a manteiga e me virando para colocar uma colherada na frigideira. – Não faço a menor ideia de como mamãe dava conta desse tipo de jantar. Ela conseguia fazer tudo ficar pronto ao mesmo tempo e ainda se sentava com a gente para comer, sem nem um fio de cabelo fora do lugar.

– Um feito impressionante, tenho certeza.

Ele se inclinou por atrás de mim para inspecionar as batatas. Meus ombros roçaram no peito dele, e um calafrio delicioso percorreu meu corpo. Era um gesto maravilhosamente íntimo e familiar. Tinha visto papai fazer o mesmo várias vezes, e ele sempre arrematava o movimento com um beijo estalado na curva do pescoço de mamãe.

Olhei para Albert. Estávamos muito perto, os rostos quase encostados, e senti o cheiro dele. Era inebriante, fazendo-me chegar ainda mais perto, e tive certeza de que iria acontecer.

Meu primeiro beijo.

Não podia pensar num presente de Natal melhor.

Ele sorriu quando nossos olhares se encontraram. Meu peito apertou, feliz demais para respirar com constância.

— Albert, não o ouvi chegando. — Sam o cumprimentou do corredor, quebrando a magia do momento. — Venha conhecer nosso tio e primo.

— Samuel — disse Albert, afastando-se de mim. — Feliz Natal.

— Para você também. — Sam apontou a sala de estar. — Vamos?

— Precisa de ajuda aqui? — perguntou Albert, virando-se para mim.

— Tenho certeza de que Ellerie está com tudo sob controle. Ah, e olhe lá, a Merry chegou — disse Sam. Nossa irmã entrou, carregando um cesto cheio de gravetos. — Ia começar a contar a Ezra e Thomas sobre minha incursão na floresta, venha ouvir também — reforçou o convite.

Albert apertou de leve meu nariz, os olhos cintilando de divertimento.

— Aguarde os próximos capítulos — prometeu ele.

※

— Que banquete maravilhoso! — exclamou Ezra, segurando o espaldar da cadeira diante dele enquanto encarava a mesa, maravilhado.

— Sente-se, por favor — falei, colocando o frango assado na mesa com um floreio.

Sabia que a vaidade era um pecado, mas fui incapaz de não sentir orgulho da refeição que Merry e eu havíamos preparado. Mamãe podia estar longe, mas parecia até que estava ali, sentada numa das cabeceiras da mesa. Havíamos feito todos os pratos preferidos de Natal: frango assado, batatas fritas e vagens refogadas com manteiga e cebolas. Pães, molho de carne e de oxicoco e ameixas cozidas.

Minha boca já salivava enquanto todos se aproximavam da mesa antes de abaixarmos a cabeça numa oração.

Tanto Sam quanto Ezra começaram a falar ao mesmo tempo, nenhum dos dois cientes de que o outro achava que o papel de fazer o discurso lhe pertencia.

— Mil perdões — disse Ezra, recuando rápido. — Não queria passar por cima da sua autoridade.

Os lábios de Sam se contorceram numa carranca, e ele tratou de fazer uma oração concisa e um tanto insípida.

– Amém – ecoamos assim que terminou.

– Então me diga, senhor Price – começou Ezra, quebrando o silêncio que recaíra sobre a mesa quando começamos a nos servir, passando pratos e tigelas de um lado para o outro –, Ellerie disse que você é caçador.

Albert terminou de colocar um pouco de molho sobre o pedaço de frango antes de se virar para meu tio. Tinha as sobrancelhas erguidas, como se esperasse alguma pergunta para responder.

– Gostaria de ver algumas das suas peles – continuou Ezra. – Estou querendo fazer um casaco novo.

– O senhor tem algo específico em mente? – perguntou Albert, passando a bandeja de pães para Merry, à esquerda dele.

– Algo de raposa, se os seus preços forem razoáveis. Preciso de algo quente para a gola. Pretendo passar um bom tempo na floresta em breve.

– Fazendo o quê, exatamente?

Encarei meu tio, curiosa também. Ele não tinha uma casa para cuidar nem uma profissão declarada. Eu não sabia muito bem o que ele ou Thomas faziam durante o dia todo nos Buhrman. Parecia estranho não saber, mas mais estranho ainda seria chegar e perguntar. Não queria que ele achasse que eu era uma intrometida.

– Ah. Planejo escrever um livro – declarou ele, orgulhoso, ajeitando os óculos.

– Um livro? – repetiu Sam. – Sobre o quê?

– Sobre Amity Falls, é claro! Tive a sorte de viajar bastante pelo oeste do país e sempre admirei os guias de campo da costa. Estão lotados de informações sobre plantas e animais nativos da região, com ilustrações em aquarela e tudo. Mas não há nada parecido sobre esta região. Pensei em tentar criar um.

– O senhor é um artista, então? – perguntei, cortando uma batata.

Ele apenas sorriu.

– E você? – Merry olhou para Thomas. – Também gosta de pintar?

– Minha função é basicamente carregar o material – disse ele com uma risadinha seca.

– Planejo incluir até mesmo algumas páginas sobre os animais mutantes. O lobo com o qual esbarramos. Os cervos. Sapos e peixes. Ouvimos todo tipo de histórias pelo vilarejo. O senhor Fowler fisgou um lúcio pescando no gelo semana passada. Tinha duas caudas e um pequeno conjunto de patas entre elas. – Pegou o moedor de pimenta. – Tem visto alguma coisa estranha em suas viagens, senhor Price?

— Pode me chamar de Albert — corrigiu ele, a boca cheia de vagem. — Não posso dizer que vi. Tenho uma gratidão imensa pelo senhor e seu filho terem dado um jeito naquele lobo. Não gostaria nada de esbarrar com ele no nosso acampamento.

Ezra e Thomas aquiesceram, dedicando toda a atenção à comida.

— Mas há mais deles por aí — disse Sam. — Lobos, ou o que quer que sejam.

Minhas irmãs e eu nos entreolhamos. Precisávamos mudar de assunto, ou Sam passaria a noite remoendo a expedição por suprimentos.

— Conte mais sobre o seu livro, tio Ezra — disse Sadie. — E alguém pode me passar a vagem, por favor?

Thomas o fez, e continuamos comendo.

※

— Tem certeza de que quer voltar para o vilarejo agora? — perguntou Sam enquanto Ezra enrolava o cachecol ao redor do pescoço.

— Está cedo! — acrescentou Merry.

Havíamos acabado de limpar os pratos de sobremesa.

— Prometemos a Calvin e Violet que estaríamos de volta a tempo do brinde de Natal — explicou Ezra. — Mas agradeço muito por esta noite adorável. Passar o feriado com a família... teve um valor enorme.

Thomas concordou com a cabeça.

— Bom Natal, pessoal.

Depois de uma rodada de abraços, eles seguiram até a carroça e desapareceram sob a luz lilás do crepúsculo.

— Bom Natal? — repetiu Sadie.

— Algumas pessoas falam assim — expliquei, embora também tivesse reparado na curiosa escolha de palavras.

— A árvore está incrível — disse Albert ao entrar na sala de estar, e o assunto foi esquecido.

Ele deu uma volta pelo lugar, apreciando o cômodo inteiro, seus olhos cintilavam de admiração. Flocos de neve recortados em papel giravam no ar, pendurados por pedaços de barbante. Ramos de azevinho — com as folhas de um verde bem escuro e os frutinhos vermelhos e brilhantes — decoravam o recinto.

— A casa inteira, na verdade — continuou ele. — Vocês, moças, realizaram um verdadeiro milagre natalino.

— Foi o Sam que pendurou tudo aquilo — comentou Sadie, abrindo um sorriso leal para o irmão enquanto apontava para a hera. Sam passara a noite inteira em silêncio, parecendo acanhado pela presença arrojada e impetuosa dos outros homens. – Nenhuma de nós é alta o bastante.

Samuel, com um aceno de mão, dispensou o elogio.

– Mas foi sua ideia prender as frutinhas na árvore com pipoca.

– Se a gente pudesse preparar enfeites de biscoito de gengibre... – disse Merry, estreitando os olhos para a árvore, como se fosse capaz de fazer os itens aparecerem com a força da imaginação. – Eles deixam a casa com um cheiro tão gostoso, e a mamãe sempre deixa a gente pegar uns para comer.

– Parece delicioso, mas o dia está sendo perfeito – assegurou Albert. – Não consigo imaginar uma maneira de fazê-lo ficar ainda melhor.

– Presentes – disse Sadie, melancólica.

– As maçãs assadas que a Ellerie fez já *foram* nossos presentes – lembrou Merry. – Ela usou o resto da canela nelas.

– E estavam *mesmo* muito boas – garantiu minha irmã caçula. – Mas não é como se a gente pudesse tirar elas de baixo da árvore e desembrulhar. Não como presentes de verdade.

– Sadie – alertei. O lábio inferior dela tremia, perigosamente perto de fazer um beicinho. – A gente conversou sobre isso. Este ano não dá.

– Eu sei. É só que...

– Por que você não vai lá e dá uma olhada no pé da árvore? – Albert interrompeu o lamento dela. – Nunca se sabe o que pode encontrar!

Com uma expressão desconfiada, Sadie se ajoelhou ao lado do pinheiro e ergueu um dos galhos pesados de tantas agulhas. Com um gritinho, tirou um pequeno pacote de lá. Estava embrulhado num papel pardo simples e amarrado com barbante, mas Albert tinha prendido um ramo de azevinho no cordame para lhe dar um toque festivo. Havia um *M* elaborado rabiscado no papel.

– Merry, este é para você – disse Sadie, entregando o presente com tanta autoridade que parecia até que ela mesma o embrulhara.

Mergulhou embaixo da árvore de novo e tirou mais dois presentes de lá, ambos com um S. Sadie os entregou para Albert, os olhos cheios de dúvida.

– O menor é do Samuel. O maior é seu – explicou ele, com uma piscadela.

Satisfeita, ela entregou o presente para Sam e voltou até a árvore.

– Na verdade, só tem esses – disse Albert, segurando minha irmã antes que ela voltasse a vasculhar o pé da árvore. – Fiquei sem tempo e não consegui embrulhar nada para Ellerie. – Os olhos dele lampejaram ao se encontrar com os meus. – Sinto muito.

– Você ter se juntado a nós no Natal é o presente de que preciso.

Ele dera um fôlego de vida à nossa casa, fazendo com que não sentíssemos tanta saudade de mamãe e papai.

Mesmo assim, sorriu como se pedisse desculpas antes de se virar para o resto do grupo.

– O que estão esperando?

Com exclamações de prazer, Sadie e Sam rasgaram o papel, arrebentando o barbante depois de não conseguirem soltar os nós. Merry abriu o dela com uma atenção calculada, dobrando cuidadosamente o papel e guardando o azevinho – sem dúvida para reutilizar depois. Queria dar um abraço nela por pensar tanto em economizar recursos.

– Ah, que lindo! – exclamou Sadie, chamando minha atenção. Ela girou uma pequena escultura de madeira entre os dedos. – É uma princesa!

– Uma fada-princesa – corrigiu Albert. – Viu as asas?

– São sementes de bordo! Olhe só, Ellerie!

Ela colocou a imagem na minha mão. O vestido cheio de pregas da fadinha tinha uma quantidade surpreendente de detalhes. Estrelas cadentes decoravam a barra, e ela segurava um buquê de minúsculos trevos-de-quatro-folhas.

– Foi você quem esculpiu? – perguntei, olhando para Albert. Ele concordou com a cabeça. – É adorável.

Viramo-nos para Merry, que inspecionava seu presente com curiosidade. Era uma ferradura novinha em folha, sem nenhum traço de desgaste.

– É para dar sorte – explicou Albert.

– É linda. Nunca tinha visto uma tão brilhante antes. – Ela levantou os olhos, um sorriso tímido no rosto. – Obrigada.

– Oh – murmurou Samuel. Todos nos inclinamos para ver o que era.

– Um canivete – anunciou Sadie, e perdeu o interesse de imediato. Levou o próprio presente até a árvore e inventou uma brincadeira em que precisava descobrir um jeito de fazer a fadinha atravessar os galhos, saltando cada vez mais alto.

– É o *meu* canivete – disse Sam, com cautela. Ele me entregou o objeto. – Está vendo as iniciais no cabo? O papai gravou para mim.

– Eu me lembro – falei, analisando o objeto.

– Eu o perdi... quando saí com o comboio – continuou Sam, olhando para Albert.

– Ellerie mencionou isso quando me contou o que aconteceu. Eu estava conferindo minhas armadilhas alguns dias atrás e o encontrei na floresta. Achei que ia querer de volta.

– Eu... Sim, muito obrigado.

Meu irmão gêmeo fitou Albert por um tempo, o olhar sombrio e terrível.

– Não temos nada para você – percebeu Sadie, o cenho franzindo. O tom vibrante dela fez sumir a estranha tensão que pairava sobre nós.

– Está brincando? – perguntou ele, fazendo um amplo gesto galante com o braço. – Vejam só tudo o que fizeram. Se não fosse pela família Downing, eu teria passado uma noite gelada e solitária lá no acampamento. Foi uma delícia. Não consigo me lembrar de um Natal melhor!

– Sério? – perguntou Sadie, olhando ao redor com um olhar desconfiado no rosto. – Mas, se você pudesse fazer um pedido de Natal, qualquer coisa… O que ia desejar?

O olhar de Albert recaiu sobre mim, fazendo meu rosto enrubescer sob o calor do olhar fixo. Desde o nosso momento íntimo na cozinha, havia algo entre nós. Cada olhar parecia carregado com uma expectativa que eu não sabia muito bem como atender.

– Aquilo ali no canto é um piano? – perguntou ele, sem nunca desviar os olhos dos meus.

Merry assentiu, puxando a tapeçaria pesada que mamãe tinha feito para cobrir o instrumento. Era um dos três únicos pianos em Amity Falls, e ela era maníaca por manter a poeira longe dele. Reuben Downing, com os bolsos repletos das pepitas de ouro pelas quais o pai dele fora assassinado, comprara o instrumento como presente de casamento para meus pais. Tinha sido transportado pelas montanhas em peças e montado de novo já na sala de estar. Sempre que mamãe tinha um tempinho livre, sentava-se no banquinho estofado e corria os dedos de um lado para o outro das teclas polidas de marfim, cantando velhos hinos da igreja ou canções populares em sua complexa voz de contralto. Ela ensinara as três filhas a tocar, mas nenhuma de nós era tão talentosa quanto ela.

– Uma dança – decidiu Albert. – Se eu pudesse pedir algo de Natal, pediria uma dança.

– Eu posso dançar com você! – exclamou Sadie, agarrando a mão dele e puxando-o para o centro do cômodo. – Merry pode tocar algo. Ela é a melhor de nós.

– Seria uma honra – disse Albert, fazendo uma mesura enquanto Merry começava a tocar uma sequência cuidadosa de notas, testando as teclas.

O piano estava um pouco desafinado, já que ninguém encostara nele desde o incêndio, mas ainda funcionava. Assim, Merry começou a preencher a casa com uma alegria cálida que até então faltara naquele dia de festa, apesar de todos os nossos esforços. Até o desinteresse de Sam pareceu derreter, e ele segurou minha mão, puxando-me para um rodopio alegre.

Sadie gargalhava enquanto tentava imitar os passos de Albert. Ele batia os pés e as mãos num padrão complexo que era impossível de acompanhar, e ela perdia metade dos passos enquanto ria.

Quando a canção terminou, assumi o lugar de Merry para que ela pudesse dançar um pouquinho também. Cantamos e batemos os pés até o relógio do vovô badalar a meia-noite e Sadie se acomodar no cantinho do sofá.

– Que noite perfeita – disse Albert assim que o relógio badalou pela última vez. – Mas já abusei da hospitalidade de vocês. É hora de voltar para o acampamento.

– Sozinho? No escuro? – perguntou Samuel. Ele acabara de pegar Sadie no colo, os braços e as longas pernas dela largados sobre os ombros do meu irmão.

– Tenho uma lamparina e conheço bem o caminho.

– Mesmo assim... Há coisas na floresta. Coisas perigosas. Você é bem-vindo para passar a noite aqui.

– Eu posso arrumar o sofá – propus. Quando imaginei Albert dormindo sob nosso teto, a apenas alguns metros de mim, corei. – Temos várias mantas e... – Fiquei sem palavras quando as memórias dele se banhando no rio ocuparam meus pensamentos.

A ideia de uma das minhas mantas cobrindo o corpo nu e adormecido dele matou qualquer esperança que eu tivesse de concluir a frase.

Se percebeu meus pensamentos, ele não demonstrou.

– Não posso aceitar. De verdade, vou ficar bem.

Eu não sabia se estava mais aliviada ou decepcionada por ele insistir em ir embora.

Albert desejou boa-noite bem baixinho enquanto Samuel carregava Sadie para o andar de cima.

– Vou ajudar – disse Merry, disparando um olhar cúmplice para mim. – Você sabe que ela parece um urso quando dorme. Boa noite, Albert. Obrigada de novo pela ferradura.

– Você pode pendurá-la em cima do batente pelo qual passa mais – sugeriu ele. – É o que dizem, ao menos.

– Vou fazer isso. – Ela assentiu. – Feliz Natal e coisa e...

– Feliz Natal e coisa e tal – sugeriu ele. – Ah, rimou – disse quando ela chegou ao quarto. – Foi de propósito?

– O quê? Não, eu...

Ele riu.

– Eu sei. *Eu* fiz de propósito – admitiu ele para mim num sussurro teatral. – Falei para Merry que foi uma pena você ficar no piano a noite toda.

– Não me incomodei.

– Bom, eu sim – confessou ele. – Achei que ia ter uma chance de dançar com você.

O prazer fluiu pelo meu corpo, aquecendo meu coração.

– Achou?

– Era meu maior desejo de Natal. – Ele estendeu a mão, mas não me tocou. Em vez disso, manteve-a erguida no ar, como se pedisse permissão. – Posso ganhar uma dança agora?

Encarei os dedos dele, admirando como a luz das velas destacava os traços longos. Eram atraentes e hipnóticos em sua beleza.

– Não tem ninguém para tocar para nós.

– Não precisamos de um piano. – As mãos dele entraram em ação, pegando as minhas e me puxando na direção do alpendre.

O ar da noite estava gélido, mas nem percebi. Não conseguia sentir nada além do calor dos dedos dele, da mão de Albert roçando na minha cintura.

– Está escutando a música?

Encarei a noite, aguçando os ouvidos. Tudo parecia quieto enquanto uma neve fresca caía, encharcando e abafando os sons do mundo.

– Não consigo escutar nada.

– Deve se esforçar mais – insistiu ele. – Feche os olhos e escute de verdade. Está escutando o sopro leve do vento?

Com os olhos semicerrados, assenti.

– A orquestra está aquecendo.

– Uma orquestra completa? – perguntei, um sorriso fazendo meus lábios se curvarem enquanto a mão livre dele pousava na minha cintura, puxando-me com gentileza para mais perto. Aquela não seria uma dança animada.

– E está escutando os flocos caindo, pousando nos galhos e nos ramos? É a linha do baixo.

Os lábios dele estavam próximos do meu rosto, roçando minha pele enquanto ele sussurrava, causando um arrepio delicioso de expectativa.

Albert começou a cantarolar uma melodia suave, que não me era familiar. Depois passou a balançar o corpo de um lado para o outro, incitando-me a fazer o mesmo com o movimento dos pés. Quando abri os olhos, os dele estavam fixos nos meus, escuros como resina.

Devagar, Albert me fez girar, e deixei minha mão persistir em seu braço com muito mais confiança do que realmente sentia.

– Que noite mágica – falei. As nuvens que precipitavam neve marcavam o céu, as estrelas cintilando entre elas. – Olhe, dá até para ver Cassiopeia.

O rosto de Albert foi tomado por um sorriso confuso.

– Quem?

– A constelação. – Puxei o rapaz até o quintal e apontei o padrão de pontos no céu. – Vê aquele conjunto de cinco estrelas ali?

– É claro.

– Aquela é Cassiopeia, batizada em homenagem a uma rainha terrivelmente vaidosa. Para punir a impertinência dela, os deuses fizeram a constelação ficar sempre de cabeça para baixo por metade do ano.

O riso dele saiu leve e fácil.

– Sério, viu como o W está virado? – Tracei o padrão no ar acima de nós.

– Vi muito bem, Ellerie Downing. É só que...

– O quê?

As covinhas dele ficaram mais profundas.

– Até as estrelas precisam ter nome?

Dei de ombros.

– Não fui eu quem as batizou.

Os olhos dele recaíram sobre mim, surpreendentemente sérios, dado o sorriso em seu rosto.

– Mas você sabe o nome delas? E as histórias? De todas?

– Você não? Quando a gente era pequeno, papai costumava contar as histórias das constelações antes de a gente dormir. E tinha um livro na nossa escolinha... Eu adorava ler.

Foi a vez dele de dar de ombros.

– É que parece meio bobo para mim, acho. Isso de nomear coisas que estão muito longe. As estrelas não conhecem nossos mitos. Por que precisam receber o nome de heróis e lendas dos quais nunca ouviram falar?

– Acho que elas ficariam felizes em saber que a gente pensa tanto a respeito – cogitei. – Os nomes dão importância a elas. Caso contrário, seriam só um monte de luzinhas espalhadas pelo grande e vasto vazio.

Ele ergueu o rosto, admirando a noite.

– É mesmo um vazio grande e vasto. – Albert apontou para um grupo de estrelas. – E aquelas ali? Parecem importantes. Devem ter uma história. E sei que a conhece.

– A Harpa – respondi sem hesitar.

Ele riu.

– Por que haveria uma harpa no céu?

– É de Orfeu – respondi. Ele olhou para mim, sem entender. – Era um músico. Quando o amor da vida dele morreu, ele a seguiu até o submundo.

Usando sua música, persuadiu Hades a devolver a alma dela à terra, para que pudessem ficar juntos para sempre. Hades aceitou, dizendo que ela seguiria o músico para fora, mas Orfeu não poderia se virar para ver onde ela estava. Ele passou por vários testes e tormentos; logo antes de alcançar a foz do rio que separava o submundo do reino dos homens, porém, ele vacilou e olhou para trás.

– E o que aconteceu com a garota?

– Foi sugada de volta para o inferno.

Albert pareceu horrorizado.

– E a harpa dele foi imortalizada para sempre? Só porque ele falhou?

Olhei para a pequena constelação em forma de losango.

– Nunca tinha pensado nisso. Bem terrível, não é?

Nossos ombros se tocaram quando nos aproximamos com uma familiaridade confortável.

– Você me seguiria até o submundo? – perguntou ele. A voz saiu profunda e grave, muito sugestiva.

Um sorriso surgiu nos meus lábios.

– Se eu o seguisse, saiba que eu não olharia para trás.

O vento mudou de direção, soprando neve em nós. Os flocos dançaram pelo meu rosto e se prenderam nos meus cílios como beijinhos gelados. Quando Albert os espanou, pressionei a face contra os dedos dele, querendo sentir mais daquela calidez, querendo sentir mais dele.

– Você nunca me disse qual é o seu desejo de Natal, Ellerie Downing – murmurou ele, passando o polegar na curva do meu maxilar.

Não pude responder. Fiquei sem fôlego, cada fibra do meu ser esperando os lábios dele tocarem os meus. Não sabia o que fazer, como começar o gesto, onde minhas mãos deveriam estar. Queria puxá-lo para mais perto naquele instante, bem ali, mas minha preocupação era que ele me achasse muito atirada ou insolente.

Mas como eu o queria...

Antes que precisasse deixar minha precaução de lado, um vento mais forte bateu, jogando um jato de flocos de neve em nossa direção. O frio nos afastou e quebrou a intimidade do momento, e corremos aos riscos para nos proteger no alpendre.

– Frio demais para dançar, acho – disse Albert, num lamento.

– Mas foi uma delícia – garanti, ansiando por reacender a intensidade que havíamos acabado de compartilhar. Ele sentira vontade de me beijar, eu tinha certeza disso. – Aceita entrar de novo? Posso preparar uma xícara de chá. Para aquecer você antes de partir.

– Uma oferta tentadora.

A decepção me atingiu quando ele entrou para pegar o casaco pesado. Quando saiu de novo, enfiando as pontas do cachecol na gola do suéter, olhou para cima e viu um ramo de azevinho. Sadie o tinha pendurado no alpendre mais cedo, mas eu tinha certeza de que Samuel o tirara dali antes de Albert chegar.

Mas lá estava o raminho, posicionado como uma promessa.

– Muito tentadora.

– É? – perguntei, dando um passo adiante e torcendo os dedos. Não por causa do frio da noite, senti um calafrio descer pelas costas.

– Ellerie, eu… – Albert se inclinou, encostando sua testa na minha, passando os nós dos dedos no meu rosto, o toque mais suave que a neve.

Ergui o queixo, encorajando-o a acabar com o espaço que havia entre nós. Nossas respirações formavam nuvenzinhas de vapor, misturando-se uma à outra como o beijo prestes a vir.

Mas um movimento chamou nossa atenção.

Sam chegou, trazendo velas.

Albert logo saiu de baixo do azevinho e pegou a lamparina antes de escapulir para o quintal. Outra corrente de vento bateu, fazendo a distância entre nós parecer quilômetros. Ele se virou, um sorriso triste nos lábios.

Apoiei os braços no parapeito do alpendre, abismada com a partida súbita do garoto. Eu nunca desejara tanto algo em minha vida, e ele desistira do momento sem hesitar. Três vezes. Meu estômago se revirou, constrangimento e vulnerabilidade se misturando numa combinação desagradável.

– Boa viagem – desejei, sabendo que precisava falar algo. Trivialidades vazias pareciam a forma mais fácil de se despedir.

– Eu… preciso contar uma coisa para você.

– Precisa? – Odiei o tom de esperança em minha voz.

Albert correu a língua pelos dentes da frente.

– Não tem uma forma fácil de falar isso, mas… O comboio de suprimentos de Sam… Eu admito, aquilo me perturbou. Passei a olhar sempre por sobre o ombro, deixando nossas fogueiras brilharem mais forte e mais altas do que nunca.

– Fico aliviada de saber que está se cuidando.

Ele torceu os dedos.

– É que… você já se perguntou o que realmente aconteceu naquela noite?

– Como assim? Sam disse…

– Sam disse como o ataque foi horrível. E contou tudo o que veio depois. E… eu vi os restos, foi *mesmo* horrível. Mas então… como ele escapou?

– Bom, ele disse que… – Parei no meio da frase, lembrando-me do relato de Sam.

Albert ergueu o indicador.

– Ele disse que as criaturas eram rápidas. Ele estava sem cavalo. Eles se espalharam quando os bichos atacaram. – Depois ergueu outro dedo. – Disse que os animais eram ferozes. E que o grupo da expedição não tinha armas. – Franziu o cenho, infeliz. – Como ele ainda está vivo?

O silêncio se estendeu entre nós enquanto eu me esforçava para pensar numa resposta. Imaginei meu irmão correndo pela mata, escondendo-se atrás de árvores caídas, procurando abrigo nos troncos ocos. Mas era só minha imaginação. O que realmente acontecera? – Talvez ele… Ele pode… – Dei de ombros, impotente. – Pura sorte?

Se havia alguém que acreditava no poder da sorte, era Albert.

Ele assentiu.

– Talvez.

– Você não parece convencido.

Albert suspirou.

– Ellerie… Não havia sinais de ataque de criaturas no acampamento. Quando cheguei lá, encontrei… um monte de sangue seco, alguns ossos e… outras *coisas*… Mas não parecia que animais tinham atacado aqueles homens.

– O que parecia ter acontecido então? – sussurrei.

Esfreguei os braços, sem saber se o frio que eu sentia vinha do vento ou das palavras dele.

– Que os homens tinham sido mortos… assassinados – murmurou ele.

Arquejei, horrorizada.

– Então você acha que Sam…

– Eu não disse isso! – esclareceu ele, as mãos erguidas na defensiva. – Não estou sugerindo isso, não mesmo… Não acho que foi o que aconteceu. Mas talvez outro homem tenha feito. Homens, quem sabe. Não sei.

– Parece insano.

– Mais insano do que uma matilha daqueles lobos mutantes?

– Ninguém em Amity Falls teria matado aqueles homens.

– Talvez não tenha sido ninguém de Amity Falls.

Assustamo-nos quando ouvimos uma batidinha na janela. Samuel acenou.

– Boa noite, Albert. Feliz Natal de novo.

Ele assentiu, e ficamos olhando enquanto Sam partia em silêncio.

– Mas ele viu os lobos… – insisti, vendo meu irmão gêmeo adentrar mais a casa.

Albert pigarreou, fazendo um ruído baixinho de concessão.

– Mentes traumatizadas podem ver muita coisa. Mas estou falando, Ellerie Downing: não há monstro nenhum naquela floresta.

– O que eu digo para o Sam?

– Nada... Você... se sente segura com ele? Acha que ele machucaria você, ou uma das suas irmãs?

– É claro que não! – exclamei, horrorizada.

– É claro que não – repetiu ele, com menos certeza. – Só... fique de olho. E se cuide.

Albert olhou para trás, fitando a janela vazia antes de avançar um passo e plantar um beijo fervoroso em minha testa. Queria usufruir daquele calor confortável, mas a realidade é que mal o sentira.

– Passo para ver como vocês estão daqui a uns dias – prometeu ele, antes de desaparecer no meio de um redemoinho de neve.

23

Samuel deslizou o garfo pelo prato, pegando cada migalha da panqueca de aveia que eu tinha feito para o café. Sem açúcar, xarope ou canela, elas eram quase insuportáveis – mas Sam não parecia perceber ou se importar. Lambeu o canto da boca, aproveitando cada pedacinho da panqueca sem graça, terminando a dele antes mesmo que eu tivesse acabado de servir minhas irmãs.

Sadie fez uma careta quando coloquei a comida no prato dela.

– De novo?

– De novo – confirmei.

– Tem algum… – Ela se conteve, sem conseguir pensar em algo que fosse ajudar a salvar o café da manhã.

– Eu como a sua se não quiser – disse Sam, estendendo o garfo até o outro lado da mesa e espetando o talher na panqueca enquanto devíamos estar terminando a oração da manhã.

Sadie deu um berro dolorosamente agudo.

– Sam! – exclamei ao mesmo tempo.

– O que foi? Ela disse que não queria. – Ele enfiara quase metade da panqueca na boca e agora falava de boca cheia.

– Não disse nada! – choramingou Sadie.

– Então tome – respondeu ele, jogando os restos no prato dela.

Ela empurrou a louça para longe.

– Agora eu não quero!

– Fique com a minha – falei, empurrando meu prato para acabar com aquela gritaria.

Eu acordara com um latejar incômodo nas têmporas – que, com aquela briga transformou-se numa enxaqueca horrível. Apertei a testa com os dedos, mas nada ajudou.

– Ainda tem um pedacinho de gengibre na despensa – disse Merry, percebendo meu desconforto. – Vou fazer um chá para você.

Sadie se animou.

– Eu quero chá!

– Então venha ajudar. Pode ralar o gengibre. Vou pegar água.

Sadie apontou o dedo para Sam num alerta.

– Não coma a panqueca da Ellerie. Ela é minha!

Elas saíram da cozinha, e o cômodo caiu num silêncio abençoado. Sam cutucou os restos da panqueca de Sadie, terminando de comer com calma.

– Teve uma noite ruim? – perguntou ele.

As palavras finais de Albert naquele dia tinham se revirado na minha mente, enevoando meus pensamentos com dúvida e horror e girando sem controle em meio a possibilidades tenebrosas. Eu só havia adormecido no começo da manhã – e, mesmo então, meu sono fora perturbado por pesadelos.

Pinheiros altos se assomando sobre um acampamento destruído.

Gritos de horror.

Um par de pontos brilhantes que eu achava que eram os olhos prateados da criatura.

Mas, quando focava neles, percebia que era o luar refletido no sangue espalhado pelo rosto do meu irmão.

Que estava com uma faca na mão.

Albert estava enganado, ele precisava estar. Não havia outra explicação. A teoria dele – a de que os homens não tinham sido mortos pelas criaturas, e sim assassinados – não fazia sentido. Não podia ser verdade. Ninguém era capaz de...

Minhas têmporas formigavam.

Eu não sabia o que tinha acontecido na expedição. Ninguém sabia, exceto Sam. O relato dele era tudo o que tínhamos. O único que podíamos aceitar. Todas as outras pessoas estavam com medo demais dos lobos para investigar melhor.

Lobos que Albert insistia que não estavam mais por ali.

– Ellerie? – chamou Sam, ainda esperando minha resposta.

– Desculpe, estava distraída.

– A manhã inteira. – O tom dele estava marcado pela acusação ou era coisa da minha imaginação preocupada?

– Não dormi muito bem.

– Talvez o Albert não possa ficar até tão tarde da próxima vez que vier visitar. Demorei um bom tempo para voltar e ele ainda não tinha ido embora.

Fiz uma careta, sem saber se devia falar o que passara de verdade pela minha cabeça ou deixar por isso mesmo.

– Foi gentil da parte dele devolver seu canivete – falei, escolhendo o meio-termo. – Aposto que é um alívio o ter de volta.

Sam concordou com um barulhinho antes de azedar a expressão.

– Eu não entendo Albert. Morar na floresta daquele jeito sendo que aquelas *coisas* estão lá fora. E depois ir fuçar no lugar do ataque... – Ele balançou a cabeça.

– Não acho que ele estava fuçando. Estava só conferindo armadilhas.

Meu irmão bufou.

– É o que ele diz.

– Mas por que se importa com isso, para começo de conversa? – Era como mexer num dente solto, puxando e empurrando para ver quanto ele cederia antes de cair. Aquilo não terminaria bem, mas eu era incapaz de evitar.

– Eu só não gosto da situação. Ele não devia estar se metendo com coisas que não dizem respeito a ele. Albert não é parte do vilarejo. Ele nem conhecia aqueles homens – disse Sam. Devo ter soltado algum som que o incomodou. – O quê? Fale o que quer falar, Ellerie. Estou vendo que tem algo na sua cabeça. Desembuche.

– Eu só... Só não entendo por que isso incomoda tanto você... Ele estar perto do acampamento... Tem algo que você não queria que ele visse?

Sam estreitou os olhos.

– Como assim?

Corri os dedos pelo tampo da mesa, olhando para a cozinha para ver se nossas irmãs estavam ouvindo. Merry estava ao lado de Sadie, mostrando a ela como fatiar o gengibre bem fininho.

– Não sei. É que você está agindo como se tivesse algo a esconder.

– Algo a esconder? O quê, por exemplo?

– O que realmente aconteceu, Sam? Como você se livrou daquelas criaturas sozinho? Eu não... Eu não entendo como você escapou. Sem proteção. Sem seu canivete, inclusive.

Ele piscou, surpreso.

– Eu já contei o que aconteceu.

– Contou. Quase tudo.

– Quase tudo? – Sam parecia irritado. – O que mais quer ouvir? Quer que eu conte como foi o som do peito de Joseph Abernathy sendo rasgado? A cor das entranhas dele? Como ele chamou pela mamãezinha dele antes de morrer?

Virei para o outro lado, fazendo uma careta enquanto as cenas tomavam minha mente.

– Não! É claro que não!

– Então o que você quer, Ellerie? O que quer saber? – Ele se inclinou sobre a mesa.

– Só...

– O quê?

Encolhi-me na cadeira.

– É horrível.

– Me diga – grunhiu ele.

– Se o ataque foi tão devastador, rápido e horrível... como você ainda está aqui? Você não tinha armas. Nem flechas. Não tinha nem seu canivete. Então, como ainda está vivo?

Ele abriu a boca, mas nenhuma palavra saiu dela.

– Estou muito feliz que esteja... claro... Mas só não faz sentido para mim.

– Eu corri – admitiu ele, baixinho. – Fui um covarde, eu sei, mas fugi.

– Como correu mais rápido do que aqueles lobos? Você disse que eram muito velozes. E que havia muitos deles.

Um lampejo de irritação iluminou o rosto do meu irmão.

– Por que você não acredita em mim? O que ele disse? – perguntou Sam, a voz sombria e afiada. – O que mais Albert contou para você?

– Ele disse... – Ajeitei-me na cadeira. – Disse que foi um massacre total. Um banho de sangue. Que ninguém poderia ter sobrevivido. Mas...

– O quê? – exigiu ele.

– Ele não viu sinais de animais no local.

O queixo de Sam caiu.

– O quê? Isso é absurdo. O que mais poderia... – A frase morreu pela metade quando ele juntou as peças. – Ele acha que eu...?

– Ele não disse isso! Não disse nada disso! – garanti às pressas.

– Então quem ele acha que fez aquilo?

Dei de ombros, impotente.

– Responda! – continuou Sam, socando a mesa com uma força assustadora.

– Tudo bem aí? – perguntou Merry, espiando pela porta.

– Subam – mandou Sam. – Vocês duas!

A confusão tomou a expressão de Merry.

– Mas e o...

– Agora! – disparou Sam.

Escutamos as duas correndo escadaria acima e depois parando no patamar.

– E fechem a porta!

– Sam... – arrisquei.

– Você acha que eu matei aqueles homens? – Ele se inclinou sobre a mesa, fuzilando-me com o olhar.

– Não, é claro que não! Eu...

– Mas ele acha! Ele disse que fui eu!

– Ele não disse nada disso. Só disse que não viu nenhuma evidência de lobos... das criaturas que você viu.

– Das criaturas que estavam lá – corrigiu ele.

– Isso.

– Você acredita em mim, não acredita?

Hesitei, e imediatamente vi que tinha sido a escolha errada.

Ele se afastou de súbito da mesa, quase derrubando a cadeira.

– Não acredito em você, Ellerie. Eu não... – Ele passou os dedos pelo cabelo. – Não posso ficar aqui. Não agora. Não mais.

– Sam...

– Nem tente.

Ele ficou em pé de um salto e correu para o quarto de mamãe e papai, batendo a porta. Ouvi movimento, gavetas sendo abertas e coisas sendo jogadas, mas não ousei me aproximar. Ele sairia quando estivesse pronto, quando estivesse de cabeça fria, exalando arrependimento.

Fiquei exausta só de imaginar.

As panquecas de aveia que minhas irmãs não tinham comido esfriaram no prato. Levantei-me da mesa e fui devagar até a escada. Mas, antes que pudesse chamar as duas, a porta do outro quarto se abriu e Sam saiu, uma sacola de viagem pendurada no ombro.

O olhar dele recaiu sobre mim como se não me reconhecesse, e ele se virou para o outro lado. Atravessou a cozinha marchando e o ouvi vasculhando as prateleiras.

Merry espiava do topo da escadaria, tentando ver se era seguro descer. Neguei com a cabeça, e ela voltou para o quarto com um suspiro audível.

Ouvi a porta do alpendre abrir e bater, e depois o silêncio.

Agucei os ouvidos.

Será que ele ainda estava em casa?

Quando tive coragem de voltar à cozinha, vi meu irmão através da janela, o vulto escuro contra a neve.

Ele estava indo embora.

De novo.

Uma fagulha de irritação acendeu dentro de mim. Saí pela porta num piscar de olhos, enrolando a capa ao redor do corpo.

– Sam! – Minha voz ecoou de forma estranha pela neve que caía.

Os flocos grossos desciam dançando das nuvens, pesados e úmidos. Teríamos uma camada de mais de meio metro cobrindo o chão até o fim do dia. Apenas um idiota completo tentaria viajar num clima daqueles.

Apenas Sam.

– Volte para casa, Ellerie – ordenou ele.

Cambaleei até ele, arrastando os pés pela neve congelante na altura das canelas. Ele ao menos tivera o cuidado de colocar os sapatos de neve antes de sair.

– O que você está fazendo?

Ele parou e olhou por cima do ombro, um suspiro formando uma nuvem branca e espessa no ar.

– O que você acha?

– Acho que você está indo se perder no meio de uma tempestade.

– Tenho certeza de que você ia adorar se isso acontecesse.

– Sam.

Ele continuou imóvel.

– Já era difícil o bastante viver naquela casa com você, Ellerie, perambulando de um lado para o outro como se fosse a chefona, como se soubesse *tudo*. Você não tem ideia de como me doeu quando papai deixou as abelhas para você cuidar.

– Eu não pedi. Eu...

Ele se virou, enfim olhando para mim.

– Elas deviam ser minhas! – Apontou para a fazenda. – Tudo isso devia ser *meu*! Eu sou o mais velho! Eu sou o filho homem! Que direito você tem de ficar mandando em mim como se eu fosse um idiota, como se eu precisasse da sua preciosa orientação?

– Que direito? – repeti, sentindo as palavras dele me atingindo como tiros. Mas, em vez de rasgar e perfurar, elas apenas explodiram, acendendo uma fúria flamejante dentro de mim. – Sou a única razão de as colmeias ainda existirem. Você quase matou todas elas tentando colher aquelas garrafas extras de mel! Como pôde ser tão imprudente, Sam?

Outra nuvem de vapor saiu da boca dele, como se eu o tivesse golpeado.

– Eu tinha... Eu precisava... Você não entenderia.

– Isso. Eu não entendo. Não vou entender. Nunca. Estava muito frio. Muito tarde. E não sei o que é pior: você ter sido tão idiota ou simplesmente não ligar!

Ele balançou a cabeça.

— Acho que o papai estava certo, então. Talvez eu seja o mais fraco, o gêmeo inferior. Talvez devesse ficar nos bastidores enquanto você reina suprema sobre suas colmeiazinhas. Mas não vou ficar nesta casa com você me acusando de assassinato! Com você acreditando em outro homem em vez de acreditar em mim. – Os lábios dele tremiam, raiva e dor se misturando em ondas de tristeza.

Vacilei diante daquela dor, colocando o ódio de lado.

— Sam, eu não... Não é verdade!

— Não aceito! – repetiu ele e se afastou, deixando-me mais uma vez.

— Para onde você está indo? – gritei.

— Não sei, e não interessa. Eu prefiro viver na floresta, lutando com aqueles monstros malditos, do que passar mais um segundo debaixo do mesmo teto que você!

Ele desapareceu atrás de uma cortina de neve antes que eu pudesse impedir.

Mas, de uma forma ou de outra, acho que eu não teria tentado.

※

— Não acredito que Sam foi mesmo embora – disse Sadie, ajeitando-se na cadeira, o café da manhã frio diante de nós. Ela encarava a cadeira vazia com um olhar triste. – Acha que ele vai voltar quando mamãe e papai chegarem?

Eu achava que não, e não me senti nem um pouco mal de dizer. Meu sangue ferveu quando lembrei das acusações.

— Será que ele não vai querer ver o bebê? E... eu?

— Tenho certeza de que ele vai visitar a gente – prometeu Merry. – Se anime, amorzinho. Você logo vai ver Sam de novo.

— Mas por que ele precisou ir? Ele está bravo com a gente? – Uma olhadela para mim deixou claro o que ela realmente queria dizer com "a gente".

Voltei apressada para a cozinha e tirei a chaleira do fogo. Depois de pegar o chá, voltei para a sala de jantar.

— Acho que não... Não com vocês, com certeza. Isso era esperado. Sam está amadurecendo. Ele não vai ficar aqui para sempre. Lembram quando ele pendurou a cortina no nosso quarto? É a mesma coisa... Ele só precisa de espaço. Espaço para se tornar ele mesmo.

— Mas vocês são irmãos gêmeos – comentou ela. – Você não vai embora também, vai? – Os olhos dela se arregalaram como os de uma coruja, suplicantes e sombrios de preocupação.

Sentei na cadeira ao lado de Sadie e plantei um beijo fervoroso no dorso de sua mãozinha.

— É claro que não. Eu nunca abandonaria minhas irmãzinhas – garanti. Sadie enroscou os dedinhos nos meus, ainda chateada, e fiz um gesto para que Merry se juntasse a nós. – Vamos rezar antes de a comida ficar ainda mais gelada.

Nós três demos as mãos e fechamos os olhos. Antes que eu pudesse encontrar as palavras certas, alguém deu uma batidinha rápida na porta da frente.

— Sam? – arriscou Sadie, os olhos abrindo de súbito.

— Ele não bateria – respondi, levantando-me.

— Nem usaria a porta da frente – acrescentou Merry.

Levantei-me da mesa quando quem quer que estivesse à porta continuou batendo. Pela cortina de renda, vi uma silhueta trocando o peso do corpo de uma perna para a outra.

— Ezra. Olá – cumprimentei, abrindo a porta com surpresa na voz. – Thomas – acrescentei, vendo meu primo parado atrás dele.

— Sentimos muito por bater tão cedo... – começou Ezra.

— Esqueceram algo na noite passada? – Corri os olhos pela sala de estar, mas nada parecia fora do lugar.

— Não, não... Não é nada disso.

— Minhas irmãs e eu estávamos nos preparando para o café da manhã. Aceitam um chá?

— Não queremos incomodar – disse Ezra, empurrando os óculos dourados pela ponte do nariz. Parecia perdido. – Podemos voltar outra hora...

Thomas colocou a mão nas costas do pai, como se o encorajasse.

— Nós já viemos até aqui. – Meu primo se virou para mim. – Fomos atacados na noite passada.

— Atacados? – repetiu Merry. Ela viera da sala de jantar, as mãos na frente do corpo. – Vocês estão bem? O que houve?

A boca de Thomas se curvou, como se ele estivesse sorrindo, mas não havia alegria alguma no gesto.

— Estamos bem, ou quase. Calvin nos acordou no meio da madrugada. Nossa carroça estava sendo saqueada. Nossos suprimentos foram espalhados e incendiados. Estava escuro demais para identificar as pessoas, mas vimos pelo menos três vultos fugindo da cena. E os animais de tração...

— Foram eviscerados – completou Ezra quando Thomas vacilou.

Arfei, incapaz de reprimir a imagem do sangue espalhado pela neve recém-caída. A noite anterior tinha sido a do Natal. Quem faria algo tão horrível numa noite tão sagrada?

Meu estômago revirou quando me lembrei do casamento de Rebecca.

Os Anciãos tinham acusado Ezra e Thomas de estarem por trás dos eventos estranhos do vilarejo. Muitas pessoas tinham se agrupado ao redor dos Anciãos, concordando em silêncio. Qualquer uma daquelas pessoas – um tanto embriagada pela bebida das festas – poderia ter feito justiça com as próprias mãos.

– Isso é terrível. – Era uma afirmação óbvia, mas eu não conseguia pensar em mais nada para dizer.

A expressão de Ezra ficou séria.

– Conseguimos salvar minhas anotações e meus diários... Vai demorar um pouco para colocar tudo em ordem de novo... Mas os animais... Acho que agora estamos presos aqui. Não temos como ir embora de Amity Falls sem eles, por mais que seja esse nosso desejo.

– Ir embora de Amity Falls? – repetiu Merry, assustada. – No meio do inverno? Oh, tio Ezra, vocês não podem fazer isso!

Pousei a mão no braço dela.

– Por que você e Sadie não preparam mais algumas panquecas de aveia? – Comecei a cutucar a unha, calculando quantas xícaras de farinha ainda tínhamos na despensa. Virei para os homens. – Está um gelo aqui. Por favor, entrem.

Antes de fechar a porta atrás deles, olhei para o quintal. Para chegar ali, eles tinham atravessado os bancos de neve carregando todos os pertences. Deviam ter demorado horas. Havia quatro trouxas transbordando de tão cheias no alpendre, mais um bauzinho de madeira acomodado entre elas.

De todos os dias, Sam escolhera justo aquele para ir embora...

Thomas seguiu Merry, inclinando-se para a frente a fim de responder com atenção à enxurrada de perguntas da garota. Ezra foi para a sala de estar e fez um gesto para que eu fizesse o mesmo.

– Vocês podem ficar com a gente, é claro – sugeri, passando por cima de qualquer preâmbulo que ele tivesse em mente.

– Ah, eu... Nós...

– Vocês são da família – afirmei, decidida. – E pessoas da família se ajudam. Sempre.

Ele semicerrou os olhos atrás dos óculos.

– Agradeço a gentileza, Ellerie, você não imagina quanto. Nunca ousaríamos supor que... Mas vocês têm espaço no estábulo? Ou em alguma construção externa? – Ele deu uma risadinha baixa. – Até um espaço ao relento seria preferível a ficar no vilarejo.

As sobrancelhas grossas dele se uniram, tão cheias de esperança que não fui capaz de negar.

– O quarto de mamãe e papai está desocupado – falei.

E era verdade. Samuel tirara todos os pertences dele do cômodo.

Ezra suspirou fundo, o alívio evidente no rosto.

— Ah, quanta gentileza.

— Só tem uma cama, mas... Sam foi embora hoje de manhã. Não sei quando ele volta. Thomas pode usar a cama dele no nosso quarto até lá. Depois damos um jeito de ajeitar tudo melhor, se precisar.

Ele cutucou os óculos, claramente constrangido.

— Ah, não. Não. Não, não precisa. Podemos ficar os dois aqui. Ele tem um saco de dormir, podemos arrumar tudo toda manhã. — Ezra assentiu, examinando o quarto pela porta aberta.

— Bobagem. Ele precisa de uma cama, e vai ficar muito mais aquecido lá em cima. Além disso... — Forcei um sorriso. — Somos primos, não é mesmo?

※

Depois do escasso café da manhã, fui com Ezra e Thomas até o estábulo e mostrei a eles a baia vazia onde poderiam guardar os fardos.

— Acho que precisamos olhar tudo, ver o que realmente resistiu ao incêndio — disse Ezra, jogando uma das trouxas no balcão de trabalho com um suspiro.

Ele parecia exausto.

— Posso ajudar com alguma coisa? — Fui até o local onde haviam empilhado os pertences, perto da porta do estábulo. As trouxas eram quase maiores do que eu, mas consegui erguer o bauzinho com facilidade. — Que tampa linda — comentei.

Um padrão intrincado fora esculpido nas bordas do baú num nível de detalhes impressionante.

— Ah, deixe que eu pego esse — disse Ezra, estendendo os braços. — Está muito pesado.

— Sem problemas.

— Bobagem, você já nos ajudou muito. — Ele levou o objeto até a baia antes que eu pudesse observar melhor.

— Obrigado, Ellerie — disse Thomas, abrindo um saco e tirando uma lona de dentro dele. Colocou-a no chão e a desenrolou por completo.

— Não há de quê. — Ajoelhei para ajudar, puxando as bordas até a tenda se abrir por completo. — Ah.

Meu queixo caiu quando vi a imagem rabiscada na lateral da tenda.

Era um olho enorme e escancarado. A tinta — negava-me a acreditar que era sangue — fora aplicada em várias camadas e escorrera do desenho em gotejados estranhos. Ainda mais perturbadora era a pupila do desenho. Alguém mergulhara a mão no sangue – não, na tinta – e a carimbara no tecido. Parecia que o olho não via nada e tudo ao mesmo tempo.

– "Eu vi" – falei, lendo as palavras pintadas abaixo do símbolo sinistro.

Congelei no lugar, incapaz de respirar quando reconheci a frase familiar. Era um pedaço do que Levi Barton tinha escrito no estábulo depois de assassinar a esposa e os animais que criava.

Por que alguém copiara a frase ali?

Thomas se aproximou e olhou para as palavras escorridas.

– É muito curioso.

Concordei com a cabeça, inquieta.

– Alguns anos atrás, um dos nossos vizinhos pintou algo similar no celeiro dele – falei.

Ele ergueu as sobrancelhas, surpreso.

– Sério? Talvez ele esteja por trás do vandalismo da noite passada.

– Impossível. Ele se matou. – Contei a história toda, e vi Thomas estremecer.

– Ah, está admirando nosso novo mural, Ellerie? – perguntou Ezra, saindo da baia. Ele esfregou as mãos num sinal de trabalho cumprido. – Assustador, não?

– Ellerie acabou de contar uma história horrenda. Envolvendo toda espécie de assassinato e caos. E um olho gigante também. – Thomas encarou o pai, como se tentando dizer algo mais profundo, que não fui capaz de discernir.

– Temos alvejante – sugeri, o olhar voltando para a pupila em forma de mão. Era menor do que eu esperava que fosse, como se uma criança tivesse sido responsável pela imagem macabra. – Lá em casa.

– Ajudaria bastante – disse Ezra. – Você se importa de ir buscar? Não aguento mais olhar para isso.

– É claro.

Ouvi Ezra murmurar baixinho quando saí do estábulo, mas não consegui entender direito as palavras.

Lá fora, uma movimentação perto dos pinheiros chamou minha atenção, e vi Albert na beira da floresta. Ele estava parado na fileira de árvores, metade iluminado pela luz do sol e metade nas sombras, olhando para o estábulo com uma expressão estranha de preocupação.

Mas, antes que eu pudesse chamá-lo e acenar, ele voltou para a escuridão, as sobrancelhas franzidas e os lábios pressionados numa linha fina.

24

O chão estava quente e úmido quando pisei no campo de flores, como se tivesse acabado de chover. Podia sentir a terra escura grudar nos meus pés, penetrando entre os dedos.

Eu estava descalça.

As flores farfalhavam a meu redor, os botões grandes tingidos de um tom curioso de azul pela luz da lua cheia.

Papai tinha me dito certa vez que a lua controlava as ondas no planeta, movendo a água pelos oceanos enormes e a fazendo banhar os litorais como era devido.

A lua parecia tão baixa que eu podia sentir a persistência dela agindo sobre mim, puxando-me por entre as flores bojudas e me atraindo para o vilarejo.

Eu estava de camisola, longa e branca, mas não importava.

Não levava lamparina alguma para enxergar, mas também não importava.

A única coisa que importava era colocar um pé na frente do outro, seguindo a insistência da lua.

– Ellerie Downing.

Albert surgiu da floresta – do meio da noite, do céu e das próprias estrelas, ao que parecia. Será que também estava sendo atraído pela lua brilhante? Será que ela nos unira de propósito?

– O que está fazendo aqui? – perguntei.

– Perdi o sono – admitiu ele. – E você?

– Acho que estou dormindo – constatei. Parecia completamente plausível.

Ele sorriu, a ponta dos dentes cintilando.

– Está dizendo que sonha comigo?

– O tempo todo – respondi numa provocação leve e em tom de flerte, embora verdadeira.

– E o que fazemos nesses seus sonhos?

– Acho... Acho que a gente precisa caminhar.

Ele estendeu o braço num gesto cavalheiresco.

Andamos pelo terreno, cheio de caramanchões feitos de galhos de árvores e hera perfumada. Passamos por campinas verdejantes onde gotas de orvalho na ponta das longas hastes refletiam a luz do luar, formando uma galáxia inteira de estrelas brilhantes ao nosso redor. Continuamos até chegar ao vilarejo.

Não lembro de falar enquanto seguíamos, mas registrei a pressão dos dedos dele em meu braço, a maneira como correram pelas minhas costas quando Albert precisou me ajudar a avançar por um trecho de terreno rochoso. Palavras não eram necessárias. Eu me sentia segura, protegida e – quando ele colocou uma papoula vermelha e brilhante atrás da minha orelha – querida.

A nosso redor, Amity Falls dormia, as casas trancadas e escuras.

– Parece que somos as únicas pessoas que restam no mundo, não parece? Eu nunca vira o vilarejo tão silencioso e calmo.

– O lugar parece abandonado – concordou ele. – A gente pode fazer o que quiser, ninguém vai saber.

Paramos do lado de fora da escola, as ripas brancas da parede contrastando com as janelas escuras.

– Eu sempre quis tocar aquilo ali – falei, apontando para o sino no frontão protegido. – Mesmo em tantos anos de escola, nunca consegui.

– Agora você pode – sugeriu ele. – Mas acordaria todo o vilarejo, e a gente ia perder nossa chance.

– Que chance?

O mundo pareceu inacreditavelmente lento e onírico enquanto ele me puxava para si, colocando as mãos no meu rosto para aninhar meu queixo. Albert correu os polegares pelo meu maxilar, depois os roçou na minha boca.

Uma sensação pouco familiar despertou dentro de mim quando ele tocou meus lábios, os dele já tão perto dos meus, e pude sentir o calor de seu hálito esquentando minha pele. Havia um peso no meu ventre, um arrepio excitante correndo pela minha pele. Meus dedos dançaram no mesmo ritmo, ansiosos por encostar nele.

– De fazer isso – murmurou ele. Os lábios de Albert se moveram sobre os meus como num sussurro, uma canção de reverência e elogio, uma oração. – Devia ter beijado você assim no Natal. É assim que sempre quis beijá-la.

E de repente os dedos dele estavam enroscados no meu cabelo, puxando-me para mais perto, até eu responder com meus próprios beijos – suaves a princípio, mas depois muito mais intensos. Quando abri a boca, ousando tocar os lábios dele com a língua, ele arfou de surpresa. Os braços dele envolveram minhas costas, pressionando meu corpo contra o dele num gesto confiante. Era quente e desconhecido, muito diferente do meu. Onde eu era macia, ele era duro. Onde eu era côncava, ele era convexo. Éramos como as pequenas peças do quebra-cabeça de madeira à venda na loja dos McCleary. Pedacinhos coloridos de caos, que, quando colocados juntos, você podia ver que eram feitos um para o outro.

Quando os dedos longos dele desceram da minha nuca para minhas costas, senti uma onda de calafrios deliciosos correndo pelo meu corpo, resplandecendo de desejo e exigindo mais. Mais toques, mais beijos, mais *dele*.

– Albert – tentei sussurrar, mas a boca dele estava sobre a minha, engolindo minhas palavras.

Ele gemeu, a vibração soando contra meus lábios, contra minha pele, tocando cada osso. Meus dedos se curvaram num reflexo, afundando na pele suave da nuca dele, desesperados para puxá-lo mais para perto.

Albert respondeu à altura, a ponta dos dedos correndo pelos meus braços, pela lateral do meu corpo, pelas curvas do meu quadril. Ele desceu, beijando meu pescoço, minha garganta. Tive certeza de que ele podia sentir meu coração pulsando ali. Ele batia sem parar, cada vez mais rápido. Cada batida era como o ressoar de um tambor soletrando o nome dele, até meu corpo inteiro pulsar na mesma cadência.

A parte macia dos dedos de Albert roçavam em minha pele enquanto ele brincava com os botões da minha camisola. Um som retumbou, tão estranho e primitivo que a princípio não entendi que vinha de mim mesma. Era sombrio e repleto de necessidade, vontade e desejo absoluto.

– Isso é loucura – murmurei, o sangue vibrando nas veias, meus nervos pegando fogo. Eu não conseguia pensar, não conseguia raciocinar. Só queria sentir.

– Loucura – repetiu ele. Depois parou, os lábios a milímetros da minha pele. Cada parte de mim tremia de expectativa, ansiando pelo momento em que ele me tocaria.

Quando recuou um passo e depois outro, voltando a atenção para a floresta, senti a ausência dele como se tivesse levado um tapa. Meu peito se agitou, ciente de que Albert estivera muito perto e agora não estava mais. Estendi um braço, mas deixei a mão pender. Ele estava muito longe, muito atento ao que sentira na mata.

O entendimento me apunhalou, afiado e ágil. Havia algo ali, observando nós dois. Acompanhei o olhar de Albert. Não vi nada além da luz da lua no orvalho, gotas brilhantes e cintilantes de prata.

Foi quando algo se mexeu, agitando as agulhas dos pinheiros. Uma sombra mais escura que as demais, à espreita e astuta.

Os pontos prateados dançavam num movimento súbito, como se respirassem.

Arfassem.

Eles piscaram.

E Albert avançou, atraído por aquela entidade viva que parecia respirar, como uma mariposa deslumbrada por uma chama.

– Pare.

Não tínhamos nada com que nos proteger.

Ele avançou um passo, depois outro.

– Não!

Estava chegando muito perto. Perto demais. Não era mais capaz de distinguir o casaco escuro dele do restante da floresta.

Num instante ele estava ali e, no seguinte, havia apenas os olhos prateados.

Encarando e analisando.

Observando nós dois.

Observando *a mim*.

Depois os olhos também não estavam mais ali, deixando-me sozinha no vilarejo vazio. Uma brisa soprava pelos galhos, rodopiando intensa e acre ao meu redor.

Tinha cheiro de fogo.

Cheiro de cinzas e brasas.

– Ela ama uma boa queimada – disse uma voz vinda da escuridão, um espectro escapando do túmulo.

Virei-me e vi Cyrus Danforth na escada da escola.

Ele piscou para mim, os olhos radiantes com um brilho de outro mundo.

Um resplandecer de luar e loucura.

Prateado.

– Você está morto – sussurrei, a garganta secando e se fechando.

Era um sonho.

Era só um sonho.

– Você está prestes a acordar – murmurei para mim mesma. – Você está prestes a acordar na cama, ao lado de Merry. E de Sadie. Nada disso é real.

Mas parecia real.

Os hematomas roxos no pescoço quebrado dele pareciam reais.

E o lenço que segurava na mão, pendurado na ponta dos dedos incomumente longos, parecia muito, muito real.

– Você se esqueceu disso? – perguntou ele.

O pequeno pedaço de tecido tremulou ao vento, as três gotas de meu sangue claramente visíveis.

– Como você conseguiu... Isso não é seu!

– Não é? – Ele enrolou o pano na ponta do indicador, dando mais e mais voltas. – Achado não é roubado, suponho.

A forma como o lenço envolvia a ponta do dedo dele era hipnotizante, sedutora. Eu não poderia desviar o olhar nem se tentasse.

E não tentei.

– Por que... Por que seus dedos são assim? – Minha voz soava como um sonho distante.

Era um sonho.

Cyrus abriu a boca, mas a risada que saiu dela não pertencia a ele. Era alta e aguda, repleta de um encanto feminino.

– Ora, para invocar você melhor.

Ela, aquela criatura que não era Cyrus Danforth, riu de novo.

– Preciso que faça algo por mim, Ellerie Downing.

– Como sabe meu nome?

Eu me sentia drogada, presa num torpor no qual o mundo se movia muito devagar e as sombras ficavam muito escuras.

– Estive observando você. Estive observando você por um bom tempo.

Pisquei com força, tentando clarear a mente, mas a confusão persistiu. O mundo ficou borrado.

Por um instante, Cyrus se transformou em outra coisa – um vulto magro com um vestido branco e cabelos escuros e cacheados.

Pisquei de novo e voltei a ver apenas o pai de Rebecca – morto, terrivelmente morto.

– Por quê?

– Você é especial, sabia? Muito especial.

Neguei com a cabeça.

– Não sou. Só estou...

– Não terminei – ela me repreendeu, os dedos se fechando em punhos.

Alguém com uma voz tão adorável não devia ter dedos como aqueles.

Meus pensamentos se perderam, como flores murchando. Havia uma presença estranha em minha mente, outra entidade brigando por espaço.

– Como estava dizendo... Preciso que você faça algo para mim.

Balancei a cabeça. Não sabia quem ou o que aquela coisa era, mas não queria me envolver com nada que ela sugerisse. Os gritos do Cyrus verdadeiro submetido à Forca ecoaram em minha mente.

Aquele Cyrus estranho ergueu o lenço de novo.

– Tenho sua promessa. E seu sangue. E agora preciso que você faça esse pequeno favor para mim.

Em um lampejo, o vulto avançou, movendo-se com uma velocidade tão feroz que fiquei enjoada. Meus olhos lutavam, achando impossível focar na nova forma assumida pela criatura. Ela estava perto demais, espremida contra mim com uma insistência implacável. Só conseguia entender partes do todo. Um sorriso brilhante. O cenho arqueado. Nós dos dedos esquisitos, inchados e bulbosos como os nós de uma árvore.

– O que aquele velho bêbado idiota disse era verdade – murmurou ela, passando o indicador grotesco pela minha bochecha. – Eu amo mesmo uma boa queimada. Quanto maior, melhor, é o que sempre digo. Se pudesse ver o mundo inteiro arder, faria isso com o coração alegre. Então preciso que pegue isto, Ellerie. Preciso que você pegue e use isto.

Ela enfiou algo na palma da minha mão.

Era um fósforo.

Um pedacinho inocente de madeira e enxofre.

Totalmente inofensivo quando apagado.

– Acorde, Ellerie – falei para mim mesma. Aquele sonho, aquele pesadelo, estava ficando muito estranho, parecendo muito real.

– Você precisa ficar com este fósforo e usá-lo – instruiu a mulher, fechando meus dedos ao redor dele.

– Acorde – repeti.

– Fique com ele e o acenda.

– Acorde agora.

– Tenho sua promessa, tenho seu sangue, você precisa fazer o que estou mandando – sibilou ela, os lábios muito próximos do meu ouvido, a voz invadindo minha mente. – Fique com ele. Use o fósforo. Queime tudo.

Contra a minha vontade, minhas mãos se moveram sozinhas.

Risquei o fósforo na lateral do prédio da escola, fazendo uma chama brotar. Ela tremulou, brilhante, um lampejo iluminando a noite, mordente e ardente.

A criatura soltou um suspiro, o alívio escapando pelos dentes podres.

Assim que derrubei o fósforo, deixando o palito cair no chão sem cuidado algum, voltei a mim. Comecei a despertar, arfando.

Quando acordei, estava sozinha no quarto. Merry e Sadie deviam ter me deixado dormir até mais tarde, assumindo minhas atividades matinais.

Por um momento, continuei deitada na cama, apreciando o calor das mantas contra o frio intenso. A geada cobria as janelas, mas aquilo me tranquilizava.

Era primavera no meu sonho. No meu pesadelo.

Não como as coisas ali.

O que havia ali era real.

Meu sonho não era.

Parte de mim queria continuar na cama, passar a manhã inteira num cochilo preguiçoso. Mas havia coisas a fazer, e eu não podia continuar ali enquanto minhas irmãs cuidavam de tudo. Com um suspiro, chutei os cobertores para longe e me levantei.

Parei de súbito, encarando meus pés, incapaz de entender o que via.

Geralmente eu colocava vários pares de meias de lã de papai para espantar o frio da noite, mas não havia nenhuma meia. Meus dedos estavam escuros, cobertos por uma camada de sujeira, como se eu tivesse passado a noite caminhando descalça por Amity Falls.

25

Os dias se passaram sem notícias de Sam.

A neve continuou a cair até alcançar os joelhos de Sadie, depois os de Merry, depois os meus.

Meus sonhos voltaram ao normal, sem devaneios ardentes com Albert ou encontros terríveis com a criatura de vestido claro.

Meus pés continuaram dentro das meias.

Foi quando, certa manhã, alguém bateu inesperadamente à porta.

Uma vez, depois duas. A terceira batida foi mais alta. Quem quer que estivesse ali estava claramente indignado com o fato de ninguém atender.

– Merry! – chamei. Eu estava com os braços enfiados na pia até os cotovelos, a frente do avental encharcada.

Botões tinha aprontado na cozinha, empurrando uma pilha de pratos de metal na água cheia de sabão antes de cair dentro da cuba também. Eu ouvia os lamentos do gato em nosso quarto enquanto Sadie tentava secá-lo.

– Merry! – repeti, depois da terceira sequência de batidas.

– Ela está no estábulo – informou Sadie, descendo as escadas com Botões enrolado numa toalha e possuído por um instinto assassino.

– Você pode atender à porta enquanto me seco?

O queixo dela caiu.

– Você quer que *eu* atenda à porta? Nunca atendi à porta. – Outra série de ruídos a fez voltar a si. – Já vai! – gritou minha irmã, os passos ecoando pela casa.

Joguei o avental encharcado no balcão e conferi minha aparência no pequeno espelhinho de mesa que mamãe mantinha na cozinha para momentos como aquele. Fios soltos emolduravam meu rosto, mas não havia tempo para ajeitar aquilo. Peguei um avental limpo do gancho e fui até a entrada da casa.

— O que estão fazendo aqui? – Ouvi Sadie perguntar depois de abrir a porta.

Praguejei em silêncio. Mamãe teria puxado a orelha dela se a tivesse ouvido falar daquele jeito.

— Tenha modos, Sadie – eu a repreendi enquanto virava no corredor. Quando vi os visitantes, porém, parei no lugar. – Ah.

Simon e Rebecca Briard estavam no meio de nossa sala de estar, o rosto de ambos contorcido na mesma cara de desprezo.

— Deus os abençoe – falei, recuperando-me.

— Deus os abençoe. – Apenas Simon ecoou meu cumprimento.

Um silêncio desconfortável preencheu o cômodo, deixando claro que nenhum dos Briard falaria primeiro.

— Não vejo vocês desde o casamento. Estão com uma aparência ótima.

— Sim, minha Rebecca é puro esplendor esses dias, não acha? – Simon sorriu para ela com carinho antes de deixar o olhar pousar em sua barriga.

Ela devia enfim ter contado a boa notícia para ele.

— Estão servidos de uma xícara de chá? – Enquanto as palavras saíam de minha boca, rezei para que negassem. Estávamos em nossa última lata.

Os olhos de Simon se acenderam, esperançosos, mas Rebecca balançou a cabeça sem pestanejar.

— Não vamos nos demorar.

— O que traz vocês aqui, vizinhos? – perguntei, ajustando meu tom para combinar com a cadência direta dela.

— Dois dias atrás, enquanto voltávamos do vilarejo, vimos algo preocupante – falou Simon, dando um salto no lugar quando a esposa o cutucou nas costelas para que falasse logo. – Parece que seus novos parentes vieram para uma visita.

— Eles estavam cortando lenha – acrescentou Rebecca.

Não falei nada, esperando que desembuchassem.

— E aí? – perguntou Simon depois de um tempo sem resposta. – Eles estão?

— Eles estão... cortando lenha? – perguntei.

— Morando aqui – sibilou Rebecca.

— A carroça deles foi vandalizada na noite de Natal – falei. – Os animais foram mortos e...

— Ficamos sabendo disso – interrompeu Simon.

— Convidamos os dois para ficarem com a gente. Pelo menos até a pior parte do inverno passar.

O rosto dele se contorceu, a expressão mais séria.

– E nem passou pela sua cabeça nos avisar?

– Avisar vocês? Do quê?

– Da presença deles. Perto da minha... da nossa propriedade.

O canto da boca de Rebecca se contorceu em reação à fala do marido, mas ela não comentou nada.

– Simon, está sendo ridículo. Eles são membros da minha família. Não estou dando abrigo a criminosos.

– Eu falei para você – murmurou Rebecca, puxando a manga do esposo. – Vamos embora.

– Bom, na verdade... – começou ele – há outra razão para nossa visita. Não sabíamos se vocês já tinham sido informados das novidades.

– Que novidades? – Minha voz saiu apreensiva.

O pároco Briard tinha um falcão que usava para mandar mensagens para o bispo na cidade, assim como para receber informes dele. Será que papai conseguira enviar algo? Preparei-me para o pior.

– Houve um incêndio. Algumas noites atrás.

– Oh. – Um alívio inoportuno se elevou dentro de mim como uma maré. – Onde?

– Na escola.

Arquejei, certa de que entendera errado.

– Na escola?

Simon concordou com a cabeça.

– Está completamente destruída, reduzida a cinzas.

– Eu... Isso é horrível.

– É mesmo.

– O que... O que aconteceu? – perguntei com cautela, sem saber se meu interesse seria percebido como consciência pesada.

Era uma coincidência. Precisava ser.

– Ninguém sabe muito bem. Aconteceu na calada da noite. Ninguém percebeu até ser tarde demais para salvar qualquer coisa.

Franzi o cenho, tentando parecer interessada.

– Quando foi isso? Houve uma tempestade estranha com raios duas noites atrás. Será que... Será que foram os raios?

Simon negou com a cabeça.

– Foi uma noite antes. Na quarta-feira.

Forcei a mente, contando os dias. A escola tinha queimado na noite em que, nos meus sonhos, eu colocava fogo nela.

Coincidência.

Uma coincidência estranha, sem dúvida.

Mas, ainda assim, uma coincidência.

Nada mais.

– Achamos que você deveria ficar sabendo... Há rumores correndo sobre quem foi o responsável – disse Rebecca, erguendo uma das sobrancelhas.

Senti a bile subindo pela garganta, quente e ácida. Por mais que o vilarejo estivesse deserto, alguém tinha me visto. Alguém me observara enquanto eu riscava aquele maldito fósforo.

Minha mente disparou. Qual seria a penalidade para um crime daqueles? Tinham enforcado Cyrus por incendiar nosso barracão, mas mamãe ficara gravemente ferida. Se não houvesse feridos, será que minha sentença seria mais piedosa?

Volte a si.

Tinha sido um pesadelo.

Uma coincidência terrível em forma de pesadelo – ainda assim, um pesadelo.

A noite estava quente. Eu estava descalça.

No mundo real, havia centímetros e mais centímetros de neve cobrindo o chão.

Impossível.

Fez-se um longo momento de silêncio, e percebi que não tinha ouvido o que Simon acabara de falar.

– O quê?

– É só que... O momento em que tudo aconteceu parece terrivelmente suspeito, não?

– O momento? – repeti.

– Digo... Aconteceu pouco depois de a carroça deles ter sido vandalizada.

As coisas se encaixaram em minha mente.

– Acham que meu tio colocou fogo na escola? Isso é um absurdo!

– É mesmo? Depois de ter tido os animais abatidos?

– O que isso tem a ver com a escola?

Sentia-me em um pesadelo confuso. Conseguia entender as palavras isoladamente – juntas, porém, não faziam o menor sentido.

– Alice Fowler é a professora. – Rebecca soltou um suspiro exasperado ao ver minha expressão confusa. – Os Fowler queriam vingança pelas galinhas mortas.

Pisquei, tentando compreender a lógica.

– Então acham que Ezra e Thomas foram responsáveis pelo massacre das galinhas *e* pela escola incendiada? Eles nem conhecem os Fowler. Nada disso faz sentido.

Rebecca e Simon se entreolharam, considerando minha afirmação.

– Eu sei quem matou aquelas galinhas todas – disse Sadie. Tinha quase esquecido que ela estava bem atrás de mim. – A Abigail me contou.

– Abigail? – repetiu Rebecca. – Quem é Abigail?

– Agora não, Sadie – murmurei entre os dentes.

– Quem é Abigail? – pressionou Rebecca.

– É minha amiga...

– A amiga imaginária dela – corrigi, sobrepondo minha fala à de minha irmã caçula. – Ela não existe.

– Existe, sim! – berrou Sadie. – Existe tanto quanto você ou eu! Pare de dizer que ela não existe! – E, com isso, ela se afastou pisando duro.

– Peço desculpas por isso – falei, sabendo que precisava preencher o silêncio com algo. – É só uma fase pela qual ela está passando e...

– Vocês sabem o que Deus fala sobre falsos ídolos – disse Simon, falhando na tentativa de imitar o pai.

– Não, Simon, não sei – falei, irritada. – Mas você pode me lembrar.

– Ele fala... que não deve haver falsos ídolos – gaguejou ele, o arroubo de confiança morrendo.

Rebecca fechou os olhos, suspirando fundo antes de ousar olhar para mim.

– Vai mandar os dois embora?

– É claro que não.

– Eles são incendiários.

– Não há prova alguma contra eles. Achei que, de todas as pessoas daqui, você se preocuparia em ter provas antes de acusar alguém.

Ela estalou a língua.

– Está sendo teimosa, Ellerie. Sempre foi.

– E você está deixando rumores e especulações perturbarem sua razão, Rebecca. Você disse que o incêndio aconteceu na quarta-feira. A que horas?

Os olhos dela se voltaram para Simon.

– Clemency diz que acordou com a comoção perto da meia-noite...

– Então não tem como Ezra ter sido responsável – falei, triunfante. – Tanto ele quanto Thomas ficaram acordados até mais tarde para ver a passagem do ano.

O alívio correu pelas minhas veias quando o entendimento completo da afirmação recaiu sobre mim.

Era impossível que eu tivesse ido até o vilarejo como sonâmbula, visto a mulher estranha e ateado fogo na escola à meia-noite. Eu também ainda estava acordada àquela hora, usando a tola coroa de papel que Sadie fizera para mim.

Uma coincidência.

Só isso.

As narinas de Rebecca inflaram.

— Acho que não há outras testemunhas que possam corroborar sua história, há?

— Merry e Sadie, é claro.

— E Sam?

A pergunta pareceu escapar dela, mais baixo do que pretendia, e ela fechou a expressão numa carranca impenetrável.

— Samuel Downing está morando nos Abram agora, trabalhando no rancho — explicou Simon, felizmente sem notar o deslize da esposa. — Achei que tivesse contado para você.

Ela negou com a cabeça sem dizer nada.

Sam estava na propriedade de Judd Abram. Não conseguia imaginá-lo como funcionário de um rancho, mas guardei a informação para processá-la mais tarde.

— Só mais um motivo para me deixar desconfortável com aqueles homens ficando aqui, Ellerie — continuou Simon, virando-se para mim. — Você e suas irmãs estão sozinhas. E se algo... desagradável acontecer?

— Agradeço sua preocupação, Simon. A de vocês dois — acrescentei, olhando para Rebecca. Ela não me encarou. — Mas Ezra e Thomas são dois homens de bem. Estão ajudando bastante com o trabalho da fazenda e, como acabei de explicar, não podem ter relação alguma com o incêndio. Sinto muitíssimo que isso tenha acontecido, e é uma tragédia horrível, mas eles não são os responsáveis.

— Bem... — Simon não parecia saber como continuar. — Então acho que precisamos ir. Deus os abençoe.

— Rebecca, gostaria de ficar um pouco? — perguntei, a voz baixa marcada pela esperança. — Tingi alguns novelos de lã do rebanho dos Schäfer ontem... Adoraria mostrar para você como ficaram.

Pude enxergar em detalhes como seria. Simon se despediria com um beijo e a promessa de voltar com o trenó para Rebecca não precisar encarar a volta para casa sozinha no frio. Haveria um momento constrangedor de silêncio enquanto tropeçávamos uns nos outros, pedindo desculpas ao mesmo tempo. Eu mostraria os novelos a ela — seria apenas uma desculpa para que Simon fosse embora — e passaríamos a tarde tricotando chapeuzinhos e quadradinhos de manta em meio a risadas, nossa amizade sólida novamente.

Mas, quando os olhos dela encontraram os meus, estavam furiosos como os de uma cascavel antes do bote.

– Não – respondeu Rebecca. Simon olhou para ela, curioso. Ela acrescentou: – Agradeço. – E se enrolou melhor no manto, preparando-se para partir. Parou à porta, os dedos acariciando a madeira. – Na verdade, Simon, será que pode ir preparar os cavalos e nos dar um momento? Não vou demorar.

Ele assentiu e saiu. Rebecca continuou de costas para mim, olhando pela janela.

– Posso preparar um chá caso você queira...

– Pare com isso, Ellerie. Apenas pare.

– Eu só...

Ela se virou, os olhos lampejando e o rosto vermelho.

– Você só o quê? O que pode querer de mim?

– Será... Será que podemos conversar? – perguntei, com cautela.

– Conversar? Como se fôssemos amigas?

A raiva súbita dela fez meu estômago revirar.

– Nós *somos* amigas – respondi com firmeza.

– Nós éramos – corrigiu ela. – Mas a amizade acabou no instante em que meu pai foi pendurado na Forca.

Recuei, como se tivesse levado um tapa.

– Eu não tive nada a ver com isso!

– Seu irmão teve. Se ele não tivesse... Se ele não tivesse... – Ela olhou para a lateral da propriedade, onde Simon brigava com os arreios. – Não interessa. Já chega... Basta de vocês todos.

– Você não pode estar falando sério.

O maxilar dela se enrijeceu, firme e irredutível.

– Estou. E lamento pelo dia em que virei sua amiga. Os Downing trouxeram apenas tristeza para a minha família, e meu único desejo é que o incêndio de papai tivesse acabado com todos vocês.

A força das palavras dela me acertaram como um machado se fincando numa árvore. Queria acreditar que ela estava falando sem pensar, queria poder justificar aquilo como um surto febril de luto, mas não conseguia. Algumas coisas nunca deveriam ser ditas. Certas palavras eram cruéis demais para serem perdoadas.

Virei de costas, sem peso algum na consciência.

Ela dissera que me queria fora da vida dela.

Eu atenderia ao pedido com prazer.

Rebecca saiu para a manhã fria sem dizer mais nada.

26

"Regra Número Seis: Quando os vizinhos pedirem ajuda aos seus, estenda a mão como ensinado por Deus."

— Feijão-de-lima — repeti, repassando de novo o que havia na despensa.

Era a terceira vez.

Merry deu batidinhas no queixo ao examinar nossos suprimentos minguantes.

— É o que a gente mais tem — acrescentei, virando para dar mais uma volta no cômodo.

— É o que todo mundo mais tem — disse ela com uma careta de desprezo. — Lembra do mercado no mês passado? Nunca vi tantas variedades de feijão e similares na vida. Vagem, fava, feijão-branco, feijão-roxo...

— Um monte de feijão e de vagem — interrompi, odiando o fato de ela estar certa.

— Nunca mais quero ver feijão na frente — murmurou ela, mexendo nos potes de vidro.

Parei no lugar e olhei para ela.

— É o que está nos mantendo alimentadas.

Merry resmungou qualquer coisa e puxou o penúltimo vidro de cebola em conserva.

— A gente podia vender isso.

— Não adianta, já que todo mundo vai querer trocar por feijão — argumentei.

O canto de sua boca se curvou, concordando com relutância, mas ela não fez nenhum movimento para pegar o vidro.

– Merry?

Ela suspirou.

– Tem razão. – Pegou o pote de feijão e passou por mim. – Tem sempre, sempre razão.

Disse aquilo entre os dentes, bem baixinho, então quase não consegui ouvir.

– O quê?

Ela se virou para olhar para mim, seu rosto era uma máscara de calma, as sobrancelhas erguidas.

– O quê?

– O que acabou de dizer?

Merry inclinou a cabeça.

– Nada. Só que você está certa sobre os feijões... Mas talvez a gente pudesse trocar as cebolas por um pouco de vagem. Sadie adora vagem.

Analisei com atenção o rosto de minha irmã. Não era a primeira vez que eu a ouvia murmurar algo em provocação, mas nunca tinha conseguido entender direito. Merry era a única pessoa com quem sempre me dera bem – eu nunca discutia com ela, como fazia com Sam, e ela nunca me provocava como Sadie.

Mas agora...

Ela parecia irritadiça, e menos propensa a compartilhar o que pensava comigo.

O inverno a tinha modificado.

Mas também me modificara, forçando-me a assumir uma posição para a qual não estava pronta. Vinha tentando me adaptar a papéis que era incapaz de cumprir de maneira adequada. Sentia-me muito mais velha do que os dezoito anos que tinha, e o peso das minhas novas preocupações me retorciam e me esticavam, deixando-me sobrecarregada demais, com um fardo muito grande.

Quem gostaria de estar perto de uma pessoa como eu?

– A gente precisa ir logo se quiser fechar algum negócio bom – disse Merry por sobre o ombro antes de me deixar sozinha com meus pensamentos no corredor.

※

O Salão de Assembleia não estava tão cheio quanto o normal.

Uma dezena de famílias, talvez menos, perambulava pelo recinto, observando de forma crítica os preços dos vizinhos, julgando e determinando como poderiam fechar os melhores negócios. Olheiras marcavam os olhos famintos. Os vestidos estavam largos. Cintos estavam presos em furos mais apertados.

Os Anciãos tinham organizado um dia de mercado por mês, uma forma de ajudar Amity Falls a passar pelo longo e incerto inverno. As pessoas levavam para trocar ou negociar os itens que tinham sobrando. Algumas pessoas prometiam os primeiros produtos da safra da primavera. Outras ofereciam ajuda no trabalho da fazenda ou com reparos.

Os primeiros dias de mercado tinham sido um sucesso, com todo mundo sorrindo e disposto a ajudar. Conforme a neve ficava mais e mais alta, porém, a ansiedade marcava mais o rosto dos presentes. A preocupação pesava, era possível senti-la no ar – um toque cúprico, potente e amargo. Parecia que os mesmos itens eram levados todos os meses.

Feijões.

Ovos.

Nunca a farinha ou a carne pela qual estávamos tão desesperados.

Mesmo assim, participávamos.

– Mamãe enlatou esses no auge do verão – disse Merry, oferecendo uma lata de feijões para Cora Schäfer. – A senhora quer trocar?

A mulher mais velha tinha levado um item valioso para o mercado naquele dia – uma lata grande de cerejas em calda – e todos giravam ao redor dela como abutres.

– Não preciso de mais feijão, Merry Downing.

Afastamo-nos, abrindo espaço para que outras pessoas tentassem a sorte, mas Cora nos deteve segurando o braço de Merry.

– Acho que vocês foram gentis em permitir que seu tio e seu primo ficassem com vocês. Não deixem que ninguém diga o contrário.

Merry franziu o cenho, sem saber da conversa que eu tivera com Rebecca e Simon.

– O que a senhora quer dizer?

O olhar de Cora percorreu o salão.

– Algumas pessoas acham que deveríamos cortar os laços com eles. Que eles deveriam ser expulsos.

– Algumas pessoas? – perguntou Merry. – A senhora está falando de Amos?

– Leland – acrescentei, direta.

Cora teve a compostura de enrubescer quando o nome do marido foi mencionado.

– Eles estão todos meio irracionais esses dias. Os três. Acho que é o estresse da situação. Estão só tentando tomar conta do vilarejo da forma que for possível. Tentando manter o equilíbrio de poderes.

– Equilíbrio de poderes?

– O exercido por Briard, é claro. Não perceberam que ele não está aqui? Assim como vários dos membros mais... fervorosos da congregação?

Corri o olhar pelo salão, notando a ausência dos Latheton e dos Fowler. Simon e Rebecca também não estavam presentes.

– Talvez eles não tenham nada para trocar.

– Talvez estejam na igreja agora, planejando formas de tomar o controle. – Os olhos dela assumiram um brilho fervilhante, e notei que suas mãos tremiam.

– Cora, quando foi a última vez que a senhora comeu?

Eu tinha começado a pular uma refeição aqui e outra ali, tentando fazer nossos suprimentos durarem um pouco mais. Minha cabeça andava meio aérea, distante e confusa. Perguntei-me quanto daquela acusação de Cora vinha da fome.

– Está tudo bem. Eu estou bem – insistiu ela. Quando seu olhar recaiu sobre as cerejas em calda, porém, ouvi seu estômago roncar.

Minha esperança era que os comentários de Cora fossem uma conjuntura febril, mas não conseguia parar de me perguntar por que os maiores apoiadores de Briard não estavam ali.

– Vamos, Ellerie – disse Merry, puxando minha capa enquanto a esposa do Ancião dispensava minha preocupação com um gesto.

– Deus abençoe a senhora, Cora Schäfer – falei.

– O que foi isso? – indagou Merry quando Cora não podia mais nos ouvir. – Que loucura.

– Acho que ela só está...

– Oh, feijão-de-lima! – exclamou Bonnie Maddin quando passamos. Ela estava sentada num banco, enrolada numa capa agora duas vezes maior do que ela. O cabelo da garota, geralmente tão exuberante e cheio de cachos, estava preso numa trança fininha, as raízes oleosas. Seus lábios se curvaram num sorriso esperançoso, revelando dois dentes faltantes. – Mamãe adoraria uns desses!

Merry estreitou os olhos, procurando o que Bonnie daria em troca.

– E o que você tem aí?

A brusquidão dela me surpreendeu. Minha irmã não via a amiga desde o último dia de mercado, quase um mês antes. As tempestades tinham impedido a reconstrução da escola; as aulas haviam sido suspensas, obrigando as crianças de Amity Falls a ficarem em casa.

Bonnie não respondeu nada, apenas estendeu duas braçadas de fitas de cetim. Eram tingidas de belos tons de azul e roxo, e tive vontade de passar os dedos pelas bordas reforçadas.

– De que isso me serviria? – perguntou Merry, o tom afiado como uma garra.

– Dariam um laço bonito para um chapéu – sugeriu Bonnie, chacoalhando as fitas para nós.

– Não dá para comer um chapéu – disparou minha irmã. Depois se virou e saiu para procurar outra pessoa com quem negociar.

O rosto de Bonnie foi tomado por lágrimas.

– Mamãe me disse que, se eu não levasse comida para casa, ela não me deixaria entrar.

– As fitas são lindas, Bonnie – falei, de coração partido. – Sei que alguém vai querer comprar.

Os olhos úmidos dela me fitaram.

– Ellerie, por favor.

– Eu... eu sinto muito – respondi, apertando o passo.

– Martha McCleary tem ervilha – murmurou Merry quando me juntei a ela.

A esposa do Ancião tinha acabado de entrar no Salão de Assembleia, tirando os flocos de neve do xale pesado. Amos cambaleou na direção dela, abafando com o lenço a tosse pesada. A pele escura do homem tinha uma palidez incomum, os olhos leitosos lacrimejavam. Vi gotas de sangue manchando o tecido e neguei com a cabeça.

– Melhor não, só por segurança.

– Por que ele não fica em casa? – questionou Merry. – Parece que está com um pé na cova.

Pouco gentil, mas verdadeiro.

Matthias se juntou a ele, oferecendo o braço para Martha e observando Amos com o olhar afiado. Enquanto conversavam num tom baixo demais para ser ouvido, Leland se afastou. Em público, os Anciãos ficavam sempre juntos, como gansos migrando para o sul no outono e depois voltando para o norte quando a primavera chegava.

– Batata? – Roger Schultz se interpôs em nosso caminho, erguendo o saco de aniagem.

Merry espiou dentro dele e franziu o nariz de imediato.

– Não estão lá grande coisa – admitiu ele. – Mas vocês podem cortar as partes pretas. Ainda tem uma boa parte que dá para comer.

A voz dele estava marcada por um tom agudo de desespero.

A fazenda dos Schultz tinha sido dizimada pela doença que se espalhara por Amity Falls. Ela contaminara quase todas as lavouras deles. Saber que tinham cinco crianças pequenas em casa – e uma a caminho – fazia meu coração desejar apenas entregar nossas latas de feijão, mas contive os pensamentos caridosos.

Compaixão não manteria nossa barriga cheia.

Amos foi acometido por outro acesso de tosse, ruídos roucos e súbitos que davam a impressão de que os pulmões dele sairiam voando e bateriam na parede, úmidos e destroçados.

Martha esfregou as costas do esposo, como se tentasse soltar um punhado teimoso de catarro.

– Eu estou bem, mulher, estou bem – praguejou ele, agitando a bengala num alerta.

– Amos, meu velho amigo, você precisa descansar – disse Matthias. – Que tal eu levar você para casa? Leland pode acompanhar Martha em segurança mais tarde, quando ela terminar aqui.

O homem dispensou a oferta, franzindo as sobrancelhas grossas e brancas numa careta de raiva.

Martha balançou a cabeça e se afastou.

– Não sei mais o que fazer – admitiu para Cora, a voz alta demais. – Todos os dias vou me deitar achando que será a última noite dele na Terra, mas pela manhã o sol nasce e ele ainda está aqui, ainda pior do que antes.

– Tenho certeza de que ele vai melhorar logo – disse Cora. – Homens como Amos são cabeça-dura. Não padecem de uma gripezinha qualquer.

– E o médico não ajuda em nada – continuou Martha, como se não tivesse ouvido Cora. – Diz que não tem remédio. – Ela fez uma careta. – Ele é médico. É claro que tem remédio. Só quer ficar com tudo para ele.

O maxilar do dr. Ambrose, do outro lado do salão, se enrijeceu.

– Você sabe que não é verdade, Martha – disse Cora, tentando amenizar a situação.

– Tudo o que eu sei é que faria qualquer coisa para fazer Amos melhorar. Qualquer coisa – repetiu ela.

– Mas escute – disse Matthias, chamando o médico –, deve haver algum remédio que possa oferecer a ele. Você sempre tem alguma coisa escondida naquela maleta.

O médico negou com a cabeça.

– Eu disse a vocês ainda no verão que meu estoque estava cada vez menor. Por que acham que algo mudou?

– Ele é um Ancião – arriscou Leland. – Com certeza isso tem algum peso.

– Mas nem que ele fosse o próprio Jesus Cristo. Eu não tenho nada!

– Não aqui, talvez – argumentou Matthias, notando como todos no salão prestavam atenção nele. – Mas na sua choupana, com certeza. Ninguém iria censurá-lo se tivesse um pequeno estoque escondido para um dia chuvoso.

O médico soltou um suspiro ríspido e repleto de impaciência.

– As coisas estão saindo do controle. – Ele se virou para a porta, mas Leland se interpôs entre ele e a saída.

– Só dê o remédio a ele.

– Eu tenho comida. E dinheiro – disse Martha, parando diante do homem, mexendo na capa de lã. – Por favor.

– Deixe-me em paz – disse o dr. Ambrose, recuando para evitar o toque da mulher.

Matthias se adiantou, os braços cruzados sobre o peito. O ferreiro formava uma muralha impossível de ultrapassar.

O queixo do médico caiu.

– Vocês não vão me deixar sair?

– Ela está sendo totalmente razoável. Nós estamos. Dê o remédio a ele.

– Eu daria, se ainda tivesse algum. Que parte da minha afirmação vocês não entenderam?

– Onde você está escondendo os remédios?

O dr. Ambrose ergueu os braços, tentando manter o Ancião longe enquanto Matthias chegava mais perto.

– Em lugar nenhum. Não tem mais remédio. Eu juro!

Um som horrendo de destruição veio de fora, como se o céu estivesse se abrindo para anunciar o início do Apocalipse. Todos nos viramos e vimos, horrorizados, um dos enormes pinheiros da fronteira de Amity Falls cair. O tronco que restou não passava de um punhado de enormes lascas afiadas, erguidas para o céu como dedos tenebrosos.

O médico usou o momento de distração para escapar. Quando saiu, seguiu na direção da estrada tão rápido quanto sua artrite permitia. O vento uivou pelas portas abertas, e as paredes do Salão de Assembleia tremeram.

– As tempestades estão cada vez piores – disse Calvin Buhrman, espiando pela janela. – Vi três árvores caídas no caminho para cá. Acho melhor a gente voltar para casa.

Atrás dele, Violet assentiu.

– Ou talvez a gente deva ficar aqui – rebateu Leland, o olhar fixo no toco da árvore. – Pelo som, a tormenta está piorando. – Como se confirmando o que ele tinha acabado de dizer, o uivo do vento ficou mais agudo, berrando como uma banshee pelas estradas geladas. – Nós temos lenha… um pouco – disse ele, conferindo a pilha ao lado do forno. – E suprimentos… Com esses feijões, morrer de fome não vamos.

A piadinha devia ter sido recebida com risadinhas.

Não foi.

Amos pigarreou. Bonnie fungou.

Olhei ao redor, tentando prestar atenção em cada pessoa presente para notar todos os detalhes que tinha perdido até então. Os olhos febrilmente vidrados. A palidez na pele. Mãos trêmulas e narizes vermelhos de tanto assoar. Exaustão e dores.

Todo mundo parecia à beira de uma doença.

Virei-me para Merry.

– Acho... Acho que a gente devia ir embora.

– Não vamos conseguir chegar em casa com esse tempo – respondeu ela, apontando para a ventania que fazia a neve açoitar as janelas.

– Não dá mais para ficar aqui. Olhe para os outros. Todos estão doentes. Doentes e com medo.

Estremeci ao imaginar o que poderia ter acontecido com o dr. Ambrose se aquela árvore não tivesse caído. O desespero mudara o vilarejo, fazendo as pessoas pensarem apenas em si mesmas. Não na comunidade como um todo.

Sem pensar muito, peguei nosso vidro de feijão e o guardei sob a capa para escondê-lo do olhar dos demais.

Amos caiu num banco, lutando para respirar. Tossiu uma vez, depois outra, exausto demais até para cobrir a boca com o lenço.

Quase consegui sentir as gotas de saliva caindo em mim. Com nojo, limpei o jato invisível do rosto, mas minha pele ainda coçava. Imaginei a doença se afundando em meu corpo, como uma colônia de formigas se espalhando pelo chão. Cocei o dorso das mãos, deixando a pele vermelha, mas aquilo só inflamou as chamas da irritação. Sentia as costas esfoladas, as mãos formigantes. Algo parecia se arrastar pelo meu cabelo, mas não conseguia mitigar a sensação por mais que esfregasse o couro cabeludo.

O Ancião apenas se engasgava e tossia mais.

A expressão de Matthias ficou sombria, os pensamentos estampados no rosto.

– Calvin está certo. Precisamos ir para casa antes que a tempestade piore. Na verdade... Acho que todos devemos ficar reclusos por um tempo. Até o perigo passar.

– Do que está falando? – perguntou Cora.

Contorci-me no lugar, tentando me livrar do incômodo que me fazia sentir calafrios. Merry segurou minha mão na tentativa de me acalmar.

– Com tão poucos suprimentos, acho que é prudente guardarmos tudo para nós mesmos. Vamos racionar e fazer o que temos ser suficiente. A primavera vai chegar, e isso vai acabar. Mas precisamos ficar em segurança até lá.

Murmúrios preencheram o salão.

– Até que a neve toda derreta, esta é a última vez que estamos todos reunidos – anunciou Matthias, decidido. O queixo de Leland caiu e Amos ergueu a mão num protesto débil, mas eles não fizeram nada para detê-lo. – Que Deus abençoe a todos, e a Amity Falls, até lá.

27

Toc, toc, toc.

Toc, toc.

Esfregando os olhos turvos para espantar o sono, encarei as vigas do teto, tentando pensar em quem poderia estar me acordando. Os rostos que conseguia ver nos nós da madeira pareciam maliciosos e cruéis. A claridade estava baça por conta do vapor da minha respiração condensando no ar. Afundei em meio às cobertas, desejando poder voltar ao sono, escondida sob as montanhas de mantas aquecidas pelo corpo das minhas irmãs.

Era o único momento em que eu me sentia quentinha o bastante.

Toc, toc.

Toc, toc, toc.

O que era aquilo?

Rolei para o lado e espiei pela janela, avistando o enorme olmo crescendo perto da casa. Papai o podara no ano anterior, preocupado que as tempestades de verão pudessem fazer os galhos chicotearem muito perto da casa. Talvez estivesse precisando de uma nova poda. *Era* março.

Mas os galhos nus e retorcidos estavam imóveis. Nem uma brisa mínima soprava.

Com um suspiro, forcei-me a deixar meu ninho de conforto. Encolhi o pé, ainda protegido pelas meias de papai, quando ele encostou nas tábuas congelantes. Depois de colocar um suéter de lã sobre a camisola, desci a escada, esfregando os braços. Mamãe tricotara aquela blusa no ano anterior, mas ela estava larga demais em mim, volumosa como uma tenda.

Soltei um grunhido quando entrei na sala de estar.

Estava ainda mais frio ali.

Comecei a trabalhar, ignorando o tremor nas mãos enquanto coletava as cinzas da lareira. Tremia, ou por conta do frio ou da fome constante – não era mais capaz de diferenciar o motivo desde semanas atrás. Coloquei fogo numa acendalha e depois adicionei gravetos à lareira, deixando a chama crescer e se alimentar.

Toc, toc.

Toc, toc, toc.

Por pura memória muscular fui até a porta lateral, meu caminho instintivo quando ia tirar leite de Bessie. Já tinha colocado o casaco e as botas de trabalho de papai quando me lembrei de que a pobrezinha da vaca morrera no dia anterior, as costelas salientes e nítidas sob a pele.

Mantive a mão na maçaneta, perguntando a mim mesma o que deveria fazer.

A sala girou por um instante quando considerei as opções. Estava muito distraída, a mente uma folha seca capturada num sopro de vento forte, incapaz de fazer qualquer outra coisa além de dançar.

Café da manhã. Precisava tomar café da manhã.

Depois de me arrastar até a despensa, fucei nas prateleiras nuas esperando que, contra qualquer lógica ou razão, um milagre tivesse acontecido e houvesse mais coisas nelas do que eu listara no dia anterior.

Não havia milagre nenhum.

Fiquei parada à porta, oscilando enquanto meu centro de gravidade mudava. Enfim peguei uma latinha cheia de folhas secas de hortelã – Sadie descobrira alguns pés pouco antes das nevascas, e havíamos colhido tudo – e voltei para o fogo.

Coloquei a chaleira no gancho e esperei a água ferver.

Toc, toc, toc.

Toc, toc.

– Sam? – arrisquei, a confusão embotando meus sentidos. Senti a garganta seca, a voz entrecortada devido à incerteza.

Não houve resposta.

Tampouco haveria – Sam partira havia meses.

Meses? Não podia ser.

– Você sabe que sim, Ellerie – murmurei, tentando me ater ao presente.

Era a árvore, tinha de ser. Depois que tomei o chá, fui até o exterior da casa e vi os galhos nus. Talvez convencesse Ezra e Thomas a me ajudar a pegar a escada no estábulo para cortar os ramos mais longos.

Assenti quando a chaleira começou a chiar.

Sim. Ótimo. Aquela seria a tarefa do dia.

Toc.
Toc.
Toc, toc.

– O que *diabos* é isso? – perguntou Merry ao entrar na cozinha.

Não tinha ouvido os passos dela na escada – mas, para ser sincera, não estava ouvindo muita coisa além do *toc-toc-toc* persistente. Focar mais de uma tarefa por vez parecia impossível naqueles dias.

– Acho que é algum galho de árvore. A água já está quente. – Tomei um gole, deixando o chá fraco aquecer minhas entranhas. Era quase suficiente para enganar meu estômago e o fazer pensar que estava mesmo cheio.

– O barulho me acordou – disse ela, pegando uma xícara.

Murmurei em concordância, estranhamente grata de saber que ela também estava ouvindo. Conforme o inverno avançava e nossos suprimentos ficavam mais escassos, não raro me perguntava se a fome estava me fazendo ver ou ouvir coisas que não existiam. Acordava de sonhos tão vívidos e convincentes que a vida real parecia mais obscura em comparação.

Na semana anterior, havia sonhado que mamãe e papai tinham voltado. Eu via a carroça deles se aproximando pela janelinha em forma de losango do nosso quarto e corria para encontrá-los. No sonho, mamãe estava totalmente curada, sem sinais de queimaduras ou cicatrizes marcando a pele. Papai sorria, feliz, ansioso para que conhecêssemos nosso irmãozinho, enrolado na mantinha de Sadie. Mas, quando ele puxava a manta, era uma criatura horrível que estava acomodada nela.

A cabeça do bebê era bulbosa e deformada, grande demais para o corpinho. Ele parecia maleável demais, como se os ossos não tivessem se formado e só a pele segurasse o peso do que havia dentro dele. Havia calombos estranhos no rosto do nenê, como se dentes fossem surgir das curvas suaves de seu rostinho. Mas o pior de tudo era que nosso irmão encarava o mundo com olhos de um prateado brilhante.

– Estou com fome – choramingou Sadie, a voz dela ecoando da escadaria.

– Venha tomar um pouco de chá.

Ela marchou cômodo adentro.

– Não aguento mais chá.

Sadie tinha puxado uma das mantas da cama e se enrolara em um casulo de algodão. Mal dava para ver os olhos dela brilhando entre as camadas escuras. Lembrava tanto meu pesadelo horrível que fez calafrios percorrerem meu corpo.

– Pode ficar com a minha porção de mingau hoje, meu amor – ofereceu Merry, generosa.

— Mas o mingau é tão ralo quanto o chá — resmungou Sadie, largando o corpo no chão diante das chamas. — Não aguento mais o inverno.

— Cuidado com a manta perto da lareira — falei. — A última coisa de que a gente precisa é outro incêndio.

Sadie arrumou a manta e, mal-humorada, aceitou uma xícara de chá.

— Podemos ir até o vilarejo hoje?

Imaginei de relance a cena de nós três nos arrastando pelos campos congelados. O caminho já fora enterrado por camadas fundas de neve havia muito tempo. Cada vez que saíamos de casa, eu tinha medo de me perder com minhas irmãs e de congelarmos até a morte, presas em um mar infinito de um branco cegante.

— Para quê?

— A gente não vê ninguém faz um tempão. Estou com saudade das minhas amigas.

Parecia que uma eternidade tinha se passado desde a decisão dos Anciãos de fechar a igreja e o Salão de Assembleia, acreditando que seria melhor nos mantermos em segurança em casa.

Melhor na teoria, pelo menos.

Depois de dois meses de isolamento, estávamos todos impacientes e cansados de ficar trancados.

Toc, toc, toc.

Toc, toc.

Toc.

Sadie esfregou o rosto.

— Ai, esse barulho de novo! O que é isso?

— Ellerie acha que tem um galho batendo na parede da casa — respondeu Merry, aproveitando os restinhos do chá. Olhou para a lata de hortelã com um olhar de desejo antes de enfim colocar a xícara de lado. — Vai ser bom para suprir o estoque de lenha, acho.

Assenti, sombria.

Não havíamos racionado com tanto rigor nossa lenha no começo do inverno, e o barracão estava quase tão vazio quanto a despensa. Em algum momento, precisaríamos ir até os pinheiros para procurar árvores caídas, mas as tempestades horríveis tinham nos mantido bem protegidas na fazenda.

Parecia que aquele inverno jamais acabaria.

Toc, toc, toc.

As batidas baixinhas foram ecoadas por estrondos mais altos quando ouvimos passos no alpendre.

Merry ergueu a cabeça, assustada.

– Quem é?

Meus olhos recaíram de imediato na cornija da lareira, mas papai tinha levado a carabina com ele. Na época fizera sentido – mas, depois de tantos meses incapazes de caçar ou proteger nossa família, eu estava com os nervos à flor da pele, assustada com qualquer coisinha.

A porta se abriu de imediato e alguém entrou, enchendo imediatamente o cômodo com o fedor de vísceras e o odor acre de ferro. O grito de nós três cortou o ar. Ezra ergueu as mãos para nos acalmar, mas elas estavam manchadas de vermelho, cobertas de sangue.

– O que aconteceu? – consegui perguntar.

– Estava dando um jeito em Bessie – respondeu ele, tirando o casaco. Olhou para a camisa e franziu o cenho ao ver uma manchinha de sangue.

Sadie empalideceu.

– É verdade. Obrigada – falei, lembrando-me de repente da oferta de ajuda que ele me fizera no dia anterior. Balancei a cabeça para dar foco aos meus pensamentos. Estava esquecendo muitas coisas nos últimos dias. – Acho que vamos ter carne para o jantar hoje, ao menos. – Meu estômago roncou. Tomada pela culpa, afastei as lembranças do olhar doce de nossa vaquinha leiteira.

Merry se levantou e foi preparar uma xícara de chá para nosso tio.

Toc, toc.

Toc, toc, toc.

– Tem um galho batendo na parede da casa – afirmei, com a sensação de estar sendo repetitiva.

– Tem, é? – perguntou ele, sorvendo um gole longo demais e fazendo uma careta ao queimar a língua com a água quente.

– Não está ouvindo?

Toc, toc.

Toc, toc, toc.

Ezra inclinou a cabeça, prestando atenção ao batuque constante que se espalhava pela casa. Depois estreitou os olhos e começou a rir.

– Qual é a graça? – perguntou Sadie, as sobrancelhas unidas no alto do rosto.

– Não é árvore nenhuma. As bobinhas ainda não olharam lá para fora hoje?

Como um lento bando de animais, caminhamos até o alpendre, abraçadas às mantas e aos casacos.

– Estão vendo? – perguntou ele.

Espiei o quintal. A luz da manhã tingia de raios prateados os campos cobertos. O terreno cintilava – belo até eu ver os passos ensanguentados de Ezra maculando toda aquela pureza.

– Não estou vendo nada – admiti.

– Ali – disse ele, apontando para o telhado do alpendre.

Toc, toc.

Toc, toc, toc.

Ezra estava certo.

Não era um galho.

Não era o vento.

Gotas de água pingavam das estalactites de gelo penduradas no teto. Caíam nas tábuas com uma persistência cadenciada.

Senti a esperança saltar na garganta.

Toc, toc, toc.

– A neve está derretendo – disse Ezra, redundante. – A primavera enfim chegou.

PRIMAVERA

28

— Cuidado – avisei. Mal conseguia enxergar o rosto de Merry sob a aba enorme do chapéu de papai. O rosto dela estava coberto com tantas camadas de véu que nem mesmo a luz brilhante do sol conseguia atravessar o tecido.

– Acho que estou fazendo alguma coisa errada. – A voz dela saiu fina e esganiçada; era evidente que não estava feliz com a situação. – Não podemos esperar mais alguns dias?

– Enfim está quente o bastante para abrir as caixas. Precisamos ver se as rainhas sobreviveram ao inverno.

Eu estava caçando ovos no galinheiro naquela manhã quando uma abelha pousou na barra da manga do meu vestido, vibrando as asinhas como se dissesse olá. Era a primeira que eu via desde o começo das nevascas, e assumi aquilo como um sinal de que as colmeias estavam prontas para a inspeção. Depois do café da manhã, convoquei Merry e até deixei que ela escolhesse a tarefa que preferia – manusear o fumigador ou erguer as melgueiras.

– Não consigo erguer os caixilhos sozinha – protestara ela.

– Então o fumigador é todo seu.

Antes tinha muita certeza de que seríamos capazes de fazer aquilo sozinhas – enquanto ela lutava com a parte de metal e os foles do aparelho, porém, comecei a me questionar se não teria sido melhor ter chamado Ezra ou Thomas para ajudar.

Para a minha surpresa, nenhum dos dois demonstrara muito interesse pelas abelhas. Ezra dissera que ambos eram terrivelmente alérgicos a picadas. Quando eu perguntara como ele lidara com isso crescendo numa família de apicultores, ele rira.

– Tomando muito cuidado.

– Só precisa de um pouquinho mais de fumaça na gaveta inferior – instruí Merry, tentando soar confiante.

Devagar, contei até vinte – como eu lembrava de ver papai fazendo – e ergui a tampa interna.

Uma massa de abelhas nos recebeu, acumuladas ao redor da última porção da solução de açúcar. Havia só mais um pouquinho aqui e ali, e meu coração se alegrou. Aquela colmeia não só sobrevivera ao inverno como, numa inspeção inicial, também prosperara. Usando o cinzel, liberei vários dos caixilhos superiores, correndo os olhos por eles. A maior parte dos favos estava amarelo-clara, os reservatórios cheios de mel produzidos a partir do açúcar que as abelhas tinham ingerido ao longo do inverno. Havia pontos de um laranja-escuro espalhados entre os demais – favos cheios de pólen e pão de abelha. Era estranho ver tão poucos deles – mas aquele fora um inverno longo e difícil, e as abelhas só agora começavam a se aventurar de novo pelo mundo. Embora nossos campos ainda estivessem nus, flores começavam a nascer pelo vale todo. Logo seriam capazes de estocar mais pólen, eu tinha certeza.

– Vamos dar uma olhada na caixa de reprodução antes de limpar os caixilhos inferiores – falei, tirando a camada de cima com os braços trêmulos.

Merry jogou fumaça na parte de baixo da caixa e verifiquei as divisões de reprodução, feliz em ver as câmaras seladas nas bordas. A rainha daquela colônia estava viva e ocupada com a postura. Vários tampões de rainha emergiam da colmeia, como cogumelos em profusão, mas não havia geleia real nem larvas neles – nada que sinalizasse problemas com a rainha atual. Os últimos resquícios de ansiedade que sentia sumiram.

Com um grunhido, soltei a caixa de reprodução da base e a coloquei de lado com a máxima gentileza possível. Ela devia pesar pelo menos quarenta e cinco quilos.

– Oh – disse Merry, espiando a parte inferior da colônia. Havia várias abelhas mortas.

– Tudo bem – falei, tentando tranquilizar nós duas ao mesmo tempo. – Nem todas as abelhas iriam sobreviver ao inverno mesmo, e estava frio demais para as operárias removerem os corpos. Vamos limpar a base e depois montar tudo de novo.

Tampões de cera salpicavam a superfície, e havia uma mancha azulada num dos cantos. Não era incomum a ocorrência de mofo nos meses do inverno, quando a colmeia ficava menos ventilada e a umidade se acumulava lá dentro. Não era algo bom, mas fiquei grata de ver apenas uma marca daquelas – a condensação devia ter se acumulado ali, e não nos caixilhos superiores.

Começamos a trabalhar, espanando as abelhas mortas e raspando o mofo. Terminamos de recuperar a primeira colmeia e avançamos para a próxima, depois para a seguinte, e então para a outra, até as cinco colônias estarem inspecionadas. O sol começava a afundar atrás das montanhas quando fechei a última colmeia com um suspiro satisfeito.

Dei um abraço animado em Merry e plantei um beijinho no topo do chapéu dela.

– Conseguimos – falei, suspirando de alívio. – Conseguimos manter as abelhas vivas ao longo do inverno.

– Dia longo de trabalho, moças? – disse alguém do outro lado do quintal.

Merry puxou as bordas do véu para ver melhor a silhueta apoiada contra um choupo.

– Albert! – exclamou ela, e senti um frio na barriga.

Não nos víamos desde o Natal. Nevascas pesadas e geadas violentas tinham impedido a visita do rapaz. Eu tinha sofrido com nossa separação. Mas o que os poetas escreviam se provou verdade: a saudade tornava o coração mais afetuoso. Mais afetuoso e sonhador e propenso a acessos de anseio e angústia.

Mas ele tinha voltado. Enfim.

– É seguro me aproximar? – perguntou ele enquanto organizávamos as ferramentas. – Não quero perturbar as abelhas.

– As colmeias estão fechadas, você está ótimo – falei, colocando a mão sob o véu para ajeitar uma mecha rebelde de cabelo. Eu sonhara acordada várias vezes, imaginando diversas versões de nosso reencontro, mas em nenhuma delas eu usava véu de manejo de abelhas. – Digo, você vai ficar ótimo – corrigi, o sangue fazendo meu rosto corar enquanto tentava amenizar o sorriso. Cada fibra em mim pedia que eu o abraçasse, mas a presença de Merry me deteve.

Por pouco.

Albert estava sorrindo, mas algo parecia errado. Ele tinha um olhar cauteloso, cheio de dúvidas, como se estivesse analisando uma situação potencialmente perigosa. A hesitação dele me fez hesitar também, e preocupações recaíram sobre mim como um bando de pássaros dentro do meu peito.

– Você sobreviveu ao inverno – disse Merry. – Como está?

– Ótimo – respondeu ele, oscilando para a frente e para trás, evitando meu olhar a todo custo. – E os Downing, como estão?

– Estamos ótimos – falei, desconfortavelmente ciente de como havíamos repetido a mesma palavra várias vezes. – Quase todos sobrevivemos ao inverno... Bessie morreu. Nossa vaca. E algumas das galinhas.

Ele desviou o olhar de Merry.

– Sinto muito. Foi um inverno complicado para todo mundo... Mas vocês duas parecem bem.

A mentira pairou, vazia, no ar primaveril.

Não estávamos nada bem, e sabíamos disso. Os ossos de nossa bacia se destacavam de forma desconfortável na saia, e tínhamos olheiras profundas. Depois de tantos meses enfiada em casa, minha pele estava pálida, tomada por um tom amarelado que demoraria mais do que uma tarde inspecionando as colmeias para sumir.

Fiquei subitamente preocupada depois de tomar consciência de minha aparência. Será que ele se importava muito com isso?

– Merry! – Sadie surgiu no alpendre, analisando os campos com uma das mãos protegendo os olhos do sol. – Já acabaram com as abelhas? Preciso de ajuda!

Com a escola ainda fechada, Merry ajudava Sadie com a lição de casa, não raro largando pedaços de papel pela casa com tarefas anotadas às pressas. Nenhuma das duas estava feliz com isso, mas as habilidades de Sadie com a escrita e a matemática estavam melhorando.

Suspirando fundo, Merry empurrou o fumigador para os meus braços e se despediu de Albert com um murmúrio. A porta de tela bateu atrás dela com um ruído apático.

– Espere, vou ajudar – disse Albert, pegando os cinzéis e o fumigador.

Com as mãos livres, tirei o chapéu e ajeitei a trança. Ela bateu nas minhas costas, úmida e pesada. Ficamos encarando um ao outro por um longo momento. Abri a boca, mas palavra nenhuma saiu dela.

– Como elas estão? – perguntou ele enfim, apontando para as colmeias.

Sorri para espantar o desconforto.

– Todas as colônias sobreviveram ao inverno. E tudo graças ao seu açúcar... Se você não tivesse...

– Se *você* não tivesse – corrigiu ele. Por um momento, a tensão entre nós cresceu cada vez mais... até se romper.

– É... bom ver você de novo – falei, entrando no barracão.

Coloquei o chapéu no chão e juntei o véu dentro dele para evitar que se emaranhasse.

– É sim. – Albert arrumou os cinzéis sobre a mesa, do menor para o maior, e depois os alinhou perfeitamente com movimentos breves e suaves.

– Eu... senti saudade de você – admiti, tomando o cuidado de manter a voz neutra.

O sorriso dele não diminuiu nem aumentou.

– Ellerie – começou Albert, e senti o peito doer com o tom de sua voz.

Os sentimentos dele tinham mudado. Ou eu vira algo que não existia, sonhando melancolicamente com coisas que não me pertenciam.

Passei pela porta, com a intenção de esconder meu constrangimento e minha vergonha.

– Não fui justo com você – continuou ele, e parei no lugar. Não queria me virar, mas podia sentir sua aproximação. Tinha a impressão clara de que ele tinha estendido a mão, quase tocando minhas costas antes de pensar melhor. – Tive muito tempo para refletir ao longo do inverno, e... Não vou ficar aqui em Amity Falls para sempre. Sabe disso, não sabe?

Assenti.

– Você precisa vender as peles que conseguiu... Mas vai voltar depois, não vai? – Quando olhei para trás, ele parecia um pouco mais alto, como se tivesse ficado mais sábio e grandioso ao longo do inverno enquanto eu diminuíra, mais cansada e oca por dentro. – Antes do outono? – insisti. – Jean Garreau sempre fazia isso. Ele voltava para colocar as armadilhas, preparar o acampamento e...

Albert pegou meu rosto entre as mãos, silenciando minhas palavras.

– Eu não sei. Os outros... Eu não tenho muita voz nas decisões. – Ele deu uma risadinha. – Mas que bagunça... Eu vim aqui para dizer que a neve derreteu. O desfiladeiro está aberto de novo.

– Então você vai embora em breve – murmurei, sentindo o coração doer.

Ele aquiesceu.

– E quero que você venha comigo.

– O quê?

Ele pegou minha mão entre as dele, a pressão dos dedos suplicante e ardente contra os meus.

– Vamos sair daqui. Ir embora de Amity Falls. Podemos ir para qualquer lugar, fazer qualquer coisa. Dormir sob as estrelas ou nos hotéis mais elegantes. O mundo além da Mão de Deus é muito grande. Vamos conhecer o que a gente puder. Juntos.

As palavras dele esboçavam um sonho tão atraente que as possibilidades me atordoavam. Imaginei nós dois caminhando pela rua de uma cidade distante, de braços dados, enquanto nos maravilhávamos com coisas incríveis nas vitrines das lojas, trajados em roupas estilosas e rindo alegremente. Imaginei noites numa barraca compartilhada, caindo no sono enquanto ouvíamos os sons da primavera e as batidas do coração um do outro, quentinhos e protegidos na bolha de segurança criada por nós.

Mas, quando olhei ao redor, analisando o barracão, tais pensamentos sumiram enquanto a realidade entrava em foco.

Abri um sorriso triste.

– Parece maravilhoso.

– Mas...? – perguntou ele, pressentindo as palavras que viriam.

– E Sadie? Merry? Quem vai cuidar delas?

– Seus pais vão voltar em breve. Com o desfiladeiro desbloqueado, eles podem chegar a qualquer momento.

– Com um bebezinho recém-nascido – falei, rezando para que fosse o caso. – Vão precisar de mim aqui, especialmente agora que Sam se foi. – Engoli em seco, sentindo vontade de chorar. – Não posso ir embora assim.

Ele suspirou, o olhar recaindo sobre nossas mãos unidas.

– Não. Acho que não mesmo.

Inclinei-me para ele, sorvendo seu cheiro.

– Mas... você poderia ficar por aqui. Sempre tem trabalho a ser feito, e quando papai voltar... Você sabe como ele gosta de você. Ele nos daria a bênção se...

Parei antes de despejar as esperanças confusas que tinha acalentado ao longo do inverno.

Albert pegando minha mão.

Um vestido bonito e um par de alianças.

Uma pequena casinha onde acordaríamos toda manhã, mais apaixonados do que no dia anterior.

O olhar dele pesou sobre mim, mas não fui capaz de encará-lo – tinha medo de que pudesse ler aqueles pensamentos íntimos e carinhosos transbordando de mim.

– Eu queria que fosse fácil assim.

– E por que não seria?

– Tem coisas que preciso fazer...

– Coisas? – repeti.

Ele se encolheu.

– Dívidas que preciso pagar.

– Dívidas? – insisti com teimosia.

Achava que tínhamos passado da fase de respostas vagas e explicações esfarrapadas. Achava que ele enfim começaria a se abrir mais comigo. Achava...

Eu achava muitas coisas.

Ele passou os dedos pelo cabelo, soltando um grunhido de frustração.

– Tem algumas coisas que não posso contar para você.

– Por quê?

– Porque eu gosto de você! – As palavras explodiram do peito dele como balas de canhão. – Porque descobri que estou me apaixonando por você, e não posso suportar a ideia de dizer alguma coisa que possa fazê-la deixar de gostar de mim.

– Isso é impossível.

– É *totalmente* possível. Até demais. E não quero fazer isso. – Ele fechou os olhos e apertou a ponte do nariz, como se estivesse tentando amenizar uma dor de cabeça.

– Por que você sempre faz isso? – As palavras saíram da minha boca antes que eu pudesse pensar nelas. – Você é todo leve e encantador, mas, toda vez que alguma coisa importante acontece, sempre que precisa contar uma verdade sobre você, sai correndo e se esconde atrás dessas respostas que não significam nada. É desesperador. Minha sensação é de que não sei nada sobre você, Albert – afirmei, profundamente ciente da ironia. – Não há nada real. Nada concreto.

– Venha comigo – repetiu ele. – Traga Sadie. Traga Merry. Pelo diabo, traga as abelhas se quiser. Só venha comigo. Vou contar tudo o que precisa saber. Depois. Prometo. Por favor, Ellerie.

– Não. Depois, não. Conte-me agora. Conte-me uma coisa verdadeira, agora mesmo.

Ele olhou para os lados, como se estivesse sendo arrastado por uma correnteza feroz e procurasse algo em que se agarrar.

– Não posso – enfim murmurou. – Não posso.

– Claro que não. – Ajeitei uma mecha de cabelo, a mão trêmula.

Que desperdício.

Que desperdício mais idiota.

Todas as fantasias e sonhos pelos quais eu ansiara. Todas as esperanças que eu depositara nele. Em nós. Em um futuro compartilhado. Queria colocar fogo em tudo aquilo, queimar cada ideia idiota que eu permitira se desenvolver dentro de mim.

A vergonha fez meu rosto corar e esquentar.

Por que não tinha sido capaz de enxergar além daquele encanto? Como podia ter ignorado falhas tão gritantes, permitindo que aquele comportamento evasivo soasse misterioso e romântico quando não passava de uma farsa para encobrir um passado sobre o qual eu nada saberia? Era impossível se aproximar de uma pessoa assim. Era impossível construir uma vida com base em meias verdades e artifícios.

Eu me arrependi profundamente de cada pensamento afetuoso que tivera por ele algum dia.

Tinha sido uma grande tolinha apaixonada.

– Quando você vai embora? – perguntei, invocando a expressão mais estoica possível.

Era melhor encerrar logo aquela conversa; apagar o que quer que ainda restasse de amizade entre nós como uma fogueira que havia queimado demais.

Albert parecia decepcionado, como se eu tivesse feito uma pergunta diferente da que ele gostaria de responder.

– Logo, acho. Se você... Se você mudar de ideia... – Ele soltou um suspiro.

– Por favor, mude de ideia.

– Não vou mudar.

Saí do barracão, esperando voltar a conseguir respirar direito, mas a amplidão do céu parecia me pressionar e me esmagar com seu azul insistente.

Ezra atravessava a propriedade, caminhando em direção ao estábulo. Acenou quando nos viu, mas continuou seu rumo. Fiquei grata pelo fato de ele não ter parado para conversar.

– Você... fica confortável de ter os dois por perto? – perguntou Albert, vendo Ezra abrir as portas do estábulo com um movimento amplo.

– Eu... o quê?

– Sempre acho que tem algo estranho nele.

– Por que não segue seu caminho e esquece isso, então? – disparei.

Não podia mais tolerar a ideia de conversar com ele – fingindo que estava tudo bem, fingindo que ainda se importava comigo.

– Ellerie. – A voz de Albert soou cálida demais, familiar demais.

– Nem comece.

Ele suspirou.

– Eu só... O que ele vai fazer no estábulo?

– Isso importa?

Albert deu de ombros.

– Você disse que sua vaca morreu, então ele não está indo tirar leite dela. Os jardins parecem bem cuidados, portanto ele não precisa de ferramenta alguma. O que ele está fazendo?

– As coisas dele estão guardadas lá. O que sobrou delas depois que a carroça deles foi saqueada.

– Como o quê? – insistiu ele. – O que fica guardado ali que não pode ficar na sua casa?

– Não importa. Você só está usando tio Ezra para se livrar da conversa sobre nós.

– *Tio* Ezra – ele repetiu num tom estranho.

Virei-me para olhá-lo.

Por um momento, achei que ele iria me puxar para perto de si. Quase recebi o gesto de braços abertos. Nós nos abraçaríamos e eu mudaria de ideia, e toda aquela bagunça ficaria para trás.

Mas ele não se mexeu, como se paralisado no lugar, o olhar absurdamente triste.

– Adeus, Ellerie Downing.

Ele não esperou pela resposta; avançou na direção dos pinheiros e sumiu para dentro da escuridão sem me dizer mais nenhuma palavra.

Dei meia-volta, as pernas trêmulas, e segui para casa. Mal consegui chegar aos degraus da entrada antes de cair no choro.

29

— Estamos aqui reunidos para lamentar o falecimento de Ruth Anne Mullins e devolver seus restos mortais ao pó – entoou o pároco Briard, fitando a congregação com olhos tristes e úmidos. – A partida súbita dela nos entristece, mas nos regozijamos de saber que seu espírito está livre das amarras terrenas e reunido a nosso Pai Celestial no Paraíso, onde venerará nosso Senhor e Salvador para sempre.

Pela igreja, narizes fungavam e lágrimas eram secas com belos lenços decorados – a maior parte deles bordada pela própria Velha Viúva Mullins. Ela tinha os pontos mais bonitos de Amity Falls, depois de passar a maior parte dos dias debruçada sobre bastidores de bordado. Os dedos tortos dançavam por linhas e agulhas, exalando um prazer nítido pela criação. As meadas que usava eram tão coloridas e encantadoras que seu cesto de costura mais parecia um baú de tesouro.

Eu me perguntava quem herdaria aquilo agora que a senhora partira.

Winthrop, provavelmente, embora não conseguisse nem imaginar o que o rapaz faria com aquilo.

Com frequência, quando Sam ia brincar na casa dos Mullins, eu ia junto. Os pais de Winthrop tinham morrido jovens, e o garoto ficara aos cuidados da avó. Ele tinha pouca paciência para a arte dela e, já aos setenta, ela tinha pouca energia para correr atrás de crianças. A casa deles estava sempre cheia de risadas e de filhos dos vizinhos, atraídos por Winthrop e seu estoque infinito de traquinagens.

Ouvi um farfalhar suave no corredor, e Simon e Rebecca se sentaram num dos bancos, o cenho franzido de tristeza.

– Para sempre – repetiu o pároco, o fio da meada momentaneamente perdido enquanto olhava de cara feia para o filho e a nora, atrasados. – Oremos.

Todos baixaram a cabeça quando o pároco Briard começou a puxar a oração, implorando que Deus concedesse misericórdia à alma da Velha Viúva Mullins e a aceitasse no Paraíso. À minha esquerda, Sadie não parava quieta, e juntei as mãos dela num gesto de prece. Meus olhos pousaram em Rebecca antes que pudesse me conter.

Fazia meses que eu não a via – a última vez fora quando ela e Simon tinham passado em casa, cheios de acusações. A julgar pelo olhar curioso daqueles ao redor dela, eu não era a única. As mãos dela repousavam sobre a curva acentuada da barriga, como se estivesse tentando diminuí-la para um volume menos suspeito. O peso dos olhares de esguelha devia ser insuportável.

Pelo menos Samuel não estava ali para contribuir com o desconforto. Metade das novilhas de Judd Abrams tinha entrado em trabalho de parto, e o dinheiro prometido àqueles que ajudassem aparentemente chamara a atenção do meu irmão gêmeo. Merry tinha ido até o rancho naquela manhã e implorado a ele que fosse ao funeral conosco. A Velha Viúva Mullins adorava Samuel, e dera a ele o lenço mais lindo de todos quando havíamos completado dezesseis anos – um com narcisos amarelos bordados ao redor das iniciais dele. Mas Sam bufara com escárnio quando Merry sugerira que ele se afastasse do trabalho naquele dia para honrar a idosa.

Depois de um breve sermão, o pároco convidou para ir à frente da congregação qualquer um que quisesse compartilhar uma lembrança. Vários dos membros mais antigos do vilarejo tinham se adiantado, contando histórias que exemplificavam a gentileza e o surpreendentemente afiado senso de humor da viúva.

— Você devia ir também – murmurei para Ezra. Ele estava sentado do meu outro lado, desconfortável com a gola muito apertada da camisa.

— Não sei o que dizer. – Ele tirou os óculos e limpou as lentes enquanto Cora Schäfer se adiantava.

— Papai e você passavam muito tempo na casa dela quando eram crianças – falei, lembrando-me das histórias que meu pai nos contava sobre as tardes que passavam enlouquecendo a mulher, que na época ainda não era viúva. – Vocês costumavam pregar um monte de peças na pobrezinha, mas ela sempre morria de rir. Como quando vocês levaram aquela torta.

Ezra sorriu, lembrando-se.

— Mas era só uma lata cheia de abelhas coberta com um pano. – Fiz uma pausa. – Papai disse que vocês levaram um monte de ferroadas.

Ele assentiu.

– Éramos dois palhaços.

– Mas... – Forcei a memória, tentando me lembrar de algo que parecia importante. Papai contava que Ezra levara tantas picadas no traseiro que mal conseguia se sentar no dia seguinte. – Mas você é alérgico a abelhas, não é?

Ezra se empertigou e, embora ainda sorrisse, certa desconfiança invadiu seu olhar.

– Bom... É que depois de levar muitas picadas, as pessoas desenvolvem alergias. É impressionante eu ter sobrevivido, na verdade.

As preocupações de Albert voltaram com tudo à minha mente. Ele insistira que havia algo estranho com Ezra e Thomas. Na ocasião, eu achara que ele estava só tentando desviar o rumo da conversa, mas agora me perguntava se não havia algo mais ali. Senti o desconforto no estômago.

– Bem... Já que não quer falar sobre as peças que pregavam... por que não fala sobre aquela manta que ela fez para você? – arrisquei, lembrando todas as peças bordadas que a Velha Viúva Mullins fizera para os moradores de Amity Falls. Uma piada recorrente era que, embora fosse ótima no bordado, não costurava muito bem, e nunca tinha paciência para criar peças grandes e demoradas de se fazer. – Papai me disse que ela trabalhou nela por meses, bordando cada papoula com capricho.

– Poderia mesmo falar sobre isso, acho – disse ele, mas continuou imóvel no banco. – Era uma manta linda *mesmo*. Bonita e quentinha, mesmo nas noites mais frias.

Olhei para o altar, o coração disparado.

Era até possível desenvolver uma alergia depois de adulto, e eu provavelmente também não me lembraria de todos os presentes que ganhara na infância.

Mas por que ele simplesmente não admitia isso?

As mentiras de Ezra não provavam nada em si, mas também não eram um bom sinal.

Decidi tentar uma última coisa.

– E aquela vez que você e a Betsy, a filha dela, foram pegos perto do Greenswold? O que ela te disse mesmo?

– Ellerie, minhas lembranças dela são muito antigas. Acho que prefiro ouvir aqueles que sabem melhor o que falar.

– Certo... Mas a gente devia ao menos dar as condolências a Betsy depois da cerimônia – insisti, esperando que ele percebesse o que eu estava fazendo.

– Com certeza. – Ezra assentiu e voltou a atenção para a frente da igreja, sem perceber meu desconforto.

A Velha Viúva Mullins nunca tivera uma filha.

Tivera um filho, o pai de Winthrop. Christopher. Ele e Ezra eram amigos muito próximos antes do desaparecimento do meu tio.

Era possível esquecer todo tipo de coisa, mas lembrar de uma garota no lugar do melhor amigo parecia improvável.

Quando Cora voltou para o assento, Violet Buhrman se adiantou. Ela ajeitou a barra da saia alta com mãos trêmulas.

Bati os pés sem perceber, torcendo para que Violet fosse rápida. Não era capaz de absorver as coisas cercada por tanto barulho. As histórias, o choro. Eu precisava de um lugar silencioso para pensar nos motivos que levariam Ezra a mentir.

Ezra, não, sussurrou uma vozinha em minha cabeça. *Ele não é Ezra.*

— A Velha Viúva Mullins tinha uma alma linda, e vai fazer muita falta — começou Violet. — Era sempre gentil comigo e com Calvin... Acho que todos aqui em Amity Falls perdem com a partida dela.

— Todos podemos concordar com isso — disse o pároco Briard, notando a atenção da congregação se dissolvendo.

— Uma cristã de verdade — continuou Violet. — Nunca rebaixava ninguém, nunca julgava ninguém... E decerto não se sentia superior a ponto de jamais comer ou beber na taverna. Ao contrário de alguns.

Várias pessoas ao meu redor se ajeitaram no assento, disparando olhares furtivos para Prudence e Edmund Latheton. Não era segredo para ninguém que os dois eram abstêmios e que não raro discutiam com os proprietários da taverna.

Olhei para Ezra, analisando o homem com um olhar fresco.

Martha McCleary tinha dito que ele era igualzinho a meu pai, um Downing cuspido e escarrado — mas quando analisei a linha do maxilar e a curva das têmporas, assim como a coloração do cabelo, vi que tudo estava errado. Era parecido, até, mas não o bastante.

Os olhos de Violet resplandeciam de ódio, os dedos agarrados ao púlpito.

— Ao contrário de alguns — repetiu ela —, que ousariam roubar e destruir coisas que não lhe pertencem, que machucariam e mutilariam animais indefesos.

— Animais? — O questionamento do pároco ecoou, cheio de confusão.

— Aquela megera matou minha cabra leiteira! — gritou a mulher, fazendo uma onda de choque se espalhar pela congregação. Todos os meus pensamentos sobre Ezra desapareceram quando Violet espalmou a mão no púlpito.

— Minha esposa jamais faria algo assim! — exclamou Edmund Latheton, saltando de pé um instante depois de Prudence o cutucar nas costas.

O pároco Briard ergueu as mãos.

– Pode nos contar o que aconteceu, Violet? Tenho certeza de que podemos entender o que houve.

As narinas dela inflaram.

– Ninguém precisa entender nada. Eu sei quem foram os culpados, e quero um ressarcimento. Os Anciãos precisam... – Ela se deteve, analisando o santuário. – *Cadê* os Anciãos?

Olhamos ao redor, notando a ausência dos homens.

– Amos disse que chegaria em breve – respondeu Martha McCleary. – Disse que tinham assuntos a resolver.

Ninguém o via desde o dia de mercado em fevereiro, e alguns espalhavam aos sussurros um rumor conspiratório de que Amos morrera e os outros Anciãos estavam encobrindo o fato, ganhando tempo para planejar quem seria seu sucessor.

– *Nós* temos um assunto a resolver – disse Violet, aproveitando as palavras da mulher mais velha. – Calvin, conte para eles!

O esposo se levantou, olhando ansioso para os presentes.

– É verdade, alguém matou nossa cabra durante a noite. Quando Violet saiu para tirar leite hoje de manhã... – Ele engoliu em seco, incapaz de continuar.

– Abri a porta e me deparei com a cabeça dela fincada num espeto. Quase morri de susto. Como ela queria – sibilou Violet, fuzilando Prudence com o olhar.

– Que situação desagradável... – começou o pároco Briard.

– Desagradável não serve nem para começar a descrever o que houve, pastor – disparou Violet.

– Mas a senhora não pode fazer acusações com base em conjecturas e rumores – continuou o pároco.

– Sei que foram eles. Conte sobre o martelo, Calvin! Conte a eles!

Ele coçou a cabeça.

– Encontramos armas na cena do crime. Um serrote e um martelinho esquisito. Parece muito com um martelo de carpinteiro. – Ele olhou para Edmund.

– Essas ferramentas foram roubadas da minha oficina semanas atrás! – rugiu Edmund. – Nem consegui terminar minhas encomendas por causa disso!

Prudence semicerrou os olhos.

– Não ficaria nada surpresa se descobrisse que aqueles dois roubaram os instrumentos e mataram a cabra depois de uma bebedeira.

– Ora, escute aqui... – começou Violet, se lançando dos degraus do púlpito. O pároco Briard a segurou antes que ela alcançasse Prudence, agarrando a mulher pela cintura enquanto ela tentava se desvencilhar. – Solte-me, pároco! Isso não é assunto seu!

– Ao acusar Prudence Latheton diante de Amity Falls inteira, isso virou assunto meu – rebateu ele, estremecendo ao receber uma cotovelada da mulher na barriga. – Agora se acalme, e vamos discutir o assunto como adultos racionais.

– Não há nada a discutir. Eu não fiz nada! – insistiu Prudence, lutando para chegar até o corredor. Ela correu adiante, apontando o dedo como uma adaga para a taverneira.

– Já chega! – A voz do pároco Briard ecoou por entre as vigas do telhado. – Não vou tolerar acusações e xingamentos sendo proferidos na casa de Deus! Parem antes que eu mesmo expulse vocês duas! – Ele passou a mão trêmula no rosto vermelho. – Isso não é jeito de se comportar, nem aqui, nem em lugar algum. Será que preciso lembrar às senhoras que estão num funeral? O que Ruth Anne diria se pudesse ver o que está acontecendo?

Violet pressionou os lábios, parecendo quase arrependida.

Prudence cruzou os braços, claramente sem vontade de deixar o assunto morrer.

– Ela ficaria horrorizada – falou. – Assim como eu. Vim aqui lamentar o falecimento de uma grande amiga e…

Winthrop soltou uma risadinha zombeteira. Os Mullins e os Latheton tinham uma rixa antiga, discutindo por coisas tolas havia anos.

– Minha grande amiga – insistiu Prudence, falando mais alto. – E é assim que sou tratada? Não vou tolerar isso.

Ela deu meia-volta e deixou a igreja sem olhar para trás. Depois de um momento de hesitação, Edmund pediu licença para deixar o banco e saiu em silêncio atrás da esposa, fechando a porta com um ruído apático que pairou no ar enquanto esperávamos, desconfortáveis, para ver o que aconteceria em seguida.

O pároco Briard marchou até o púlpito. Correndo os dedos pela Bíblia aberta, respirou fundo uma vez, depois outra, como se fizesse um esforço para lembrar o que iria dizer.

– Eu sei… – começou, depois pigarreou. – Sei que os nervos e os ânimos estão… à flor da pele ultimamente. – Ele deu uma risadinha nada humorada. – Certamente não faltaram problemas. E é por isso que… – Ele fez uma pausa, pensativo. – E é por isso que eu e minha família gostaríamos de promover um encontro neste sábado, na praça do vilarejo, para celebrar a resiliência de Amity Falls. Vamos assar frangos, um porco e… convidamos todos a trazerem seu prato preferido para compartilhar. – Ele se animou. – Thaddeus McComb, podemos contar com seu violino?

O fazendeiro assentiu.

– Excelente. Haverá músicas e danças, uma celebração verdadeira da infalível abundância de Deus. – O rosto dele estava radiante de tão inspirado. Mas vacilou por um instante quando notou o mar de roupas de luto. – Se ninguém mais tiver nada a dizer... vamos nos reunir no local do enterro.

✦

Vários montes de terra recentemente revolvida marcavam o solo sagrado do cemitério da igreja, lembretes da quantidade de aldeões que não tinham sobrevivido ao inverno. A terra estivera congelada demais para que os corpos fossem enterrados no momento do falecimento, então tinham sido mantidos num barracão nos fundos da propriedade da igreja até a chegada da primavera.

Tantas pessoas haviam sido enterradas no mês anterior que não havia caixões prontos quando a Velha Viúva Mullins morrera – o dela precisara ser montado às pressas. A madeira usada estava tão verde que ainda soltava seiva enquanto os quatro carregadores levavam o esquife até o local do enterro. Corey Pursimon tentou limpar o resíduo grudento da mão depois de baixarem o caixão dentro do buraco aberto, estragando sua melhor calça.

– Todos receberemos a recompensa devida por nossos feitos – disse o pároco Briard, o olhar penetrante percorrendo os cidadãos reunidos ali. Sustentou-o por um tempo em Violet Buhrman, pensativo, analisando a mulher.

Winthrop Mullins, com os olhos vermelhos e úmidos, foi o primeiro a jogar um punhado de terra na cova.

Ele pousou na caixa de pinus com um estampido alto como um tiro de canhão, sinalizando o começo do enterro. Todos nos aproximamos para uma última oração diante da viúva, depois jogamos um punhado de terra escura e úmida no fundo da abertura. O caixão foi coberto com rapidez, e a maior parte dos moradores do vilarejo se dirigiu para o Salão de Assembleia para uma refeição coletiva, deixando a parte mais pesada do trabalho para Simon Briard.

– Vamos para casa – disse Merry, vendo a multidão se afastar. – Estou exausta, e, pelo jeito, agora temos que preparar algo para o piquenique amanhã, não é? Será que o pároco acha que ninguém tem mais o que fazer?

– Podemos pensar nisso no caminho para casa – comentei, mas por dentro concordava com ela.

– Ah – murmurou Ezra, detendo-nos enquanto deixávamos o cemitério. – Ellerie, você queria falar com Betsy Mullins, não?

– Quem? – perguntou Sadie, inclinando a cabeça com curiosidade.

A expressão de Ezra vacilou por um breve instante; quando nossos olhares se cruzaram, havia entendimento em seus olhos.

Ele sabia que eu sabia.

Mas *o que* eu sabia?

Ezra mentira sobre muitas coisas. Coisas que ele deveria saber.

Coisas que ele saberia se fosse...

Se fosse Ezra.

– Não há pressa – falei para ele, abrindo um sorriso forçado. – Tenho certeza de que ela vai estar no encontro amanhã.

O homem que não era meu tio concordou com a cabeça e atravessou o portão, seguindo para a nossa propriedade.

Disse algo que fez Merry rir e, enquanto o via partir, um broto de temor desabrochou em meu peito.

Se ele não era o homem que achávamos que era, se não era Ezra, meu tio, um Downing... quem diabos ele era?

30

— Almoço? – perguntou Sadie, esperançosa, no instante em que chegamos em casa.

Segui até a cozinha, mas me detive no meio do caminho. Era melhor tirar o vestido de luto antes.

Virei para subir até o quarto, mas parei mais uma vez.

Não queria estar ali. Não queria mais estar por perto. Precisava de um momento sozinha, mas a casa parecia mais cheia do que nunca.

Ezra não era quem alegava ser.

O que significava que Thomas tampouco era quem dizia ser.

– Podemos ajudar com alguma coisa, Ellerie? – perguntou o homem que não era meu tio, parado no meio da passagem, olhando para mim.

Nenhum deles era quem dizia ser, e eu – uma tola completa – tinha recebido os dois em nossa casa de braços abertos.

Neguei com a cabeça e mudei de ideia de novo, indo até a cozinha. Esbarrei em Thomas, e minha alma quase escapou do corpo.

Eles estavam em toda parte, era impossível escapar.

– Que tal ovos mexidos? – sugeriu Merry, disparando um olhar estranho para mim.

Ela estava preocupada.

O que era bom.

– Com os cogumelos que encontrei ontem – sugeriu Sadie.

Merry balançou a cabeça.

– Joguei tudo fora hoje de manhã. Já estavam mofados.

Minha irmã caçula fez uma expressão de desânimo.

– Já sei – comecei, minha voz soando algumas oitavas mais aguda. – Acho que vi uns potes com a sopa de feijão de mamãe no estábulo. Onde papai guardava a comida extra. Vou pegar uma delas.

Merry precisava entender que eu estava mentindo. Havíamos revirado cada centímetro da fazenda procurando por comida enquanto elaborávamos o primeiro inventário. Não havia sopa de feijão no estábulo.

Eu odiava mentir, mas não aguentava mais ficar presa naquela casa. Precisava pensar. Precisava planejar.

Como eu tiraria aqueles homens do nosso lar?

– Por que não vem comigo? – perguntei, tentando soar casual. Eu tinha certeza de que Ezra sabia que havia algo errado. – É melhor você segurar a escada para mim, Merry. – E congelei, pensando que isso faria com que Sadie ficasse sozinha com os estranhos. – Ah, e Sadie... As galinhas também precisam almoçar. Por que não vem com a gente e confere se elas botaram algum ovo?

Com um suspiro fundo, ela saiu do cômodo e pegou o cesto no caminho.

– Voltamos já – prometi, abrindo meu melhor sorriso para Ezra.

✦

– Não tem sopa nenhuma aqui – disse Merry quando fechei a porta do estábulo atrás de nós. – O que você está fazendo?

– Tem um baú aqui, em algum lugar. – Corri para onde Ezra e Thomas tinham guardado os bens.

O bauzinho estranho que Ezra tirara das minhas mãos não estava mais ali.

– Ellerie, a gente não pode mexer nas coisas deles! – sibilou Merry.

– Fique de olho na janela, pode ser? – Abri um dos fardos. Depois outro. Talvez eles tivessem escondido o baú em algum lugar fora de vista. – Lembra de ter visto um bauzinho que Ezra não largava quando chegaram? Um com vários entalhes na tampa?

– Eu... não lembro. – Ela desviou o olhar da janela. – Ellerie, pare com isso. Só me diga o que aconteceu.

– A gente precisa encontrar... – falei, virando o conteúdo da última trouxa. Roupas e botas caíram dela, mas não havia baú algum.

– Por quê?

Soltei um gemido entalado na garganta. Não estava ali.

– Ellerie, por favor! – Ela saiu de onde estava e agarrou meu cotovelo, forçando-me a olhar para ela.

– Ele não é o tio Ezra – expliquei, voltando a mim enquanto todo o ímpeto de lutar sumia. – E o rapaz não é nosso primo Thomas. Acho que... Acho que não temos primo. Nem tio, inclusive.

Ela franziu as sobrancelhas.

– Claro que temos. Papai fala de Ezra desde...

– Mas esse homem não é Ezra. Ele mentiu, Merry. Ainda está mentindo.

– Mas... Se ele não é nosso tio... então quem ele é?

– Não faço ideia. E tinha certeza de que aquele baú ia nos dizer. A forma como ele o tirou dos meus braços... Deve ter algo importante lá dentro.

Ela desviou os olhos dos meus, depois se afastou. Meu peito queimou com uma pontada de medo. Será que ela correria até a casa e contaria a eles sobre minhas ideias traidoras? O que eles fariam quando seu segredo fosse exposto?

– Você está falando... daquele baú?

Ela apontou para a parte de cima do estábulo, onde era possível ver o cantinho de uma caixa surgindo de uma pilha de palha.

Ali estava, a prova irrefutável. Ezra deixara todos os outros pertences à vista de qualquer pessoa, mas se dera o trabalho de ocultar aquele item. O bauzinho com certeza escondia alguma coisa incriminadora.

Subimos a escada e reviramos o feno até sentir o objeto. Puxei o baú para fora, conduzindo-o para um feixe de luz do sol que entrava por um furo no telhado que precisaria ser consertado antes das chuvas de primavera.

Se as chuvas da primavera chegassem.

– E, E, F – falei, lendo as iniciais entalhadas na tampa de madeira. – Ele pode até se chamar Ezra, mas com certeza não é um Downing.

Merry encarou a caixa, perturbada.

– Talvez o baú pertencesse a outra pessoa antes... Talvez ele o tenha comprado de segunda mão, ou pegado emprestado de um parente.

– Nós devíamos ser os parentes dele – lembrei a ela.

Passei os dedos pelos entalhes logo acima do fecho.

Eram duas lamparinas.

A da esquerda estava apagada, mas a da direita fora acesa e projetava sua luz no mundo.

– Vamos abrir? – perguntei, subitamente hesitante.

E se eu estivesse errada? E daí que ele tinha escondido o baú? Ele não nos conhecia, do mesmo modo que não o conhecíamos. Talvez guardasse dinheiro e documentos importantes ali. Coisas que não quisesse deixar acessíveis numa casa cheia de sobrinhas.

Abrir o bauzinho poderia acabar com qualquer laço de confiança que existia entre nós.

Mas ele mentiu, lembrei a mim mesma. *Ele não sabia de coisas que deveria saber e, em vez de admitir, mentiu.*

Em um arroubo de coragem, ergui o fecho. Antes que pudesse abrir a tampa, porém, uma mão pesada pousou em meu ombro e dedos se curvaram ao redor da minha clavícula, como se tentassem me impedir de continuar.

Quando Ezra olhou para mim, soube exatamente como um ratinho se sentia sob o olhar de uma grande coruja. Queria fugir, mas não tinha para onde ir. O único caminho para descer dali era a escada, diante da qual ele estava parado.

– Eu... Nós... – Olhei para Merry. Ela estava boquiaberta e com os olhos arregalados de medo.

– Quero que saiba – começou ele, a voz baixa e calma – que vou explicar tudo.

Ele não parecia bravo. Seus olhos estavam no máximo pesarosos, repletos de arrependimento. Fizeram-me sentir um calafrio que se acomodou sob minha pele, persistente e arrepiante. Meus dedos dançaram sobre os símbolos.

– O que são?

– Lamparinas – disse Thomas, saindo das sombras. Ele devia ter subido a escada enquanto olhávamos para o baú, entretidas demais com a missão para ouvir os passos. – Para ajudar a iluminar a escuridão.

Soube sem traço de dúvida que ele estava falando de algo que ia além da ausência de luz do sol.

Senti o suor frio no pescoço.

– O que tem dentro do baú, Ezra?

Ele não piscou. Não se mexeu. Não era capaz sequer de vê-lo respirar, tal era o estado de paralisia em que estávamos naquele momento assustador e horrível.

– Abra e veja.

No início, parecia apenas uma caixinha de remédios. O fundo era dividido em compartimentos, e cada um continha um vidrinho fechado com uma rolha. Papéis dobrados e alguns pequenos diários estavam presos por elásticos à tampa. Tinta vazara para o verso das páginas, e a letra era muito pequena e difícil de ler. Na lateral do espaço havia uma divisão funda, repleta de itens de prata. Correntes e medalhões, crucifixos e sinos. Havia até algumas balas. Estava tudo jogado de qualquer jeito, brilhando com um cintilar suave.

– O que é isso tudo? – Puxei um dos recipientes de vidro e analisei o líquido prateado que dançava lá dentro. Os restos de uma etiqueta desgastada resistiam firmemente na lateral, e nela era possível ver três cruzes. – Água benta?

Ezra negou com a cabeça.

– Algo um pouco mais especial do que isso. E muito mais potente. Tem uma alavanca escondida na lateral do baú. Se você a acionar... – Ele passou a mão sobre os vidrinhos. – Tudo o que precisa ver está ali.

Depois de tatear um pouco, consegui abrir o compartimento secreto no fundo da caixa. Estava cheio de papéis e caderninhos, além de vários esboços e páginas de diários.

Ao folhear o conteúdo, arquejei.

Vultos sombrios com chapéus de abas largas enchiam as páginas, as órbitas vazias de modo que o papel branco parecesse resplandecer com um brilho sinistro.

– O que... o que são essas coisas? – sussurrei, analisando mais páginas. As anotações eram uma mistura confusa de inglês e latim, estranhas demais para terem sentido, mas podia compreender as figuras.

Ou quase.

Eram monstros dos mitos e do folclore representados de uma forma surpreendentemente real, tão detalhados quanto os desenhos nos cadernos de anotação de papai – como se aquelas coisas tivessem sido estudadas cientificamente e catalogadas de forma meticulosa. Serpentes aquáticas com presas e narinas dilatadas nadando ao lado de navios cuja tripulação parecia minúscula perto das criaturas ofídicas. Homens com furiosas feições élficas, unhas curvas e membranas entre os dedos pareciam saltar das páginas, as caudas farpadas semiescondidas em meio ao fundo de grafite esfumaçado. Um vulto com uma capa, alto demais para se tratar de um humano, escondido numa clareira na floresta e com um crânio dotado de chifres no lugar do rosto.

Os desenhos estavam assinados com iniciais.

E. E. F., datados apenas de alguns meses antes.

– Isso é... O quê...? Não faz sentido. – As palavras me faltavam.

Queria justificar aquelas coisas como frutos da imaginação fértil de um cientista talentoso, ou como esboços de sonhos que tinham dado muito errado. Eram ideias para histórias, para livros, para *algo assim*. Não podiam ser reais.

Aquelas *coisas* não eram reais.

– O que são? O que fazem? – Parei de falar, desconfortável, com a sensação de estar fazendo as perguntas erradas. – O que *você* é?

Ele soltou um suspiro, um murmúrio baixo que lembrava o vapor escapando das conservas quando as enlatávamos.

– Tenho certeza de que, a esta altura, você já descobriu que não sou seu tio. Meu nome não é "Ezra". – Ele bateu nas iniciais entalhadas no baú. – Meu nome é Ephraim Ealy Fairhope. E sou inglês. – A voz dele mudou, assumindo uma cadência mais melódica. Que eu já tinha ouvido antes.

Virei-me para Thomas.

– E você?

– Meu nome é mesmo Thomas – disse ele, deixando de lado a tentativa de esconder o sotaque. – Isso é verdade. E Ephraim é meu pai. Mas não sou seu primo.

– Fomos enviados para cá numa expedição de pesquisa. Quando deparamos com sua fazenda, naquele dia com o lobo, e Martha McCleary me confundiu com Ezra... pareceu a chance perfeita de me integrar ao vilarejo, de aprender tudo o que pudesse. Geralmente, somos novidade quando chegamos a algum lugar. Estrangeiros numa terra estranha, em outras palavras, e é difícil descobrir o que precisamos saber.

Senti os músculos doerem enquanto ouvia, congelada mas preparada para fugir caso fosse necessário.

– O que... o que exatamente vocês precisam saber?

– Sobre as ocorrências estranhas nos arredores do vilarejo, na floresta. Plantações com problemas, fenômenos naturais incomuns. Mutações em animais. Mistérios inexplicados.

– Amity Falls teve várias dessas coisas ultimamente.

Ele concordou com a cabeça.

– Nós sabemos.

Merry se ajeitou no lugar.

– Vocês acham que... tem alguma coisa provocando isso?

Ele assentiu de novo e deu um passo adiante, depois virou as páginas do caderno de esboços até as ilustrações de vultos escuros com olhos ocos.

Olhos como os que Prudence Latheton alegava ter visto.

Olhos como aqueles sobre os quais Cyrus Danforth berrara enquanto era levado para a Forca.

Olhos como os que tinham assombrado meu irmão.

Olhos que eu mesma vira.

Foi um sonho, insistiu uma vozinha dentro de mim.

Virei a página, tentando ler as anotações nas margens dos desenhos.

– Os... Observadores Sombrios? – li. Ephraim não moveu um músculo, mas o olhar em seu rosto me dizia que eu tinha acertado. – Quem são eles?

– Criaturas que se parecem com você ou comigo, na maior parte do tempo, mas são capazes de assumir outras formas quando necessário. São rápidos. Espertos. A mera presença deles numa área pode mudar o mundo ao redor. Deformar, alterar. Coisas que deveriam ser boas e puras ficam retorcidas e anormais.

– Como o cervo – falei, lembrando da criatura que os garotos dos McNally tinham abatido. – Tinha chifres demais, patas demais.

– Exatamente. – Ele pegou minha mão entre as dele, a expressão preocupada e carinhosa. – Thomas e eu... Nós pertencemos à Irmandade da Luz. Aquelas lamparinas são nosso símbolo. Por séculos, a Irmandade se esforçou para manter a escuridão afastada do mundo por meio do conhecimento. Estudamos essas criaturas, e muitas outras, para aprender a detê-las.

– Detê-las? De fazer o quê?

– Destruir este vilarejo – disse Thomas, baixinho.

Ephraim me fitou de trás dos óculos, apertando os olhos como se as lentes estivessem sujas, mas não os tirou do rosto.

– Os Observadores Sombrios vicejam quando há discórdia. São associados com frequência a eventos horríveis pelo mundo afora. Por muitos anos, achávamos que eram capazes de pressentir tragédias antes que ocorressem e eram atraídos por elas, como navios atraídos por faróis.

– Mas agora... – pressionei.

– Agora achamos que eles na verdade instigam os acontecimentos que levam aos desastres.

– Instigam? – repetiu Merry. – Como?

– Quando chegam, os Observadores Sombrios se misturam à vida do novo vilarejo. Observam, aprendem tudo o que podem, tudo para preparar... Bem, para preparar o terreno. Sempre começam com algo pequeno, pregando peças inofensivas. Uma escova de cabelos perdida aqui, ferramentas encontradas no lugar errado ali.

Franzi o nariz.

– Que infantil. – Ergui o desenho com um olhar cético. – Essas criaturas ficam mesmo por aí, trocando as coisas de lugar?

Thomas negou com a cabeça.

– Não. Não. *Elas* não fazem nada. Fazem outras pessoas agirem. Pessoas do vilarejo mesmo.

Balancei a cabeça. Não fazia sentido algum.

– Por que as pessoas fariam isso?

– É tudo parte de um acordo. Elas ganham algo que querem, que desejam, e os Observadores Sombrios ganham mais um peão.

– Não vejo como isso os divertiria.

– As peças pregadas são muito bem planejadas. Causam frustração. Pessoas inocentes são acusadas. Discordâncias se transformam em discussões. Discussões em brigas. Logo, o vilarejo inteiro está a ponto de explodir.

— E por que alguém faria isso? – perguntou Merry.

Ezra – ou melhor, Ephraim – balançou a cabeça, impotente.

— É apenas a natureza deles.

Fechei o diário, querendo me livrar logo das ilustrações perturbadoras.

— E o que a gente vai fazer?

— *A gente* não vai fazer nada – disse Ephraim. – Thomas e eu estamos observando o vilarejo com atenção. É a primeira vez que conseguimos perceber um esquema em andamento. Sempre estávamos um ou dois passos atrás, chegando depois que tudo já tinha acontecido. Ver essas criaturas em ação, trabalhando... pode ser útil para a Irmandade.

— E aí vocês vão impedir esses seres – propôs Merry, preenchendo as lacunas. – Certo?

Ele hesitou por um momento antes de responder:

— Sim, é claro.

Eu e minha irmã trocamos um olhar preocupado.

— Como? – perguntou Merry. – Vocês nunca os viram, mas...

— É verdade, mas...

— Eu já vi – falei. – Achava que era um sonho, mas estou começando a acreditar que foi algo bem além disso.

Ephraim franziu o cenho.

— Como assim? O que você viu?

— Uma mulher, vestida toda de branco. Tinha o cabelo escuro e longo, e terríveis olhos prateados. E as mãos...

— A Rainha – arfou o homem.

— Rainha? – repetiu Merry.

— De certa forma, eles funcionam como uma colmeia. Assim como suas abelhas. As ordens vêm de um único indivíduo, e eles fazem tudo o que podem para servir ao bem maior do grupo. – Ele se virou para mim. – Você precisa me contar exatamente o que aconteceu.

Descrevi o que vira no sonho, voltando para explicar o que acontecera com Cyrus e o que ele alegara ter visto antes do Julgamento. Falei sobre quando vira alguém de branco andando pelos campos na noite em que fora acender as Nossas Senhoras. Até confessei meus temores de que eu tinha algo a ver com o incêndio da escola, por mais impossível que parecesse.

Ephraim estava com uma expressão séria no rosto quando terminei a narrativa.

— Você talvez tenha mesmo. Mas... – Ele tirou os óculos e esfregou os olhos antes de colocá-los de novo. – Quando a viu, antes desse sonho, ela chegou a falar com você?

Neguei com a cabeça.

– Ela estava sempre muito longe.

Ele suspirou.

– Nunca falou com ela? Nunca fez um acordo?

– Não.

– Talvez... *Talvez* tenha sido mesmo um sonho, pai – comentou Thomas. – Com tantas coisas horríveis acontecendo pelo vale, não é de se admirar que o sono dos locais tenha sido afetado.

– Mas a escola *queimou* de fato – insistiu Ephraim. – Essa é uma coincidência grande demais... Alguém deve ter acendido aquele fósforo.

Senti meu estômago se revirar com a culpa que eu não sabia se merecia.

– Vamos pesquisar melhor – decidiu ele. – Clemency anunciou um evento para amanhã, não é mesmo? – perguntou, e Merry concordou com a cabeça. – Minha sugestão é que estejamos lá, mantendo o disfarce de Ezra Downing. Com tantas pessoas do vilarejo juntas, tenho certeza de que os Observadores Sombrios estarão por perto. Mas... – Ergueu o indicador num alerta. – Isso não deve sair deste estábulo.

Franzi o cenho, olhando pela janela do mezanino para o galinheiro lá embaixo.

– Precisamos contar para Sadie. Ela não pode ficar sem saber de algo tão...

– É exatamente por isso que precisamos manter segredo. Não podemos nos dar ao luxo de revelar nossas intenções. Nossa única vantagem sobre esses ínferos é o elemento surpresa. Eles não podem descobrir que nós sabemos – disse Ephraim, a voz firme. – Precisamos manter isso oculto. Até amanhã, ao menos. – Ele olhou para Merry e depois para Thomas. – Podemos todos prometer que vai ser assim?

Os dois assentiram, mas eu fiquei imóvel.

– Qual é nosso plano para amanhã? Vamos até o piquenique e... faremos o que exatamente?

– Prestaremos atenção. Tentaremos sorver cada gota de informação possível. Assistiremos ao surgimento das discussões. Veremos quem está irritado com quem. Tenho certeza de que tudo nos levará diretamente até os Observadores Sombrios.

– E depois a gente... a gente mata todos eles? – arrisquei.

Ephraim pareceu inquieto com a ideia.

– Percebe a necessidade de manter esse assunto debaixo dos panos?

Não gostava nem um pouco da ideia de não falar nada para Sadie. Ela precisava saber, precisava ser alertada. Minha sensação era a de estar mentindo para ela de alguma forma. Mentindo por omissão.

Mas também entendia a reticência de Ephraim. Minha irmã caçula tinha oito anos. Contar a ela a faria apenas ir correndo sussurrar seu segredo para Trinity Brewster, e de repente todo o vilarejo estaria sabendo da história.

Depois de um instante, concordei.

– Excelente. Está combinado, então. – Ephraim voltou a falar com o sotaque de Ezra. – Amanhã, os Downing estarão no centro do evento de Amity Falls.

31

Um saco de farinha.

Um cesto de ovos fresquinhos, colhidos no galinheiro naquela manhã.

Duas maçãs tão mirradas que mal mereciam o título.

Algumas especiarias, quase petrificadas e provavelmente sem sabor.

Tamborilei os dedos na mesa da cozinha, fitando cada ingrediente com desdém. Precisaríamos sair para o piquenique dali a algumas horas, e não fazia ideia do prato que levaríamos.

Mamãe sempre levava um bolo de mel, mas eu não tinha mel, creme de leite e, óbvio, açúcar.

Se as coisas estivessem normais, eu teria aberto algumas vagens e refogado tudo com cebola e fatias grandes de toucinho – sem as chuvas usuais de primavera, porém, nossos pés de vagem estavam murchos e ressequidos.

Um creme doce, talvez, pensei, olhando para os ovos. Não era um prato que esperaríamos ver num piquenique, mas era a única coisa que realmente tínhamos disponível.

Mas como eu daria sabor ao creme?

Mexi nas especiarias, e meus olhos recaíram nas sementes de mostarda.

Certo, eu faria ovos recheados.

Comecei a trabalhar, botando os ovos para cozinhar.

– Você não vai com essa roupa, vai? – perguntou Merry, surgindo atrás de mim.

– Vou me trocar antes de a gente sair. – Pelo canto do olho, capturei um vislumbre da saia em xadrez azul. Era o melhor vestido de Merry, e ela só o usava em ocasiões especiais. – Que linda você está.

– Ficou bom? – perguntou ela. – Achei que estivesse linda, mas Sadie disse que eu pareço uma palhaça.

Virei para trás. O rosto cor de pêssego de Merry estava marcado por manchas vermelhas nas bochechas.

– Ah. O que você usou? – perguntei, puxando minha irmã até a pia.

Depois de mergulhar um lenço na água, tirei metade da cor berrante das bochechas dela, deixando o blush mais suave.

– Achei uma moita de frutinhas vermelhas perto do riacho. Não estão maduras para comer ainda – acrescentou logo, vendo minha expressão de esperança. – Mas achei que podia usar uma ou outra hoje. Lembrei do papai contando histórias de quando ele se apaixonou pela mamãe...

Ela afastou uma única mecha do rosto, desconfortavelmente consciente do movimento. Notei os novos cachos, e uma compreensão dolorida se abateu sobre mim: Merry devia ter passado quase uma hora diante da lareira, moldando os cabelos para ficarem mais ondulados com o velho ferro de fazer cachos de mamãe.

– Foi na festa de casamento dos Schäfer. Ele a viu do outro lado do pátio da igreja, por entre as faixas de tecido da decoração.

– E embora tenham crescido juntos a vida inteira... – interveio Merry, falando com a cadência familiar de papai.

– ...Ele ficou surpreso de ver aquela garota bonita com bochechas rosadas e olhos brilhantes – terminamos juntas.

Ela deu um sorriso tímido, brincando com os cachos de novo.

– Estou com saudade deles.

– Eu também – admiti.

– Achei que eles já estariam em casa a uma altura dessas. Já é quase verão.

Eu concordava, mas não queria falar aquilo em voz alta. Cada dia que passava sem que eles chegassem fazia meu estômago doer. Onde estavam? Será que alguma coisa tinha acontecido com mamãe? Ou com a carroça enquanto voltavam? Tentava não pensar naquilo; quando me deitava à noite, porém, já quase dormindo, imagens horríveis invadiam minha mente.

Papai vagando sozinho e perdido numa cidade grande demais e ocupada demais para seu luto... Mamãe presa sob o eixo pesado de uma carroça destruída, incapaz de pegar o bebezinho, o choro dele tomando a floresta, os pinheiros tingidos de vermelho pelos jatos de sangue.

E agora... sabendo que havia monstros – monstros reais, de verdade – na mata...

Será que os Observadores Sombrios haviam pegado nossos pais?

– Gostaria que alguém específico notasse você hoje? – perguntei, tentando afastar o devaneio horrendo da cabeça.

Desejava voltar para um tempo em que nosso maior problema era Sadie magoando os frágeis sentimentos de Merry.

– Claro que não – mentiu ela, corando. – Há coisas muito mais importantes com as quais se preocupar do que garotos.

– Merry.

– Thomas – revelou ela num rompante, o vermelho tomando suas bochechas, deixando-as mais vívidas do que as frutinhas. – Eu sei, *eu sei* – protestou ela, mesmo sem eu ter dito nada. – Ele era nosso primo até ontem. Mas... mesmo antes disso, já o tinha pegado olhando para mim, e achei que... havia algo naquele olhar que não era coisa de primo, sabe? Mas é bobagem estar pensando nisso. – Ela olhou para fora, para os pinheiros, e sabia que ela tentava ver um dos Observadores Sombrios. – Só achei que... seria bom estar pronta... caso alguém decida me notar.

– Oh, Merry – murmurei, puxando minha irmã para um abraço. Beijei o topo de sua cabeça loura. – Tenho certeza de que vários rapazes vão notar você hoje. E, se Thomas não perceber como você é especial, ele é um tolo.

– Você devia se aprontar – disse ela, corada mas feliz. – Eu termino o que... – Ela parou, analisando os ingredientes, depois suspirou. – Sério? Ovos recheados?

<hr>

Passei a mão pelo corpete do vestido, alisando as pregas verticais e ajeitando os babados da gola. Era a primeira vez que eu usava a peça feita com o voal rosado que Albert trouxera da cidade. O vestido ficara melhor do que nos meus sonhos. Dei uma voltinha sem sair do lugar. A longa saia rodopiou ao redor dos meus tornozelos, formando ondas encantadoras.

O que eu mais queria era que Albert estivesse ali para ver. Quando me imaginava dançando com algum jovem no piquenique, era nos braços dele que me via.

Não.

Rechacei de imediato aqueles pensamentos tolos, como se estivesse afastando a mão depois de tocar em uma frigideira quente. As memórias dele queimavam da mesma forma, mas causavam muito mais destruição.

Ouvi passos de alguém subindo a escada.

– Merry? – chamei. – Não consigo alcançar o último botão. Consegue me ajudar?

Ela não respondeu.

– Sadie? – tentei. – Já é quase hora de sair. Colocou seu vestido de chita? Os passos se detiveram.

– Posso voltar mais tarde se você... Pelo diabo, Ellerie Downing.

Fiquei paralisada no lugar, os pelinhos dos meus braços se arrepiando ao reconhecer aquela voz. Olhei para o espelho e lá estava ele, parado atrás de mim como se meus pensamentos o tivessem invocado.

– Albert? – O nome saiu quase num suspiro.

– Você está tão, tão linda.

Virei-me.

Ele parecia... mais esbelto, de alguma maneira. Semanas de viagem o tinham exaurido. Estava mais magro e com uma aparência cansada.

Ainda assim, era o rapaz mais perfeito que eu já tinha visto.

– O que está fazendo aqui?

– Não podia perder a oportunidade de ver você em seu vestido novo – respondeu ele, a sombra de um sorriso iluminando-lhe o rosto. – E estava certo. Esse é o tom perfeito para você.

Tinha desviado de minha pergunta de uma forma encantadora.

Claro.

Os lábios dele se comprimiram, sérios, como se lesse meus pensamentos.

– Eu... percebi que cometi um erro.

Lutei contra o ímpeto de cruzar os braços diante do peito.

– Sério?

Ele assentiu, relutante.

– Devia ter me aberto mais com você. Devia ter contado... Devia ter contado muitas coisas. Eu... quis vir e acertar as coisas, Ellerie.

Era tudo o que eu queria ouvir. Tudo pelo que havia esperado quando, na calada da noite, não conseguia dormir ao me lembrar de nossa última conversa, desejando ter dito tantas coisas diferentes.

Mesmo assim, hesitava em acreditar nele.

– Comece com alguma coisa simples, então – desafiei. – Qual é seu nome?

Ele suspirou.

– Não quero falar sobre o meu nome agora.

– Você nunca quer falar sobre nada – lembrei, a irritação subindo por minha garganta. – Se achou que voltar seria um gesto tão grandioso que eu esqueceria todo o resto, está enganado.

Meu coração doía, mesmo sabendo que eu falava a verdade.

– Não... Não é isso. Eu queria contar que...

– O quê? – disparei.

Dei um passo para trás, mostrando a Albert – e a mim – que era capaz de estar na presença dele sem correr para seus braços.

Ele coçou o pescoço.

– Eu...

– Você o quê, Albert? Conte pelo menos isso. Sem desculpas. Sem artimanhas. Só me responda.

– Eu... – Ele agitou os dedos, como se não soubesse o que fazer. – Percebi... que me importo com você, Ellerie. Profundamente. Enlouquecedoramente. E eu... não sei o que fazer, e é claro que estou me enrolando todo, mas não consigo suportar a ideia de deixar você, de deixar você aqui, sem saber quanto eu amo...

Meu coração quase parou enquanto as palavras de Albert se perdiam num suspiro.

– Então eu voltei, e agora não... não sei o que estou fazendo. – Ele olhou para o teto. – Baguncei as coisas, mas sei... que prefiro estar aqui, com você me odiando, do que em qualquer outro lugar do mundo.

A confissão franca dele me atordoou. Não era a verdade que eu estava esperando, mas era um começo.

Um bom começo.

– Eu não... não odeio você – murmurei, cautelosa.

– Não?

– Seria impossível.

Ele franziu o cenho, lutando contra a esperança.

– Por quê?

Queria diminuir a distância entre nós, mas meus pés permaneceram fixos no assoalho, como raízes profundas e obstinadas.

– Eu... me importo muito com você para conseguir odiá-lo.

– Se importa? – disse Albert com um arquejo.

– Profundamente. Enlouquecedoramente, até. – As palavras que ele dissera pareciam agridoces em minha língua. – Mas não significa que estou disposta a esquecer tudo.

– Ah.

Eu o ferira.

– Eu... É muita coisa em que pensar.

Ele baixou os olhos.

– É claro.

– Vou precisar de um tempo.

E tempo era algo que eu mal tinha naquele momento.

– Acho... Acho que você não vai ter pensado em tudo até a hora do piquenique do vilarejo, não é? – Ele engoliu em seco quando a tentativa de aliviar a tensão não funcionou.

– Acho que você não deveria ir. – Tentei manter a voz estável, mas firme.

Doía esconder coisas de Albert, mas ele mesmo nunca fora completamente sincero comigo. Aquilo tornava a situação um pouco mais justa.

Depois de um instante, ele assentiu, os olhos âmbar cheios de pesar.

– Se é o que quer...

Não era. Não era mesmo. Lá dentro do peito, meu coração gritava o nome de Albert tão alto que ele deveria ser capaz de ouvir. Mas só balancei a cabeça.

– Acho que é melhor. Por enquanto.

– Vou embora, então. Vou deixar você terminar... – Ele apontou para o espelho. – Tudo.

Ele se virou para ir embora, mas depois mudou de direção e atravessou o cômodo em um piscar de olhos. Surpresa, recuei um passo, trombando com um dos pés da cama.

Albert me segurou pelo cotovelo, impedindo minha queda. Por um segundo que pareceu uma eternidade, olhamos um nos olhos do outro.

– É sério, Ellerie. Você está incrivelmente linda.

Ele estendeu os dedos, hesitante, e segurou meu queixo. O toque era mais leve do que uma chuva cálida de verão.

Eu devia tê-lo empurrado para longe e me recomposto. Devia ter saído correndo para elaborar meus sentimentos longe, muito longe do brilho sedutor daqueles olhos.

Mas ele era tão quente.

Tão quente e sólido, e incrivelmente forte. Apertei seus ombros, os rostos tão próximos que eu era capaz de sentir a carícia suave de sua respiração em minha pele. Os dedos dele envolveram minha nuca, afundando em meus cabelos. Fui tomada por um desejo enlouquecedor, disposta a esquecer as brigas, esquecer minha raiva, esquecer tudo o que dera errado entre nós.

Mas, antes que eu pudesse fazer qualquer coisa, Albert plantou um beijo carinhoso em minha testa e desapareceu pela escada.

32

O sol banhava o caminho, brilhante e resplandecente enquanto seguíamos em direção à praça do vilarejo. Carvalhos altos margeavam os limites do espaço, fornecendo uma sombra ampla. Haviam pendurado flâmulas coloridas nos galhos das árvores, formando uma decoração festiva. Bem debaixo do ponto central dos adornos, Thaddeus McComb e seus filhos afinavam os instrumentos, preparando tudo para a hora da dança. A nosso redor, pessoas estavam rindo, felizes. Não conseguia me lembrar da última vez que vira tantos rostos sorridentes no vilarejo.

A estrela da festa girava lentamente num espeto, e o cheiro maravilhoso do porco assado fazia meu estômago roncar de fome.

O dia não poderia estar mais perfeito.

Os pratos de comida estavam acomodados sobre duas mesas colocadas juntas e cobertas com as melhores toalhas de mesa de Letitia Briard. Passei os dedos pelo tecido, apreciando os bordados florais. Por mais que soubesse que era mesquinho de minha parte, invejava o enxoval ela.

Merry colocou nosso prato de ovos recheados entre bandejas com cremes doces e quiches, e fez uma careta, achando graça.

– Deus abençoe as maravilhosas galinhas de Amity Falls – proclamou o pároco Briard, vindo inspecionar o banquete. A risada dele ribombou pela praça, mas morreu quando viu os Fairhope, parados um pouco distante das mesas e cientes dos vários olhares sobre eles. – Ezra, Thomas. Bom ver vocês dois. – Ele apertou a mão de ambos antes de se virar para nós. – E garotas, vocês estão incríveis.

Satisfeita de ver que alguém tinha notado o novo vestido de segunda mão dela, Sadie girou no lugar, exibindo o saiote com uma risadinha. Merry sorriu para o pároco, colocando uma mecha de cabelo atrás da orelha.

– E, se não estou enganado, este vestido é novo, não é, senhorita Ellerie? – perguntou ele.

– É, sim. Eu mesma costurei ao longo do inverno.

– Que cor mais linda. Adorável, adorável mesmo – repetiu ele, distraindo-se quando mais famílias chegaram. – Aproveitem o evento.

– Foi você quem fez o vestido? – perguntou Thomas. – Todas essas coisinhas... como chamam mesmo? – perguntou ele, apontando para o meu corpete.

– Pregas.

– Pregas. – Ele pronunciou a palavra com cuidado, experimentando a sonoridade. – Gosto de saber o nome correto das coisas. O mundo parece muito mais ordenado quando a gente sabe como chamar o que há ao redor, não é mesmo?

– Com certeza – concordei.

Sadie saiu correndo, rindo e gritando com empolgação assim que viu Trinity e Pardon. Ajudei Merry a abrir nossa manta em uma área do gramado banhada pelo sol. Meu coração doeu quando passei as mãos sobre as linhas delicadas dos pontos de mamãe.

– Ah, tem alguma coisa no seu cabelo – disse Merry, mexendo com cuidado em uma mecha enquanto tentava tirar algo dos fios. – Aqui. – Vi a joaninha caminhando na mão dela, subindo e descendo pelos dedos.

Thomas se inclinou para ver.

– *Coccinellidae*. E com sete pintas, ainda por cima. – Ele sorriu para mim. – Você foi tocada pela sorte. Está sentindo algo diferente?

– Aviso se sentir.

– Sorte nunca é demais, não é mesmo? – interveio Ephraim, ajeitando-se num local confortável. Pegou a joaninha da mão de Merry. – Sempre mantenho um trevo-de-quatro-folhas comigo... Só para garantir.

– Então, Ezra... Ephraim... – Ainda não sabia muito bem como devia chamar o homem. – O que exatamente estamos procurando hoje?

Ele ergueu os dedos, deixando a joaninha voar para longe, e depois analisou a praça com os olhos semicerrados.

– Vamos só observar. Identificar coisas fora do comum. Vocês conhecem este vilarejo melhor do que nós. Vão enxergar com mais facilidade as coisas que parecerem diferentes ou fora do normal. – Fez uma pausa para esperar Bonnie Maddin e seu círculo de amizades passarem por nós. – E claro... Se algum de vocês vir aquela mulher, me avisem.

Sussurros irromperam a nosso redor, cada vez mais intensos conforme as pessoas se viravam para ver Amos e Martha McCleary subindo a colina para se juntar ao piquenique.

– Ele está melhor – sussurrou alguém.

– Ele está... *vivo*.

Ao me virar, vi Alice Fowler chocada, de queixo caído.

Amos quase saltitava colina acima, sorrindo, acenando e se movendo como um homem vinte anos mais novo do que de fato era. Ainda se apoiava na bengala, mas com o braço livre ajudava Martha a subir. A pele do homem perdera a tez doentia e brilhava com uma vitalidade vigorosa.

– Amos, Martha – cumprimentou o pároco Briard, atravessando o espaço que o separava do casal. – Que alegria ter vocês conosco hoje.

– Eu não perderia isso por nada, querido pároco. – A voz de Amos era forte e clara, sem chiado algum. – E dá para sentir o cheiro do porco lá do outro lado do vilarejo.

– O senhor parece muito melhor – começou Briard, cauteloso.

– Sinto-me um novo homem! – exclamou Amos, dando um tapinha animado nas costas do pároco. Depois inspirou fundo, enchendo o pulmão de maneira ostentosa, como se quisesse provar do que era capaz.

– Excelente, excelente.

– Martha trouxe um creme doce – continuou Amos. – Onde podemos colocar a vasilha?

O pároco os conduziu à mesa com a comida. Ficamos olhando com interesse até uma sombra se projetar sobre nossa manta.

– Ellerie Downing. Mas que cara de pau. – Letitia Briard estava parada diante de nós, as mãos na cintura e um brilho perigoso no olhar. – Sabia que a ladra ia aparecer em algum momento, mas nem sonhava com a possibilidade de ser você.

– Ladra? – repeti, confusa. – Do que está...

– Esse vestido é meu! – exclamou ela. As narinas estavam dilatadas, fazendo seu nariz parecer ainda mais arrebitado.

– Não é – protestei, embora a acusação tivesse me pegado tão de surpresa que chegara a olhar para baixo para me certificar. – Eu fiz este vestido. Durante o inverno. Minhas irmãs me viram cortar e costurar com minhas mãos.

– Usando o tecido que roubou de mim!

Neguei com a cabeça, intensamente ciente da atenção que o chilique dela atraía. Prudence Latheton e seu círculo de amizades se viraram para nós com uma atenção extasiada.

– Está enganada, senhora Briard – falei. – Este voal veio da cidade.

– Veio mesmo! O comboio de Jeb McCleary trouxe depois da expedição da última primavera. Eu encomendei sob medida. Ia fazer cortinas com ele no verão passado, mas, quando fui buscar o pano no varal, ele tinha sumido. – A voz dela foi ficando mais esganiçada. – Clemency disse que o vento devia ter soprado o tecido para longe. Mas eu sabia, *tinha certeza* de que ele tinha sido roubado.

Dei de ombros, impotente.

– Não sei o que dizer. Ganhei o tecido de presente. Albert o trouxe depois de ajudar minha mãe e meu pai a irem até a cidade.

– Mentira!

Ephraim ergueu a mão, tentando conter a raiva dela.

– Tenho certeza de que deve haver uma explicação para tudo isso. Ellerie diz que ganhou o tecido de presente, e ela não tem histórico algum de contar mentiras. Talvez devamos perguntar a Albert onde ele conseguiu o tecido.

A esposa do pároco bufou.

– Como se um caçador fosse contar a verdade.

Em um piscar de olhos, o pároco Briard estava ao lado dela, os dedos acariciando seu cotovelo.

– Está tudo certo aqui?

– Eu encontrei, Clemency! – resmungou ela, puxando minha saia para balançar o tecido. – Encontrei a ladra!

Ele olhou para meu vestido.

– Consegue provar com certeza absoluta que o tecido é o seu? – perguntou ele à esposa.

A boca dela formou uma linha infeliz.

– Bom, não, mas...

– Então deixe estar, Letitia. Podemos lidar com isso depois.

– Mas...

– Agora não – sibilou ele. – Esqueceu que estamos no meio de um evento?

Depois de me fuzilar com o olhar uma última vez, ela deu meia-volta e passou marchando pelo marido, seguindo na direção da mesa de comida.

– Acho que devo ir lá ver se ela está bem – voluntariou-se Prudence. A saia dela fazendo subir uma nuvem de poeira.

– Sinto muito por isso – disse o pároco Briard, focando a atenção em mim. – A tensão do inverno cobrou o preço de Letitia. Tenho certeza de que ela não fez por mal. Foi apenas um mal-entendido. – Ele assentiu, mais para si mesmo do que para mim. – O tecido dela era de um tom mais escuro de rosa. Sim, tenho certeza de que era.

– Tudo bem com você? – perguntou Ephraim.

O pároco já tinha ido embora e agora cumprimentava Matthias Dodson com uma risada tão retumbante que parecia falsa.

– Tudo. Tudo bem. – Embora a temperatura estivesse agradável, esfreguei os braços, arrepiada pelo incidente. Não conseguia esquecer o olhar de ódio de Letitia, o brilho de desprezo e raiva em sua expressão. – Isso... Isso tudo... pareceu fora do normal.

Ele olhou para os pinheiros.

– Acha que eles estão aqui agora? Observando? – perguntei, acompanhando o olhar do homem.

– Com certeza estão. Em algum lugar.

※

– Deus abençoe a todos, cidadãos de Amity Falls – disse o pároco Briard de cima de um tablado improvisado, fazendo as vozes animadas morrerem aos poucos. – Que dia maravilhoso, cheio da generosidade de Deus. – Ele puxou uma Bíblia pequena do bolso e a abriu na página marcada pelo fitilho. – Achei que talvez pudéssemos dedicar um tempo à palavra d'Ele antes do banquete.

E iniciou o sermão sem hesitar, lendo passagens do livro de Mateus, a Bíblia diante do rosto com o polegar segurando as páginas abertas enquanto enunciava cada sílaba.

– "E, respondendo o Rei, lhes dirá: Em verdade vos digo que quando o fizestes a um destes meus pequeninos irmãos, a mim o fizestes." – Com um ruído súbito, o pároco Briard fechou a Bíblia com tudo, o olhar severo e o maxilar enrijecido. – O que me dizem sobre isso, Amity Falls? Estão ouvindo os apelos de seus irmãos e irmãs? Estão dando atenção aos esfomeados, aos exaustos, aos doentes? Vivi em Amity Falls minha vida adulta inteira, e nunca vi faltarem Bons Samaritanos. Os fundadores deste vilarejo achavam tão importante ajudar os concidadãos que até incluíram isso nas Regras.

As pessoas assentiram, e vi vários peitos se estufarem de orgulho.

– Sinto-me honrado de chamar este vilarejo de lar. E ainda assim... – começou ele, os olhos escurecendo conforme o tom da mensagem mudava. – E, ainda assim, falhamos em ser os bons pastores que Deus nos incita a ser, cuidando e se importando com o rebanho dele tanto quanto ele cuida e se importa conosco. Permitimos que a discórdia e o ódio reinassem em nossos corações, controlando nossos pensamentos e governando nossas mãos. Preconceito suplantando a compaixão. Animosidade maior do que a benevolência.

A tarde ficara mais quente, a primavera já beirando perigosamente o calor do verão. O suor brotava na testa do pároco, que tirou do bolso um lenço bordado com um dos belos padrões da Velha Viúva Mullins. Então prosseguiu:

– Não estou aqui hoje para ouvir confissões: Deus julgará aqueles que cometeram atos desprezíveis e covardes. Ele vê e observa tudo, mas estou aqui para condenar tais pessoas. Amity Falls não pode permanecer em discórdia. Não podemos permitir que nossa comunidade abrigue inimizades e contendas.

Ele devolveu a Bíblia ao bolso e bateu uma única palma, mudando de tom.

– Peço um favor aos senhores. Que se levantem, aqui e agora, e se aproximem de seu vizinho. Olhe essa pessoa nos olhos, pegue a mão dela. Vamos, vamos todos dar as mãos.

Levantamo-nos para formar um círculo ao redor da praça do vilarejo, cada pessoa um elo da corrente que formava Amity Falls.

Vi Sam do outro lado do círculo, rindo com Winthrop Mullins enquanto fingiam que não queriam segurar um na mão do outro. Quando ergui os olhos, ele me viu. Tentei abrir um sorrisinho, mas ele desviou o olhar com indiferença.

Quando éramos mais novos, agarrávamo-nos um ao outro com uma ferocidade indestrutível. Ver aquele desapego me dava vontade de chorar. O que tinha dado tão errado entre nós?

O pároco Briard subiu num banco, ficando acima do nível do círculo de aldeões. Alargou o sorriso, mostrando cada um dos dentes.

– Isso é Amity Falls – exclamou ele. – Um vilarejo unido por Deus. Unido pela amizade. Todos juntos!

Briard irrompeu em aplausos e os demais o acompanharam, abraçando os vizinhos, dando-lhes tapinhas nas costas e abrindo sorrisos tão amplos quanto o do pároco. Winthrop Mullins foi o primeiro a deixar o círculo, indo em direção ao pastor.

Ele cumprimentou o rapaz com um aperto de mão firme.

– Estou feliz de ver você hoje, Mullins. Sentimos sua falta nas missas.

Winthrop passou os dedos pelo cabelo, que precisava urgentemente de um corte. A Velha Viúva Mullins sempre mantivera as madeixas ruivas do neto bem aparadas e cuidadas, mas ele agora parecia completamente perdido sem a avó. Era a primeira vez que o via desde o funeral.

– Interessante o sermão de hoje, interessante mesmo.

Os olhos do pároco Briard se iluminaram.

– Não foi? Estou feliz de saber que você gostou.

– Mas não sei até que ponto concordo com ele – confessou Winthrop. – O senhor disse que devemos ser como bons pastores, não é mesmo?

– Bem, não sou apenas eu que digo isso. Você encontrará referências a pastores e seus rebanhos em todo o Livro Sagrado.

– Mas veja, pároco, temos um problema. Eu só conheço um pastor. – Winthrop olhou para Leland Schäfer, que estava parado sob um olmo, rindo de algo que Cora dissera. – E ele não faz nenhuma das coisas que o senhor disse que a gente deveria fazer. Minha avó morreu por causa dele, pároco. Morreu de fome. As plantações que não pereceram foram devoradas pelas ovelhas daquele homem! – Ele apontou um indicador enfurecido para o Ancião. – Então, se ser um pastor é deixar que a cerca da sua propriedade apodreça e caia, se é deixar que seu rebanho destrua e traga o caos para as terras de outra família... Não sei se quero fazer parte disso.

– Do que diabos está falando, Mullins? – perguntou Leland, atravessando o gramado, o manto preto de Ancião voejando atrás dele como uma nuvem de tempestade. Conversas animadas foram morrendo enquanto as pessoas paravam para assistir ao desenrolar daquele novo drama. – Ele está falando de novo das cercas? Já disse um milhão de vezes: a manutenção da fronteira no campo sul é sua. Meu rebanho jamais teria escapado se você tivesse cuidado melhor do cercado.

– Ora, escute aqui... – Winthrop agarrou a camisa do Ancião, puxando Leland até erguê-lo do chão. – A manutenção da cerca não é responsabilidade nossa coisa nenhuma! Nosso milho não vai escapar e comer tudo o que vê pela frente.

– Leland... Winthrop, meu filho... – Briard colocou uma mão nas costas de cada um dos homens, tentando acalmá-los. – Com certeza podemos resolver isso na conversa. De preferência de maneira privada, que tal? – Os olhos dele correram pela praça. A maior parte do vilarejo assistia à cena com uma fascinação horrorizada, o momento de união destruído.

– Conversar às vezes não é suficiente! – grunhiu Winthrop, o punho cortando o ar antes de atingir o maxilar de Leland com um ruído alto.

Matthias atravessou a área num piscar de olhos, puxando o garoto para longe do Ancião. No processo, levou uma cotovelada na barriga e jogou Winthrop no chão.

– Cavalheiros! Cavalheiros! – O pároco tentou agarrar Leland, mas foi atingido quando o soco de Matthias errou o alvo original. Briard levou as mãos aos olhos e recuou às pressas, procurando uma forma de interromper aquela loucura.

– Thaddeus McComb, toque alguma coisa! Pelo amor de Deus, apenas toque!

O fazendeiro imediatamente iniciou uma música – a maior parte da multidão, porém, continuou ao redor da área da discussão, entretida.

– Dancem, por favor – instruiu o pároco, puxando Winthrop para longe da multidão. – Vamos resolver isso... Dodson! – exclamou quando Leland partiu para o ataque.

Matthias agarrou o outro Ancião. Praticamente arrastaram Winthrop e Leland colina abaixo, na direção da igreja.

– Eles estão aqui. Precisam estar – disse Ephraim, surgindo a meu lado, os olhos analisando a multidão. – Jamais perderiam algo assim.

Passei os olhos pelos presentes.

– Não estou vendo a mulher. Não estou vendo ninguém que pareça com as coisas nos desenhos.

– A aparência deles nem sempre é aquela – murmurou Ephraim, o olhar sombrio analisando a turba. – Olhe ao redor, Ellerie. Olhe com atenção. Quem está aqui, mas não deveria estar? Alguém novo. Alguém desconhecido. Alguém...

– Albert – falei, vendo o rapaz perambulando pela praça. Quando me viu, seus olhos brilharam. – Eu falei para ele não vir. Deixe-me apenas... Já volto, prometo.

– Não perca a cabeça – avisou ele. – Este vilarejo parece um barril de pólvora. Não precisa de muito para explodir.

– Perdi o piquenique? – perguntou Albert assim que me aproximei dele.

– O que está fazendo aqui?

– Sei que você disse que eu não devia vir. Mas... Estava perto do riacho, ouvi a música começando e... tinha a esperança de que você já tivesse me perdoado o bastante.

– O bastante? O bastante para quê?

– Para uma dança? – perguntou ele em um tom de voz carinhoso. E estendeu uma das mãos, a expectativa estampada no rosto.

– Eu... – Olhei na direção em que Ephraim estava, mas ele sumira.

Thaddeus McComb começou uma nova música, uma balada comovente e triste que saía do instrumento repleta de angústia. Sem nenhum escândalo à vista, casais começaram a se juntar, ansiosos pela intimidade de uma valsa lenta.

Depois de um instante de hesitação, aceitei a mão de Albert e nossos dedos se entrelaçaram. A outra mão dele foi repousar na parte inferior das minhas costas enquanto começávamos a balançar no ritmo da melodia.

– Este vestido realmente é da cor perfeita para você – disse ele, fazendo-me girar. – Nunca a vi tão adorável.

– Ele quase me meteu em confusão – comentei, e Albert ergueu as sobrancelhas. – A esposa do pároco me acusou de ter roubado o tecido do varal dela no verão passado.

O sorriso dele congelou.

– Sério?

– Bem aqui, em pleno piquenique. Acredita nisso?

– Que esquisito.

– As coisas estão ficando cada vez mais esquisitas por aqui desde que você foi embora.

– Estão, é?

– As coisas estão bem fora do normal, e...

Vi Ephraim de novo. Ele estava ao lado de Thomas, escutando algo que o filho dizia, as sobrancelhas grossas franzidas. Merry se juntou a eles, balançando a cabeça, os olhos desesperados e o rosto vermelho.

Parei de dançar.

Algo estava errado.

Algo estava terrivelmente errado.

– O que foi? – perguntou Albert, virando-se para olhar na mesma direção que eu.

– Preciso...

Antes que eu pudesse dar uma desculpa, Merry começou a chorar.

Já estava ao lado da minha irmã antes de perceber que deixara Albert para trás.

– O que foi? O que foi, Merry? – perguntei, sacudindo-a pelos ombros. Uma pontada de medo apunhalou meu peito, abrindo uma ferida.

Merry irrompeu em soluços, horríveis e agudos.

– Ela não está aqui, Ellerie! Sadie sumiu!

33

Os gritos de Merry foram ficando mais altos, atraindo a atenção das pessoas. Um círculo se formou ao nosso redor, e até a música de Thaddeus McComb foi interrompida.

– O que houve agora? – perguntou Matthias, correndo para subir de novo a colina entre a igreja e a praça.

A camisa do homem estava encharcada de suor, as mangas enroladas e o colarinho amarelado. O sol da tarde emanava um calor implacável.

– A garotinha! Ela sumiu! – explicou Ephraim, mudando a voz para soar como Ezra de novo.

– Sadie Downing? – presumiu o Ancião, olhando para mim.

Abracei Merry. Os dedos dela afundavam dolorosamente em meus braços enquanto ela balançava de um lado para o outro, tomada pelo luto.

– Por que a histeria? Ela deve ter voltado para casa ou ido até a mercearia. – Matthias olhou para o grupo de meninas ali perto. – Trinity, Pardon, vocês sabem para onde Sadie Downing foi?

– Da última vez que a gente viu a Sadie, ela estava bem ali – respondeu Trinity, apontando para os pinheiros.

Merry curvou o corpo, derramando mais lágrimas.

– Aquelas coisas pegaram ela. Sei que pegaram! As criaturas!

Matthias se ajoelhou a nosso lado, dando tapinhas desajeitados no ombro de minha irmã. Ele não era conhecido pela compaixão.

– Tenho certeza de que os lobos já foram embora faz tempo, Merry Downing. Quando notaram o desaparecimento dela? Ela não pode ter ido muito longe.

– Não faz tanto tempo – falei, agarrando-me àquele fragmento de esperança.

– Não os lobos... Os outros... – começou Merry, mas silenciou ao ver Ephraim negar abruptamente com a cabeça.

Matthias se levantou, erguendo as mãos para tranquilizar os presentes.

– Precisamos organizar grupos de busca para encontrar Sadie Downing. Trinity Brewster disse que a viu por último perto das árvores, mas ela pode ter voltado para o vilarejo também. Vamos nos dividir e ir atrás dela.

– Thomas e eu ficamos com a mata ao redor da praça – ofereceu-se Ephraim sem hesitar, avançando um passo antes de qualquer outra pessoa.

– Ela com certeza não entraria na floresta. – Matthias abriu um sorriso, tentando amenizar a tensão. Ninguém reagiu. – Conheço homens adultos que não teriam coragem de vagar pela área dos pinheiros. Uma garotinha jamais...

– Também vou me juntar a esse grupo – falei.

Matthias olhou ao redor, incomodado.

– Talvez possa ficar em casa com Merry, o que acha? Ela não está em condições de ajudar a procurar, e Sadie pode voltar para lá.

– Vou procurar pela minha irmã – insisti, uma carapaça de determinação reforçando meu tom de voz.

– Posso levar Merry para casa – disse Bonnie Maddin, saindo do meio da multidão.

– Obrigada – falei, ajudando Merry a se levantar. – Vou encontrar Sadie – sussurrei, puxando Merry para outro abraço apertado. – Prometo.

Matthias esquadrinhou a multidão com o olhar.

– Cora e Charlotte, por que não formam um grupo para procurar na área norte da cidade? Violet e Alice, levem outro grupo para o sul. Calvin, pegue alguns homens e procure nos campos a oeste, perto das Nossas Senhoras. Edmund e Thaddeus, vocês ficam com as margens do lago. Gran e eu vamos para leste. Os demais podem se unir ao grupo que preferirem, e mãos à obra.

Dei um último abraço em Merry antes de me juntar a Ephraim e Thomas. Eles já tinham se afastado do restante das pessoas, fazendo planos em voz baixa.

Ephraim apertou meu braço.

– Ellerie, não há vergonha alguma em procurar no vilarejo.

– Você sabe que ela não está lá.

– Então... se for mesmo fazer isso... precisa estar armada.

Mordi o lábio.

– Papai levou nossa carabina com ele.

– Não com armas de fogo. – Ele levou a mão à bolsa de couro e puxou um punhado de... coisas.

– O que... o que é isso?

Vi pés de coelho e trevos-de-quatro-folhas – alguns prensados entre duas placas de vidro, outros preservados em resina. Frascos com joaninhas e borboletas-monarca. Rosários com crucifixos de prata. Anéis com orações inscritas neles. Ferraduras. Moedas. Conjuntos de dados e várias miniaturas de animais.

– Sorte – respondeu Ephraim, como se aquela palavra explicasse tudo. – Observadores Sombrios se alimentam de medo e desespero. Itens de sorte trazem esperança e conforto às pessoas. São capazes de repelir as criaturas.

Ele enfiou as bugigangas na minha mão.

– Nunca vi nada disso antes – falei, mexendo num pingente de elefante.

A pelagem macia de um pé de coelho roçou nos meus dedos, e de súbito percebi que *tinha*, sim, visto uma coleção daquelas. E ela pertencia à pessoa que mais precisaria dela, vivendo na floresta cercado por vários monstros que ele alegava não ver.

Albert.

Congelei no lugar, ouvindo os passos dele atrás de mim, como se tivesse sido atraído pelos meus pensamentos.

Ele estendeu a mão e passou o dedo com suavidade na minha omoplata.

– Ellerie, eu vou com você.

※

A floresta estava mais escura do que eu achei que estaria.

Muito mais.

Centenas de galhos de pinheiros – pesados por conta das agulhas longas e dezenas de Sinos – bloqueavam cada raio de luz do sol, mergulhando a mata numa escuridão sombria e tenebrosa.

Anos de agulhas caídas amaciavam nossos passos, quase a ponto de não emitirmos som algum.

Eu achava que seria atacada no instante em que colocássemos o pé na trilha, sendo eviscerada por garras longas e dentes afiados, mas nada tinha acontecido. Não havia monstros, tampouco silhuetas sombrias. Nem mesmo pássaros ou esquilos perambulavam pelas copas acima de nós.

Éramos só nós e as árvores.

E os Sinos.

Parei perto da linha dos objetos, encarando o vazio escuro e opaco à frente. Os Sinos não iam rareando aos poucos, mostrando onde o estoque de quinquilharias de nossos ancestrais teria acabado. Não, havia uma fronteira inconfundível dividindo as áreas, tão nítida quanto uma linha traçada num mapa.

Até certo ponto, havia proteção.

Além dele, não mais.

Respirei fundo, agarrando meu medalhão de prata para me tranquilizar. Meses antes, tinha guardado o trevo que ganhara de Albert dentro dele – sem saber, estivera protegida dos Observadores Sombrios desde então.

– Sadie! Sadie Downing! – chamava Albert, as mãos ao redor da boca para garantir que a voz se propagasse mais longe floresta adentro.

Ficamos em silêncio, prestando atenção, mas tudo o que se ouvia eram os gritos de outras pessoas procurando minha irmã.

Pela primeira vez desde o evento na praça, virei-me para encarar Albert, olhando-o de verdade nos olhos. Esperava que ele fosse parecer diferente de alguma forma, como se a traição fosse estampar uma marca tangível em seu rosto.

Mas ele parecia exatamente o mesmo.

Apenas Albert.

– Podemos estender a busca para uma área maior se nos separarmos – falei.

– Mas já nos separamos – respondeu ele. – Ezra e Thomas foram para o leste.

– Quero dizer...

– Sei o que quer dizer, mas não. É bom estar com alguém que...

– Mas...

– Especialmente quando um dos membros da equipe não conhece muito o terreno.

– Especialmente quando o terreno em questão está cheio de monstros. – A acusação irrompeu de mim como um projétil.

Ele suspirou.

– Não tem nenhum...

Peguei todos os amuletos da sorte de Ephraim do bolso e joguei aos pés dele.

– Sei que eles são reais.

Ele fitou as quinquilharias jogadas no chão, a confusão cada vez maior em seu semblante.

– O que é... Como você... – Os olhos dele encontraram os meus, o entendimento estampado neles. – Ezra.

– Ephraim – corrigi. – Por que mentiu para mim? Você disse que não havia nada na floresta. Que os monstros eram coisa da minha imaginação. Você disse que...

– Eu queria manter você em segurança.

– Mentindo?

– Para proteger você! – A voz dele saiu firme e resoluta, mas depois de um momento Albert começou a puxar as mangas, incomodado como se suas tatuagens coçassem. – Mas isso quer dizer que... ele também mentiu. Ele não é Ezra Downing.

– Não é.

– Não é seu tio.

– Não.

– E você nem liga?

Consegui desviar os olhos das marcas verdes.

– Eu não disse isso.

Ele passou os dedos pelo cabelo.

– Então... ele sabe sobre eles. Sobre os...

– Observadores Sombrios.

– Observadores Sombrios – concordou ele, infeliz. – E você obviamente sabe a respeito da sorte. – Albert olhou para os objetos espalhados entre nós. – Então deve entender que estou tentando manter vocês em segurança desde o momento em que nos encontramos. Os trevos-de-quatro-folhas, a ferradura de prata que dei de presente de Natal para Merry.

– Você sabia que eles estavam por aí, observando a gente, e não disse nada!

Ele se afastou de mim com um grunhido, dando um tapa num galho próximo.

– Eu não podia! Se você soubesse da existência deles, o que são, teria medo, e é isso que eles querem. É isso que os atrai. Medo e caos. – Ele se virou para mim, os olhos tomados de remorso. – Não podia suportar a ideia de você com medo. Não você, tão cheia de luz e alegria. Eu queria manter aquilo... Manter *você*... em segurança.

Minha vontade era de me apegar à raiva, mas ele tomou minhas mãos e deslizou os polegares pelos nós dos meus dedos. Como uma peça de tecido, senti a indignação escorregar para longe sob o peso do olhar suplicante de Albert.

Não sabia como teria agido naquela situação, mas conseguia entender os argumentos dele.

Conseguia compreender suas motivações.

E era capaz de perdoá-lo.

– Peço perdão – disse ele. – Peço perdão por mentir e enganar você. Por mantê-la na ignorância. Por... por tantas coisas. E vou passar o resto da vida pedindo perdão se quiser, mas neste momento precisamos procurar Sadie. Se eles foram atrás dela...

– Você acha que fariam isso? – perguntei, dando voz a meu maior medo.

– Eu não... não sei. – Ele engoliu em seco. – Mas, se esse for o caso, não temos muito tempo.

Concordei com a cabeça.

– Agora pense – começou ele, e se ajoelhou para pegar os amuletos da sorte. – Existe algum lugar para onde ela possa ter ido? Um local onde ela goste de brincar? Um banco de areia no riacho ou um oco de uma árvore?

– Sadie nunca foi até a floresta. Não que eu saiba. E ela com certeza nunca avançou além dos Sinos. – Olhei para as árvores escuras atrás de nós, irrequieta.

Ele apertou meus dedos, firme.

– Estamos juntos, Ellerie Downing. Não vou permitir que nada aconteça com você. Prometo.

Mas minhas mãos ainda tremiam quando demos o primeiro passo além daquela divisa.

Seguimos por uma pequena trilha de caça, gritando o nome de Sadie sem parar. Passamos por emaranhados de jovens árvores moribundas, bétulas novas que jamais receberiam luz do sol suficiente para crescer. Se estivessem dentro da proteção dos Sinos, provavelmente virariam lenha para as Nossas Senhoras – mas ali, naquela mata vasta e indomável, apenas mirrariam e definhariam, até enfim apodrecerem e morrerem.

Quanto mais longe íamos, mais as dúvidas se esgueiravam para minha mente. Gavinhas de desconforto cresciam como raízes insistentes, afundando em minhas costelas até parecer que meu peito racharia ao meio.

– Sadie? Sadie, cadê você? – chamei, trêmula e desesperada, esperando, orando e acreditando que de alguma forma ela iria me ouvir, mas apenas minha voz ricocheteava de volta.

Um foco de irritação se acendeu no fundo do meu estômago. As labaredas foram crescendo cada vez mais, queimando minha garganta.

Onde ela estava?

Quanto mais longe íamos, mais raiva eu sentia.

Como ela podia ter feito algo tão imprudente?

Ela conhecia as Regras. Sabia que a floresta de pinheiros era perigosa.

O que ela estava pensando?

Um grunhido escapou pela minha garganta, deixando-me sem fôlego e agitada. Eu nunca me sentira tão irritada, beirando uma fúria tão arrebatadora que ameaçava consumir meu ser.

Ela não podia estar pensando direito.

Minha vontade era arrancar os cabelos. Queria gritar e atacar. Ferir e uivar ofensas, botar fogo no mundo para que eu não fosse a única sentindo aquela...

Escuridão.

Exatamente como Ephraim me alertara.

Era palpável como uma sombra diante do sol num dia quente. Eu sentia aquela cólera como uma presença tangível dentro de mim, uma entidade separada forçada a viver em um espaço muito pequeno. Ela se revirava e se agitava em uma busca desesperada por assumir o controle. A cada passo que eu dava para dentro da floresta, aquela manta de fúria me cobria, pesada e sinuosa, da qual era impossível escapar.

Escapar.

Eu precisava escapar.

– Albert, acho que a gente precisa...

Parei de repente.

De alguma forma, de repente eu estava sem ninguém por perto, sozinha na floresta.

Dei uma volta no lugar, tentando encontrar o rapaz.

Eu estava de mãos dadas com ele. Ainda podia sentir o resquício da sensação em minha pele.

– Albert? – arrisquei, sentindo-me tola. Para onde ele poderia ter ido?

Virei num círculo amplo, tentando discernir qual direção me levaria de volta para Amity Falls. Mas a trilha sumira. A floresta se fechava ao meu redor, inabalável e profunda. Eu não me entregaria tão fácil. Nuvens passavam diante do sol, criando uma noite falsa e fazendo com que fosse impossível eu me recuperar.

Escolhi uma direção e continuei, determinada a sair da opressão das árvores. Eu sabia que não era possível, mas elas pareciam estar se aproximando cada vez mais, apertando-me num abraço claustrofóbico. Pela visão periférica, notei algo se mover entre os pinheiros. Se apertasse os olhos, quase conseguia distinguir um vulto escuro parado.

– É só um animal. Um cervo – murmurei para mim mesma.

Mas ele não se movia como um animal. Era delgado, insubstancial demais. Deslizava com uma graça fluida, parecendo até saltitar no ar. Passou rápido bem diante de mim, depois disparou na direção das copas das árvores. Olhei para cima, tentando não perder a coisa de vista, e gritei.

Olhos enormes me encaravam, escuros e arregalados.

Distingui a cabeça clara de uma coruja-das-torres. Era a maior que eu já tinha visto. Doze garras afiadas a prendiam ao galho onde estava empoleirada, muito mais longas e mortais do que as de qualquer outra coruja.

Ao que parecia, nem criaturas voadoras eram imunes à contaminação dos Observadores Sombrios.

No bico forquilhado e deformado, havia um pedaço de carne pendurado – sem dúvida restos mortais de uma ratazana ou de um coelho que ela devorara no jantar. A cabeça da ave virou de repente, os olhos enormes perscrutando a escuridão, e o resto da refeição caiu aos meus pés. Quando olhei para cima de novo, a coruja já desaparecera.

Ouvi um gorjeio estranho, e voltei a atenção para os pinheiros.

– Tem... Tem alguém aí? – Ergui a voz até um volume muito superior ao que me deixava confortável. – Sadie? Albert?

Um ruído chamou minha atenção para um ponto mais adiante, na mesma direção para onde eu seguia. Foi baixo, e poderia muito bem ser uma pinha caindo no chão da floresta. Ou talvez fosse...

Ouvi o barulho de novo.

E de novo, numa regularidade familiar.

Passos.

– Albert? É você?

Embora não pudesse ver nada além de árvores à minha frente, sabia sem questionar que havia algo se aproximando de mim.

Antes que o que quer que fosse pudesse me pegar, virei e corri mais para dentro da floresta.

Lutei para avançar por moitas de roseira-brava, os espinhos se prendendo às minhas mangas, tentando em vão me conter, mas eu não podia parar. As nuvens se abriram e uma réstia de sol penetrou as copas, atingindo em cheio meus olhos. Por um instante, não pude enxergar nada além da luz branca cegante. Quando minha visão voltou, pouco a pouco e dolorosamente, estrelinhas de luz dançavam sobre tudo que eu via.

Ou eram os olhos deles?

Havia um par de pontos, extraordinariamente brilhantes, parados rente ao chão. Recusava-se a se mover como os outros focos de sol.

Os lobos deformados.

Os monstros de Sam.

Os Observadores Sombrios de Ephraim.

Não podia distinguir a forma do vulto – via apenas os olhos, prateados e hipnóticos, seduzindo-me e suplicando para que eu fosse até eles. Senti algo me puxando, mesmo com minha mente se rebelando contra a traição de meus pés.

De repente, os olhos começaram a se mover em minha direção, e não importava mais a qual criatura pertenciam. Disparei para longe, saltando sobre as raízes das árvores, que irrompiam do chão como mãos retorcidas que tentavam me alcançar e ferir.

Conseguia ouvir a respiração da criatura, arfando e com sede de sangue, ansiosa por retalhar e dilacerar. O avanço dela me fazia continuar – continuar mesmo quando queria parar, quando minhas pernas queimavam e cada golfada de ar parecia repleta do cheiro ácido e ferroso do sangue.

Segui correndo, o pânico bloqueando minha garganta, queimando dentro de mim até vislumbrar uma abertura nas árvores, uma clareira adiante... e ele.

Albert.

Ele estava ali!

Eu o encontrara!

– Ellerie? – gritava ele, procurando por mim. Atravessei a clareira num trote enquanto ele se virava e me joguei na segurança de seus braços.

Sem hesitar, ele me abraçou, apertando-me com força, fazendo minha respiração ofegante se tranquilizar. As palmas quentes dele tocaram a lateral do meu pescoço, os dedos enfiados na minha trança bagunçada. Ele pousou o queixo no topo da minha cabeça, e pude sentir as batidas do coração dele pulsando no oco da garganta.

– Onde você estava? – murmurou ele, apertando o abraço. – Uma hora estava do meu lado, e depois...

Eu queria continuar ali, mergulhada na segurança do peito dele, mas me forcei a olhar por sobre meu ombro.

– Precisamos correr.

– Do quê?

A criatura já deveria ter alcançado a clareira. Não estava muito atrás de mim.

Mas não havia nada. Nenhum monstro. Nenhum par de olhos prateados. Apenas a luz baça do sol iluminando o espaço entre as árvores, vindo de trás das montanhas conforme o crepúsculo se espalhava pela terra.

– Ele estava... Ele estava bem ali.

– Um Observador Sombrio?

– Não sei. – Respirei fundo, o peito doendo. – Devia ser. Era muito rápido.

Albert passou um dos dedos pela minha trança, analisando meu rosto.

– Você está bem? Onde estava?

– Eu? – Pisquei. – Foi você quem sumiu.

Albert balançou a cabeça.

– Eu estive aqui o tempo todo. Ouvi algo atrás de nós e, quando me virei, você tinha simplesmente... sumido.

Avaliei a clareira, notando suas peculiaridades. Ela me parecia familiar. Será que eu apenas correra num círculo enorme e acabara exatamente no ponto de onde saíra?

– Como é possível? – perguntei, e ouvimos um estalo atrás de nós. Um galho se quebrando. – Ele voltou. – Estremeci. Quase podia ver as sombras sobrenaturais se estendendo na vegetação rasteira.

Albert mudou de lugar, ficando entre mim e a coisa.

– Quem está aí? – gritou ele, a voz retumbando de tão poderosa. Estufou o peito e abriu os braços, tentando parecer tão impressionante quanto possível, como se estivesse encarando um urso. – Quem está aí?

Agulhas de pinheiro farfalharam conforme um vulto avançava por eles.

Mas não foi um monstro que emergiu da escuridão da mata.

Foi algo muito menor.

Um lampejo de chita.

Tranças loiras.

– Sadie! – exclamei, correndo para segurar minha irmã bem no instante em que ela perdia a consciência.

34

— Ellerie? – Os olhos de Sadie abriram, turvos, encarando o teto como se ela estivesse se esforçando para enxergar. – Onde eu estou?

– Está tudo bem – prometi, acariciando o rostinho dela. Merry se ajeitou do outro lado, ficando mais perto da caçula. – Estamos em casa. Você não está mais na floresta. Está em segurança.

Ela tentou se levantar, mas caiu de novo no colchão com uma mão pressionando a testa.

– Eu não estou me sentindo muito bem.

– Você deu um belo susto em todo mundo. – Matthias Dodson a observava da porta do quarto.

Os Anciãos e o pároco Briard tinham ficado na fazenda desde nosso retorno, junto com o dr. Ambrose. Ele tratara dos ferimentos de Sadie – arranhões leves em geral, mas um dos cortes no braço fora fundo o suficiente para precisar de alguns pontos.

– Como fui parar lá? Eu estava no piquenique, e de repente… – As palavras dela morreram. – Eu não… Eu não me lembro… Posso beber um pouco de água, por favor?

Saltei de pé e servi um copo de água do jarro ao lado do lavatório.

Merry ajudou Sadie a se acomodar numa posição mais confortável antes de levar o copo aos lábios da garota.

– Ellerie e Albert encontraram você.

– Você encontrou a gente, na verdade – corrigi. – E aí nós trouxemos você de volta.

Fora uma viagem horrenda. Albert carregara Sadie desacordada sobre o ombro enquanto eu encontrava nosso caminho entre as pedras e espinheiros, tateando adiante. Sadie ficara inconsciente a maior parte do tempo, mas esse estado de torpor fora ocasionalmente pontuado por pesadelos cheios de pânico, tão fortes que ela chutava e se revirava a ponto de quase cair do colo de Albert.

Não sabia se era nossa coleção de amuletos da sorte ou as preces de proteção que eu murmurava, mas os Observadores Sombrios tinham ficado longe enquanto avançávamos por entre os pinheiros aos trancos e barrancos. Em certa ocasião, tive a impressão de ver um brilho denunciante dos olhos prateados acima de nós, mas era apenas a luz das estrelas passando por entre as árvores. O crepúsculo tinha começado e acabado enquanto seguíamos pela floresta escura.

Bem quando eu começava a temer estarmos perambulando em círculos, um brilho laranja irrompeu adiante, aquecendo a noite e mostrando o caminho para casa.

As Nossas Senhoras estavam acesas.

Seguimos na direção delas, atraídos pelas chamas crepitantes. Entendi o porquê de os fundadores do vilarejo terem construído as estruturas enormes como forma de nos proteger das criaturas da floresta. Por entre o labirinto de árvores, os faróis brilhantes eram aterrorizantes.

Quando começamos a sair da mata, enfim caindo nos braços de Amity Falls, solucei de alívio.

– Você se lembra de alguma coisa? – perguntou Leland, ali no quarto. – Algo que viu na floresta?

– Não. Eu estava brincando com Trinity e Abigail, e aí... – Ela piscou. – Eu estou muito cansada.

– Você precisa descansar – disse o dr. Ambrose.

– Sim – concordou Ephraim. – Precisamos conversar sobre várias coisas. Talvez devamos descer e deixar a menina dormir.

– Não me deixem sozinha! – berrou Sadie, os olhos se arregalando de repente.

– Eu vou ficar com você – prometeu Merry.

– E a Ellerie? – implorou ela, agarrando minha mão como se estivesse tentando me prender no lugar.

– Volto para ver como você está já, já, pode ser? – Plantei um beijo na testa dela e encaminhei os homens para o andar de baixo.

Antes de me juntar aos demais na sala de estar, espiei pela porta que dava no alpendre, onde Albert caíra num estupor exausto. Estava com os pés apoiados na balaustrada, a boca levemente aberta, as pálpebras tremendo por conta dos sonhos.

Meus dedos pairaram sobre as mãos dele, enquanto me perguntava se devia acordá-lo. Ele precisava ouvir tudo o que Ephraim diria, mas eu não conseguia suportar a ideia de perturbar sua paz. Queria era me juntar a ele, deitar-me bem perto de seu corpo, mergulhada em sonhos sobre um futuro mais feliz em vez de estar no presente.

– Ellerie? – disse Thomas, parando hesitante no corredor. – Meu pai quer começar.

Ele nem tentava esconder mais o sotaque.

Relutante, fui atrás dele.

– Onde está o doutor Ambrose? – perguntei, entrando na sala de estar.

As cadeiras da mesa de jantar estavam espalhadas por toda a área, trazidas ali para que os três Anciãos, o pároco, Thomas e eu tivéssemos lugar para nos sentar. Ephraim ficou diante da lareira, nervoso, ajustando os óculos.

– Ele já foi embora – disse o pároco Briard. – Estando tão perto a... hora do parto de Rebecca, ele achou que seria melhor aproveitar a proximidade e conferir se ela está bem.

Havia uma cadeira vazia ao lado dele, mas hesitei sob o batente, as mãos inquietas.

– Gostariam de algo para beber? Água ou... água?

– Minha querida, nós é quem devemos cuidar de você depois desse calvário angustiante – disse Leland, gesticulando para que eu me sentasse. – Você está bem?

– Agora que a gente encontrou Sadie, sim.

– Sente-se, Ellerie. Por favor – pediu Ephraim, abrindo um sorriso triste. Pigarreou, olhando para cada um dos presentes. – Thomas e eu precisamos confessar uma coisa. – Ele franziu o cenho. – Várias coisas, na verdade.

Foi a vez de Matthias juntar as sobrancelhas.

– Por que está falando desse jeito, Ezra?

– Então, essa é a questão... Eu não sou Ezra. Não sou um Downing. E, por mais que fosse amar assumir essas queridas garotas como minhas sobrinhas, Ellerie e as irmãs não são minhas parentes.

– Eu sabia! – exclamou Leland. Depois se virou para Matthias, apertando o ombro do outro ancião. – Eu disse que havia algo de errado com eles!

Ephraim mexeu na barra da camisa.

– Thomas é meu filho, essa parte é verdade. Mas nosso sobrenome é Fairhope. Meu nome é Ephraim.

– E a gente pertence à Irmandade da Luz. – Thomas saltou de pé, incapaz de ficar imóvel.

Os Anciãos trocaram olhares.

O de Ephraim varreu a sala, absorvendo as reações.

– É uma antiga ordem de cientistas. Pesquisadores. Arquivistas. Investigamos coisas relacionadas aos mitos e lendas, ao folclore e às histórias contadas por aí.

– Criaturas – interveio Thomas.

– Monstros – esclareceu Ephraim. – Seres feitos de escuridão e maldade. Nós os encontramos e os trazemos de volta para a luz. – Pigarreou de novo. – Thomas e eu fomos enviados aos Estados Unidos para encontrar um tipo específico deles, chamados Observadores Sombrios. Um dos fundadores de nossa sociedade encontrou o primeiro há séculos. Estudamos os Observadores Sombrios por anos, aprendendo seus hábitos e seu ritmo. Quando chegou o momento de acabar com eles, porém, as criaturas fugiram num navio e vieram para as colônias. Estão causando o caos desde então.

– O que... O que eles são? – perguntou Matthias.

– À primeira vista, não parecem diferentes de você ou de mim. Têm, em geral, uma aparência humana. Mas são capazes de se mover com velocidade e destreza incomparáveis. Podem se misturar tão bem aos arredores que ficam ocultos se quiserem, mesmo estando do lado de outra pessoa. E há os olhos deles, é claro.

Os de Leland estavam arregalados.

– O que têm os olhos deles?

– Observadores Sombrios gostam de ficar à espreita, se deleitando com a criação da discórdia aonde quer que vão, então precisam... observar. Têm olhos poderosos, capazes de ver os mais ínfimos detalhes a grandes distâncias, capazes de caçar e observar as presas mesmo na calada da noite. Os olhos brilham, prateados.

– Prateados? – repetiu Amos. – Como as criaturas na floresta.

– Exatamente – confirmou Thomas.

– Acreditamos que uma família de Observadores Sombrios se interessou por esta área. Thomas e eu estamos seguindo os progressos dos seres, anotando as histórias sobre o caos que querem causar e enviando os relatos para a Irmandade.

– De que tipo de caos está falando? – perguntou Matthias.

– Da destruição completa e irrestrita do nosso mundo – respondeu Ephraim, simplesmente.

– Pai.

– Mas não é? Não foi o que vimos em Ormbark? Em Willow Pass e em Blackburn? Na colônia de Fairfoot? Os Observadores Sombrios estão aqui em Amity Falls. Não há tempo de amenizar a situação real.

– Ouvi histórias do que aconteceu naquele desfiladeiro – disse Leland. – O velho Jean Garreau contava as histórias mais medonhas... Mas não era só acaso? Azar?

Os amuletos em meu bolso pareciam queimar.

– Os Observadores Sombrios tiram um tempo para conhecer os lugares antes de agir. Eu não ficaria surpreso se soubesse que estão infiltrados em sua comunidade há anos sem que ninguém tenha notado sua presença. Sempre há sinais, mas é preciso saber onde, e como, procurar por eles.

– Que tipo de sinais? – perguntou Amos.

– Animais na floresta que, de repente, começam a aparecer deformados. Sapos com várias cabeças. Cervos com chifres de mais ou pernas de menos. Esquilos e gambás muito pequenos. Lobos muito grandes. Isso soa familiar?

Os Anciãos assentiram, embora relutantes. Num canto escuro do cômodo, o pároco Briard pressionou os lábios, escutando num silêncio incomum.

– E aqui, no vilarejo... – continuou Ephraim. – Tiveram algum surto de nascimentos bizarros nas fazendas de criação de animais? Mutações, deformações? As plantações começaram a apodrecer antes da época da colheita?

– Os potrinhos do rancho dos Bryson – murmurei. – Os pomares dos Visser.

– A plantação de todo mundo – acrescentou Amos. – Sim.

– E tem também o clima – prosseguiu Ephraim. – Geadas e tempestades no inverno, uma primavera insuportavelmente quente. Seca e estiagem quando tudo deveria estar vicejando, fresco e novo.

Leland franziu o cenho.

– Com certeza, isso não é causado pelos...

– Mesmo entre vocês... houve mais discussões do que o normal? Mais atos de violência? Ou de vandalismo? São todos sinais da presença de Observadores Sombrios. Eles... A presença deles é tão pérfida, tão macabra que contamina tudo ao redor. Nada escapa dos efeitos... E depois... E depois, eles começam a pregar peças.

Thomas correu os dedos pela cornija da lareira.

– Depois que se integram à comunidade, os Observadores Sombrios determinam quais são os desejos mais profundos das pessoas e se oferecem para realizá-los. Propõem trocas. Começam com algo pequeno, uma simples brincadeira, um rumor sendo espalhado. Mas, com o tempo, os favores ficam maiores e mais perigosos. E aí as criaturas só observam enquanto a comunidade se devora viva.

O cômodo caiu num silêncio desconfortável, e meu estômago se revirou de inquietação.

– Cyrus – ousei sussurrar enfim. – Ele falou sobre uma mulher. Uma mulher na taverna que o incitou a começar o incêndio.

– Não havia mulher alguma. Não havia mulher lá com ele – discordou o pároco, negando com a cabeça.

– Havia sim. Há. Eu a vi com meus próprios olhos.

– Ele disse que ela tinha olhos prateados – murmurou Leland, como se estivesse se lembrando de um sonho tido muito tempo atrás. Depois se virou para Ephraim. – Eu não entendi o que ele quis dizer, mas você falou que eles têm olhos...

– Nenhum de nós entendeu nada do que ele quis dizer – interveio Briard. – Ele estava louco. Nada disso... Nada dessas coisas são reais. Eu admito: há mais problemas em Amity Falls agora do que havia no ano passado, mas isso não tem relação nenhuma com criaturas fantásticas na floresta. – Ele balançou a cabeça de novo, cada vez mais fervoroso. – Acredito, *sim*, que uma escuridão se abateu sobre nossa comunidade. Mas ela cresce no coração dos homens, não de monstros.

– Mas e se essas coisas *de fato* vieram para Amity Falls? – Matthias cofiou a barba. – *Elas* são a raiz de tal escuridão. Elas trouxeram a desgraça.

– Não acredito nisso nem por um segundo, Matthias Dodson, e nenhum temente a Deus e servo do Senhor deveria acreditar também.

Os olhos baços de Amos recaíram sobre a Árvore Fundadora que adornava sua bengala.

– Eu acho que é preferível acreditar na presença de Observadores Sombrios do que na possibilidade de as pessoas de Amity Falls estarem deliberadamente querendo prejudicar os amigos e vizinhos, não acha, Clemency?

O pároco Briard cruzou os braços.

– Apenas o Senhor sabe que tipo de maldade encontra morada no coração dos homens.

Inclinei-me para a frente, ciente de que nenhum daqueles homens receberia de bom grado os comentários de uma adolescente, mas precisava falar.

– Posso garantir aos senhores que os Observadores Sombrios... aquelas criaturas... são reais. Elas me perseguiram na floresta. Eu as ouvi. Eu as vi.

– Uma consciência pesada é capaz de conjurar quase tudo. – Briard se virou para mim, o olhar firme. – Quais pecados você precisa confessar, Ellerie Downing?

Meu queixo caiu.

– O quê? Eu não fiz nada... E não fui só eu que os vi. Albert também...

O pároco ergueu uma das sobrancelhas.

– Ah. Sim. O caçador da floresta. Você e ele estiveram sozinhos nessa mesma floresta hoje, não?

Senti o rosto corar quando entendi o que ele sugeria.

– Deixe estar, Ellerie – intercedeu Amos.

– Pecados precisam ser confessados. – Briard me encarou por um longo momento antes de, para meu alívio, desviar o olhar. – Talvez Amity Falls precise disso mais do que de qualquer outra coisa. – Ele assentiu enquanto uma ideia se formava em sua mente. – Sim, sim. É claro.

– Do que está falando? – perguntou Matthias.

– Uma renovação... Vamos nos unir como comunidade, confessar e nos arrepender de nossos pecados, pedir perdão tanto a nosso Senhor quanto aos nossos irmãos terrenos. É isso que vai salvar Amity Falls, não as bobagens pagãs desses dois. – Ele fez um aceno em direção aos Fairhope. – Amanhã de manhã. Vocês três devem espalhar a informação. Todas as pessoas do vilarejo precisam estar presentes. E eu vou passar a noite em oração.

Matthias semicerrou os olhos.

– Não acho que isso...

– Você não tem que achar nada, Ancião – disparou Briard. – Você e os seus já tiveram a chance de nos salvar. Tentaram resolver o problema pelos meios mundanos. Este vilarejo não precisa de Pleitos ou Julgamentos. Precisa é de um Ajuste de Contas. E, como autoridade espiritual deste lugar, tal responsabilidade é minha, e apenas minha.

– E de Deus – acrescentou Matthias, cerrando o maxilar. – Imagino eu.

O pároco nem se deu o trabalho de responder. Fechou os olhos enquanto murmurava uma prece silenciosa.

– Sim. Uma renovação. Amanhã. Cada traço do mal será erradicado da Mão de Deus. – Ele abriu os olhos e encarou Ephraim com severidade. – Começando por vocês.

35

O dia seguinte amanheceu quente. Quando partimos em direção ao vilarejo, o ar nos envolveu com uma quietude úmida e pesada. Inspirar parecia impossível, e demoramos quase duas vezes mais para completar a caminhada de quase cinco quilômetros.

– Eu preferia ter ficado com Sadie – resmungou Merry, abanando-se com uma apatia sofrida. Tentar agitar o ar naquela umidade era como puxar uma rede de pesca pela lama. – A gente não devia ter deixado ela sozinha.

– Ela não está sozinha. Albert ficou com ela.

– Um de nós devia ter ficado com eles. Pelo menos.

Eu concordava, mas aquela era a única solução na qual eu tinha conseguido pensar.

– O pároco disse que queria todos os membros do vilarejo presentes.

– E foi específico em dizer que queria que nós dois estivéssemos lá também – disse Ephraim, meio engasgado.

Mesmo protegido sob a sombra do chapéu de abas largas, sua pele estava vermelha. Bebeu um gole de água do cantil, depois o ofereceu para nós.

Bati algumas vezes o lenço no pescoço, um gesto inútil. A renda da gola do meu vestido já estava encharcada de suor.

Tudo ao redor era um mar amarelo. Grama morta. Plantações mortas. Pinheiros mortos. Sem as chuvas de primavera, tudo na Mão de Deus parecia prestes a pegar fogo.

Viramos uma esquina e vimos a igreja.

Uma grande tenda de lona tinha sido erguida no gramado. A entrada estava aberta, e vi as fileiras de cadeiras de madeira – que não combinavam entre si, mas estavam organizadas de forma tão obsessiva que sugeria que Letitia Briard passara a manhã toda, desde o alvorecer, arrumando o espaço.

Merry encarou o lugar, uma expressão de dúvida no rosto.

– A gente precisa se sentar ali?

– É o que parece – respondi. – Vejam, as laterais estão erguidas. Tenho certeza de que vai ter uma brisa.

Tentei soar esperançosa, mas havia tantas pessoas perambulando pelo gramado em busca de sombra que nem mesmo eu acreditei em minhas palavras. Merry também não. Precisei praticamente empurrar minha irmã para que ela continuasse.

– Deveríamos ter ficado em casa – repetiu. – Não era para Albert cuidar de Sadie sozinho.

– Eles vão ficar bem. Vamos, a gente pode se sentar no fundo.

A sensação de entrar na tenda era a de adentrar um dos cenários infernais com os quais Briard estava sempre ameaçando os pecadores do alto de seu púlpito. Meu saiote de algodão estava desconfortavelmente úmido, grudando em meu corpo em um abraço claustrofóbico. Respirei fundo e reprimi a náusea. O ar fedia a suor. O gosto ruim perdurou no fundo da minha garganta, fazendo meus olhos marejarem. Virei-me para escapar, mas trombei com tudo no pároco.

– Ellerie! – Ele me cumprimentou com um tapinha firme nas costas, impedindo minha fuga.

Encarei horrorizada as vestes brancas e a estola toda bordada que ele usava. Seu rosto já estava escuro como uma beterraba, e ele nem sequer começara o sermão.

– Acomodem-se, acomodem-se. Vamos começar em breve...

Cheguei mais perto de Merry, desvencilhando-me do calor adicional da mão do homem. Parecendo agitado, ele se virou para os Fairhope.

– Ah. Ezra. Não, não, como é mesmo? Não diga, eu...

– Ephraim – respondeu o homem, sem vontade nenhuma de se envolver no joguinho do pároco.

– Ephraim. – O pároco Briard deu de ombros, como se não fizesse diferença alguma. – Fico feliz em saber que puderam se juntar a nós. Quero que vejam o que vai acontecer aqui hoje. Vejam e entendam. Amity Falls está cheia de pessoas boas e decentes. Sei que quando nos unirmos em oração, Deus erradicará o mal que há entre nós.

Os olhos dele brilhavam com um fervor tão delirante que cogitei a possibilidade de ele estar sofrendo um ataque do coração.

– Com certeza vai – respondeu Ephraim, percorrendo a multidão com os olhos para ver se encontrava o dr. Ambrose.

O pároco abriu um sorriso antes de ir embora.

– Deus abençoe vocês... Todos vocês.

– Deus o abençoe – respondemos em uníssono.

Matthias Dodson avançava pelos corredores entre as fileiras de cadeiras.

– Ephraim, Thomas – disse ele, cumprimentando Merry e a mim com um gesto da cabeça. – Este vai ser um... espetáculo interessante. – Virou para fitar Briard, que estava tentando convencer algumas famílias a se sentarem mais perto do altar improvisado. – Amos, Leland e eu gostaríamos de falar com vocês dois. Precisamos de um plano pronto para ser executado quando... tudo isso... terminar. Fiquem conosco, pode ser?

Havia apenas duas cadeiras vazias perto dos outros Anciãos.

– Podem ir – disse para Ephraim. – Merry e eu vamos ficar bem aqui no fundo.

– Fiquem espertas – avisou ele antes de sair.

– Isso vai durar a tarde inteira, não é? – perguntou Merry quando afundamos nos assentos. – Não vi Sam ainda, você viu? Vou guardar um lugar para ele... Só por garantia.

A crença fervente de Merry no fato de que Sam voltaria me fez sentir vergonha. Sendo sincera, eu não pensara em meu irmão nem por um instante sequer desde que ele fora embora. Havia muitos outros assuntos ocupando minha cabeça, um mais urgente do que o outro. Sam voltaria se assim decidisse.

– Deus as abençoe, garotas Downing – disse uma voz, afiada como uma lâmina.

Letitia Briard entrou na tenda. O cabelo grisalho estava preso num coque tão apertado que as sobrancelhas da mulher ficaram arqueadas numa expressão permanente de descrença. Ela prosseguiu:

– Fico feliz de ver que puderam vir. Mal posso esperar para ouvir o que você tem a confessar, Ellerie. – Os olhos dela correram pelo meu murcho vestido rosa antes de se virar para cumprimentar as outras famílias que, relutantes, adentravam o recinto.

– Você não pegou o tecido dela, pegou? – perguntou Merry depois que a esposa do pároco já não podia mais nos ouvir.

A dúvida dela me ofendeu.

– É claro que não. Você viu quando Albert trouxe o corte da cidade.

– Eu sei. Eu sei disso – disse ela, e enxugou a testa. – É só que... está tão quente.

Mergulhamos no silêncio, esperando desconfortavelmente pelo início da renovação. Merry continuou procurando nosso irmão, certa de que ele chegaria bem a tempo – porém, quando Briard avançou até o altar, o lugar ao lado dela continuava vazio.

– Deus os abençoe nesta manhã agradável – começou o pároco Briard, dando início à celebração. – Reunimos os senhores aqui hoje porque acreditamos que Amity Falls está sofrendo uma ameaça séria. Acredito que todos saibam dos surtos recentes de vandalismo e violência que se abateram sobre nosso vilarejo. Há algumas pessoas aqui...

Ele direcionou sua atenção para os Anciãos e os Fairhope, sem nem tentar disfarçar. Matthias estava sentado com os braços cruzados diante do peito, ouvindo com incredulidade, enquanto Leland encarava o púlpito com a cabeça tombada para o lado. Amos parecia ter caído no sono, a boca aberta enquanto ofegava. O pároco continuou:

– Há algumas pessoas aqui que acreditam que isso é culpa de forças externas. Que um bando de monstros misteriosos – ele agitou os dedos numa descrença teatral – vieram para Amity Falls com o único objetivo de perturbar nossa vida. Eles preferem acreditar no bicho-papão em vez de refletir e mergulhar fundo, bem fundo dentro de si mesmos.

– Está falando das criaturas na floresta? – perguntou Prudence Latheton, ficando em pé. – As com os olhos prateados? Porque elas não são invenção da nossa imaginação. Eu as vi. Edmund também. – Ela olhou para os vizinhos ao redor. Vários assentiram, apoiando a mulher. – Muitos de nós vimos.

– Pois viu mesmo ínferos em carne e osso, ou foi apenas sua mente culpada pregando peças em você?

– Eu vi *aquelas coisas* – insistiu ela.

– Você viu várias coisas, não é mesmo, Prudence? – provocou o pároco Briard, direcionando toda a atenção para a mulher. – Na verdade, eu diria que você é uma das maiores fofoqueiras de toda a Mão de Deus.

Alguém atrás de Prudence deu uma risadinha, e ela se virou com os olhos semicerrados.

– Na carta de Paulo aos romanos, ele disse: "Portanto, és inescusável quando julgas, ó homem, quem quer que sejas, porque te condenas a ti mesmo naquilo em que julgas a outro; pois tu, que julgas, fazes o mesmo". Nenhum de nós deve ser tão ávido para atirar pedras, pois não há sequer uma pessoa que não tenha errado.

Briard sacou um lenço do bolso e enxugou o rosto antes de prosseguir:

– Mas podemos nos juntar num espírito de união e arrependimento para confessar nossos erros e pedir perdão. Acredito que é a única coisa capaz de erradicar a maldade que recaiu sobre nosso vale. A culpa é *nossa*. Então *nós* devemos buscar a redenção. Aliás... Prudence, por favor, venha se juntar a mim aqui na frente.

Ela soltou um arquejo confuso.

– Não precisa ficar ansiosa. Estamos entre amigos. Em família, até, pois somos todos irmãos e irmãs na Assembleia. Por favor.

Quando ela chegou ao altar improvisado, ele a fez ficar parada de frente para o público e pousou as mãos firmes nos ombros da mulher. Acho que a ideia era demonstrar harmonia, mas os dedos do pároco apertavam os ossos magros de Prudence como se ele estivesse tentando evitar que ela saísse correndo.

– Que tal você ser a primeira entre nós a confessar seus pecados? Devemos fazer isso em público, assim como se lanceta uma pústula antes que o veneno nela possa se espalhar pelo corpo. Depois que nossos erros, *todos* os nossos erros – reforçou ele, olhando para o rebanho – tiverem sido confessados e esclarecidos, o processo de cura poderá começar. – Ele abriu um sorriso, orgulhoso com a própria fala. – Acho que até mesmo o doutor Ambrose concordaria que esta foi uma metáfora muito bem pensada.

O médico continuou imóvel no assento, o rosto sério.

– Vamos, Prudence – incitou o pároco. – Confesse.

Ela expirou com força. Seus olhos arregalados em súplica correram pela tenda em busca de ajuda ou de uma possibilidade de fugir. Por mais que eu não gostasse muito dela, fiquei incomodada com seu constrangimento. Antes que eu pudesse perceber, já estava de pé.

– Eu vou começar – sugeri, com mais confiança do que realmente sentia. – Vou confessar meus pecados.

As sobrancelhas de Briard se ergueram com a surpresa, mas ele soltou Prudence, que cambaleou de volta para sua cadeira, aliviada pela libertação temporária. Letitia Briard sorria com uma expectativa maliciosa enquanto eu seguia até a frente do espaço. Podia sentir o olhar de Merry me acompanhando; quando me virei para encarar o vilarejo, porém, não consegui identificar minha irmã no meio das sombras sufocantes.

– Como faço isso? – perguntei, ajeitando uma mecha úmida de cabelo atrás da orelha. Estava com a mente avoada, embora não soubesse se por causa do calor ou da magnitude do que estava prestes a fazer. – Eu devo... devo me ajoelhar?

O pároco assentiu, a expressão sombria.

– Sim. Ajoelhe-se diante de Deus. Ajoelhe-se diante de Amity Falls. Ajoelhe-se sob o peso de seus pecados.

Devagar, encarando a multidão de rostos diante de mim, fiquei de joelhos.

– Eu sou Ellerie Downing. – Minha voz vacilou, parecendo vários tons mais aguda. – E... E venho aqui confessar... – Hesitei, revirando a mente enquanto lágrimas indesejáveis faziam meus olhos arderem, ameaçando cair. – Confessar...

Vi Ephraim, inclinado para a frente com uma expressão preocupada. A expressão ansiosa dele me fez endireitar a postura.

– Vim aqui confessar que... o pároco está errado – prossegui. Arquejos de surpresa irromperam de toda a tenda. – Há, *sim*, coisas na floresta. Lobos deformados e mutações estranhas, sem dúvida, mas há também um grupo de... outros. Vieram até Amity Falls e estão... fazendo com que nos viremos uns contra os outros. Para eles, é como um jogo terrível e elaborado. Eles...

– Pare com isso. Pare com isso agora mesmo – disse alguém. Gran Fowler se levantou, balançando a cabeça. – Essa garota não fez nada para ter que vir a público se confessar. Esse teatrinho é cruel e inútil. Olhem para ela. Está morrendo de medo. Não sabe o que está falando.

Neguei com a cabeça.

– Sei sim, senhor Fowler. Ephraim vai contar para vocês...

– Ephraim? – Gran olhou para a turba. – Não há Ephraim algum aqui.

– Ezra. Meu tio. Quer dizer, ele não é meu tio. Não de verdade. Ele e Thomas são Fairhope, não Downing. – Podia compreender como aquilo não parecia fazer sentido. Estava quente demais para que eu conseguisse articular explicações razoáveis.

Ephraim começou a se levantar, mas Matthias o empurrou de volta no assento, bufando furioso.

– Eles estão aqui para ajudar. Estão aqui para impedir as criaturas.

– Levante-se, Ellerie. O calor está confundindo suas ideias. – Gran me puxou para que eu ficasse de pé. – Volte para a sua irmã. Vá beber uma água.

O pároco Briard segurou meu cotovelo, puxando-me para a lateral da tenda. Parecia uma roda girando rápido demais, fazendo força para recuperar o controle da situação.

– Não consigo acreditar no que estou ouvindo. Teatrinho cruel e inútil? Gran assentiu.

– O que aconteceu com você, Gran? Sempre foi um dos fiéis mais dedicados.

– Fui. Mas não posso ficar aqui sentado, só assistindo enquanto isto acontece. O que está fazendo aqui não é a obra de Deus, Clemency. Ninguém deveria obrigar outra pessoa a confessar os próprios pecados. Arrependimento não vale nada se for forçado.

O pároco se empertigou.

– Você acha que está acima da confissão?

– Com certeza, não. Já cometi muitos erros na vida, mas rezo para o Senhor toda noite pedindo que derrame as bênçãos que planeja sobre mim. Não vejo motivo algum para expor isso tudo diante do vilarejo sabendo que já fui perdoado.

– Perdoado por Deus, talvez, mas não por seus vizinhos.

Todos se viraram para ver quem tinha falado da escuridão do fundo da tenda. Alguém estava de pé, a silhueta destacada contra as laterais levantadas da lona.

Gran estreitou os olhos.

– A misericórdia de Deus é todo o perdão de que eu preciso.

Judd Abrams deu um passo à frente, ocupando o corredor como uma balsa enorme avançando por um canal para atracar. Com o cabelo cortado bem rente e o nariz achatado, quebrado anos antes numa briga na taverna dos Buhrman, ele me fazia pensar nas bigornas de Matthias Dodson. A bochecha esquerda do homem estava estufada com um punhado de tabaco de mascar.

– Ellerie, saia daqui. – Gran me empurrou de leve, mas não havia como eu sair sem passar por Judd, cuja fúria irradiada parecia impressionante demais para qualquer um se aproximar.

– Você pode ter obtido seu perdão, mas eu ainda tenho uma broca quebrada e nenhum meio de consertar a peça. Acha que Deus vai ter misericórdia comigo?

– A broca que eu peguei emprestada no outono passado? Não fui eu quem a quebrou.

– A ponta estava lascada quando fui usar.

Gran negou com a cabeça.

– Eu mesmo limpei cada milímetro dela antes de devolver a você. Eu teria percebido se houvesse algum problema.

– Ele está mentindo! – exclamou Judd. Uma veia pulsava na testa do homem; uma cascavel prestes a dar o bote. – Diante de todos vocês, e do pároco, ele insiste em mentir!

Fui me aproximando da lateral da tenda, pressionando o corpo contra a lona, procurando uma forma de escapar daquele confronto brutal. As palavras não eram direcionadas a mim, mas eu podia sentir a força delas como um soco no estômago.

– Papai? – chamou uma voz, baixinha e incerta.

Judd virou a cabeça de súbito quando a filhinha mais nova se levantou sob as pernas trêmulas, incitada pela mãe.

– Fui... Fui eu. Eu quebrei a broca.

– O quê? – rugiu o homenzarrão.

– A gente... A gente estava brincando no celeiro... Sei que o senhor me falou que não podia, mas... eu esbarrei em algumas das suas ferramentas. Elas caíram e aí... – A menininha fez um gesto indicando algo se partindo ao meio.

– Não é possível. Aquela broca pesa mais do que você. Como seria possível que...

– Aconteceu – exclamou a menininha, os olhos marejados. – Eu ia contar para o senhor, juro que ia, mas ela disse que o senhor ia ficar muito bravo e ia me bater até sair sangue. Ela disse que eu devia enterrar a parte lascada... Para fingir que nada tinha acontecido.

– Quem? – Judd deu um passo ameaçador em direção à criança trêmula. – Quem é "ela"?

– Minha amiga. Abigail.

Embora parecesse impossível considerando o calorão da tenda onde acontecia a renovação, senti o sangue gelar nas veias.

A esposa de Judd deu um tapinha na menina.

– Eu já disse para não falar nessa tal de Abigail. Ela não existe!

– Existe, sim! – gritou a garotinha, os punhos cerrados. Depois parou, incapaz de continuar com o peso do julgamento e da desaprovação de todos sobre ela.

– Viram só? – aproveitou o pároco Briard. – Confissões ajudam a limpar a alma. Libertam a verdade. Quem é o próximo? Judd... Talvez você tenha algo a dizer?

– Eu... acho que devo desculpas ao senhor Fowler... Sinto muito por ter acusado você... E sinto muito por ter falado sobre isso com Edmund Latheton.

O olhar do fazendeiro recaiu sobre Edmund.

– Do que ele está falando?

O rosto do carpinteiro ficou pálido.

– Eu só estava ajudando você, Judd! – Ele voltou a atenção para Gran, chocado. – Eu... sinto muito. Judd estava tão bravo, repetindo o tempo todo que você devia pagar...

Gran arquejou.

– Minhas galinhas. Foi você?

– Abrams ajudou. E... e o outro homem.

Judd bufou.

– Que outro homem?

– O alto, com a cartola esquisita. Eu nunca o tinha visto antes. Achei que era um dos ajudantes do seu rancho.

– Só tinha você e eu naquele galinheiro. Mais ninguém.

– Ele era grandalhão, quase tão alto quanto você, e... – Edmund franziu o cenho enquanto fazia força para lembrar. – Ele tinha uma moeda de prata, acho. Alguma coisa... de prata. O lampejo incomodava meus olhos... – Esfregou o rosto, as unhas marcando vergões nas bochechas. – Eu sinto tanto, Gran, mas tanto... Eu não... Ainda não sei por que fiz aquilo... O que me deu...

– Maldade – disse o pároco Briard. – Seu coração estava cheio de maldade. Se arrependa agora e receba o perdão.

– Eu me arrependo – afirmou Edmund, abrindo caminho até o corredor. Ele se ajoelhou aos pés de Gran, agarrando as canelas do fazendeiro. – Quero pedir perdão. Me redimir. Com toda a sinceridade.

O pároco assentiu, sério.

– Seu arrependimento é válido. Seus pecados foram perdoados.

– Deus pode perdoar você quanto quiser. Eu não perdoo – murmurou Gran, empurrando Edmund com o pé antes de sair andando. Quando Judd tentou entrar no caminho dele, o fazendeiro empurrou o homenzarrão para o lado sem hesitar. – Venha, Alice. Já chega de tanta bobagem.

A professora continuou sentada.

– Eu... eu quero ficar.

– Você não pode estar falando sério.

Ela fitou o grupo, incerta. O olhar recaiu sobre Bonnie Maddin e nela permaneceu, cauteloso.

– Não, eu vou ficar. Alguém aqui queimou minha escola, e quero saber quem foi.

Arfei, olhando para baixo.

Eu não fizera aquilo.

Fora um sonho.

Eu não incendiara a escola.

Ou achava que não.

Gran a encarou por um longo momento antes de balançar a cabeça e ir embora.

O pároco Briard ergueu os braços em um gesto acolhedor.

– Quem quer ser o próximo a aliviar a consciência? Venham, venham todos, e se libertem!

A tenda se encheu de sussurros enquanto as pessoas estimulavam os amigos, companheiros e familiares a darem um passo à frente.

– Eu vi Martha saindo do quintal dos Buhrman na manhã do funeral de Ruth Anne Mullins – declarou Molly McCleary, os olhos vidrados e brilhantes enquanto apontava para a sogra. – Ela estava murmurando sozinha, o vestido todo sujo de sangue.

Prudence saltou de pé, irada.

– Eu *já disse* que não matei aquele bode!

Violet se virou para a esposa do Ancião, abismada.

– Martha, é verdade isso?

A mulher mais velha irrompeu em lágrimas.

Perto do altar, Cora Schäfer ficou de pé.

– Ouvi Mark Danforth se gabando com os amigos de ter destruído a cerca de Cypress Bell!

– Foi você? – exclamou Cypress, agarrando o irmão de Rebecca pela camisa.

O garoto soltou uma gargalhada enquanto tentava se soltar.

Do lado oposto da tenda, surgiu uma discussão entre Alice Fowler e Bonnie Maddin. Sem aviso, Alice deu um tapa na outra, deixando a marca vermelha de uma mão no rosto da mulher.

– Não fui eu, juro! – lamentou Bonnie.

– Vou arrancar essa confissão de você nem que seja no tapa! – rosnou a professora, saltando sobre a garota.

Os soluços de Martha quase se perdiam em meio ao mar de vozes e acusações irritadas. Ela caiu de joelhos diante de Violet, agarrando a saia da outra e tremendo de arrependimento.

– Ela disse que me daria o remédio de que Amos precisava, mas antes eu tinha que fazer o que ela mandava! Ele estava morrendo! Como eu poderia dizer não?

– Quem? – quis saber Violet, tentando afastar Martha. – Quem iria querer me prejudicar? – O olhar dela recaiu de novo sobre os Latheton. – Foi aquela vadia, não foi?

– Tirem essa vaca de cima de mim! – uivou Bonnie.

A resposta de Martha se perdeu quando outra briga surgiu atrás dela. Corey Pursimon empurrou o vizinho Roger Schultz com tanta força que o fazendeiro caiu, derrubando Martha também.

– Seu maldito mentiroso, você destruiu meus campos!

– Solte a minha esposa! – gritou Amos enquanto Martha tentava se levantar.

Perdi o Ancião de vista depois que ele forçou caminho em meio à multidão, mas de repente o vi brandir a bengala e atingir Winthrop Mullins na lateral da cabeça. Um fio vermelho de sangue começou a escorrer pelo rosto do rapaz enquanto ele soltava uma série de xingamentos e pulava na direção de Amos.

– Você precisa botar um fim nisso – falei, virando para o pároco. Ele tinha voltado para o púlpito e encarava horrorizado o caos que havia criado. Eu o agarrei pelo braço, dando um chacoalhão. – Pároco Briard, você precisa botar um fim nisso! As pessoas estão se machucando!

– Às vezes é preciso queimar um campo até que ele vire cinzas para que novas raízes possam nascer – murmurou ele. Devagar, seus olhos se voltaram para mim. Estavam vagamente fora de foco, como se ele não estivesse me enxergando bem ao lado dele. – Você disse que seria caótico, mas eu não tinha como imaginar que seria tão bonito.

As palavras dele não faziam sentido, soando como um instrumento desafinado.

– Eu não disse isso. Eu não disse nada disso...

Arquejei, expulsando o ar dos pulmões.

Precisava me virar. Precisava olhar. Mas meu corpo congelou com o medo súbito e a certeza absoluta de que havia alguém atrás de mim. Alguém que não deveria estar ali. Alguém que orquestrara aquele evento para que eles pudessem assistir ao desenrolar com uma curiosidade doentia.

– Pároco... com quem está falando?

Os olhos dele me fitaram diretamente.

– Olhe para ela, Ellerie. Não é magnífica? Um anjo vingador enviado para purificar Amity Falls. Você não imagina quão fervorosamente orei pela vinda dela.

Senti um calafrio, meu corpo gelado e trêmulo. Podia sentir o mal emanando da criatura, maliciosa e irresistível. Tocava pontos obscuros e escondidos do meu ser, onde estavam enterrados todos os impulsos raivosos que eu tentara reprimir. Ela parecia tentar avaliar todos eles, escolhendo o pior para inflamar.

Estreitei os olhos para enxergar tão longe quanto minha visão periférica permitia. Enxerguei uma silhueta magra envolvida em branco, e minha mente voltou para a noite em que papai e Samuel tinham emergido da floresta. A noite em que eu acendera as Nossas Senhoras. A noite em que eu vira uma mulher num vestido claro sair do campo de trigo.

A noite em que eu ateara fogo à escola.

Não.

– O que você quer? – resmunguei, incapaz de me virar para encarar a mulher. – Por que está fazendo isso com a gente?

Ela não disse nada, mas senti o peso de seu olhar enquanto me analisava. Vi uma mão se estender, dedos inacreditavelmente longos e bulbosos tentando tocar minha trança. Eu queria me encolher, mas estava imobilizada e encarcerada, uma borboleta presa num quadro de cortiça para ser analisada e observada.

– Eu? – murmurou ela, a voz baixa e atraente. – Eu não ergui um dedo sequer para causar isso. Olhe. Foram eles. – Ela soltou um ruído de consideração. – Foram vocês, garota dos cabelos de mel.

– Isso é loucura! Precisamos parar com isso! Precisamos parar com isso agora mesmo! – gritou Rebecca Danforth, atraindo minha atenção.

Ela subira numa cadeira na parte da frente da tenda e estava se esforçando para fazer a voz se elevar acima dos gritos de indignação. Alguém tropeçou nela, e ela levou as mãos à barriga numa tentativa de se equilibrar para não cair.

– Parem! – gritei, correndo em direção a Rebecca e deixando a criatura para trás.

Por mais que tivéssemos trocado palavras nada gentis, eu não podia ficar assistindo de longe a algo terrível acontecer com ela.

– Parem! Parem com isso! – gritei, abrindo caminho em meio ao caos. Alguém golpeou meu rosto com as unhas, e precisei me abaixar para não ser atingida quando Mark Danforth saltou na minha direção, mas enfim cheguei até Rebecca. Estendi as mãos, tentando ajudá-la a se equilibrar. – Tudo bem? As coisas saíram do controle!

Ela assentiu e dispensou minha ajuda. Tirou um revólver do bolso e, antes que eu pudesse gritar, deu um tiro de alerta para cima, abrindo um buraco no teto de lona.

– Já chega! – berrou ela, e a multidão caiu num silêncio inquieto.

Ouvi risinhos vindo do canto onde o pároco Briard agora se encolhia; quando olhei, porém, a Observadora Sombria tinha ido embora.

Rebecca esfregou o rosto.

– Olhem para vocês! Olhem para o ponto a que chegamos. Nosso vilarejo está ruindo. De novo. Tem alguma coisa muito, muito errada aqui. – Ela se virou para mim. – Não é mesmo?

– É sim – concordei. – E eu sei por quê.

Todos pararam o que estavam fazendo e se viraram para nós. Ninguém parecia ter saído incólume das brigas. Para onde olhava, havia narizes quebrados e lábios cortados. Roupas rasgadas e punhos inchados.

Analisei as expressões arrebatadas, virando até chegar ao pároco. Com uma mão trêmula, apontei para ele.

– Esse homem sabe de coisas que não contou para vocês. Há forças sombrias agindo sobre Amity Falls e trazendo o caos para o vilarejo. A seca, as colheitas ruins, as mutações estranhas... Tudo... *isso* – afirmei, gesticulando para a destruição na tenda. – As suspeitas e a violência. Tudo isso é culpa dos seres na floresta. Os Observadores Sombrios. Não sei o que eles são exatamente: criaturas ou monstros, velhos deuses ou... *coisas* sobrenaturais. Mas eles existem, e tudo... tudo isso... é culpa deles.

Alice Fowler – com o cabelo grisalho agora solto do coque de sempre, uma manga arrancada do corpete do vestido todo destruído – olhou para o pároco.

– Isso é verdade, Clemency?

– Eu... – O pároco ajeitou a gola, o rosto escorrendo suor.

Continuei pressionando.

– Os Fairhope contaram isso para os Anciãos e para Briard. Em vez de sair e lutar contra essas coisas, o pároco preferiu organizar esta renovação ridícula. E as coisas estavam aqui, usando o pároco o tempo todo. Não há anjo vingador nenhum, pároco. É uma Observadora Sombria. Rindo de você, rindo de todos nós que caímos na armadilha.

Ele negou com a cabeça.

– Isso é absurdo. Não tem nenhum...

– Matthias – falei, virando nos calcanhares para encontrar os Anciãos. – Amos, Leland. Vocês estavam lá na noite passada. Ouviram o que Ephraim disse. Contem aos outros o que escutaram.

– Não. Não. Não interessa o que ele disse – interveio Simon Briard, saindo do meio da turba. Ele ajudou Rebecca a descer da cadeira, arrancando a arma da mão da garota. – Não importa o que nenhum deles disse. Os Anciãos dizem para unirmos o vilarejo, seja por expedições ou renovações, Pleitos ou Julgamentos. Mas é impossível unir o que já apodreceu até o cerne. – Respirou fundo. – Ellerie está falando sobre criaturas estranhas. Ou monstros. Arautos do mal e da desgraça. – Ele se virou para mim, os olhos cintilando. – Use o nome correto: demônios.

Vozes se ergueram da multidão, murmurando e protestando.

– E demônios não vêm sem serem chamados. Alguém em Amity Falls quis essas coisas aqui. Alguém as trouxe. De propósito. Para corromper e degradar. Para destruir todos nós.

Neguei com a cabeça, tentando interromper os devaneios; Simon prosseguiu, porém, os dedos agarrando a pistola com firmeza:

– Eu estava caminhando pelos limites da minha propriedade quando me deparei com... algo. Era um círculo de pedras e quinquilharias, com marcas esquisitas desenhadas na terra. Parecia ter sido feito havia alguns meses, provavelmente antes das nevascas. Alguém foi até minha morada e invocou esse demônio. E eu sei quem foi!

Ele balançou um pequeno pedaço de tecido sobre a cabeça.

– O que é isso, Clemency? – perguntou Amos McCleary, semicerrando o olho inchado.

– Um lenço. Feito pela Velha Viúva Mullins. Estão vendo o monograma bordado nele? S. E. D.

Senti a garganta apertar quando li as iniciais. Sabia o que ele estava prestes a falar.

– Samuel Elazar Downing – proclamou. – Ele invocou esses demônios. Trouxe a escuridão para nosso vilarejo. E vejam... Aqui é onde ele selou o acordo pagão com o próprio sangue. Três gotas, exatamente.

Três gotas de sangue.

Três gotas de sangue num lenço.

Eu tinha pressionado o sangue do meu dedo num lenço três vezes, que depois dera para alguém.

Lembrei da escuridão fresca daquela noite. As estrelas não iluminavam o suficiente para que eu pudesse enxergar o monograma no canto do lenço, mas eu sentira a textura das linhas. Havia algo bordado no lenço de Albert. Será que eram as iniciais de Sam?

E, se fosse o caso, como o lenço tinha chegado à fazenda de Rebecca? Dentro de um círculo de invocação? Na mão de Simon Briard?

Separei-me do grupo, a cabeça girando e os joelhos cedendo antes que eu caísse na terra seca. Senti meu estômago revirar, trazendo um jato de bile à garganta, e precisei colocar a mão sobre os lábios para reprimir um engulho.

O sangue era necessário para selar uma barganha. Eu tinha feito aquilo para entregar um substituto para Albert, mas ele usara meu sangue para um propósito muito mais sombrio.

Meu sangue tinha sido usado para atrair aquelas criaturas para o vilarejo.

Era tudo minha culpa.

Culpa dele. Ele os tinha invocado.

Cada morte, cada tragédia que aquelas coisas tinham perpetrado havia acontecido por minha culpa.

Por culpa dele.

Eu tinha...

Ele tinha.

Ele quem?

O vômito enfim veio, fétido e ralo como mingau. Não tinha comido nada substancial desde a tarde anterior, e a sensação era a de facas perfurando minha garganta na tentativa de sair.

O ar estagnado parecia pesar sobre mim como uma pedra. Minha têmpora latejava, e eu não era capaz de deter o tremor dos meus membros. Sentindo-me totalmente oca, dobrei o corpo, com vontade de morrer.

Ninguém notou meu flagelo.

Em um transe apático, ouvi Simon continuar com suas acusações. O pároco se juntou a ele. Precisavam fazer uma busca. Não deixariam pedra sobre pedra em Amity Falls até que Sam fosse encontrado e trazido para um julgamento.

– Não. – Arquejei, tentando ficar de pé.

Lembrava-me com clareza demais do que havia acontecido depois do último julgamento em Amity Falls. Não podia deixar meu gêmeo pagar pelos meus erros. Eu tinha levado aquelas criaturas até o vilarejo.

Mas, mesmo que eu confessasse meu crime diante de todo mundo, ali naquele momento, não tinha certeza de que salvaria Sam. A multidão estava enfurecida demais para ouvir o apelo da razão.

Precisava ir até a raiz do problema. Precisava encontrar os Observadores Sombrios e fazer com que parassem com aquilo. Era a única chance de salvar meu irmão.

Fiquei em pé, as pernas trêmulas. Cambaleei até o fundo da tenda e agarrei Merry.

– A gente precisa sair daqui. Precisamos voltar para a fazenda, agora!

Como se tivesse me ouvido, o pároco Briard nos encarou com uma fúria ardente. O rosto do homem ficou vermelho, queimando de indignação. Por um segundo nossos olhares se encontraram, e ele franziu o nariz num rosnado feral.

– O Demônio veio para Amity Falls. E foi Samuel Downing quem o trouxe.

✥

– Ela estava lá, estava lá na tenda com a gente – gritei enquanto Merry, os Fairhope e eu fugíamos do vilarejo, correndo para casa. – O que fazemos agora?

– Precisamos pegar a garotinha e tirar todos vocês de Amity Falls – disse Ephraim.

Parei de correr, aos tropeços.

– Fugir? Esse é o seu grande plano? Achei que você tinha dito que estava aqui para lutar com eles. Deter essas criaturas. Se a gente for embora...

– Vamos sobreviver – Ephraim me interrompeu, a voz decidida e ponderada. – Vamos sobreviver para continuar lutando.

– Mas... e as outras pessoas? O vilarejo, elas...

– As pessoas vão poder tomar as próprias decisões. Você não deve nada a elas, Ellerie.

– A gente não pode ir embora sem o Sam. Vamos atrás dele. As pessoas acham que foi ele quem invocou os Observadores Sombrios.

Ephraim balançou a cabeça, desgostoso.

– Eles não são demônios que precisam ser invocados. Não é assim que funciona. Eles simplesmente... *existem* aqui, no nosso mundo. Assim como o rei lontra e as lulas-gigantes, os ahools e os pássaros-trovão, os sinistros e os tatzelwurms. Os Observadores Sombrios não são coisas que podem ser manipuladas ou controladas. – Ele fez uma pausa, pensativo. – A menos, é claro...

– O quê? – perguntei, aproveitando o lapso de incerteza do homem.

– A menos que ele de alguma forma saiba o nome verdadeiro deles...

– O Sam não os trouxe até aqui. Ele não teria feito isso – insisti.

Ephraim concordou com a cabeça.

– É claro que não. A escuridão deles já se espalhou muito: afetou as criaturas da floresta, os animais das fazendas, vocês mesmos. Com base nisso, eles devem estar aqui há anos, observando e esperando.

Merry franziu o cenho.

– Acha mesmo que eles estão aqui há tanto tempo? Simon disse que o círculo de invocação parecia recente, de alguns meses atrás. E o lenço...

O entendimento fez meus ouvidos rugirem, e não pude ouvir o resto do que Merry dizia. Eu tinha oferecido as três gotas de sangue naquele lenço em outubro, logo depois que os homens da expedição em busca de suprimentos liderada por Jeb McCleary haviam sido mortos. Os lobos, ou qualquer que fosse o animal que costumavam ser, estavam contaminados muito antes da minha barganha com Albert.

Fora da aura abafada e sufocante da tenda da renovação, eu agora conseguia enxergar.

Não era minha culpa.

Meu sangue não havia atraído os Observadores Sombrios para o vilarejo contra minha vontade.

Quase caí de joelhos enquanto o alívio se espalhava pelo meu ser, preenchendo todos os espaços antes ocupados pelo medo.

– Como... Como tantos deles vieram parar aqui?

– De acordo com nossos registros, dois vieram originalmente da Inglaterra, mas aumentaram em número. A Rainha. Uma jovenzinha...

– Abigail – falei, infeliz.

– Uma mulher mais velha e dois homens.

– Cinco Observadores Sombrios? – arfei, contando nos dedos.

Vi o suor se formando na testa de Merry, nada relacionado ao calor do dia.

– Há Observadores Sombrios homens?

Ephraim assentiu, como se fosse óbvio.

– Você está... Você está bem, Merry? – Thomas avançou para pousar gentilmente a mão nas costas dela.

– Eu achei... Vocês só tinham falado da Rainha, a mulher que Ellerie e Cyrus viram. E aí a filha de Judd, na renovação, disse que viu a menininha que Sadie tinha... Achei que eram todas mulheres.

Thomas e Ephraim trocaram olhares preocupados.

– Merry? – perguntei.

– Vocês disseram... Vocês disseram que eles oferecem coisas para as pessoas, não é?

Ephraim esperou um instante antes de responder.

– Qualquer coisa que a pessoa quiser. O que ela mais desejar.

Ela baixou a cabeça.

– Por exemplo... um bolo de chocolate? – murmurou Merry, tão baixinho que quase não pude ouvir.

Virei-me para ela, chocada.

– O aniversário de Sadie. Foi você?

– Ele me disse que havia chocolate em pó no estoque do senhor Danforth...

Coloquei a mão no ombro dela.

– Quem disse?

Merry se desvencilhou do meu toque.

– Deus.

As orações matinais que ela fazia no meio do campo de flores.

Lembrei da minha irmã com os braços abertos, as palmas viradas para cima, reverente e suplicante.

Ela estivera sozinha, eu tinha certeza.

Mas eu também achava que Abigail não passava de faz de conta.

Os lábios de Merry tremiam.

– Eu só... Preciso que saibam... Eu não sabia. Eu não... Eu achava de verdade que...

– Merry. – Mantive o tom de voz gentil. – Para que... Para quem você achava que estava orando?

Lágrimas se acumulavam em seus cílios.

— No começo, eu orava por coisas boas: uma colheita abundante, que papai não fosse picado pelas abelhas, que nosso jardim prosperasse... Fiquei surpresa quando ele respondeu, quando consegui vê-lo de verdade, mas a Bíblia é cheia de passagens em que Deus fala com as pessoas. Eu nem pensei em questionar. E... ele me dava ouvidos. De verdade... mas daí... Sadie queria tanto aquele bolo... Naquela noite, quando saí para orar... Eu o fiz sem pensar.

— Você pediu um bolo de chocolate.

Ela assentiu, triste.

— E o que Deus... O que *ele* disse que você precisava fazer? — perguntei. Ela olhou ao redor, a culpa dominando sua expressão. — Foi você quem destruiu o estoque de Cyrus?

— Na verdade, eu só precisava derrubar umas latas. Mas... vi que era divertido derrubar a farinha e ver o melaço se espalhar pelo chão. Eu não sabia que aquilo ia deixar o sr. Danforth tão bravo, ou que ia acabar machucando a mamãe. — Merry ficou mais pálida, a expressão de quem ia vomitar a qualquer instante.

Eu queria confortar minha irmã, dizer que tudo ficaria bem, mas eu não era capaz. Havia muitas coisas desconhecidas, muitas incertezas. O mundo parecia à beira de ser consumido pela loucura. Eu não podia garantir nada.

— Nós vamos dar um jeito de consertar isso. Não sei como, mas vamos. Depois que a gente ajudar o Sam — prometi, beijando os cabelos dela. — Onde quer que ele esteja.

— É absurdo os moradores do vilarejo pensarem que é um garoto que, de alguma forma, está controlando os Observadores Sombrios — disse Ephraim, trazendo-nos de volta ao problema do mundo.

— Mas alguém poderia, não é? Você disse algo sobre o nome dos Observadores Sombrios — murmurei. — O que... O que quis dizer com isso?

— Essa é uma das teorias do meu pai — interveio Thomas. — As criaturas que a Irmandade caça são feitas de carne e osso, mas com o tempo foram adquirindo um status sobrenatural. Pessoas escreveram histórias e músicas a respeito delas, que depois viraram mitos e lendas. Há até histórias infantis alertando sobre as coisas que espreitam à noite...

— Todas as histórias têm um fundinho de verdade — interrompeu Ephraim. — É preciso distinguir o que é real do que é exagero. — Ele mexeu nos óculos, mas não os tirou do rosto. — Por toda a Europa, contos de fada narram histórias sobre entidades capazes de realizar os mais profundos desejos das pessoas em troca de um pequeno favor. Quando a barganha inevitavelmente dá errado, o mocinho ou a mocinha precisa descobrir o nome da criatura para quebrar o encanto. Esse é o fundo de verdade. O nome desses seres é muito poderoso. Eles podem ser controlados por quem sabe seu nome.

– Mas vocês sabem, certo? Sabem o nome dos Observadores Sombrios, não sabem? – Olhei de Ephraim para Thomas. – Não é mesmo?

Thomas deu de ombros, impotente.

– Eles assumiram muitas alcunhas ao longo dos anos. Aqueles Que Tudo Veem, Aqueles Que Não Piscam. O nome "Observadores Sombrios" é só um que eu e meu pai inventamos.

Congelei quando as palavras me atingiram. O entendimento fulgurou dentro de mim, como um objeto de metal atingindo uma pederneira. A faísca cresceu, virou uma chama e mergulhou de volta na escuridão da minha mente até que eu pudesse ver tudo claramente.

– Porque coisas... coisas importantes... têm nomes – sussurrei, cerrando os punhos enquanto o mundo girava.

Eu já dissera aquilo para Albert.

Os nomes têm poder, não acha? Quando você diz seu nome, acaba na mão daqueles que o conhecem.

Senti a garganta apertar, de repente muito seca e arranhando.

Albert não levara os Observadores Sombrios para Amity Falls.

Albert *era* um Observador Sombrio.

Senti vontade de cair de joelhos, a verdade me atingindo como uma marreta.

Ele era uma daquelas coisas. Um daqueles monstros.

Não era possível.

Era Albert.

Meu Albert.

O rapaz no qual eu aprendera a confiar e com quem me preocupava.

O rapaz pelo qual me apaixonara.

Mas, no fundo, eu *sabia*.

Havia muitos momentos em que as coisas não faziam sentido. Vezes demais em que ele dera um jeito de não me contar a história toda.

Porque a verdade completa o teria condenado.

– Sadie – murmurei. Ela estava lá em casa, sozinha... com *ele*. – A gente... A gente precisa ir. Agora mesmo.

Virei-me e corri pela estrada. Os outros me seguiram, arfando, mas eu não podia esperar por eles. Precisava chegar até minha irmã caçula.

Nuvens de poeira se erguiam atrás de mim. Estava muito quente. Muito seco. Nossa terra estava morrendo, contaminada pela presença dos

Observadores Sombrios. Contaminada por ele. Albert. A traição dele doía mais do que uma picada de cobra.

Como ele fora capaz de mentir com tanta facilidade?

Como eu não tinha percebido nada?

Quando fizemos a curva e nossa casa surgiu no horizonte, quis chorar de alívio.

Sadie estava ali, sentada no alpendre, gingando preguiçosamente para a frente e para trás na cadeira de balanço.

Albert estava sentado nos degraus, perto dela, abanando o rosto com o chapéu.

Ele se levantou quando nos viu, mas congelou quando notou minha expressão. O reconhecimento inundou seu rosto; ele se virou e desapareceu pela lateral da casa, indo para a floresta, apesar dos protestos de Sadie.

Olhei para trás.

– Ephraim, você deve ter alguma ideia... Qual é o nome deles?

– O nome deles? – Ele ofegava, o rosto vermelho e a respiração pesada. – Não sei de verdade. Nossa esperança era descobrir mais aqui... Nossa esperança... Ainda há tempo de sair daqui... Podemos recomeçar do zero em outro lugar.

Neguei com a cabeça, determinada.

– Não vou fugir deles. Isso precisa ter um fim. Agora.

– Ellerie, você não pode estar pensando em...

– Merry, cuide de Sadie. Fique aqui e garanta que todas as janelas e portas estejam fechadas e bem bloqueadas. Se alguém do vilarejo vier procurando Sam... – Não fui capaz de completar o pensamento horrível. – Ephraim, Thomas... mantenham as duas em segurança. Eu volto assim que conseguir.

– Ellerie, espere! – gritou Merry atrás de mim, mas eu já tinha partido.

36

*"Regra Número Sete: Jamais se aventure nas profundezas da floresta.
Além dos Sinos, os demônios fazem a festa."*

Sem carregar absolutamente nenhuma fonte de luz ou sorte comigo, adentrei a floresta de pinheiros.

Ele iria me encontrar, eu tinha certeza.

Avancei pelas árvores, avancei além dos Sinos. O repicar dos pequenos instrumentos preencheu o ar, marcando minha passagem, tão penetrante quanto uma mancha de tinta no meio de uma página.

E, de súbito, ele estava diante de mim, no meio de uma pequena clareira logo depois dos Sinos.

Albert.

Não era Albert.

Não era a pessoa que eu presumira ser Albert.

Não era sequer uma pessoa, na verdade.

Ou era?

Apesar de tudo o que eu sabia, minha vontade era correr para os braços dele.

Ele não tinha a *aparência* que eu achava que os Observadores Sombrios teriam. Não tinha garras ou dentes afiados. Os olhos de Albert eram cálidos e gentis, e decididamente não eram prateados. A dúvida se espalhou pelo meu corpo, como se tentasse me sabotar.

E se eu estivesse errada?

Quando os pinheiros deram lugar a um mato alto e moitas selvagens, parei de avançar.

– Ellerie.

Meu nome soou de forma casual demais. Treinada demais. Ele sabia que eu sabia. Sua voz denunciava tudo.

Ele correu a língua pelos dentes, os olhos afiados e observadores.

– Você sabe – afirmou Albert, e assenti. Ele pressionou os lábios, a expressão neutra. – Como descobriu?

– O círculo de invocação na fazenda dos Danforth.

Cada partícula do meu corpo berrava, pedindo que ele negasse aquilo. Mas ele permaneceu imóvel.

– Era só uma fogueira de acampamento.

Troquei o peso de uma perna para a outra.

– Foi o suficiente para deixar o vilarejo em pânico.

– Então alcançou o objetivo, acho.

– Você usou o sangue que dei a você como substituto do nosso acordo, não foi? – perguntei. Ele assentiu uma vez. – E como conseguiu o lenço de Sam?

Ele deu de ombros.

– Não foi muito difícil. Um favorzinho que pedi a Trinity Brewster enquanto ela visitava Sadie. Ela queria um conjunto novo de cinco-marias. – Ele passou o polegar pela ponta dos outros dedos. Era quase um tique, como um gato agitando a cauda. – Não sei se faz alguma diferença para você, mas foi muito antes de a gente se conhecer.

– Não faz.

Ele contorceu os lábios.

– É. Achei que não.

– Como... Como você foi capaz? – perguntei. Ele não respondeu. – O vilarejo inteiro está atrás do Sam. Eles acham que foi ele que trouxe vocês para cá... Que invocou o demônio, que por sua vez fez todas essas coisas acontecerem.

O rapaz continuou me fitando, sem se mover.

– Eles vão levar o Sam para a Forca. É isso o que você quer?

– Eu quero... – O olhar dele vacilou. – É complicado o que eu quero. – Ele avançou um passo, agitado, como se a distância entre nós infligisse dor. – Eu vim até o vale querendo... – Ele desviou o olhar, a culpa marcada em sua expressão. – Mas agora... Eu nunca a machucaria. Ou a sua família.

Minha família.

Pensei em Sadie e Merry na fazenda, de guarda na janela.

Pensei em Sam se escondendo num celeiro, ou num barracão, ou numa caverna perto do Greenswold, e orei para que ninguém o tivesse encontrado ainda.

Pensei...

Meus ombros se endireitaram quando fui acometida por um calafrio terrível.

– Mamãe e papai.

As palavras escaparam num murmúrio baixinho e entrecortado. Senti o medo me apunhalar, eviscerando-me com uma eficiência cruel enquanto reassistia mentalmente ao último momento em que vira os dois, acomodados juntos na parte de trás da carroça, com Albert nas rédeas. Ele os levara para a floresta, e depois... o quê?

– Estão mortos, não estão? Você não os levou para a cidade. Você nunca saiu de Amity Falls.

Ele estendeu a mão, mas se deteve antes de encostar em mim.

– Você sabe que os levei.

– Não sei.

– Eu os levei até lá. Trouxe o tecido para você.

– Tecido que você roubou de Letitia Briard. Ou que algum outro idiota roubou para você. Em troca de um favor – disparei.

O rapaz franziu o cenho, magoado.

– O quê? Não. Ellerie. Não. Como pôde...

– O que mais eu deveria imaginar? Que você ajudou meus pais a atravessar a montanha movido apenas pela bondade do seu coração?

– Eu fiz isso porque amo vo...

– Não fale isso! – exclamei, interrompendo-o. – Nunca mais fale isso.

– Mas é a verdade.

– Não pode ser. Você está mentindo. Para mim ou para si mesmo. Não importa. Sou incapaz de acreditar em qualquer coisa que você diga.

Desviei o olhar, lutando contra a vontade de chorar. Era demais. Aquilo era demais para mim.

Ele avançou um último passo, diminuindo o espaço entre nós, e me segurou pelos ombros. Pressionou-os, tentando me obrigar a olhar para ele.

– Não matei seus pais. Olhe para mim! Eu estou mentindo agora?

Tentei me desvencilhar.

– Não sei.

– Sabe, sim – grunhiu ele, erguendo meu queixo.

Minhas mãos traiçoeiras doíam de vontade de abraçá-lo, de mergulhar na segurança de seus braços e puxá-lo para um beijo. Deixei os braços penderem ao lado do corpo para que não pudessem me trair. Não queria olhar para ele. Não queria olhar e ver o rosto que eu conhecia tão bem, o rosto com o qual me preocupava tanto, usado como uma máscara sobre a identidade nula de um estranho.

Mas a insistência dele era pesada, e ele me segurava com firmeza. Resisti tanto quanto pude, mas enfim desisti. Quando ele me encarou, o semblante franco e límpido, foi Albert quem vi. Não um monstro. Apenas um homem.

– Você não está mentindo.

Ele me soltou, correndo os dedos pelos meus braços. Tocavam em meus punhos com gentileza, suplicantes.

– Bom. Muito bom.

– Mas isso não muda nada – acrescentei sem hesitar, afastando qualquer chance que Albert tinha de sentir esperança. – Você... Você é um deles.

– Sou.

– E mentiu sobre isso.

– Não menti. Só nunca falei a verdade. É diferente.

– É mesmo? – rebati, e ele baixou o olhar. Eu o ferira, e sabia que precisava agir rápido; precisava agir naquele momento, enquanto a culpa o atingia, fazendo-o se contorcer como uma cobra venenosa. – Preciso da sua ajuda.

– Posso tirar você de Amity Falls – afirmou ele, as bochechas coradas. – Suas irmãs também. Antes que... Antes que tudo venha abaixo.

– Tudo *já* veio abaixo. Mas acho que sei como pôr um fim nisso. – Toquei o rosto dele. – Diga-me o nome dela.

Albert assumiu uma expressão de confusão completa.

– De quem?

– Você sabe de quem estou falando. Aquela mulher. Sua líder, sua Rainha. Como quer que a chame... Preciso do nome dela.

– Não posso contar, Ellerie.

– Pode, sim.

Ele negou com a cabeça.

– Quero ajudar você... Não tem ideia de quanto, especialmente porque... – Ele engoliu em seco. – É por minha culpa que ela está aqui, para começo de conversa. Se eu não tivesse... Se eu não tivesse visto você... nada disso teria acontecido.

– Como assim?

Ele se afastou um passo, adentrando mais a clareira, a culpa fazendo pesar cada passo.

– Nós, os Afins, não ficamos sempre juntos. Se não há nenhum jogo acontecendo, perambulamos por aí sozinhos, procurando distrações, buscando a próxima presa. – Ele torceu os dedos, fechando as mãos em punho. – Dois anos atrás, talvez três, eu me aproximei desta área. A princípio não dei muito valor a ela... Era isolada demais, selvagem demais. Mas aí ouvi os Sinos. Para onde quer que eu fosse, havia mais e mais deles, o tilintar me puxando, me atraindo das montanhas para este vale. Vi o lago, e vi o vilarejo. E aí vi você...

O olhar dele encontrou o meu, cheio de um remorso dolorido.

– Vi uma garota... Uma garota bonita e radiante, com cabelo cor de mel, parada às margens da floresta. Ela parecia estar prestes a tomar uma decisão. Havia dúvida no rosto dela; os olhos pareciam repletos de expectativa. Estava com um dos pés nos campos, plantado solidamente no próprio mundo. O outro oscilava na fileira de árvores, querendo adentrar a floresta. Querendo aprender seus mistérios, querendo sair e ir me encontrar... Mesmo que, na época, ela não soubesse disso. – Ele cutucou o canto dos dedos, como se tentasse limpar as unhas. – Eu não conseguia tirar aquela garota da mente, por mais que tentasse. Ela estava sempre ali, sempre à margem das coisas, esperando. Desejando. Minha vontade era estar ali quando ela tivesse coragem de dar o próximo passo.

– Não me lembro disso.

E não era exatamente uma mentira.

Eu não sabia com certeza a qual dia ele se referia, embora sempre tivesse sentido algo me observando além dos pinheiros. Achava que eram as próprias árvores retendo o fôlego, esperando algo acontecer.

Será que elas esperavam por Albert o tempo todo? Esperando e observando o rapaz enquanto ele me observava?

Senti um calafrio, os pelos do braço erguidos na umidade abafada.

– Continuei observando da floresta, voltando estação após estação para ver a garota. O cabelo cor de mel aos poucos assumiu o mais adorável tom de dourado – sussurrou ele, gesticulando com os dedos finos como gravetos.

Arfei como se ele tivesse de fato me tocado. A ideia de ter Albert acariciando meu cabelo me fez cerrar os dentes, causando-me um prazer estranho, quase dolorido.

Permaneci imóvel, mas conseguia senti-lo estendendo as mãos na minha direção – chamando, implorando para que eu me aproximasse. E era o que eu queria – queria me mover, avançar na direção dele até que não houvesse mais espaço nenhum entre nós. Meus pés, porém, continuaram plantados no lugar, determinados, ancorados no solo da floresta enquanto eu prosseguia imóvel.

– O que aconteceu depois?

– Os outros me encontraram. Não podemos ficar longe uns dos outros por muito tempo. Eles chegaram e começaram a observar também. E aí *ela* decidiu que era hora de aparecer.

– Levi Barton – arrisquei. – O fazendeiro que... – Não consegui terminar o pensamento.

Albert assentiu, esgotado.

– Ele não estava nada bem. Era uma alma destruída, desejando muito mais do que já tinha. Ela deu a ele punhados de ouro, como ele pedira. O fazendeiro devia ter feito... não lembro o que, mas foi ficando paranoico e temeroso de que a nova fortuna fosse roubada. Não confiava nos vizinhos, nem na própria esposa.

Lembrei-me da desconfiança desesperada e ardente que me acometera depois que obtivera o açúcar. Entendi com uma clareza perfeita e horrível que um presente daqueles poderia muito bem ser corrompido pelo medo. Contaminado e deturpado. Tomado pela escuridão. Não éramos diferentes de animais na floresta – nossa própria natureza ficava distorcida e perversa na presença dos Observadores Sombrios.

– Depois... ela decidiu ficar. Amity Falls parecia o lugar perfeito para um novo jogo. – Ele balançou a cabeça. – Eu sinto muito. Sinto muito por ter me deparado com este lugar. Se pudesse desfazer o que fiz... – Ele suspirou. – Gostaria de dizer que desfaria, mas... – Caminhou de um lado para o outro, chegando mais perto. – Você é a única pessoa que sabe que menti sobre meu nome.

A voz de Albert ecoava de forma estranha pela clareira, um truque que fazia parecer que ele estava logo atrás de mim, aquecendo o ar ao redor da minha orelha com sua respiração, os lábios tocando de leve minha pele.

– Você olha para mim de um jeito que eu nunca tinha visto – prosseguiu ele, passando a ponta dos dedos pela superfície macia do meu rosto, olhando para mim como se eu fosse digna de fascinação. – Outros me veem como um meio para um fim... Mas você não. Você me vê como um homem, apenas.

Envolveu meu rosto com as mãos, virando-o para ele. Seus olhos brilhavam, escuros e assombrados.

– Eu daria tudo o que tenho para ser esse homem para você – sussurrou ele. – Mas nunca vou ser. Eu... Eu não posso. Não me lembro como, e... Não posso mudar quem eu fui, o que fiz. – Ele riu. – Você não tem ideia das coisas que fiz.

– Por que simplesmente não vai embora? Você pode partir, se separar dos outros, e nunca olhar para trás. Você pode... – Passei os dedos pelos ombros dele, lembrando de cada pensamento tolo e sentimental que eu ousara ter a respeito de nós dois. – Você pode ficar comigo. Não me importo com seu passado. Estamos aqui, agora, neste momento. Seu passado não tem como alcançar o presente. Não pode definir seu futuro. *Nosso* futuro – acrescentei, firme.

– Tem isso – disse ele, erguendo os punhos, mostrando os anéis de tatuagens verdes. Algumas das faixas eram largas, com porções de pele não tatuada na forma das fases da lua. Outras eram inacreditavelmente finas, próximas umas das outras como as camadas dos bolos de mel de mamãe. – Cada lugar novo, cada vilarejo ou cidade nova... Cada vez que observo... outra faixa é acrescentada. Não sei como; só aparecem quando a missão é cumprida.

Encarei a tinta esmeralda com uma fascinação doentia. Eram muitas linhas. Dezenas. Quantas vidas ele vira se desfazer? Quantos vilarejos tinham sido destruídos? Quantas famílias devastadas?

– Os outros veem as tatuagens como troféus, marcas para contar as vitórias – continuou ele. – Mas não passam de algemas, lembretes de coisas, coisas *horríveis*, que fiz. Vão me marcar para sempre, nunca deixarão que eu esqueça. Tentei partir, tentei abandonar os Afins no começo desta primavera, mas eles me atraíram de novo. Não posso fugir do meu passado, Ellerie. Nem adianta tentar.

Caí de joelhos, agarrando as mãos dele, desesperada para fazê-lo mudar de ideia. Lágrimas quentes escorriam pelo meu rosto.

– Você *pode*. Só me diga o nome dela. Albert, *por favor*.

Ele negou com a cabeça.

– Quem dera eu pudesse.

– Você pode! É só falar! – implorei.

O rapaz franziu as sobrancelhas.

– Ela não deixa. É impossível. – Ele abriu a boca, e seus lábios se contorceram para formar uma palavra, mas nenhum som saiu deles.

Enlacei os dedos nos dele. Antes, pareciam sempre fortes e confiáveis. Ali, porém, estavam frouxos entre os meus, trêmulos e complacentes.

– Deve haver algo... – As palavras morreram quando um movimento chamou minha atenção.

Um vestido branco cintilou entre as árvores, sempre no limite do meu campo de visão. Olhos prateados, visíveis por um instante antes de desaparecer. Era como se eu estivesse tentando enxergar as ondas de calor subindo do solo nos dias de verão mais intenso.

Tinha quase me convencido de que apenas imaginara o movimento quando Albert congelou, confirmando a presença dela. A expressão dele endureceu, tornando-se mais distante. Os olhos cintilavam, como os de um predador à noite.

Não era o garoto que eu conhecia e amava.

Era a criatura.

– Não há nada. Nem para a garota que é capaz de dar nome a todas as flores. A garota que acha que pode dar nome às estrelas. A garota que achou que poderia me dar um nome.

A voz dele pareceu fria, o tom hostil e cruel. Será que estava apenas atuando para enganá-la, ou a presença dela revelava o que ele de fato era?

– Albert, eu...

Ele me puxou para que me levantasse, ágil e forte. E de repente os lábios dele tocavam os meus, movendo-se de modo completamente deliberado. Ele me puxou para mais perto, as mãos na minha nuca, desfazendo minha trança. Madeixas sedosas se soltaram sob seus dedos.

Descobri tarde demais que era um beijo de despedida, e saboreei o gosto de sal e de arrependimento.

Quando nos separamos, ele correu o polegar pelos meus lábios, memorizando as linhas do meu rosto antes de me empurrar para trás, para longe dele.

– Albert! – arquejei, atordoada.

Ele se virou, incapaz de me encarar.

– Volte, Ellerie. Volte e fuja de Amity Falls. Parta antes que seja tarde demais.

– Não posso deixar o Samuel morrer, não posso abandonar meu irmão.

Albert mostrou os dentes antes de sumir no abraço da floresta.

– Ele abandonaria você.

37

Encarei a silhueta que se afastava, piscando algumas vezes diante daquela incoerência. Ele me deixara. Admitira todas as coisas abomináveis que sua família horrenda tinha planejado, as coisas terríveis que ele próprio fizera, e depois fora embora.

Sozinho.

Com ela.

Virei de novo para onde tinha visto por último o vulto não tão claro que denunciara a presença dela. No entanto, não havia nada além dos pinheiros, escuros e obstinados.

Depois, senti algo se mover atrás de mim.

Ela.

Virei-me bruscamente.

Ela era mais baixa do que eu imaginava, e trajava um vestido refinado de renda. Um vestido para usar à tarde, como se fosse civilizada o bastante para ir tomar chá na casa de alguém.

Tinha o cabelo escuro como o céu da meia-noite e o usava preso para cima, com alguns cachos soltos tão perfeitamente formados que pareciam pertencer a uma bonequinha de porcelana. O rosto era corado, apenas um tom de rosa mais claro que o rubor. Cílios grossos emolduravam seus olhos, que tinham um tom inacreditável de verde – embora refletissem a luz como os de um animal selvagem ao virar de um lado para o outro, emitindo rápidos lampejos prateados.

– Ellerie Downing – enunciou ela, numa voz suave e doce. – Enfim nos encontramos cara a cara.

– Não estou acostumada a não saber o nome das pessoas com quem converso – rebati, minha bravata soando falsa a meus próprios ouvidos.

Os lábios carnudos da mulher se curvaram num sorriso enquanto ela negava com o indicador, como se eu fosse uma menina malcriada. O dedo era longo. Longo até demais, com nós retorcidos e uma unha que mais parecia uma garra afiada.

— Você causou uma bela comoção entre os meus Afins — disse ela. — Seu nome não sai da nossa boca.

— Mal posso imaginar o porquê.

A expressão cuidadosamente elaborada se contorceu num sorriso zombeteiro.

— Em todos esses anos, nunca havíamos encontrado alguém com audácia suficiente para dar nome a um de nós. Qual é mesmo a alcunha ridícula que você inventou? Robert? Alfred?

— Albert — corrigi, mordendo a isca.

Outro sorriso zombeteiro.

— Albert. Ele gosta muito de você. Até demais, na verdade. Tanto que chega a ser inconveniente.

Precisei invocar toda a minha força interior para não tremer diante dela.

— Deveria pedir perdão?

Ela deu de ombros, quase imperceptivelmente.

— Não importa. Mesmo sem a ajuda de Albert, as cartas estão todas na mesa.

— Sem a ajuda dele? Foi ele quem trouxe vocês aqui, para começo de conversa!

Ela concordou com a cabeça.

— Não que faça alguma diferença, mas acho que é verdade. Este é mesmo um campo de caça dos sonhos. Não esperava que o jogo tivesse uma reviravolta dessas. Está sendo fascinante assistir. E, é claro, você deu um toque especial à brincadeira. — Ela sorriu, expondo os dentes afiados.

— Eu? — Pisquei, sem saber se era o efeito da luz, mas não: os dentes dela tinham crescido e ficado mais pontiagudos, estranhos e translúcidos. Fizeram-me lembrar dos lúcios que papai pescava no Greenswold, com as várias fileiras de dentes só à espera para perfurar e rasgar.

— Ah, sim. É por isso que quis me encontrar com você. Vim fazer uma oferta, sabe?

— E o que diabos poderia me oferecer?

Ela inclinou a cabeça, enquanto o cabelo lustroso caía sobre um dos ombros.

— Achei que fosse óbvio.

— O quê?

— Ora, a segurança da sua família, é claro. Merry e... qual é o nome da pequenina? Sadie!

Ouvir o nome das minhas irmãs nos lábios dela fez meu estômago revirar, rançoso e nauseante.

– Fique longe delas. – O tom de alerta transpareceu nas palavras, ainda que inútil. Se ela decidisse fazer mal às minhas irmãs, o que eu poderia fazer para impedir?

A gargalhada da criatura preencheu o ar, clara como o retinir de um vidro, como colheres de prata batendo em cristal refinado. Quase me seduziu a ponto de me fazer esquecer as partes dela que eram tão anormais.

– Se fizer algo para mim, garanto que suas irmãs vão permanecer vivas e bem. – Ela se inclinou para mais perto e pude sentir seu perfume, floral e sutil. – Vou manter as duas em segurança.

– Só as duas? – perguntei. – E o Sam?

– Oh... Sam parece bem capaz de se virar sozinho. Não se preocupe com ele.

Senti a boca seca e amarga.

– Como assim?

– Ele vai ficar bem, Ellerie. Muito bem. Já suas irmãs...

– O que... o que eu precisaria fazer?

Ela abriu um sorriso amplo e apontou para as árvores.

– Junte-se a nós.

Vários vultos surgiram da floresta. Um homem alto, de pele escura e brilhante, tirou a cartola e a girou na minha direção. Ele usava calças de couro de gamo, com franjas e cheias de contas.

Burnish, amigo de Albert, pensei, antes de rejeitar o pensamento. Aquele não era o nome dele. Nunca fora.

Havia também uma mulher mais velha com um vestido preto e simples, no qual se destacavam apenas o avental e os punhos brancos. O cabelo grisalho era repartido exatamente ao meio, coberto cuidadosamente por um chapéu de passeio antiquado.

E, por fim, vi a garotinha – a que se apresentava como Abigail. Ela não passava de um borrão em movimento, dançando pela campina e rodopiando com seu deslumbrante vestido azul de cetim; ele era adornado com rendas tão detalhadas que ela parecia uma criança do passado, uma princesa de contos de fadas ou alguém da nobreza. Os punhos da menina continham tantas marcas verdes que quase chegavam aos cotovelos. Ela saltitava alegre de um lado para o outro, ignorando os demais.

Foi impossível não notar a ausência de Albert.

– Juntar-me a vocês? – repeti.

– Torne-se uma de nós. Há anos procuramos alguém para se juntar ao

nosso grupo de Afins, mas nunca havíamos nos deparado com a pessoa certa.
– Ela sorriu de novo. – Até agora.

– Tornar-me uma de vocês... Quer dizer que vocês não... que não foram sempre... – Senti a boca seca ao entender o que aquilo implicava.

– Nós também já fomos humanos – disse a Rainha, expondo em palavras a ideia com a qual eu me debatia. – No passado.

– Albert era humano – falei devagar, deixando a ideia se assentar.

Aquilo não deveria mudar nada.

E não mudou, não de verdade.

Mas a sensação era de que poderia mudar.

Ela assentiu.

Olhei para os demais Observadores Sombrios espalhados pela campina.

– E vocês... escolheram isso? Sabiam da destruição que isso causa e...

– Eu salvei minha filha – disse a mulher com o vestido simples. – Minha Sally. Éramos novas nesta terra. Lutávamos todos os dias para sobreviver. Sem comida. Com pouca água. Tínhamos os suprimentos pilhados. Crianças eram roubadas do berço na calada da noite. Nossa colônia estava à beira da loucura. Nenhum de nós teria escapado daquilo com vida. – Ela fez uma pausa. – E ninguém escapou de fato, exceto ela. Sally. Troquei minha vida, ou minha vida como a conhecia, pela dela.

O homem concordou com a cabeça, os olhos lampejantes e sedutores.

– Meu irmão.

A palavra foi dita com uma resiliência tão simples que senti o golpe.

A garotinha cujo nome não era Abigail parou de dançar.

– Minha *maman* e meu *papa*. – A voz dela tinha um sotaque melodioso similar ao do antigo caçador do vilarejo, Jean Garreau. – A Praga acabou com nosso vilarejo. Nossos criados trouxeram a doença para nossa casa, morrendo aqui e ali, suando e fedendo. – Ela franziu o nariz ao se lembrar. – *Papa* pegou primeiro, depois eu. *Maman* nunca saiu do nosso lado, cuidando de nós até depois de cair doente. – Ela então estacou, abrindo um sorriso grato para a Rainha. – Eles já morreram há muito tempo agora, mas tenho uma nova *maman*.

– E Albert? – Virei-me para a Rainha, esperando uma resposta.

Ela comprimiu os lábios.

– Uma irmã. Se bem me lembro, era uma moça toda doentinha. – Ela ergueu os ombros num gesto suave. – Faz décadas.

Lembrei-me do aniversário de Sadie e da coroa de flores que ele trançara perto do lago. Ele mencionara uma irmã.

Amelia.

– Onde ele está agora? – perguntei, correndo os olhos pela campina. – Estão todos aqui. Mas cadê ele?

– Não queria que ele interferisse. Não até que nós duas pudéssemos ter esta conversa.

Lembrei-me da mudança abrupta de comportamento quando ele a vira entre as árvores, e a compreensão se espalhou pelo meu corpo.

– Você... Você consegue controlar os demais?

Ela olhou para os outros Observadores Sombrios. Sem nenhuma demonstração de esforço da parte dela, eles começaram a andar para trás, movendo-se de forma bizarramente coordenada, o rosto neutro como o de um boneco e os olhos prateados inertes como moedas. As pernas de Abigail precisavam se estender em passadas inacreditavelmente longas para acompanhar o ritmo dos adultos. Todos pararam juntos e congelaram no lugar, esperando as próximas ordens.

Senti o queixo cair, chocada.

– Como você faz isso?

– Como a lua controla as ondas? Como a abelha-rainha controla as colmeias? É nossa natureza.

– Mas Albert... Eu nunca o vi daquele... daquele jeito. – Fitei os olhos inexpressivos de Burnish, depois desviei o olhar. Era incômodo testemunhar uma servidão tão completa.

Ela franziu o cenho.

– Não. Ele se provou ser menos maleável que os outros.

– A sorte – sussurrei, pensando nos estoques infinitos de amuletos de Albert. – Ela mantém a escuridão afastada.

– Ela *me* mantém afastada – corrigiu ela. Inclinou a cabeça como se não importasse. – Não é o suficiente para sobrepor meus desejos, mas é algo que garante a ele a ilusão do controle.

– Ele escolheu... isso... para salvar a irmã – murmurei, juntando as peças. Por isso a relutância em falar sobre o passado.

As menções a uma dívida a ser paga.

Ela assentiu.

– Para salvar a garota de uma morte certa. Assim como você pode salvar suas irmãs. Se... – Ela deixou a palavra pairando no ar, brilhante e plena de potencial.

– Se eu me juntar a vocês.

A Rainha continuou com a expressão plácida, como se minha escolha não importasse, mas notei um toque de anseio em seus olhos. Ela queria que eu dissesse sim. Queria muito.

– Mas não quero salvar só as minhas irmãs. Quero libertar o vilarejo inteiro.

Ela ergueu uma das sobrancelhas, parecendo achar graça.

– Não foi o que ofereci.

– Não precisaria ter oferecido. Não se eu soubesse seu nome. Seu nome de verdade – expliquei, interrompendo qualquer que fosse o comentário lacônico que ela sem dúvida planejava usar para rebater o que eu tinha dito.

O sorriso dela parecia astuto e sereno.

– Fique à vontade para tentar a sorte. Podemos até mudar os termos do acordo, se quiser. Dou a você três chances de adivinhar meu nome.

Senti o ímpeto de assentir, convencida a concordar sem pensar.

– Se não adivinhar... – continuou ela, erguendo o horrendo dedo deformado – você se junta a nós.

– Mas e se eu adivinhar? – perguntei, querendo que ela dissesse o combinado em voz alta.

– Se adivinhar, tudo o que quiser é seu, contanto que esteja dentro do alcance do meu poder.

Meu coração batia dolorido no peito enquanto tentava manter a expressão neutra. Era aquilo que eu queria. Era minha chance de salvar todo mundo, de salvar Amity Falls.

Mas ali, naquele momento, eu estava aterrorizada com a perspectiva de revelar que havia blefado. Não sabia o nome dela. Não tinha a menor ideia de qual poderia ser.

Ou será que tinha?

A estranha despedida de Albert ecoou em minha mente, como ondas de uma pedra atirada no meio de um lago. As palavras pairavam em minha mente, enrolando-se umas nas outras num verdadeiro quebra-cabeça. Tinha certeza de que elas significavam mais do que pareciam à primeira vista.

Será que, se eu conseguisse juntar as peças, descobriria o nome da Rainha?

Pense. Pense, Ellerie. O que ele tinha dito mesmo? Exatamente?

A garota que é capaz de dar nome a todas as flores.

Lembrei daquela tarde na campina, às margens do Greenswold, os raios do sol longos e cálidos banhando nossas costas. Tínhamos colhido flores de trevo e eu fizera uma coroa de flores para Sadie. Tinha pressionado Albert a me contar seu nome verdadeiro. Ele mencionara uma flor... Qual mesmo?

Fechei os olhos, tentando me lembrar.

Lembrei de nós dois caminhando, vendo pequenas moitas amarelas e laranja aqui e ali – como fogos de artifício explodindo em meio a todo aquele verde.

Calêndulas – mas eu as chamara pelo nome científico, o nome verdadeiro. Ele ficara surpreso ao descobrir que eu sabia falar latim. Surpreso... e talvez um pouco preocupado?

A garota que acha que pode dar nome às estrelas.

Noite de Natal. A dança na neve. Tínhamos visto uma constelação. Ele dissera que era ridículo batizar algo tão distante... Mas perguntara se eu sabia mais a respeito dos mitos.

A garota que achou que poderia me dar um nome.

Fiquei paralisada, as teorias empacando na mente.

O nome "Albert" não fora tirado de um mito ou de uma língua antiga. Não havia heróis ou lendas associados a ele. Fora uma escolha objetiva. Um nome inspirado por ele.

Um nome que significava algo.

Olhei de novo para a Rainha. Ela ainda esperava pela minha resposta. Se eu fizesse aquilo, se tomasse aquela decisão estúpida e impensável, poderia salvar Amity Falls. Se fosse bem-sucedida, poderia salvar todas as pessoas que conhecia e amava.

Ou.

Ou eu poderia falhar e me transformar numa Observadora Sombria. Senti calafrios só de pensar na ideia, e meu estômago revirou. Mas, se o pior acontecesse, minhas irmãs estariam em segurança.

Às vezes precisamos deixar de lado nossos próprios desejos em prol da prosperidade da colmeia como um todo.

As palavras de papai voltaram, flutuando em minha memória e soando importantes. Ele estava certo. O bem da colônia era mais importante do que a vida de uma única abelha.

– Sim – decidi. – Aceito sua oferta.

O sorriso que ela abriu foi rápido e excessivamente adorável.

– Excelente.

– Devemos... Devemos começar agora?

Senti o peso dos olhos prateados dela sobre mim.

– É estranho.

– O quê?

– Esperava que irmãos gêmeos fossem mais parecidos – refletiu ela. – Mas vocês dois são totalmente diferentes. Duas peças de roupa feitas com tecidos bem distintos. – Ela piscou, como se tentasse resolver um enigma.

– Como assim?

– Encontrei sua sombra nas florestas certa vez.

– Sam? Sam não é minha sombra.

– Não é? Uma cópia inferior do original? Ele passou por maus bocados, uma situação horrível com uma matilha de lobos.

– Com o grupo da expedição em busca de suprimentos – arrisquei, e fiquei sem ar quando enfim entendi tudo. – Você o salvou. É por sua causa que ele sobreviveu ao ataque.

O sorriso dela se intensificou.

– Não foi muito difícil. Não para mim. Mas ele ficou grato. Tão grato que ofereceu sua vida em troca da dele.

Um lampejo de medo fez minha barriga se contorcer. Era impossível.

– Como?

Ele tinha barganhado com minha vida. Meu próprio irmão. Minha outra parte. Senti a indignação na garganta, acendendo faíscas de raiva. Dele. Dela. Por que ela se dera o trabalho de fingir um acordo se Sam já...

A risada dela ecoou pela clareira, intensa como a luz do sol.

– É claro que disse a ele que não era possível. Não se pode sair por aí oferecendo a vida de outras pessoas como pagamento pelas próprias dívidas. Imagine só? Ah, mas ele ficou muito furioso com isso. – Ela estalou a língua. – Como o caráter de vocês dois é diferente. Impressionante.

– Mas... o que ele ofereceu? Deve ter sido algo especial. Ele saiu da floresta. Está vivo. Conte-me – insisti.

Ela ficou em silêncio, analisando-me.

– Ele me deve uma mentira.

Foi minha vez de gargalhar.

– Então você não fechou um acordo muito bom. Sam mente a respeito de tudo.

A Rainha deu de ombros.

– Essa é uma mentira muito especial. Importante. Dita exatamente no momento certo... ou errado. – Ela mal conseguia esconder a satisfação.

– Como assim? Quando?

Ela deu uma apertadinha no meu nariz.

– Isso, meu bem, é um assunto entre mim e seu irmão.

Rechacei o toque dela. A sensação daqueles dedos, deformados e estranhos, em minha pele era desagradável. Fazia-me lembrar da casca grosseira do tronco de uma árvore.

– Podemos começar? – Covinhas surgiram nas bochechas rosadas da mulher.

– Mas...

– Agora! – disparou ela.

Por um momento, as feições dela ficaram borradas, caos e desarmonia se sobrepondo à beleza. Minha vontade era desviar os olhos, encolher-me e afundar no chão. Mas o surto durou menos de um segundo antes que a expressão humana recuperasse o controle, acomodando-se sobre a forma monstruosa como uma fantasia.

Ela deslizou o dorso dos dedos por seu maxilar, como se quisesse ter certeza de que estava tudo no lugar certo antes de abrir um sorriso contido.

– Agora, garota dos cabelos de mel. Meu nome.

O nome dela.

Um nome.

Qualquer nome.

Nomes devem ter significado.

As palavras que eu dissera no campo de flores ecoaram de volta para mim.

Um nome que significasse algo.

Aquela coisa diante de mim. O que a invocava? O que corria por suas veias? Como batizar uma criatura tão obscura, mas ao mesmo tempo tão amável?

Afrodite, a deusa da beleza.

Foi a primeira coisa que me veio à mente, mas desprezei a ideia de imediato. Não era totalmente adequado àquela Rainha. A beleza dela sem dúvida era atordoante, mas havia uma camada de intensidade nela, resistente e calculista, distorcida e cruel. Afrodite também era a deusa do amor. Aquela Observadora Sombria emanava muitas coisas, mas afeição não era uma delas.

– Helena – arrisquei, lembrando-me da rainha caprichosa cuja beleza trouxera apenas destruição. Era uma escolha forte. Que eu sentia ser capaz de resumir como era aquela Rainha.

– Acha que meu rosto poderia fazer zarpar mil navios? – Ela sorriu. – Estou lisonjeada, Ellerie, mas não. Esse não é meu nome.

Eu tinha mais duas chances.

Revirei a mente, tentando me lembrar das histórias do livro de mitos que Sam e eu havíamos lido e relido quando crianças. Havia contos sobre heróis e governantes, deuses e monstros. Alguns pareciam adequados, mas eu me lembrava da menção de Albert às estrelas. Era outra pista, tinha certeza.

– Cassiopeia – tentei, confiante. Era a constelação que eu apontara para Albert no Natal. A rainha orgulhosa. Fiquei surpresa de não ter pensado naquele nome primeiro.

O sorriso dela ficou mais largo e maldoso.

— Não.

— Você está mentindo — falei. Tinha que estar. Fazia sentido demais para não ser o nome certo.

— Última chance.

Quis gritar.

Repassei cada constelação que eu conhecia, considerando não só a forma — o que ela supostamente deveria representar —, mas também o que o objeto realmente significava como um todo.

Órion e seu famoso cinturão não me ajudaram muito, nem as Ursas Maior e Menor. Minha mente se confundia com tantas estrelas enquanto imaginava os pontos e padrões que formavam, resgatando as histórias que papai nos contava quando éramos crianças e as noites de verão eram longas e cintilantes.

Baleias e cisnes, raposas e dragões.

Nada combinava.

Mas aí...

A Harpa.

A harpa de Orfeu.

Você me seguiria até o submundo?

Albert parecera horrorizado quando eu contara a ele sobre o músico condenado. Orfeu tivera a chance de ter o que queria, mas perdera tudo.

Tudo porque ele se virara para observar.

Observar.

Um sorriso fez meus lábios se curvarem.

Era isso.

Tinha de ser.

A Harpa.

Mas não era uma harpa exatamente, não no mito original. Como o instrumento se chamava mesmo?

Lira.

— Lyra — falei, lembrando o nome correto da constelação. Seu nome real e verdadeiro.

A Rainha congelou no lugar e, por um segundo aterrorizante, a aparência de fachada que ela mantinha caiu de uma vez, revelando a criatura sob os feitiços de ofuscamento.

O maxilar era grande demais, com muitos dentes.

A silhueta era corcunda e retorcida.

Braços longos pendiam abaixo dos joelhos.

O cabelo longo passava das panturrilhas, opaco e emaranhado.

Por uma fração de segundo, vi o monstro dos diários de Ephraim, e tudo dentro de mim estremeceu.

– O que... o que disse? – perguntou ela, afastando do rosto uma mecha de cabelo, brilhante e exuberante de novo, enquanto ela tentava se recompor.

– Lyra – repeti, mais alto. – É o seu nome, não é?

Ela abriu a boca para responder, mas parou de repente, fitando os outros Observadores Sombrios na clareira.

A consciência voltara aos olhos deles. Não pareciam mais servos irracionais seguindo as ordens da Rainha. Ao perder o controle, ela provavelmente os livrara do estado catatônico.

– Como? – perguntou o homem, dando um passo em direção à Rainha. Em direção a Lyra. – Como ela sabia?

– O idiota deve ter dado alguma dica para ela – respondeu a mulher mais velha. – Foi estupidez nossa ter seguido ele até aqui.

– Ele não pode ter feito isso. Nenhum de nós poderia. Você garantiu isso – disse o homem, virando-se para a Rainha.

Lyra negou com a cabeça. Eu podia ver a mente dela a toda, tentando virar a situação a seu favor enquanto perdia o controle da máscara de compostura.

Outros rostos surgiram em substituição ao dela, as feições se transformando com a fluidez da água correndo pela pedra.

Narizes retorcidos.

Costas inumanas.

Ossos expostos.

Muitos tipos de dentes.

– E agora? – perguntou a mulher mais velha. – O que acontece agora?

Lyra cerrou os punhos e, com um grito de frustração, retornou à forma anterior – embora não parecesse mais se encaixar por completo a ela. Depois que se enxergava além da ilusão de um truque, era impossível acreditar que houvera magia antes.

Mesmo assim, ela tentou.

Em um único movimento, perfeitamente sincronizado, os olhos de todos os Observadores Sombrios recaíram sobre mim.

– E aí, garotinha dos cabelos de mel? – disse Lyra, a voz alta e imperiosa. – Você ganhou o desafio. Qual vai ser seu prêmio? Vamos, diga qual é o desejo mais profundo do seu coração.

Eu sabia a resposta.

Amity Falls.

Mas, enquanto a encarava, pensamentos espontâneos surgiram em minha mente, brilhando loucamente como as faces de um diamante inestimável.

Vestidos bonitos, joias, encantos. Beleza eterna, admiração, elogios. Como minha vida seria se eu pudesse caminhar pelo mundo tão radiante e sedutora como a criatura diante de mim?

Ela sorriu, como se soubesse no que eu pensava, e de súbito percebi que ela sabia exatamente quais eram meus pensamentos porque os tinha criado justamente para me distrair de minha verdadeira missão.

– Quero o fim dessa loucura. Quero que meu vilarejo volte ao que era antes da chegada de vocês. Quero que partam daqui e nunca mais voltem.

Ela franziu o rosto beatífico.

– Mas isso é impossível. O ódio, a violência... a loucura, como quiser chamar, sempre estiveram aqui. Sempre estiveram aqui, escondidos no coração de cada morador de Amity Falls. Nossa chegada não mudou isso. Apenas destrancamos o portão que os continha.

Neguei com a cabeça.

– Não acredito nisso. Amity Falls é um lugar de pessoas boas. Pessoas que nunca se comportariam como agora se não tivessem sido enfeitiçadas por você. Por todos vocês. – Encarei Abigail e os outros.

– Não posso desfazer o passado, Ellerie. Ninguém pode. Coisas demais já estão em movimento. É como um corante se espalhando pelo tecido. Você pode tentar esfregar até esfolar os nós dos dedos, mas as duas coisas nunca vão se separar.

Como se para pontuar as palavras dela, ouvi uma explosão retumbar pela floresta, vinda do vilarejo. O impacto me fez cair de joelhos quando o chão estremeceu. Pedrinhas de xisto e ardósia escorreram da lateral de pedras maiores, rolando pela inclinação da escarpa com o estrondo de uma avalanche. Um pinheiro próximo, morto, seco e amarelado como a espiga de milho abandonada depois da colheita, foi arrancado das raízes estagnadas e tombou ao solo com um barulho assustador.

Outros ruídos ecoaram pela floresta. As pessoas de Amity Falls não eram as únicas criaturas sofrendo com a seca do verão.

Ouviu-se outra explosão, mais próxima de nós, e projéteis gigantes voaram para o céu em tons ardentes de laranja e vermelho. Subiram alto, bloqueando o sol antes de a gravidade os atrair de novo. Caíram com velocidade, despencando no solo e batendo contra as árvores.

– Entende por que não sou capaz de acabar com isso? – perguntou Lyra. – Já há muitas engrenagens girando. Muita loucura no ar. Muito ódio queimando. Queimando, fervilhando e...

Uma fumaça escura subiu dos pinheiros, carregada por um vento quente. Foi soprada para o vilarejo, fazendo rodopiar flocos de cinzas e brasas dançantes. O horror nasceu das profundezas do meu ser, preenchendo meu peito, estendendo os dedos sombrios até meus punhos e joelhos, até que todos os meus ossos doessem com o peso.

– Não choveu o ano todo. – Minha voz soou sem emoção e muito, muito distante. – O vilarejo inteiro vai pegar fogo como se fosse palha seca.

– Esse é nosso sinal para ir embora. – Ela assentiu para os outros. A sede de sangue pairava no rosto deles, os olhos prateados e famintos.

– Não – falei, estendendo a mão. – Parem – ordenei. Os quatro Observadores Sombrios se detiveram. Lyra inclinou a cabeça. – Você pode até não ser capaz de pôr um fim nessa loucura, mas não significa que vai ficar assistindo enquanto ela se desenrola. Eu a estou expulsando de Amity Falls. Quero que vá para longe, muito longe, onde não possa machucar mais ninguém, e permaneça lá.

O homem alto se empertigou.

– Quem é você para...

A Rainha interrompeu a provocação dele com um movimento repentino dos dedos.

– Você quer que nosso grupo vá embora? Esse é seu desejo? – perguntou ela. A voz de Lyra era leve como seda, mas os olhos brilhavam com um ressentimento intenso, alternando-se entre mim e as nuvens de fumaça. Quando outra explosão ecoou, fazendo o solo estremecer de novo, os lábios dela se uniram num sorriso de desprezo e ela conteve um uivo de raiva. – Então suponho que não temos mais o que fazer aqui.

– Esperem – falei, estendendo a mão.

38

A casa estava em silêncio quando entrei, calma demais para estar ocupada.
– Merry? – chamei em voz alta mesmo assim, indo de cômodo em cômodo. – Sadie? Thomas? Ephraim?

Ninguém respondeu.

O andar de cima vazio era o que mais me preocupava. As roupas de cama estavam bagunçadas e rasgadas, exibindo os colchões nus.

Será que a condição de Sadie piorara, exigindo uma ida ao vilarejo?

Ou será que todos tinham sido levados dali à força?

Meus pés esmagaram algo quando entrei na sala de jantar. Uma xícara estava caída no chão, os cacos de cerâmica espalhados pelo assoalho. Peguei um pedaço, examinando a florzinha pintada na alça.

Um botão de lilás.

A xícara favorita de mamãe.

Merry nunca aceitaria partir deixando uma bagunça daquelas para trás. Teria varrido os cacos e passado um pano úmido no chão para que ninguém com os pés descalços pisasse sem querer num caquinho.

Tinham sido levados, então.

Não queria nem pensar na multidão enfurecida marchando até a fazenda, procurando por Sam e encontrando minhas irmãs no lugar dele, mas as imagens invadiam minha mente, cada uma mais horrível do que a anterior. Provavelmente devia ficar grata de o único dano ser uma xícara quebrada.

Precisava ir atrás deles. Precisava encontrar e salvar minha família.

Dei meia-volta, procurando por qualquer coisa que fizesse eu me sentir menos sozinha, menos impotente. Precisava de algo para ocupar as mãos, para manter na superfície minha confiança que afundava a toda. A situação saíra totalmente do meu controle; a cada segundo que passava, eu tinha menos certeza de que seria capaz de resolver as coisas.

Não com palavras.

Com certeza não com a razão.

Teria de ser pela força.

Encarei o vazio na cornija da lareira. Papai levara a carabina com ele, mas as ferramentas ainda estavam no estábulo.

Machadinhas.

Foices.

Metais.

Lâminas.

Eu era capaz.

Estava no meio do quintal quando ouvi um zumbido familiar, alto o bastante para interromper meus pensamentos sombrios, fazendo-me parar.

As abelhas.

Eu não podia abandonar as abelhas.

Não daquele jeito – não depois de todo mundo ter ido embora e com a probabilidade cada vez menor de obter sucesso.

Elas precisavam saber.

Eu precisava me despedir.

Aproximei-me das colmeias devagar, tentando deixar de lado minhas preocupações e meus temores. Elas sentiriam aquilo, e eu não tinha tempo a perder colocando o véu.

Estendi as mãos, os dedos meio abertos, mostrando que eu não tinha a intenção de fazer mal algum.

As abelhas entravam e saíam das caixas, aparentemente sem ligar para meu avanço. Bati de leve na lateral da caixa três vezes, como lembrava de ver papai fazendo sempre que tinha novidades importantes para compartilhar.

– Olá – comecei, tomada por uma estranha timidez. Não havia ninguém nem remotamente perto dali para ouvir minhas palavras e me julgar. Além disso...

Empertiguei-me, vendo as abelhas dançarem na luz ofuscante do sol.

Eram as minhas abelhas.

As ferramentas e as caixas que continham as colmeias podiam até ter pertencido a papai algum dia, mas ele não chegava perto delas havia meses. As colônias lá dentro já tinham mudado e se renovado muitas vezes desde então. Até as rainhas provavelmente já eram outras, nascidas depois que eu assumira os cuidados.

Até aquele momento, eu sempre pensara nas abelhas como se elas fossem de papai.

Mas não eram.

Eram minhas.

– Sou eu, a Ellerie – falei, começando de novo, com uma nova dose de confiança e segurança. – Não sei quanto vocês sabem sobre a vida fora da colmeia, além dos campos e das flores, mas as coisas andam... Bom, elas não andam muito boas ultimamente. E ficaram ainda piores hoje. Eu queria poder ficar aqui com vocês, continuar a cuidar da fazenda e ver vocês crescerem e prosperarem, mas não posso. Minhas irmãs e meu irmão, minha própria colmeia, precisam de mim.

Passei a mão pela tampa de madeira, sentindo a leve vibração de todos aqueles corpinhos vibrantes abaixo dela.

– E uma boa rainha sempre cuida da colmeia, não é mesmo? – acrescentei.

Um grupo de abelhas se acumulou na entrada da caixa e subiu até o topo. Sem dúvida estavam se preparando para sair em mais uma expedição, pensando em todo o pólen que iriam coletar, mas parte de mim esperava que tivessem ido até ali para escutar melhor minhas palavras.

– É perigoso sair da fazenda e... E não sei se vou conseguir voltar. É estranho pensar sobre isso... Sobre como esta pode ser minha última vez aqui, com vocês, com a fazenda, com... tudo...

Senti as lágrimas surgirem e desviei o olhar, piscando forte. Fitei os degraus do alpendre, imaginando Merry neles enquanto abria vagens e mamãe descascava batatas na cadeira de balanço, cantando e sorrindo. Papai estaria lá no campo, o grande chapéu de palha protegendo-o do sol enquanto conversava com as abelhas zumbindo ao redor dele. Até Sam aparecia no devaneio, empurrando Sadie no balanço sob o carvalho. Absorvi a visão, saboreando os detalhes tão gravados em minha memória. Era como reler um livro amado. Será que voltaríamos algum dia a estar todos juntos daquele jeito?

– Se eu não... Se alguma coisa acontecer comigo... vocês sempre terão uma casa aqui se quiserem. Mas também podem ir embora, livres para se estabelecer em outro lugar caso precisem. Façam o que for preciso pelo bem da colmeia, certo?

Não sabia muito bem como encerrar o discurso, então apenas fui embora antes de ser engolfada pelas lágrimas.

Enquanto seguia na direção do estábulo, um trio de abelhas voou rápido diante de mim, rodopiando uma ao redor da outra. Pairaram ali por um momento, oscilando de cima para baixo antes de disparar na direção do céu, me deixando para trás.

Pareceu uma bênção.

Pareceu um adeus.

Uma brisa quente e modorrenta soprou, trazendo do vilarejo ecos de choro e gritos desesperados. Uma névoa escura parecia cobrir Amity Falls, uma mistura de fumaça e cinzas, terra e sujeira levantadas pelas explosões.

Minha determinação começou a vacilar enquanto pensava no que fazer. Não encontraria nada de bom em meio a trevas tão malignas.

Permaneci no estábulo por um momento, pegando dos suportes na parede todos os itens de que precisava.

Com a machadinha de papai pesando na mão, peguei o caminho que levava até Amity Falls.

39

"Regra Número Um: Uma corda de fibras fortes não arrebenta, desgasta ou desfia. Nosso lar permanece forte com base na parceria."

A fumaça tinha cheiro de madeira e piche queimados, vil e preta. Pairava pesada no ar, fazendo arder minhas narinas e meus olhos; transformava a tarde brilhante num falso crepúsculo infernal, tornando quase impossível enxergar os arredores.

Eu sabia que estava no limite da cidade – ali estavam as floreiras dos Maddin reduzidas a palha murcha –, mas perdera toda a noção de direção em meio àquela névoa venenosa.

Sombras mais escuras se moviam dentro da fumaça, transformadas em vultos e silhuetas dignos de pesadelos. Vi, boquiaberta, um gigante brandindo várias vezes uma foice sobre uma forma, até ela parar de se mover. O titã então se virou, vindo na minha direção. Abaixei para me esconder atrás de uma moita no instante em que vi a pequena silhueta de Mark Danforth passar por mim. A ferramenta era facilmente duas vezes maior do que ele. A lâmina estava manchada de vermelho e preto e coisas em que nem queria pensar. Ele tinha os olhos completamente baços, incapaz de interagir ou entender qualquer coisa que acontecia a seu redor.

– Cadê você, Finnick? – entoou ele num tom meio desafinado, assobiando com alegria. – Sei que foi você. Você não pode se esconder para sempre. Estou chegando. Ah, estou chegando, sim.

Em um gesto de predador, virou a cabeça de supetão para a esquerda, notando a aproximação de uma escaramuça. Em vez de fugir, seguiu na direção do ruído, a lâmina curva erguida bem alto.

Gritos altos ecoaram dentro da casa dos Maddin. Momentos depois, uma janela no primeiro andar se quebrou de dentro para fora. Cacos mortais de vidro choveram sobre o solo ressecado, seguido pelo ruído nauseante de um corpo sendo jogado de lá de cima. Bonnie soltou um último gemido antes de parar de se mexer.

– Você aí! – grunhiu uma voz da janela. Uma pessoa, suja demais de cinzas para que eu distinguisse quem era, olhava para mim.

O desespero inundou meu peito, depois subiu pela minha garganta como um jato de vômito quente.

Era Alice Fowler.

Ela empurrara Bonnie pela janela, matando a garota.

– É você, Ellerie Downing? – gritou ela.

Com o fogo refletido nos olhos arregalados, parecia enlouquecida. Alice correu para longe da janela – atrás de mim, imaginei. Saí tropeçando em meio à escuridão, sem noção de para onde estava indo. Só sabia que precisava sair dali.

Entrei na rua à direita quando a porta da frente dos Maddin se abriu.

– Cadê você? Volte já aqui!

Gritos irromperam do outro lado da rua. A professora correu para eles, certa de que estava indo até mim.

Apertei o passo, adentrando mais ainda o vilarejo. Algumas casas estavam em chamas, vítimas de faíscas sopradas pelo vento. Outras já não existiam mais, reduzidas a cinzas. Quando virei na rua principal, descobri a fonte dos estouros.

A mercearia dos McCleary fora explodida em pedacinhos, tijolos atirados do outro lado da rua como se fossem as pecinhas de cinco-marias de Trinity Brewster. O estoque provavelmente tinha pegado fogo, explodindo os barris de pólvora. A força das detonações tinha destruído todas as construções vizinhas, e o fogo que se seguira se espalhara até as cocheiras de Matthias Dodson.

Garanhões galopavam de um lado para o outro da rua, os olhos enlouquecidos enquanto tentavam escapar do inferno, correndo como demônios soltos na terra. Os relinchos de desespero rasgavam o ar. Nunca tinha ouvido nada tão horrível.

Atrás de mim, envolvida numa névoa de loucura, começou uma briga. Não conseguia ver nada, mas ouvia todas as acusações trocadas e os socos desferidos. Um dos homens era Leland Schäfer. Eu seria capaz de reconhecer aquela gagueira nervosa em qualquer lugar.

– Para trás, Winthrop, estou avisando! – gritou ele. – Vou atirar! Juro!

— Não se eu atirar primeiro!

Era Winthrop Mullins.

Ele culpava o Ancião pela morte da avó.

E agora estavam ambos armados.

Minha vontade era de deter os dois, interferir de alguma forma, mas não sabia onde exatamente eles estavam em meio à escuridão caótica. As vozes dos homens ricocheteavam nos paredões de fumaça — às vezes à minha esquerda, às vezes à minha direita.

Uma arma foi disparada.

Uma vez.

Duas vezes.

O terceiro projétil passou zunindo por mim, quase roçando minha orelha.

Eu precisava dar um jeito de sair dali.

Mas para onde iria?

Para onde minhas irmãs tinham sido levadas?

Para o Salão de Assembleia?

Parecia possível, dado o desdobramento do último Julgamento. Os três Anciãos eram necessários para o processo, porém, e Leland estava ocupado demais sendo morto por Winthrop.

A Forca surgiu de súbito em minha mente. Se meu irmão estivesse lá — se meu irmão e minhas irmãs estivessem lá... Eu não queria saber, não queria imaginar, não queria nem vislumbrar a possibilidade, com medo de que a simples ideia de alguma forma tornasse aquilo real.

Com a mercearia e as cocheiras destruídas, minha lista de espaços públicos foi drasticamente reduzida.

Era a taverna... ou a igreja.

Apertando os olhos para ver além da névoa incendiária, peguei o caminho que me levaria para mais perto do centro do vilarejo, desviando de escaramuças e me abaixando todas as vezes que ouvia tiros. Minha machadinha não ajudaria em nada se alguém apontasse uma carabina na minha direção.

Ouvi vidro se quebrando quando me aproximei da taverna. O interior estava escuro, iluminado apenas por duas lamparinas de emergência, mas era o suficiente para ver mesas viradas, pedaços de cadeiras quebradas e talheres espalhados por todos os lados. A briga que acontecera ali, qualquer que tivesse sido ela, já acabara — exceto pela pessoa atrás do balcão.

Prudence Latheton corria de um lado para o outro, quebrando garrafas de bebida com uma dedicação maníaca. O olhar dela estava enlouquecido por um fervor beato, e a torrente contínua de risadas parecia o coaxar de um sapo.

Entrei. O salão cheirava a bebida alcoólica e mosto azedo. Considerando o álcool espalhado para todos os lados, era surpreendente que a construção toda não tivesse sido consumida pelas chamas.

Prudence atingiu um barril de cerveja com sua machadinha, rachando-o ao meio com um estalido. Tropecei numa cadeira caída e ela congelou no lugar, os movimentos secos e atentos.

– O que você está fazendo aqui? – ousei perguntar, apertando com mais força o cabo de madeira.

Era um risco interpelar a mulher, mas ela talvez soubesse para onde eu precisava ir.

– O trabalho do Senhor – respondeu ela com orgulho, golpeando de novo o barril.

Avancei um passo.

– Você viu minhas irmãs? Ou Samuel?

Ela ergueu uma sobrancelha desconfiada.

– Encontraram seu irmão se escondendo como um verme no rancho dos Bryson. Ele foi se debatendo e berrando o caminho todo até o tronco. Acho que ele ainda está lá. Ou o que restou dele, ao menos.

– Ele morreu?

As palavras escapuliram da minha boca, saindo desajeitadas.

Sam, morto.

Não parecia possível. Ele era meu irmão gêmeo, a outra metade de mim. Será que eu não sentiria algo no instante em que ele partisse deste mundo sem que eu estivesse a seu lado?

Ela deu de ombros, sem dar a mínima.

– Prudence, por favor! O que aconteceu? – insisti.

– O pároco queria fazer uma limpeza, ou alguma outra bobagem dessas. Disse que a gente precisava limpar a alma dele antes da sentença. Bom, eu estou é grata que ele tenha ousado trazer o demônio aqui. Permitiu que a gente visse tudo com clareza, que limpássemos a nós mesmos. – Pegou uma garrafa de vinho e a analisou por entre olhos semicerrados antes de quebrá-la no balcão.

Cacos de vidro ricochetearam e atingiram uma das lamparinas na ponta do bar. Ela oscilou na borda por um instante antes de cair e se estilhaçar. O pavio caiu numa poça de bebida. De repente, tudo pegou fogo. Chamas se espalharam pelo assoalho, pelo balcão, em direção a Prudence. Ela gritou quando as labaredas lamberam sua saia encharcada de álcool.

– Precisamos sair daqui! – berrei, agarrando uma toalha para abafar o fogo.

– Não! Não! Não até que a última garrafa dessas bebidas do diabo tenha sido destruída! – protestou ela.

– O fogo já vai fazer isso. Venha comigo!

Ela se debateu e se desvencilhou das minhas mãos, e então minha machadinha caiu. Fez um estrondo ao bater no chão e foi chutada para baixo de uma pilha de destroços enquanto Prudence tentava se libertar de mim.

– Largue-me! – berrou ela, correndo de volta para o balcão. – Eles precisam ser detidos. Eles precisam ser...

Uma explosão irrompeu no balcão, interrompendo quaisquer que fossem as palavras que Prudence teria dito. O impacto nos jogou para longe. Caí dolorosamente sobre uma mesa virada, batendo a cabeça na perna do móvel.

O salão escureceu.

A consciência voltou em lampejos de percepção. O cheiro acre de madeira queimando. O brilho das chamas dançantes. Mas não pude me mexer, atordoada demais para sentir o calor, desorientada demais para me salvar do fogo que se aproximava.

Tudo o que podia fazer era observar.

Observar o vermelho e o dourado feroz.

Observar o laranja intenso.

Observar.

Era tão horrível assim, ficar de longe observando? Havia certa paz naquilo. Uma aceitação. Fazia com que eu me distanciasse da situação, de modo que eu pudesse examinar a cena com um desapego impassível. Eu quase conseguia entender o apelo hipnótico do ato.

Era fácil demais.

Não.

Meus dedos se moveram primeiro, correndo pelo corpo imóvel de Prudence Latheton, procurando qualquer sinal de vida. Com um grunhido atordoado, arrastei-me adiante. O salão entrava e saía de foco. Os móveis não paravam quietos, e havia focos demais de incêndio para que eu pudesse entender para onde estavam se expandindo.

Quanto tempo havia passado desacordada?

Minha visão foi retornando aos poucos, e as séries duplicadas de chamas voltaram a se unir. O cômodo estava cheio de fumaça, escuro demais para permitir que eu enxergasse alguma coisa, e precisei tatear o chão em busca de minha machadinha. Ela não poderia ter caído muito longe. Onde estava?

Meus dedos enfim identificaram a curva de metal da lâmina, e me esforcei para trazer a arma mais para perto.

Acima de mim, as vigas gemiam, peso demais apoiado na madeira muito danificada. Quando uma delas se rompeu, jogando detritos flamejantes em cima de mim, disparei para fora da taverna em chamas tão rápido quanto minhas pernas instáveis permitiam.

Percorri uma rua.

Depois outra.

Cambaleei em direção à igreja, impelida pela crença inabalável de que Sam ainda estava vivo. De que eu o encontraria, encontraria minhas irmãs, e que de alguma forma nós sairíamos bem daquilo.

Vi casa arruinada após casa arruinada.

Carroças pegando fogo.

Misturas fedorentas de fuligem e carne queimada.

Esperava que fosse carne de animais.

Não era capaz sequer de conceber do que mais poderia ser.

O Salão de Assembleia quase não existia mais. A Árvore Fundadora era uma silhueta escura diante de uma coroa de chamas. O tronco parecia se estender em direção ao céu, implorando por libertação.

Era capaz de entender aquela dor.

O que aconteceria quando ela enfim cedesse, colapsando numa pilha derradeira de cinzas e fuligem? Ela fora o início de Amity Falls. Será que sua queda seria também o sinal do declínio do vilarejo?

Quando virei na Rua do Sicômoro, me deparei com uma visão inesperada.

Ali, cercada pelos restos ardentes de outras construções, estava a casa paroquial, aparentemente incólume. Meu coração se encheu de uma esperança pouco realista. Talvez minhas irmãs tivessem sido levadas até lá. Talvez estivessem escondidas dentro das paredes abençoadas, em segurança e intocadas pelo caos ali fora. Talvez elas...

Um grito vindo de dentro da construção destruiu meus pensamentos tolos antes mesmo que eu começasse a acalentá-los.

O berro tinha pulsação, o vibrato fazendo os pelinhos dos meus braços se arrepiarem. Era um grito de dor, mas também de algo mais sombrio – um brado primitivo de desespero e coragem, determinação e tolerância. O som foi morrendo, em frangalhos como uma peça de tecido rasgada, mas depois voltou mais forte e ainda mais penetrante.

– Rebecca? – murmurei, reconhecendo um traço da voz de minha amiga naquele ruído horrível. O que estavam fazendo com ela?

Entrei pela porta da frente sem bater. A sala de visitas de Letitia Briard era como um oásis se comparado ao horror do lado de fora. Lamparinas brilhavam, alegres, e não havia nem sequer uma peça de mobília fora do lugar. Havia até uma bandeja de chá servida, com as xícaras ainda fumegantes, como se os donos tivessem acabado de se afastar. Quando uma série de grunhidos veio do quarto dos fundos, ferventes e intensos em minha têmpora, quase quis rir pela justaposição absurda.

– Faça sair, faça sair logo! – uivava Rebecca, antes de emitir mais uma série de gemidos.

Sair?

Parei, aterrorizada ao pensar no que estava acontecendo com ela, até que o entendimento me atingiu.

O bebê.

Rebecca estava dando à luz.

Olhei ao redor, sem saber o que devia fazer. Eu era a última pessoa que Rebecca iria querer invadindo seu abrigo, mas não podia permitir que ela passasse por aquilo sozinha.

Nem precisei tomar uma decisão, porém, quando Letitia irrompeu do quarto, os braços cheios de lençóis ensanguentados. Ela os derrubou quando me viu.

– O que está fazendo aqui? – quis saber a esposa do pároco. O olhar dela pousou na machadinha e ficou mais sombrio. – Vou gritar. Simon está no cômodo ao lado. Mesmo que você me alcance primeiro, nunca vai conseguir lutar com ele.

Senti o rosto corar. Fiquei horrorizada de perceber quão baixa ela me considerava.

– Eu nunca… Eu não… Ouvi Rebecca e quis ajudar.

– Acho que sua família já a ajudou até demais.

Uma onda de inquietude me invadiu, e senti vontade de fugir.

– Você sabe?

– Qualquer pessoa com meio cérebro adivinharia.

Olhei para o quarto dos fundos, pensando em quem mais estaria na casa.

– Simon sabe?

Ela fungou.

– É claro que não. Meu garoto pode ser muitas coisas, mas dotado com um grama de noção não é uma delas… Você veio para matar aquilo?

– Aquilo?

Ela olhou para mim como se eu fosse uma idiota.

– O bebê. Imagino que seu irmão tenha mandado você para acabar com qualquer evidência dos… avanços dele.

Meu queixo caiu numa surpresa horrorizada.
– Eu jamais faria isso!
– Então o que está fazendo aqui?
– Ouvi os gritos, e...
– Há várias pessoas gritando por aí no momento. Seu irmão, inclusive.

Os berros de Rebecca foram ficando mais agudos, longos a ponto de parecer que nunca iam terminar, até que inundassem o mundo em agonia e enlouquecessem todo mundo que os ouvia.

Mas, depois deles, veio o silêncio.

E um choro.

Mais baixo.

Mais fino.

E, em seguida, uma risada de encanto.

– Ela é perfeita! – exclamou Rebecca, fraca.

Ela.

Uma garotinha.

Samuel tinha uma filha.

– Perfeitinha – repetiu Rebecca. – Olhe, Simon. Ela é...

– Loira – completou ele. – Ela é loira.

O bebê começou a choramingar enquanto ele caminhava com passos pesados de um lado para o outro do quarto.

– Como ela pode ser loira? – perguntou Simon, a confusão o fazendo soar mais alto, mais descontrolado, um animal encurralado pronto para dar o bote. – Eu já vi essa coloração de cabelo antes... Onde foi mesmo?

A porta se abriu, e corri para a sala de visitas para que ele não pudesse me ver e juntar as peças. Atravessei o quintal antes que ele emergisse do local do parto e me agachei atrás da cerquinha que separava a casa paroquial do caos absoluto.

Um estrondo ecoou pela paisagem enevoada. Outra explosão? Ou algo ainda pior?

Um trio de vozes veio de uma esquina, pessoas discutindo umas com as outras. Cheguei mais perto da barreira, rezando para que as sombras me dessem cobertura.

– Quem está aí? – perguntou um deles ao me ver.

Mãos ásperas me pegaram pelo braço, colocando-me de pé antes que eu pudesse fugir.

– Não é uma das meninas dos Downing? – Matthias Dodson virou meu queixo para inspecionar meu rosto. – Achei que todos vocês estavam na igreja, esperando o pároco.

Apesar do tom hostil da voz dele, a esperança se reacendeu dentro de mim.

– Sadie e Merry estão na igreja?

Calvin Buhrman limpou os olhos úmidos. Estavam avermelhados, irritados pela fumaça, e quase fechados de tão inchados.

– Não sei por que esse circo. Todo mundo sabe que eles são os culpados.

– Minhas irmãs não fizeram nada! – protestei. – Nem Samuel. Vocês precisam soltar os três! Matthias, *por favor*! – Tentei agarrar as mangas do manto do homem. Senti um frio na barriga quando vi as Regras bordadas em vermelho nas bordas do tecido. Ele estava vestido para um Julgamento.

– Nós seguimos as Regras, agora e sempre – disse Matthias, erguendo uma sobrancelha para o proprietário da taverna.

– Onde está Leland? Não podemos fazer isso sem o Leland – disse Amos McCleary, apoiado de forma precária sobre a bengala.

Ela estava melecada de sangue, e notei um jato de gotículas manchando o rosto do Ancião, dando um tom avermelhado ao cabelo grisalho. O sangue não era dele.

– Ouvi Leland falando com Winthrop Mullins algumas ruas para lá – falei, esperando que minha informação me garantisse um pouco de misericórdia. – Eles estavam discutindo… E depois ouvi tiros.

Amos franziu os lábios, sombrio como um coveiro.

– Então devemos considerar que ele está morto. Não há tempo para especulação. – Depois se virou para Calvin. – Será que podemos nomear Buhrman para assumir o lugar dele?

Matthias franziu o cenho.

– Não é assim que as coisas devem ser feitas.

– Passamos do ponto de fazer as coisas como devem ser feitas – disse Amos. – Olhe ao redor. Não vai sobrar nada do vilarejo se não agirmos rápido.

– Eu aceito – disse Calvin, aproveitando a oportunidade.

– Não, esperem um minuto…

– Não há tempo! – berrou Amos, os olhos brilhando, cintilantes e enlouquecidos. – Eu disse que não há tempo!

Ele ergueu a bengala e golpeou Matthias com ela, atingindo o outro homem na cabeça. Matthias me soltou e levou a mão à testa ensanguentada.

– Mas que diabos foi isso, velho?

– Eu devia ter feito isso muito tempo atrás. Não pense que não sei sobre as reuniões secretas que você e Leland fizeram no inverno, conspirando e planejando pelas minhas costas. Vocês querem me tirar do jogo. Usurpar minha posição no conselho.

Matthias bufou, a boca espumando sangue.

– Você estava doente.

– Não é desculpa!

– O vilarejo não podia parar e assistir à sua morte!

– Bem, não estou morrendo agora, estou? – Amos golpeou de novo. O entalhe com a forma da Árvore Fundadora atingiu Matthias no rosto, afundando metade do maxilar do Ancião.

Matthias cambaleou para trás. A barra do manto e a fumaceira horrenda o faziam parecer maior do que era, esquisito e meio deformado – lembrava os desenhos nos diários de Ephraim, minotauros e macacos com chifres que andavam sobre duas pernas em florestas de pinheiros, com asas coriáceas nas costas.

Foi essa silhueta monstruosa que se jogou contra Amos McCleary, punhos robustos atingindo o rosto encovado do homem. Calvin arregalou os olhos, horrorizado, enquanto via os Anciãos golpearem um ao outro. Depois de um momento, balançou a cabeça e saiu correndo.

– O que significa isso? – rugiu uma voz, interrompendo momentaneamente a luta.

O pároco Briard saiu da escuridão em chamas, as vestes se agitando atrás dele como o traje de coroação de um rei.

– Não posso acreditar no que estou vendo. Os Anciãos se estapeando? – continuou ele. Avançou, estreitando os olhos para ver o que sobrara do rosto de Matthias. – Isso não parece nada bom, Dodson. Talvez nosso médico deva dar uma olhada. Acho que o vi perto do pátio da escola. Pedaços dele, pelo menos. – Ele deu de ombros. – Nunca liguei muito para a medicina moderna. Acho que as coisas tradicionais são melhores. Abaixar uma febre. Cuidar de um resfriado. Poupar um animal do sofrimento.

Ouviu-se um único tiro, definitivo, e engoli o choro quando Matthias caiu para trás sobre uma pilha de cinzas. O manto se abriu, revelando nada além de um homem morto.

– Acho que isso cura os problemas dele, não acha? – perguntou Briard, o revólver fumegando.

Amos se inclinou sobre o velho amigo, examinando seu corpo.

– O que você fez? – Virou-se para o pároco, os dedos apertando a bengala ensanguentada. – Vá para o inferno, Briard. Vá para o inferno, seu maldito.

Um riso maníaco de triunfo irrompeu de Amos enquanto ele erguia a bengala. Virei-me a tempo de não testemunhar o desfecho sangrento – ouvi tudo, porém, como passos esmagando a neve alta.

Saí correndo, rezando para que o Ancião se esquecesse de mim e fosse saciar sua sede de sangue em outro lugar.

Ao virar a esquina, mal conseguia ver a torre do sino da igreja em meio às colunas de destroços e ruínas. O tronco ficava na base da colina. Havia um vulto escuro encolhido contra o pelourinho.

Sam.

Antes que eu pudesse correr até ele, duas silhuetas surgiram das sombras, disparando em minha direção.

– Ellerie? É você mesma? – Merry me abraçou, a voz rouca. Tinha inalado muita fumaça e cinzas.

Sadie me envolveu com seus bracinhos, soluçando enquanto apertava o rosto contra a minha cintura.

– A gente achava que nunca mais ia ver você. A gente achava...

– Vocês estão bem? Alguém machucou vocês?

Passei os dedos pelo rosto sujo de fuligem das duas, empurrando os cabelos opacos e desgrenhados para inspecioná-las melhor. Havia uma série de vergões vermelhos no rosto de Merry, e uma das mangas do vestido de Sadie fora arrancada. Elas tinham lutado e se esforçado. Puxei minhas irmãs para outro abraço, as lágrimas caindo sobre elas.

Merry agarrou meu braço.

– O pároco Briard queria prender a gente no tronco com o Sam, mas Thomas o atacou. Ele disse para a gente correr, correr e se esconder.

– Mas aí teve a bola de fogo – choramingou Sadie, o rosto franzido em uma careta. – E chamas para todos os lados. Todo mundo ficou maluco.

– Eu vi.

– Eles vão matá-lo – disse Merry.

– A gente vai dar um jeito de salvar nosso irmão, eu juro.

Envolvi o rosto dela com as mãos, incapaz de parar de tocar minhas irmãs. Precisava de uma confirmação física de que estavam ali, comigo, sãs e salvas.

– Não o Sam – disse Merry, apontando de novo para o tronco. – Thomas. E Ephraim.

Apertei os olhos. Estava muito escuro para que eu enxergasse antes, mas havia duas pessoas presas no tronco, e não uma. As cabeças tombadas entre as tábuas de madeira tinham cachos castanhos, não o cabelo loiro e claro de Sam.

– Ele mentiu – disse Merry, o lábio inferior tremendo. – Sam. Quando trouxeram a gente para a praça, ele disse para o pároco que o demônio tinha sido invocado até Amity Falls, e que os Fairhope eram servos dele. – Ela soltou um arquejo dolorido. – Aí o povo falou que a Forca não era suficiente. Que demônios precisam queimar. Estão construindo as piras agora, tendo o Sam como líder.

– O Sam fez o quê?

Queria me sentir chocada, atordoada e ultrajada. Como nosso irmão podia ter dito algo assim? Sabia que ele era capaz de cometer erros, erros horríveis e vis, mas aquilo já era demais. Ele estava colocando vidas em risco. Vidas inocentes.

Congelei no lugar.

E entendi tudo.

A mentira de Sam.

Proferida exatamente no momento errado.

– A gente vai sair daqui – prometi a elas. – Todos nós. A casa paroquial ainda está de pé. Aposto que o estábulo deles também. Vamos pegar a carroça dos Briard e passar pelo desfiladeiro. Podemos tentar encontrar ajuda, e...
– Olhei ao redor, mal conseguindo registrar toda a devastação. Pela manhã, não restaria pedra sobre pedra. – Mas, primeiro, precisamos soltar Thomas e Ephraim.

– Briard está com a chave – disse Merry.

Bile quente se revirou em meu estômago quando me lembrei do ruído do crânio dele se rachando. Eu era incapaz de voltar àquela rua escura.

Ergui a machadinha.

– Tenho algo melhor.

Meu primeiro golpe no tronco errou as tábuas e acertou um dos fechos de metal.

Reverberações doloridas subiram pelo cabo da ferramenta, forçando meu braço e me fazendo arfar. Com um grito de determinação, brandi a lâmina de novo, acertando a estrutura em cheio.

Descontei minhas frustrações e fúria nas tábuas envelhecidas.

Lascas e pedaços maiores de madeira choveram sobre a terra fumegante até o tronco se partir com um rangido.

Os dois homens caíram pesadamente no chão e lá ficaram, incapazes de se levantar. Thomas apanhara muito, e estava com o rosto inchado e manchado. Tinha os olhos vidrados, distantes e alheios. Quando Merry se aproximou para ampará-lo, porém, vi o rapaz encostar a testa na têmpora dela, murmurando agradecimentos.

Os óculos de Ephraim não estavam em lugar algum, e ele apertou os olhos maltratados e avermelhados para enxergar além da fumaça.

– Garota corajosa – disse ele quando me abaixei para que colocasse o braço ao redor do meu pescoço e apoiasse seu peso no meu corpo.

– Eu descobri o nome dela, mas não serviu de nada – falei, incapaz de aceitar qualquer elogio. – Já era tarde demais.

– E o Sam? – perguntou Sadie enquanto seguíamos até a casa paroquial. – A gente não vai deixar ele aqui... vai?

As palavras finais de Albert voltaram até mim, flutuando em minha cabeça como uma rolha na água, e não pude negar a verdade contida nelas. Sam nos abandonaria, viraria as costas e iria embora sem pensar duas vezes.

Mas isso tornava certo fazer o mesmo com ele?

– Eu... A gente devia... – Soltei um grunhido de frustração. – Eu vou atrás dele. Sigam até a casa paroquial. Preparem os cavalos e procurem suprimentos que a gente possa levar.

– A gente devia era deixar ele para trás – disse Merry, para minha surpresa. – Depois das coisas que ele disse sobre Thomas e Ephraim... Você não ouviu, Ellerie. Ele falou coisas horríveis e más. E o que é pior... – Ela apertou Sadie contra o próprio corpo, cobrindo as orelhas da caçula. – Ele culpou você por tudo. Por ter trazido eles aqui. Ele quer vê-la queimar.

– Ele não pode ter falado sério.

Sadie choramingou.

– Ele não sabe o que está falando. Tem alguma coisa errada.

– Ah, claro. – Merry bufou. – Por favor, venha com a gente, Ellerie.

– Ele é nosso irmão.

Ela negou com a cabeça.

– Meu, não. Não mais. – Ela me deu um abraço apertado. – Por favor, Ellerie, tome cuidado, então.

Prometi que tomaria, então dei beijos emocionados nela e em Sadie antes que os quatro cambaleassem escuridão afora.

※

Aproximei-me da praça com cuidado, tratando de ficar sempre protegida pelas sombras dos carvalhos, com os olhos atentos e a machadinha a postos. Não conseguia distinguir uma pessoa da outra, e precisei morder a língua para não chamar Sam pelo nome.

Os homens se moviam com eficiência e propósito. Havia dois sobre uma plataforma recém-montada, martelando suportes na vertical. Outros traziam pilhas de lenha e gravetos maiores. Alguns até carregavam toras inteiras. Era surpreendente que estivessem se preocupando em realmente fazer uma pira – a cidade inteira estava em chamas, e uma simples faísca já seria suficiente para acender a macabra fogueira que planejavam.

Outro vulto chegou correndo pela praça, ofegando.

– Samuel Downing! – berrou. – Apareça!

– O que você quer, Simon? – perguntou Sam, separando-se do grupo. Estava segurando um dos postes onde as vítimas seriam amarradas.

Claro que estava.

Meu irmão semicerrou os olhos, apertando-os para enxergar além da fumaça, antes de continuar:

– Seu pai está procurando você, Simon. Disse que você está tentando se safar do trabalho.

– Eu estava com a minha esposa, esperando ela dar à luz... *sua* filha.

Os outros homens pararam de trabalhar, dispostos a observar o desenrolar daquele confronto inesperado.

Observar.

Sam saltou da plataforma e caiu de pé.

– Ah, sério?

– Seu filho da puta! Não conseguiu manter as mãos longe dela, não é? Como ousa olhar para a esposa de outro homem?

Sam abriu um sorriso de desprezo, o fogo refletido nos olhos.

– Seu idiota simplório... Você ainda não entendeu, não é?

Um sussurro se espalhou entre os homens do grupo atrás de Sam.

Os olhos de Simon foram de Sam para os outros homens.

– Não entendi o quê?

– Sempre quis saber como ela conseguiu enganar você. Ela escondeu um vidrinho de sangue nos lençóis na sua noite de núpcias ou você só foi idiota demais para nem se preocupar em conferir isso?

– Do que está falando, Downing?

Winthrop Mullins soltou uma exclamação animada da plataforma, jogando o martelo de uma mão para a outra. Sob a luz das chamas, ele parecia absolutamente selvagem, um lobo rondando a presa.

Ele atirara primeiro, então.

Pobre Leland.

– Ela já estava grávida quando se casou com você – disse Sam, bufando antes de irromper em gargalhadas. – E você foi idiota demais para não perceber.

Simon negou com a cabeça.

– Mentira. Não é possível. A gente...

– Como é ser o maior corno do vilarejo, Simon Briard? O alvo das piadas de Amity Falls?

Simon cerrou o maxilar, fazendo força para conter as lágrimas. Começou a se afastar, a zombaria dos homens ficando cada vez mais desagradável e humilhante.

Depois Simon estacou, o rosto se contorcendo numa expressão de raiva. Quando se virou na direção de Samuel, sacou algo da cintura da calça e atirou o objeto na escuridão.

A machadinha voou pelo ar, girando no próprio eixo, cintilante e brilhante enquanto refletia as chamas do nosso vilarejo arruinado.

A lâmina acertou Sam bem no meio do peito, afundando nele com um ruído gorgolejante e alto.

Sam olhou para o cabo da ferramenta e piscou, confuso, antes de cair de joelhos. O corpo dele estremeceu uma vez, depois despencou para a frente e não se moveu mais.

Senti algo, como se uma tesoura tivesse cortado o tênue fio que ainda nos unia, destruindo a ligação além de qualquer reparo.

– Sam – sussurrei, tomando cuidado para nem em meu luto chamar a atenção.

Winthrop saltou do cadafalso e virou o corpo de meu irmão. Desviei o olhar.

– Morto – anunciou. Inquieto, Winthrop se voltou para Simon. – Você o matou mesmo.

– Ótimo. Só falta um agora – disse Simon, virando nos calcanhares e correndo noite afora.

Arquejei quando entendi o que ele queria dizer.

Rebecca.

40

— Rebecca! – gritei, chegando à casa paroquial.

Tinha corrido o caminho inteiro, pegando todos os atalhos possíveis. Não fazia ideia se havia conseguido ser mais rápida do que Simon. Parte de mim temia que fosse me deparar com um banho de sangue, mas continuei avançando, uma dor na lateral do corpo surgindo com o esforço. Já perdera muitas coisas com as quais me importava. Meu coração não aguentaria outro arrependimento.

Não encontrei Letitia em lugar nenhum quando adentrei o cômodo onde se dera o parto.

Rebecca estava deitada na cama, o ar tomado pelo odor metálico do sangue, mas ela ainda estava viva e bem.

— Ellerie – exclamou ela, desviando os olhos da pequena trouxinha que ninava nos braços.

Um momento de mal-estar perdurou entre nós. Esperei que a expressão dela se fechasse.

Mas ela sorriu.

— Você quer... Você quer ver a bebê? – Rebecca puxou a manta, revelando um rostinho pequenino e o mais perfeito do mundo.

Fiz menção de acariciar a bochecha rechonchuda – mas percebi que meus dedos estavam sujos de sangue e fuligem e, sentindo um traço de remorso, afastei a mão de minha sobrinha.

— A gente precisa sair daqui – falei. – Simon descobriu sobre o Sam e...

— Eu sei – disse ela, a expressão se fechando. – Nunca vi Simon tão nervoso. Ele saiu daqui... para falar com o Samuel, eu acho, e...

— Sam está morto – contei, incapaz de amenizar o golpe. – Simon o matou. E ele está vindo para acabar com você também.

Rebecca abraçou a filha com mais força, aproximando a trouxinha do corpo.

– Vamos nos esconder. Os Briard têm uma adega subterrânea. A gente pode se esconder lá.

– Vamos embora. Agora. O vilarejo está implodindo. A gente precisa sair daqui antes que acabemos no meio disso tudo. Minhas irmãs estão preparando uma carroça. Você vem com a gente. Vocês duas.

Ela olhou para os lençóis ensanguentados.

– Mas...

– Vamos tomar todos os cuidados necessários, mas precisamos ir – falei, agarrando mantas e lençóis sobressalentes, qualquer coisa que pudesse ajudar a proteger a parte de trás da carroça. – Agora.

<hr />

A fumaça que vinha de Amity Falls parecia cobrir toda a Mão de Deus, envolvendo o vale numa pressão obscura e persistente. Era quase impossível enxergar o caminho que levava até o desfiladeiro.

Sadie e eu estávamos na parte da frente da carroça roubada, as rédeas sob meu comando. Merry estava na carroceria, cuidando de Ephraim, Thomas e Rebecca, e emitindo barulhinhos para a bebezinha.

– E os lobos? – perguntou Sadie quando alcançamos o fim dos campos de trigo. Os pinheiros se agigantavam diante de nós, vigiando o perímetro como sentinelas sombrias.

– Vamos ter mais segurança lá do que aqui – argumentei com o máximo de confiança que consegui reunir.

Não sabia quanto tempo demoraria para que as criaturas da floresta voltassem ao estado e ao tamanho normal, agora que os Observadores Sombrios tinham ido embora – ou se, um dia, voltariam. Talvez precisassem morrer antes que uma nova vida retornasse àquelas terras.

Depois de uma pausa, agitei as rédeas para incitar as éguas.

Sob a proteção da floresta, ousamos acender as lamparinas. Com o caos nas ruas, nossa fuga do vilarejo passara despercebida, mas eu não queria atrair a atenção para nós enquanto seguíamos pelos campos.

As lamparinas brilharam com força, afastando as sombras.

Pensei no brasão do bauzinho de Ephraim e em todo o conhecimento deixado para trás em seus diários e anotações.

Não tivemos tempo de voltar e pegar o baú, ou qualquer outra coisa em casa. Será que algum dia voltaríamos? Será que a fazenda estaria lá se isso acontecesse? Será que ainda haveria algo de Amity Falls?

Afastei os pensamentos desoladores, focando o caminho tortuoso à frente. Segui pelo meio da floresta, ziguezagueando enquanto subíamos cada vez mais a montanha. Um condutor experiente demorava cerca de uma semana para chegar ao desfiladeiro. Juntando todos os suprimentos reunidos pelas minhas irmãs, tínhamos alimento para quatro dias.

Um galho estalou na escuridão, atraindo minha atenção para o lado esquerdo da carroça. As orelhas das éguas se viraram automaticamente na direção do som, o trote diminuindo aos poucos, até pararem. Analisei a folhagem escura, tentando identificar o que havia se movido, mas não conseguia ver muita coisa além do círculo de luz das lamparinas.

– Ellerie? – perguntou Merry, baixinho. – Ouviu isso, não ouviu?

Com os movimentos tão suaves quanto possível, assenti. Sadie agarrou meu joelho, os dedos afundando nas dobras da minha saia. Queria envolver as mãozinhas dela com as minhas, garantir que ficaria tudo bem, mas precisava manter o controle da situação. Tínhamos que continuar avançando.

Ouvi um farfalhar na floresta, e as éguas resfolegaram, inquietas.

– Vamos – encorajei os animais, dando puxadinhas na rédea. Eles se negaram a prosseguir. – Vamos.

Outro estalo, mais um farfalhar.

Sadie tentou reprimir um soluço fechando os lábios, mas ele escapou mesmo assim.

– São os monstros, não são?

– Não – disse a ela. – Vamos ficar bem. Ficaremos... – Agitei as rédeas com força. – Vamos!

Os animais retrocederam. O eixo se torceu e uma das rodas subiu sobre a raiz de uma árvore, fazendo o veículo parar inclinado. O tranco nos fez chacoalhar, e tive a terrível certeza de que um dos raios da roda havia quebrado.

Não tínhamos peças de reposição. Nem ferramentas.

Se tentássemos continuar, mais raios se quebrariam e acabaríamos presos ali. Nem os Fairhope nem Rebecca estavam em condições de seguir a pé pelo desfiladeiro.

– Pegue as rédeas – falei para Sadie.

– Como assim? Não! – protestou ela enquanto eu as enfiava em suas mãos.

– Preciso dar uma olhada na roda.

– Mas o monstro...

Agarrei a machadinha que largara no banco e desci.

Passos – decididamente humanos – foram ficando cada vez mais altos e próximos.

Senti a boca secar ao imaginar Simon Briard se esgueirando por entre as árvores, sua machadinha respingando o sangue de meu irmão.

Agarrei uma das lamparinas e a brandi para a escuridão.

— Quem está aí? — exigi saber. — Apareça!

— Ellerie.

Congelei no lugar, os pelos da nuca se arrepiando quando reconheci a voz familiar.

Um vulto adentrou o círculo de luz, saindo da escuridão. Estava com a trouxa nas costas e o chapéu de viagem na cabeça. As abas sombreavam o rosto, cobrindo os olhos do rapaz.

Estavam prateados ou no amigável tom de âmbar?

— Albert.

Os cantos de sua boca se ergueram num sorrisinho.

— Acho que esse nome é tão bom quanto qualquer outro.

Albert deu mais um passo e ergui a machadinha, ameaçando o rapaz, sem muita confiança de que se detivesse por isso. Ele parou, erguendo as mãos. As tatuagens verdes tinham sumido, desaparecido por completo, sem deixar rastro.

Lembrei-me da expressão no olhar de Lyra quando fiz minha última exigência: que eles fossem embora de Amity Falls e libertassem Albert do laço com os Afins — sua dívida paga, a conexão entre eles desfeita. Ela expressara descrença misturada a um ódio incalculável.

Vê-lo ali — sem estar sob o jugo dos outros, sem o peso da posse do grupo sobre ele — era um milagre.

— Não sei como você... Eu jamais teria pensado... — Ele balançou a cabeça, jogando o chapéu para trás. Vi os olhos cor de âmbar repletos de admiração e úmidos com as lágrimas que ele tentava reprimir.

— Resolveu? — perguntei, para ter certeza. — Está mesmo livre? — acrescentei, e ele assentiu. — Sem dúvidas? Sem reinvindicações? — completei. Ele apertou os lábios, balançando a cabeça em concordância. — Ótimo.

Eu tinha muitas outras coisas para dizer. Muitas perguntas que queria fazer. Sonhos que desejava proferir em voz alta para que se tornassem realidade.

Mas eles não eram meus para que o fizesse.

Albert estava livre.

Enfim, livre.

Livre para ir aonde quisesse. Livre para perseguir seus sonhos mais profundos.

E, embora eu tivesse a esperança de fazer parte deles, não queria pressioná-lo. Não queria presumir nada.

Ele precisava fazer as próprias escolhas. Sozinho.

Então permaneci em silêncio, esperando, mesmo com o coração partido. Albert desviou o olhar, analisando a carroça atrás de mim.

– Está indo embora?

– Não sobrou nada do vilarejo. Talvez a fazenda ainda esteja de pé, mas...

Ele assentiu, ciente de tudo.

– Fiquei assustado por vocês quando ouvi as explosões e vi as chamas. – Os olhos dele pousaram na carroça, contando as pessoas. – E Sam?

Neguei com a cabeça.

– Sinto muito.

Dei de ombros. Eu choraria – e muito – nos dias que viriam. Naquele momento, porém, precisava manter o foco na trilha diante de nós.

– O que vai fazer agora? Para onde você vai? – perguntou ele baixinho, o tom gentil.

– Vamos até a cidade. Encontrar mamãe e papai. E depois... não sei. – Oscilei o peso do corpo de uma perna para a outra, a machadinha pesando dolorosamente em meus braços.

– Não sou capaz... Nunca serei capaz de agradecer o que fez por mim, mas eu... eu achei que isso... – Ele pegou um dos amuletos e o estendeu para mim. – É um medalhão com um compartimento oculto. O trevo-de-quatro-folhas da minha irmã está aí dentro. Quero que fique com ele. – Albert olhou para a machadinha ainda erguida, embora já meio oscilante.

Sem baixar a arma, peguei o cordão de couro. Quando passei o dedo pelo disco de metal desgastado preso na ponta, senti os traços de algo inscrito.

Apertei os olhos para enxergar a letrinha miúda, surpresa.

– Josiah Albertson.

Era tão simples.

Tão neutro.

Tão inadequado para ele.

Ele coçou a cabeça.

– Não uso esse nome há muitos, muitos anos. Não sei mais quem sou. Não de verdade. Talvez eu continue usando Albert. Nenhum outro vai combinar tanto comigo.

Albert parecia inseguro, muito jovem e ansioso. Sua confiança inabalável e sobrenatural não existia mais, substituída por uma vulnerabilidade que me atraía.

Ele parecia humano.

Baixei a machadinha, deixando-a cair entre nós.

– Podemos descobrir quem é você... juntos.

– Juntos – respondeu ele, com fervor. – Não sei se você...

Dei o último passo, atravessando o espaço que nos separava, e o puxei para um abraço antes que ele pudesse terminar o pensamento.

– Juntos – insisti.

Ele ficou imóvel por um instante, surpreso demais para responder. Mas suas mãos se moveram, puxando-me para mais perto enquanto beijava de leve meu cabelo.

– Você vem com a gente? – perguntei enquanto me afastava, totalmente ciente da atenção voraz de Sadie.

– Quero estar ao seu lado mais do que tudo no mundo, Ellerie Downing.

Os dedos dele se entrelaçaram aos meus, com bastante firmeza, enquanto faziam essa promessa.

Pensei na taverna dos Buhrman, na mercearia dos McCleary, nas cocheiras de Matthias. No Salão de Assembleia e na igreja. Na Árvore Fundadora. Nas Regras. Em Amity Falls como um todo. Em todas aquelas construções, todos aqueles estabelecimentos, todas aquelas casas que, no passado, exalavam tantas promessas. Tantas expectativas. Tantos sonhos.

Nada daquilo existia mais.

Então agarrei com mais força ainda a mão de Albert, meus pensamentos se tranquilizando.

Sentia-me quase feliz.

Albert me ajudou a subir e me instalar ao lado de Sadie, pegando de volta as rédeas. Esperei que ele estivesse ao meu lado antes de estalar a língua para colocar as éguas em movimento. Depois de um instante, elas avançaram, endireitando a carroça e levando-nos a nos embrenhar na floresta, para longe da fumaça de Amity Falls e rumo aos ecos do tilintar dos Sinos.

AGRADECIMENTOS

Primeiro, e como sempre, Grace. Não há ninguém que eu goste mais de ter grudadinha em mim enquanto trabalho. Obrigada por sua paciência, empolgação e amor. Morro de orgulho de ser sua mamãe. "Mais um capítulo!"

Sara Landis, ainda estou me beliscando, chocada. Suas ideias inteligentes e sua compreensão me ajudaram a transformar um montão de palha em ouro da melhor qualidade! Você é incrível, e tenho muita, muita sorte de tê-la como minha agente.

Para Wendy Loggia e todo o time na Delacorte – Beverly Horowitz, Hannah Allaman, Alison Romig, Noreen Herits, Alex Hess, Casey Moses, Kate Sullivan, Bara MacNeill e Sean Freeman: não estaria aqui sem o carinho e o amor de vocês. Obrigada, obrigada, obrigada! Devo a cada um de vocês um trevo-de-quatro-folhas e uma fatia generosa de bolo de mel!

Escrever nunca é um ato solitário, e sou grata por ter um grupo maravilhoso de amigos, familiares e companheiros de agência me dando suporte. Suas leituras beta, risadas e apoio foram tudo para mim. Muito obrigada a Erin Hahn, Sara Flannery Murphy, Kim Liggett, Alexis Henderson, Danielle Trussoni, Shelby Mahurin, Jeannie Hilderbrand, Elizabeth Tankard, Phoebe Booker, Peter Diseth, Kate Costello, Sarah Squire, Jonathan Ealy, Sona Amroyan-Peric, Kaylan Luber, Charlene Honeycutt, Carol Craig, Josh Coleman, Chelsea Chandler, Adler Morgan, Melanie Shurtz, Ekpe Udoh e seu clube do livro maravilhoso, Scott Kennedy, Meredith Tate, Jess Rubinkowski, Jennifer Adams, Jennie K. Brown, Elizabeth Unseth, Lyudmyla Hoffman e todo o mundo que é #TeamLandis.

Hannah Whitten, você não tem ideia de como sou feliz por ter tuitado procurando companheiros para resenhar releituras de contos de fadas. Nossa, que diferença cento e oitenta caracteres podem fazer na vida de alguém! Sinto-me tão abençoada de ter você na minha! Podemos não ter biscoitos com gotinhas de chocolate ou *crushes* alados, mas temos uma à outra. Amo você.

Mamãe e papai, Tara, Elias e Ori... "obrigada" é muito pouco. Amo todos vocês e sou absurdamente grata de ter seu amor e apoio diariamente. Obrigada pelas idas à biblioteca, pelas lanternas e cobertas sob as quais ler, pelas infinitas leituras, releituras, rerreleituras (!), e por nunca acharem que meus sonhos eram grandes demais.

E Paul, sempre. Amo nossa vida, nossa filha, nossa casa cheia de máquinas de escrever e cadeiras que não combinam entre si, além das muitas, muitas prateleiras repletas de livros. Mas, acima de tudo, amo você.